WANG ZIFU WORKS

中国专业作家作品典藏文库
王梓夫卷

男人气象

王梓夫 著

中国文史出版社

目录

心　　狱

如果说，每个人的心中都有一个为非作恶的魔鬼，那么相应地也应该有一座关押魔鬼的监狱。

——题解

一

自己认识自己，是人类进步的开始。从某种意义上说，只有这时，人才可以称之为人。

她终于认识到了自己是个罪孽深重的女人。“上苍会惩罚我的，你信不信真有上苍？信不信上苍会惩罚恶人？反正我信。”她不说上帝而说上苍，毕竟是中国女人。她说过无数遍这样的话，不知是因为良心的发现，还是为了安慰他。

他把她爱惨了，她把他害惨了，要了他的命！

北上的火车呜咽着压抑已久的沉重，窗外的风雨在天地间抛撒着恐怖和混乱。在这风雨专横的荒诞的世界里，她徒劳地拼凑着被撕扯成碎片的带有血腥味的思维。

她看到了父亲的手。一双溃烂、腐白、肉麻的手。一天到晚地洗，用肥皂，用洗衣粉，用高锰酸钾，越洗越脏，越脏越洗，永远也洗不干净。他患了强迫性神经病，人们都叫他汪疯子。她是汪疯子的女儿。

汪疯子的女儿到了大特区，是他亲自把她送到这块土地上来的。作为一个寻梦者，她的梦已经化作风雨中的一缕烟丝；作为一个淘金者，她几乎分文不名了。她输了个精光！她不该是这个下场，上苍本来为她安排了一桌丰盛的筵席，是她自己掀翻的，把盆碟盘碗摔得粉碎。

错失良机，错失良机，错失良机……列车滚动着这毫不留情的节奏。

“你后悔吗？”

“不。”

“为什么？”

“你走了以后，我很消沉。有人告诉我，莫斯科不相信眼泪，海南岛不允许消沉。我为自己虚幻出八个字：无怨无悔、热爱生活。我身边需要有个人。”

他是个什么人？他不是人，他不是人，他不是人……这残忍的节奏无限反复着。沉重的车轮和沉重的罪恶感交相地碾着她的良知，她内心深处发出了钢轨般的呻吟，胸口一阵火灼般的疼痛——那里贴着一封《绝命书》。正是这生命的最后的悲鸣和号叫，唤醒了她那几乎泯灭了的良知，也加重了她的罪恶和对罪恶的忏悔。

绝命书

任何稍有善心的人都难以逆料且难以相信这残忍至极的事实：你是在我最艰难、最痛苦、最活不下去，同时也是最需要你的时候背叛我的；你是在我遵照你的意愿为我们共同的前途和命运舍身舍名拼搏的时候从背后捅了我一刀的！

“我同时失去了两个女人！”——还记得三年前这句奔走相告的话吗？你又一次极其成功地导演了这一重复的悲剧。但我是无辜的，而且我毕竟付出得太多太多，多得超出了我自身的负荷。所以我不愿意也不应该有与别人雷同的结局，因此——

我决定在百日之内了此残生！

这不是一时的冲动，而是深思熟虑的结果。在以往诸多的惊天地泣鬼神的海誓山盟中，我也曾多次向你表明过这个态度。尽管你对此像对我的一切都不经意一样，可我不能自食其言，这不仅仅是用诺言证明我人格的价值，还因为——

我没有给自己留下任何余地（上帝帮助过我，我拒绝了）。

你没有给我留下任何活路（上帝警示过你，你也拒绝了）。

但我不愿意默默无闻地死去，既然有个轰轰烈烈的开始，有个轰轰烈烈的过程，就应该有个轰轰烈烈的结局。

我并不认为你是个预谋的杀人者，但也不认为你是个无意的凶手。你深知你是我生命与感情的唯一支点，你也深知你是完全有能力将我置于死地的。深知后果却一意孤行！我万万没想到你作恶和做爱是一样的疯狂而彻底！

是我亲自把你送去的。刚一到那里我便觉得这是自己的地狱。你发誓说你要做一个例外的女人，你说上苍会惩罚你的，你说你会遭报应的。没有，苍天无眼，天道不公，自古皆然，因此而不怨天。

也不尤人。我承认我们刻骨铭心地相爱过。尽管为了这爱我付出了包括生命在内的全部代价，也不后悔。就是经过了非人的煎熬与折磨使我做出了最后选择的今天，我依然深深地爱着你！直到百日后的最后一刻，我也会拼尽全力呼喊：“茫子，我爱你！”我没有背叛自己的爱！

我没有说话不算数的历史，包括一朵白兰花那样微不足道的小事，这你最清楚。魂断天涯的承诺可不是儿戏。

我之所以为自己留下了百日的时间，是因为还有一些包括你在内的重要的事情要处理一下。男人和女人不同，男人有天生的责任感，女人可以不为任何人包括自己负任何责任。

在我完整的一生中，你仍然是我可以拜托的人，你会的！对不起，不能为你写百字长联了，这是我有生以来唯一说话不算数的地方。

请记住这个日子吧，届时我会给你留下一份具有法律效力的遗嘱的！

二

列车向南，窗外依然风雨如麻，这是条多风多雨的路。钢轨上滚动着一个伟大的预言，诺查丹玛斯关于恐怖大灾难的预言。因此，那轰轰隆隆的车轮声是令人焦灼而又捉摸不定的。

她的心也像列车一样奔驰着，轰鸣着。她终于出来了，真有一种大逃亡的惊险和刺激。这是个蓄谋已久的行动，他拖着她的大箱子已经到车站候车室里等她了，她却被办公室陈主任拦住了，告诉她晚上有重要演出，首长要接见，让她准备去照相。那时她正提着那个装满食品的塑料袋往外走，离开车时间只有四十分钟了。她急了，急中生智，到门口的传达室随便拨一个电话给她的一个朋友，让她马上往办公室给她打一个电话。于是，刚上了楼的陈主任推开窗子朝下边喊着："汪忆芹，接电话!"她的心跳到了嗓子眼，三步并两步上了楼。她拿起电话支吾了几句便撂下了，面对着陈主任，作假的紧张使她满脸通红，反而让人看出了惶恐的真实。

"出了什么事?"陈主任问。

"我……我姐姐来电话，我女儿从楼梯上摔下来了……"

"伤重吗?"

"送医院了。"

"你快去吧，照相的事我再安排别人。"

她向他讲着这精彩一幕，讲得眉飞色舞，俏丽的脸庞又红涨起来。

他一往情深地看着她，饶有兴趣地听着，默默无声地温和地笑着。他总是这样看着她，这样冲她笑，从那个冬夜开始。她最熟悉也最受不了这种表情。那目光像一缕春风，那笑容像一缕春阳，春风伴着春阳在她的心尖上烘烤着，融化着，她浑身的每个兴奋点都像种子一样膨胀起来。感情的萌芽，危险的花。她管不住自己，主动地偎进他怀里，真想干出点儿疯癫的事情，如果不是在火车上。

她扬起脸，贪婪地看着他。似乎一错眼珠，他就会从她身边消失一样。他的脸是苍白的，消瘦了许多。他吃苦了，受屈受辱了。因为跟老婆打架，蹲了三个月的班房。一个法律系的大学讲师，却被非法关押了一百天，要不是学校党组织出面找到省委领导，说不定会给他判刑的。正赶上“保护儿童妇女权利月”，妇联出面告的他。罪名仍然是那千古不死的幽灵——当代陈世美。这一切都是为了她。今生今世绝对不能再有丝毫对不起他，他为她付出得太多了。他已经心力交瘁，经不住细微的打击了。她得小心翼翼地捧着他，千万别不小心打碎。

“我将怎样保住你呢?”

“保住了你自己，就保住了我。”

她千百次地这样问过他，他每次都是这样回答。她深知这句话的含义，也深知这句话的分量。这是他对她最低的要求，也是最高的要求。这是毋庸置疑的。她完全应该也完全可以轻而易举、顺理成章、天经地义地做到这一点。这是不成问题的问题，她相信她自己。

他一只手温柔地拢着她的肩头，一只手打开他的提包，从里边拿出一瓶红酒。

“味美思，太好啦!”她像往常那样大惊小怪地叫着，她喜欢大惊小怪，哪怕是吃饭时碰到一粒砂子，她也会喊叫着蹦跳起来。不过这一次她没有动，仍然小鸟依人般地偎在他的怀里，舍不得须臾离开。太渴了，她的心。

“茫子，知道今天是什么日子吗?”

他叫她茫子，这名字是属于他一个人的。那一次她写了一首小诗，是关于爱情的，要发表。她嫌自己的名字太俗气，让他给取个笔名。他早就为她想好了，她叫汪忆芹，取最后一个字的谐音为姓，叫秦小茫，爱称茫子。至于为什么叫小茫，他一直没有说，这个秘密至今仍埋在他的心底。她也没有问他，尽管她时时想着要问他。

“八月二十三日。”茫子喃喃地说。

“还有呢?”

“我们南下纪念日。”

“再想想……”

“哎呀！今天是我的生日!”

她跃身而起，挥动着那双灵活的小拳头，没头没脑没轻没重不管不顾发泄般捶打着易达人。对了，他叫易达人。他像受虐待狂似的甘心情愿地忍受着爱情补偿。有一拳落在了他的脸颊上，他哟了一声，她急忙住了手："打疼你了吧？我的宝贝，对不起！"于是，她又抱起他的脑袋，对着那发红的脸颊又是吹，又是吻，像一个疯癫的母亲疼没好疼爱没好爱地对待一个大孩子。

易达人在她爱的蹂躏下忙活着，打开酒瓶，倒了满满的两杯酒。她也把她带来的塑料袋扯开，那里边包着一块红油油的酱牛肉。"这是姐姐给我们做的，她做的酱牛肉特别有味！"

她像庄稼汉一样用手撕扯着酱牛肉，往他的嘴里塞着。她喜欢往他的嘴里塞东西，无论是吃正餐还是吃零食，她总是毫无顾忌、不厌其烦地喂着她的"填鸭"。有时一顿饭下来，易达人甚至连碗筷都不用自己动一下。他觉得这是一种享受，她觉得这是一种快感。情到深处，已经无法分清爱的界限了。什么父爱、母爱、情爱，统统掺和在一起，劈头盖脸地向对方身上倾注着，无论怎样都觉得不够。

易达人把一杯酒递给她，自己端起另一杯，重重地碰了一下，说："Happy birthday to you！"

他送给她一张精美的生日卡。她双手捧贴在怀里，轻轻地闭上了眼睛，心里怦怦地跳着。她知道，打开那生日卡，那里边会出现两行潇洒漂亮的字迹，那是他为她写的寿联。关于生日，他们之间有许多惊天地泣鬼神的经历。每一次生日，都是一次爱情的辉煌的节日！当然，属于他们两个人的还有另一个节日——听雨节。那是他们共同的诞辰纪念日，是王母娘娘转让给他们的。每年，他都为她写一副寿联，每一联的字数正好与她的年龄相等。去年她二十九岁的时候，他是在木兰山上为她祝贺的，那副寿联至今在她的脑畔鸣响着：

四十烛泪点点滴滴汇大江碧水洗日月光华问苍天有几多心痴神自度；

廿九青春丝丝缕缕织人间异彩绘情场风流料此生终须是精诚石为开。

这是一支歌，时时在她耳边萦绕不绝，时时搅得她心潮翻卷。他为她许下了这样的诺言：每年为她写一副寿联，直到写下百字长联。

“你要是闪了我呢?”

“不会的，永远不会的，你是我永生的爱!”

“哼，你就是闪了我，到那一天我也要找你要寿联，每年一次，扰得你一辈子不得安宁。”

这说的都是玩笑话。不会的，永远不会的，他何尝不是她永生的爱呢？只要他们活着，就谁也别想离开谁。一段刻骨铭心的恋情，可不是说断就断得了的。要断也是肝肠寸断。把一个整体撕裂成两半，要眼见得鲜血淋淋，耳听得呻吟呐喊，不闹个天翻地覆是收不了场的！他和她都在上帝面前签字画押了，这辈子非她莫娶，这辈子非他莫嫁，这辈子非他（她）莫属！今年，他写的是什么呢？她慢慢地睁开眼睛，把生日卡打开：

万里天涯伴君行曾经两度沧海但求前路多些审慎少些风波伊情亦我情；

三十春秋觅相知唯见一山巫霞琼岛谋生宁饮净水不食浊肴自重且自珍。

她心里一阵发热，两行泪水夺眶而出。

默然无语。他依然温和地笑着，春阳般的笑容映着晶莹的露珠。然而他的眼神里，却抑郁着几多忧虑，几多沉重。

窗外，风雨将远山近水涂抹得梦一般的朦胧。

三

田小卉有一间小屋，在长堤大道上，真称得上是斗室，房间小得只装得下一张床和一张小书桌。让人满意的是，麻雀虽小，五脏俱全。里边居然还有厨房、卫生间、阳台。田小卉和她的丈夫住在这里。浪迹天涯，毕竟成双成对。田小卉在威丽商场摆了一个服装摊档，她的丈夫关明在一家中外合资的大公司里任职。他们自给自足，自得其乐，自然也心满意足。至少表面看来是这样的。

田小卉把这间斗室让给了他们，她自己在服装摊档里栖身，关明则搬到公司的集体宿舍里去住，成全了一双，又散了一对。尽管田小卉是易达人的表妹，尽管茫子和卉子是同窗挚友，他们还是于心不忍。易达人坐在屋里发起了愁。茫子却出去了，一个小时以后，门砰地一下被撞开了。茫子扛进来一卷尼龙布，还有两个帮忙的小伙子抱着木板、竹竿、铁丝。

“你要干什么？”易达人困惑地问。

“我要自己建个巢。”

茫子说着，让两个帮忙的小伙子把东西放在阳台上，只说了一声“多谢”就把人家打发走了。她连口气都没有喘，便叮叮当当地干了起来。

“要我帮忙吗？”

“不，你别管！”

在茫子眼里，易达人就是个书呆子，粗活细活都不会干。她也总是以这个理由娇惯他，连块手帕都不让他自己洗。她自己则扮演着温柔贤惠、千娇百媚的女人和顶门立户的大丈夫的双重角色。当田小卉和关明回来吃晚饭的时候，两个人都惊呆了：那个破破烂烂的阳台神奇地变成了一间整洁漂亮的小房子。三面糊着壁纸，前面遮挡着印花尼龙布，一扇破旧的木板门搭成了一张小床，两只破木箱支起了一张小书桌，书桌上摆上了一盆太阳花。

茫子来了，给这间小屋带来了活力，带来了生机，带来了翻天覆地的变化。四个人都很兴奋，那一晚上他们吃的是炖排骨，还喝了酒，男人喝“小角楼”，女人喝“味美思”。诗一样的酒，酒一样的生活。活着，还是美好的，万千感慨只道出了这么一句没劲的话。

掏心窝子说，关明和卉子是不大喜欢茫子的。特别是关明，他看不惯茫子身上那种神经兮兮、华而不实的东西。而更让他反感的是，一个三十岁的女人，还常常故作小儿女状，这种善于献媚取宠的女人是绝对靠不住的。但是现在易达人正对她爱得走火入魔，他也不好说什么，她毕竟让易达人享受了那么多的美好和愉悦。

“茫子，你有开发精神，又有开发能力，在大特区一定能干出一番事业来！”卉子热情洋溢地说。

“我首先开发了这间小屋。”茫子骄傲地晃着脑袋，晃出了一身娇态。

“你首先开发的是我表哥。”卉子开心地说着，冲易达人做了个鬼脸。

“没错，你把一个六根清净、坐怀不乱的柳下惠开发成了一个风流倜傥的情种。”关明也附和着卉子说。

“我表哥再风流，也风流不过你。”卉子又向关明挑衅了。

“你还不老实点儿，老子要告你一刁状的！”

关明这句话说得很气愤。卉子果然垂下头，脸红红的，眼里噙满了泪花。小屋里的空气立刻沉闷起来。易达人和茫子对视了一下，心里也开始沉重了。

这一晚上大家都不怎么开心，特别是卉子，没完没了地收拾房间，不知在捣鼓什么破衣烂衫的。后来关明的朋友小姚来串门，有一搭没一搭地聊着，大家都觉得没劲。茫子提议打扑克，赢钱，赢了钱明天买鱼吃。她在说玩的时候，也没有忘记易达人爱吃鱼。卉子没心思参加，小姚入伙正好凑上四个人。在火车上，他们跟两个广州的年轻人学会了一种新的玩法，叫“放红”。茫子好为人师，立刻把这种新的玩法教给了关明和小姚，于是，四个人玩起了“放红”。真晦气，从第一把开始，茫子总是输。输得她有点儿恼火了，一个劲儿地骂娘。她倒不是心疼那几块钱，只是她把这种玩法教会了别人，自己却输得一败涂地，脸上有点儿挂不住。小姚还一个劲儿地安慰她：“没关系，赌场失意，情场得意嘛。”

“娘的，老子不玩了！”她说着，手一扬，把扑克扔得满屋都是。

她就这么任性，易达人想批评她，当着小姚的面，终于没有开口。茫子一点儿都没有觉得自己失礼。她调皮地朝关明的脑壳上敲了一下，没有人追她，她却像兔子一样逃进阳台那间新屋里去了。小姚说了一句“茫子真活泼”，不知为什么，易达人听了这句话觉得不大舒服，甚至有点儿难堪。以前他也听到过人们对她类似的评论，他都不以为意，甚至还为自己有这么一个小鸟般欢悦的女友感到自豪。

她真的累了，也是为她自己亲手建筑的小屋而陶然。这圣洁的小屋是属于她和易达人的，在茫茫大千世界中，有这么一块小天地让他们宁静地不受干扰地相亲相爱也就足够了。很快，她便带着这种满足进入了梦乡。一只白色的小船，孤鹅般地悠然漂泊在蓝盈盈的大海上。她惬意地躺在易达人的臂弯里，望着头顶上那高远的蓝天。天边，一朵五彩缤纷的云，是祥云。突然，她看到水面上伸出了一双手，一双溃烂、腐白、肉麻的手。她悚然地把身子缩向易达人，却发现身边是空的，易达人不见了。那双手向她伸过来，她惶恐万端地惊叫着。她觉得自己是在惊叫中醒来的，醒后胸口还在剧烈地跳动。她没有睁开眼，只是翻个身，伸出裸臂向身边够去。身边果然是空的，达人呢？她腾身而起。里边的小屋里还亮着灯光，有人哭泣，哭得很伤心，是卉子在哭，出了什么事？

"你说不是强奸，也不是通奸，那到底是什么？是半推半就，是寻求刺激，还是为了达成某种交易？"

"不，不……不是这样，我……我爱关明。"

"是的，你爱关明，这我知道。可是你为什么轻而易举地就背叛了自己的爱呢？女人难道真的管不住自己吗？到现在，你还不恨他，还不允许关明去报复他。当然，我也不同意关明把他宰了，为了一个流氓经理把自己的命搭进去不值得！可是你应该有个态度才对！你把关明伤得要死要活，自己却貌似公道，这怎么让人受得了呢？"

"我……我已经答应永远不再见他了。"

"这不够！你应该跟关明一样地恨他！"

易达人在叫嚷着，把这小屋震得嗡嗡作响，也把她吓得瑟瑟发抖。她双臂抱膝坐在床上，身子缩成了一团，好像易达人不是在冲着卉子发火，而是在冲她发火。卉子说的是真话，真的不知道。不过，卉子不是个挺理智、挺明白、挺有先见之明的姑娘吗？怎么自己也是诸葛亮喝盐卤，明白人办糊涂事呢？当年她刚跟易达人好起来的时候，卉子就出面干涉，不让表哥爱她。而且还说了一句很伤她的话："婊子无情，戏子无义，你非毁在她手里不可！”这句话她一辈子都不会原谅卉子的，她最听不得人家称她戏子，更容不得别人把某些戏子的恶劣品质平白无故地摊在她的头上。你到底也有今天，你倒不是戏子，你倒是有情有义，不是也轻而易举地背叛了关明吗？她忽然觉得自己不应该幸灾乐祸，无论如何，女人还是最了解女人的。她该站出来为卉子说几句话，但是她不敢。

四

有一个星期了，关明也不提帮她找工作的事。她每天除了帮助卉子看服装摊档，就是回来捣鼓菜饭。她不远万里到这里，不是来当家庭妇女的。她心里很焦灼，自己偷偷地到外边跑了几个地方，碰到的事情让她心惊肉跳，这里真可谓是冒险家的乐园。吓得她再也不敢出门了，也不敢跟易达人讲她在外边的历险经过。易达人情绪很低沉，终日愁眉不展，跟关明一起，除了喝酒，便是诅咒这里的罪恶。她知道他的沉默意味着什么，他想把她带回去。把她一个人扔在这里，他是无论如何不放心的。但是她也是无论如何不能回去的，破釜沉舟，没有退路了。她得说服他，谁也不能让步，这很难。

“这里是女人的沼泽地，我们认识的几个女人，都陷进去了，无一例外。”

他终于说出了这句话，这是她最担心的。他说的都是事实，是几天来他们所见所闻的残酷事实。

“我要做个例外的女人！你相信不相信我会做个例外的女人？那种事我就不相信是可以强迫的。”她信誓旦旦、底气十足地说。

“你是个缺乏自制力的女人。”

她无言以对了，这也是个事实，而且是个更加残酷的事实。

“茫子，回去吧。”他用恳求的口气说。

“不！”她很坚决。

“等我离婚手续办好了，咱们再一起来。”

“我在这儿等你！”

“我不放心。”

“请你相信我，我不会背叛你的。你看，是你亲自把我送来的，我如果干出那伤天害理的事情，那还算人吗？上苍会惩罚我的，你信不信真有上苍？信不信上苍会惩罚人？反正我信。”

这是他们每天所忧虑的事情，是他们每时每刻都争论不休的话题。那一天晚上，他们又和卉子、关明非常严肃地讨论起来。

“不要到公司里去谋职，那不是女人待的地方。”卉子深有感触地说。

“我的意见也是不要到公司里去，现在卉子这儿搞了一个服装摊档，投资一万元，每天能收入几十元钱。现在是两个人搞，有一个正在上海采购。如果你愿意，就三个人一起搞。”关明摆出了具体方案。

她不愿意跟卉子搞服装摊档，倒不是她瞧不起这个体经营的差事，她觉得这小本生意容纳不了三个人。她加进去，无非是从人家碗里抢饭吃。再说，易达人走后，她再住在这里就不方便了。

这顾虑不是多余的，易达人也这样想。

小姚来提供了一条信息，他说他认识南海公司的总经理。这家公司是内地一个劳改农场办的，很正规又很正派，对职员管理很严，几乎是军事化的。集体吃饭，集体住宿，不经请假不许外出，不许在外边过夜。小姚还说，有一个女职员上星期跟男朋友约会未归，被炒了，正好有一个空缺。茫子要是有意，他可以帮助推荐。

茫子立即兴奋起来，摇着易达人的肩头撒娇。卉子和关明也觉得这个公司还比较可靠，易达人也就此让步。

第二天小姚带茫子去了南海公司，不到一个小时，茫子便风风火火地回来了。

“怎么样？”易达人问。

“很好，很满意。”

“什么很好，谁很满意？”

“都很好。他们对我很满意，我对他们也很满意，让我今天就去上班。”

“今天就上班，这太突然了。”

“是呀，我也没想到他们办事会这么痛快，合同书都签了。我在那儿试工三个月，合格后转为正式职工。他们还要盖宿舍楼，说凡是公司创建人员都能分到一套房子。我们需要一套房子。你看，这是他们公司的发展规划……”

茫子说着，就要到阳台上那间小屋里收拾行李，又转过身来泪汪汪地说：“不过，达人，我们得分开了，今天就分开……”

易达人用自行车带着她的行李，亲自把她送到了南海公司。在一个小客厅里，李总经理接待了他们。易达人以保护人的身份向李总经理拜托着，谈话还是蛮投机的。

易达人说：“我很欣赏你们公司对职员的管理制度。我这次到这里，所见所闻，触目惊心，有一个问题使我困惑，为什么什么人都可以办公司？为什么什么乌七八糟的公司都可以存在？我们所认识的一些女孩子，是层次很高的女孩子，她们是带着幻想、带着追求来的，可是都陷进去了，这真让人痛心。”

李总经理笑了：“你所说的层次很高的女孩子，依我看层次未必高。”

“我很了解她们，有的就是我的学生。”

“你很了解她们，不一定了解这个地方。据我所知，确实有一批有才能有志气的女孩子，在这里是凭着本事立住脚跟的。我刚才跟汪小姐谈了谈，她也很有主见嘛。”

易达人依然不放心，但他不再坚持让茫子跟他回去了，坚持也没用，茫子已经成为南海公司的一名职员了，他只好承认这个既成的事实。他帮助茫子收拾住处，公司分配她跟一个做饭的厨娘同居一室，住宿条件还不错，除了床之外，还有一个小衣柜和小书桌，这是茫子最满意的。收拾妥当之后，茫子让易达人坐在她的小书桌前，铺上一张稿纸，又把钢笔拧开。

“干什么？”易达人问。

“你给我定几条法律，我保证照章执行。”

“有必要吗？”

“有必要。你说过，我是个缺乏自制力的女人。”

“你写吧，你自己写的证明你认可。”

“那你说。”

“先写上《约法八章》。”

“好了。第一……”

“第一，不许以任何借口接受男人的任何邀请和馈赠；第二，不许以任何方式跟男人约会；第三，包括工作在内均不许到男宿舍里去；第四，不许让任何男人到自己的宿舍里来；第五……”

茫子把《约法八章》写好，贴在自己的床头上。易达人笑了，他觉得这有点儿滑稽，有点儿幼稚。茫子却很认真，她说：“这是我的护身符，是你的定心丸。”

三天以后，易达人走了。茫子早起请了假，到码头去送他。要分手了，两个人心里都生发出一种莫名其妙的惶恐。在检票口，易达人紧紧地拉着茫子，声音颤抖着说：“茫子，实在干不下去，就回去，好在还有一条退路，好马也吃回头草。”

茫子含着泪，使劲点了点头。

“就是丢人现眼，也回去丢人现眼，千万不能在这儿陷下去。”

“你放心吧，我等着你。”

“多给我写信。”

“我会的，你人还没有到，办公桌上就会有三封信等着你。”

“那我太高兴了。”

“不过，你可要快点儿娶我！”

“我回去以后，就向法院递交离婚起诉书，这次法院再也没有理由驳回我的起诉了。”

他们吻别了。易达人走进了检票口，又回过头来。茫子没有像往常那样眼巴巴地望着他，而是转身走了，义无反顾地走了，连头都没有回。

那匆匆而去的身影在易达人心头掠过一阵悲凉和不祥之兆，他周身战栗了一下。

五

她在南海公司接受的第一个任务，就是为公司改名称——在前边加“中国”样的字头。她觉得这算不了什么，可是一连碰了几个硬钉子，她才知道这比陈景润解哥德巴赫猜想还要艰难得多。她先到市工商局，又到省工商厅，又到经委、协作办、投资总公司，她像球一样被踢来踢去，最后被踢进了死旮旯，说是要加“中国”样的字头，只有到中央才能办。就回去跟李总经理汇报了，李总经理说：“世界上没有办不到的事，特别是在这儿。”

她只好硬着头皮再去干，她知道这件事办成与否关系着什么。她还在试用期，算不上这里的正式职员。可是她实在是走投无路，叩问无门了。她急得吃不下饭，睡不着觉，身体一天天消瘦下去。办公室的一位女职员同情她，让她去找 H 经济发展研究中心的办公室主任刘凤岐，说不定他可以帮助她。犹如绝处逢生，对于这位女同事的帮助，她感动得滚下了眼泪。

连她自己也奇怪，这些天来大大小小的衙门进出那么多，接触了数不清的形形色色的男人，没有一个曾引起过她的注意。她顾不上这些，对易达人的思念和牵挂以及这无力而为又不得不为的工作，已经把她的脑袋塞得满满的了。可是，见到这位办公室主任，她却分出了心思。也许是他那双贪婪的、色眯眯的眼睛引起了她的警惕。她觉得好笑，就凭阁下这副尊容，也配对我存有非分之想？她在心里给他取了一个挺准确的绰号——卷席筒。有一出戏就叫《卷席筒》。他的确很像一个卷起来的席筒，矮墩墩，上下一般粗，圆头圆脑，装斯文戴着眼镜，却又长着脏了吧唧的络腮胡子。特别是那身行头，简直土得掉渣。一件圆领背心，一条宽肥的大短裤。更要命的是，整个看上去他给人一种很猥琐的感觉。她最见不得男人猥琐，恶心！

她立刻想起了她的易达人。酷暑无君子，夏天他有时也穿短裤，那是非常合体的巴拿马短裤。他从来不穿这种针织的背心，而是穿颜色清新、样式新款的 T 恤衫。他的衣着是非常讲究的，总是能把他内在的气质和魅力充分显示出来。着装是一种修养、一种文化层次。在她跟易达人相爱以后，连她的四季服装都由他设计，由他购买，使她这个过去最不善于穿戴的女人一下子跃上了高雅的层次。在这一点上，没有任何一个男人比得上她的达人。达人给人的感觉是高贵、深厚、博大。她喜欢用“高贵”而不愿意用“高尚”，是因为她觉得高贵更准确，尽管易达人具有许多可以称之为高尚的品质。她认为，高尚是后天修炼的，高贵则是与生俱来的，是他完美的人格不可分割的一部分，在评价易达人的时候，她是舍得花大心思、动大脑筋的。哎呀！怎么能把眼前的这个猥琐不堪、俗不可耐的男人与她的达人相比呢？这简直是对达人的亵渎，对他们那永恒的爱情的亵渎。

刘凤岐很热情，答应竭尽全力帮助她。让她把所有的手续拿出来，他要亲自带她去跑。她高兴极了，她现在最需要的就是有人帮助她。刘凤岐把手里的事情先放下，立刻带着她出发了。刘凤岐很气派地叫了一辆TAXI，然后又很气派地扔给了司机一支“鬼子烟”。

她心里不禁笑了一下，觉得他很滑稽，这气派完全是做出来的，或者说是装出来的。不像达人，达人的一举一动、一颦一笑，都是那么自然得体，羚羊挂角，无迹可求。这个成语她是从三毛书里读到的，她不解其意，问达人。达人专门为她做了一张卡片，不但解释了这个词的含义，还追根寻源，引注了它的出处和演变。她为达人治学严谨的精神感动得热泪盈眶。这张卡片至今她还珍藏着，作为自己读书做人的警示和楷模——今天怎么了，为什么总把眼前这个男人跟她的达人联系起来呢？是不是神经出了毛病？

“汪小姐，吸烟吗？”刘凤岐向她献殷勤。

“不，不会，谢谢。”她神思恍惚地说。

“别人吸烟你不反对吧？”

“请便。”

她还是受不了那股烟味。她觉得那浓烟吸进他的肺里再吐出来就污秽不堪了。达人是不吸烟的，何止是不吸烟，他们每次约会前，达人总是洗漱得清清爽爽，那怡人的体香简直像个圣洁的婴儿。身边这腐臭的烟味让她作呕，她想把车窗打开，无奈里边正放着冷气。她只有忍受着，希望早点儿能到达目的地，不禁问："咱们去找谁?"

"找楚天良。"

"楚天良是谁?"

"是个太子，通天的人物。"

"什么太子?"

"你没听说吗? 这里是'五子登科'。"

"哪五子?"

"你看，太子、浪子、骗子、票子、婊子，哈哈哈……"

"这一点儿也不可笑!"

戛然而止，刘凤岐那长满络腮胡子的脸红了，他还是个自尊心很强的人。她有些后悔，不该这样不客气地刺伤人家，毕竟有求于人嘛。他们没有找到楚天良，既然是个太子，是个通天人物，就会满天飞的，找到他谈何容易! 天已近正午了，未征求她的意见，刘凤岐便把她带进了梦湖餐厅，他们在一间雅座里坐下来。

"汪小姐，你点菜吧!"

"不，我不饿。"

"哪有不饿的道理，随便吃点儿嘛。"

"你自己吃吧，我等你。"

"汪小姐，别发愁，你们公司改名的事包在我身上了。你得有点儿耐心。"

刘凤岐说完，嘿嘿嘿地笑着。

那笑中又含着几分淫秽和挑逗。

一股受辱感几乎使她暴怒起来。菜上来了，她坚持说自己不会喝酒。刘凤岐只好给她要了一听雪碧。她默默地喝着，无滋无味……大桥下面有一家白云餐馆，很安宁，也很干净。每个星期天的中午，她和易达人都要到那里去用一次餐。餐馆里有一位小姐，还不到二十岁，长得很甜，很清秀，很文静，像一支湛青碧绿、一尘不染的翠竹，他们就私下里叫她"翠竹"。"翠竹"每次见到他们，都流露出一种艳羡的目光。很快，这种艳羡便化成一种发自内心的友谊，是一种从未交流的非常默契的友谊。她和易达人无论走到什么地方，都会让人羡慕不已。尽管她不喜欢“天生一对”这句俗不可耐的话，可是一直没有找到一句更合适的话取而代之。这种经历太多太多了，因此，她和达人在一起，便到处获得友谊和欢悦。天是晴朗的，世界真美，人是善良的……

晚上，她回到南海公司那间宿舍的时候，看到床头上贴着的《约法八章》，她趴在床上哭了。她哭了很久很久，终于爬起来，在泪水打湿的信纸上写着：

达人，我永生的爱：

我犯了个极大错误，违反了《约法八章》，你能饶恕我吗？事情是这样的……

门开了，厨娘阿琼进来了。她见到茫子那满脸的泪水和那双红肿的眼睛，惊慌地问：“汪大姐，你怎么了？”

“没、没什么。”她哽咽着，心里又灌满了泪水。

“是不是想女儿了？”

“是……”

是的，她对女儿也犯了罪，她心里又一阵绞痛。

六

她发现自己竟然是这样的脆弱。全公司的人都应邀参加大名鼎鼎的远洋公司举办的圣诞晚会了。她没有去，总得有人留下来值班。从张副总经理那有意无意的一瞥中她立即明白了，该留下的是她。她是有自知之明的。进入这个公司之后她才清楚，这里只有她一个人是临时工，并且只有她一个人没有关系、没有靠山。她总觉得自己是个局外人，有一种寄人篱下之感。实际上，人家也没有把她当作自己人。那个因为与男友约会未归而被解雇的她的前任，就是个没有根底的人。她随时都有被炒的危险。她小心翼翼地看着别人的脸色行事，像个古典的侍奉刁钻公婆的小媳妇。她十三岁便离开了家，摆脱了为全家人洗碗那烦人的劳动和母亲那严格的管教（至今她的额头上还留着一块母亲管教她而落下的伤疤），她天生的野性得到了充分的发展。如今的这种约束和限制使她难以忍受，她的脸色像被霜打了的菜叶一样日渐枯萎下去。

没有吃晚饭，床头上放着两包方便面，她懒得去煮。她拧亮台灯，要给易达人写信，向自己的心上人诉诉委屈。刚写了两行，自己又撕碎了。不能，不能把这些告诉他。要是他知道了她在这里的境遇，一定会逼着她回去的。更何况，他已经向法院递交了离婚起诉书，从学校、妇联、街道、女方单位、双方亲属……若干个庞大的劝说团正在轮番向他进行善良的轰炸。他不是个承受能力很强的男人，不能再给他增加负担了。那么，不说这些，该向他说些什么呢？说假话吗？她不会，也没有这份心思。面对着信纸，她坐了足足有一个钟头，一个字都没有写出来。窗外，不时传来一阵又一阵骤雨飞蝗般的鞭炮声。在这个万家灯火、普天同庆的时刻，她却被一种巨大的孤独感和屈辱感吞没了。她很想找个人聊聊，哪怕是个老人孩子也好，是条猫狗都行，她实在无法忍受下去了。与她同屋的阿琼回家了，要不她会陪伴她的，肯定会的，她是个心肠极善的姑娘。

她想喝酒，喝得酩酊大醉。她曾经有过这么一次熬煎。那一次，她做好了饭菜等着易达人来。易达人打来电话，说是系领导找他研究教改方案，要八点钟才能来。她一分一秒地熬到了八点钟，易达人没有露面；又一分一秒地熬了两个小时，易达人还是没有来。她受不了了，开始喝酒，整杯整杯地喝，把预备好的两瓶味美思统统喝了下去。她开始发起了酒疯，在房间里乒乒乓乓地乱摔乱砸起来，酒瓶、酒杯、饭碗、菜盘、暖水瓶……凡是可以摔的东西都被她摔得粉碎。然后，一头倒在床上睡觉了。大约十一点钟，易达人来了，怎么敲门也敲不开，可是屋子里亮着灯。易达人不知出了什么事，敲碎了玻璃窗钻了进来……那一次，易达人没有责怪她，只是说了一句类似对她进行评价的话——你天生有一种毁灭欲。

这句话像是用钢钻凿刻在她的心里，使她想起来就心惊肉跳。她不得不承认易达人对她的评价是极其准确的。是的，她毁灭过若干次，她的生活哲学就是不破不立，不断从毁灭中求得新的出路，小到一个酒杯，大到自己的家庭、事业和前途，她毁灭起来从不心慈手软。毁灭是痛快淋漓的，她可以从中享受到极大的快感。而且，不管毁灭的后果多么糟糕和可怕，她除了为自作自受而自嘲地摇摇头之外，很少表现出痛心疾首的悔恨。如果不是她缺少一种反思和自省的意识，那便是她具有摧枯拉朽的大将之风。天呀！我怎么会是这种人呢？我会不会把达人也毁掉，把我们的爱也毁掉呢？上帝啊，帮帮我吧，把你赋予我的那与生俱来的毁灭欲收回去吧。我要保住达人，保住我们的爱……

有人敲门，她激灵一下猛醒过来。是他？刘凤岐跨进门来，怀里抱着一个鼓鼓囊囊的帆布包，然后像变魔术似的一样一样掏出来放在她的小桌上：葡萄酒、香酥鸡、熏鱼、大虾罐头、菠萝、金瓜……

“你、你怎么来了？”她还没有从惊慌中镇定下来。

“我到远洋公司参加圣诞晚会，一进去就找你，碰到你们公司的人，说你一个人在家里值班。我来陪陪你，你一定很孤独吧？”

“不……”她无力地说着“不”字，眼睛里却噙满了感激的泪水。

“来，圣诞快乐，先干一杯。”

她没有拒绝，她太想喝酒了，很自然地接过了酒杯。

他跟她面对面地站着，两张脸离得很近。当他跟她说话的时候，一股恶浊的口臭扑过来，令她一阵作呕。她借着碰杯时的掩饰，本能地向后退了退。

两个人都一饮而尽。刘凤岐很不客气地坐在了她的床上，那块属于她和达人的床单被他压皱了，她心里很不舒服，但又不好说什么。而她自己只好坐在她桌边的椅子上。

“汪小姐，你的脸色很不好，情绪也很消沉，是不是有什么事？能跟我说说吗？”

“我想回去。”

“为什么？”

“太艰难了，这儿不是女人待的地方。”

两行泪水顺着她的脸颊流淌下来。她不愿意这样，可又实在忍不住了。

刘凤岐从衣兜里掏出一块干净的手帕，探过身子要替她擦眼泪。她躲开了，站起来拽过自己的毛巾。

“汪小姐，别这样，听我说一句话好吗?”

她顺从地点了点头，像个乖孩子。

“莫斯科不相信眼泪，海南岛不允许消沉。你说，这不是女人待的地方，可是我要说，这儿是女人的天下。”

她瞪大了那双泪眼困惑地看着他，像是根本没有听清他在说什么。刘凤岐却用另一种心态解读着她的眼神。这美丽无双的明眸，这天然的漆黑如画的眉毛，甚至那用秀发遮掩着的额角的伤疤，都对男人辐射着一种不可抗拒的诱惑力，特别是对于刘凤岐这种色迷心窍的猎艳者。她似乎意识到了什么，忙把眼神错开，很豪迈地喝了一杯酒。

“汪小姐，你知道吗? 南海公司在捉弄你。”刘凤岐为避免急于求成，增加保险系数，恰如其分地换了个话题。

“为什么?”她吃惊地问。

“我找到了楚天良，要在公司前边加上‘中国’的字头，是根本不可能的事。中央有指示，凡是原来有‘中国’字样的都要取消。他们明明知道这件事不能办，还让你去办。”

“他们为什么要这样?”

“为什么? 为的是证明你无能，他们想什么时候炒你就什么时候炒你，不炒你也会给你最低的待遇，让你永远抬不起头来，永远不能跟他们平起平坐。”

“他们有那么卑鄙吗?”

“这算什么卑鄙，平平常常的手腕。”

“太可怕了，我应该怎么办呢?”

“我想帮助你。”

“你怎么帮助我?”

“有一家国营物资单位，全权委托我给他们办一个公司。这个公司的总部在珠海，海南这个公司由你去筹办，以后这个公司的经理就是你。”

“哼，哪儿有这等好事?”

“你还不相信，我把一切手续都带来了。”

刘凤岐说着，把申报公司的报告、委托书、资金证明等等都摊在了她面前。

她相信了，可又犹豫了：“让我筹办公司，让我当经理，我哪有这个能力?”

“有我呢，我当你的后台老板，你还怕什么?”

“我……我该怎么感谢你呢?”

“汪小姐……我们同是天涯沦落人。”

酒精在她心里燃烧着，一个光辉灿烂的前景像舞台上的碘钨灯一样晃得她头晕目眩。当她为了表示谢意站起来为刘凤岐倒酒的时候，她身子开始摇晃起来，刘凤岐顺势扶住了她，抱住了她……

外边，鞭炮声响得荒诞而混乱，她的灵魂飘出了她的躯壳，她那失去了灵魂的躯壳在麻木地任人摆布着。突然，她那飘浮在天花板上的灵魂听到一个男人的响彻天庭的连上帝都听得清清楚楚的呼救的声音。床头上贴着的《约法八章》呼啦啦地扇动着，呼唤着亘古长存的人类的良知。于是，她的灵魂又重新钻入了她的躯壳，她的躯壳又复活了。然而，一切都已经晚了，她已经跌入了罪恶的深渊……她疯了，一脚将刘凤岐踹下床去，她赤裸着身子，像一只凶猛异常的白鹅一样声嘶力竭地哭号着：“不！不！你毁了我！你毁了我！你把我毁了！”接着，便是一阵乒乒乓乓的摔打，小屋里立即变成一片废墟。

达到了目的满足了欲望的刘凤岐吓傻了。

此时此刻，她绝不记得，今天是圣诞节——那个冬夜也是圣诞节！

七

茫子，我亲爱的：

你怎么了？你怎么不给我来信呢？病了吗，还是出了什么可怕的事？不，不会的！如果真要那样，上帝就是个刽子手，就是个吃人不吐骨头的野兽。不应诅咒上帝，上帝是公正的善良的，我们应该相信他。我们经受住了他为我们设置的万千磨难和考验，我们这只从风雨飘摇惊涛骇浪中驶出来的爱的方舟已经看到了彼岸的灯塔，世界将是属于我们的了。我们这刻骨铭心的爱情将证明一个伟大的真理：上帝是仁慈的，人类是有希望的！

我们终于在法庭上摊牌了，目前还算是调解离婚。你猜她说什么？“你为什么还要离婚？不是把你关了三个月吗？难道还没把你教育好吗？”这既让我啼笑皆非，又让人替她感到悲哀。听她那口气，似乎我是失足青年，她则是失足青年的家长。把我送进拘留所，完全是为了教育我、挽救我，让我重新做人。连法庭办案的人员都无可奈何地笑了，事已至此，他们已不得不承认感情确已破裂了。于是，回过头来做她的工作，让她放弃幻想，面对现实。不过，真到了商量孩子及财产问题的时候，我再也忍不住了，在法庭上便哭了起来。这时候我想起了你说过的话：“没有宰孩子的狠心，是离不了婚的。”

茫子，你知道吗？在苦巴苦业、分分秒秒的煎熬中，我唯一盼望也是唯一能支持我挺下去的，就是你的来信。我记不清楚有多少天没有吃过一顿整齐饭，没有睡过一夜囫囵觉了。我之所以没有垮下去，正是因为有你的存在。可是，你已经有十三天没有给我来信了。这是一个多么不吉利的数字啊！记住，你欠我一笔很残忍的债，每拖一天，要还我一百个吻！

茫子，我的生命之船，我现在是最需要你的时候，多给我写一点儿信，好吗？求求你了！

我要你吻我，再吻……

即将完全属于你的达人

×月×日

这信还是七天以前写的，就是说，他已经有二十天没有收到她的信了。可以想象，他将怎样受煎熬，他会不会急疯、急傻、急死呢？想到这些，眼前的每一个字，都像利剑般地刺穿她的心。她的心在滴血，浸透骨髓地疼痛……她不能再让他受折磨了，她该马上给他写信。可是，写什么呢？告诉他事情的真相，她没有这个勇气；把这件事彻底隐瞒下来，她不敢，也不愿意。她没有办法给他写信，再也找不到以前那种感觉了，连称呼他什么都拿不准了……她犹豫着，这也是一种煎熬。

电话铃响了，她呆愣愣地看着那嘟嘟喊叫的电话，就是不去接它。似乎是自己的孩子惹烦了她，尽管拼命地哭叫，她就是不去理睬一样。她的心肠开始变硬了，甚至有一种虐待狂的心理，特别是对刘凤岐，常常跟他约好了不去，让他像热锅上的蚂蚁一样等得起急发躁。见了面对他也没有什么好脸色，甚至用很脏很丑的话骂他。那天夜里，外边下着大雨，他咚咚地敲门高叫。她从窗缝里往外看，他连把雨伞都没有带，淋得像个落汤鸡。她好高兴，下狠心不给他开门。他叫了足有一个多钟头，最后无可奈何地走了。第二天他发起了高烧，打电话告诉她，她连问候一声都没有。刘凤岐说她是个狐狸精，一张漂亮的脸蛋后边隐藏着一颗歹毒的心。她觉得对他歹毒得还不够。她平生最看不起的是猥琐的男人，最讨厌的是肮脏的男人，刘凤岐又猥琐又肮脏，她怎么会委身于他呢？怎么能够忍受得了呢？特别是他的口臭……

太荒唐了，该结束了！

怎么结束呢？现在，她不再寄身于南海公司的那间小屋里了。只是她手里这封信，是刚才她从阿琼那儿取回来的。除了阿琼，没有人知道她在什么地方，她跟原来的那个朋友圈子割断了一切联系。她在滨海新村001号租了一层小楼，相当舒适，有厨房、卫生间、客厅、卧室，还有冰箱、彩电、席梦思床、液化气灶，甚至还有带打火机的计算器，或者叫带计算器的打火机。如果说她对刘凤岐还有一点儿情义的话，那么这个玩意儿是专门为他预备的，因为他吸烟。这一切，都是用珠海总部给的开办费买的。她本来想给自己筹办的这家公司取个较有诗意的名字，可珠海总部的孙总经理一定要叫昌业公司，一个俗不可耐的名字。她如同忍受着刘凤岐这个俗不可耐的男人一样忍受着公司这俗不可耐的名字。她从这个俗不可耐的公司得到了她所渴望的东西——权力和金钱。尽管整层小楼只有她一个人，她却尝到了当大老板的滋味，说话算数，不再寄人篱下，她可以自己指挥自己。至于这一切都是以什么为代价换来的，她不愿意想，也不敢想，想起来浑身发抖。

刘凤岐急如风火地闯进来，虎着脸问她：“你怎么不接电话？”

她瞪了他一眼，没有说什么，只是把手里的信锁进了抽屉里。

“快走。”

“干什么？”

“孙总经理来了。”

“在哪儿？”

“在巫山大厦。”

“他为什么不到这儿来？毕竟这儿是昌业公司。”

“他当然要到这儿来，我安排他晚上跟楚天良一起吃饭，孙总经理让你去作陪。”

“我不想去。”

“你不去怎么行？孙总经理是你的顶头上司，你跟我可以任性，跟他可不能任性，你这昌业公司总经理的头衔还指望他任命呢！”

她只好去了。

在TAXI上，刘凤岐没有像往常一样跟她挤在后排座位上，她一直沉着脸不高兴。他知道了她的脾气，怕惹出麻烦来把今天的宴会砸了，因此他回避为良策。

他坐在司机旁边，一边给司机递烟，一边叽里咕噜地跟司机闲扯着。她却一句也没听进去，也懒得听。她懒得听任何人说话，这是年轻寡妇共同的心理状态。她常想，如果一个人的耳朵像眼睛一样可以闭上该有多好，那样世界就会变得非常宁静，至少减掉百分之八十的是非。

她觉得很累，肩膀发麻，脖子发酸，这是颈椎上的骨刺在作怪。她小时候练功颈椎受了伤，后来便长了骨刺。严重了就会压迫脊髓，她担心有一天她会瘫痪的。达人说有一种牵引按摩椅，是专门治疗颈椎骨质增生的，很有效。等他们成家之后，先要买这么一张牵引按摩椅，每天晚上他负责给她治疗。要收费的，每分钟一个吻。啊，达人……她看到一团火，熊熊燃烧的大火。达人在大火中挣扎着，呼救着。他的手脚像被捆住了，怎么挣扎也逃不脱，他的喉咙像是被什么堵上了，张大了嘴巴也喊不出声音来……达人！达人！“下车吧，到了。”是刘凤岐在招呼她。自从有了那种关系以后，他不再叫她汪小姐，也没有其他爱称，索性什么都不叫了。

她惊魂未定地睁开了眼睛，懒洋洋地下了车，跟着刘凤岐朝大厦的台阶上走去。

刘凤岐为了缓和他们之间这种沉闷的气氛，想开个粗野的玩笑：“你猜刚才那个司机跟我说什么？”

“爱说什么说什么，我懒得知道。”

“他说他一眼就看出你把自己卖给了我。”

“叭”的一声，一个巴掌狠狠地扇在刘凤岐那布满青胡楂儿的脸上。他的金边眼镜掉在了地上，摔得粉碎。紧接着是一声怒骂：“浑蛋！王八蛋！”

她转身跑下台阶，跑上林荫大道。

惊醒过来的刘凤岐在后边追着、喊着。

她拼命地跑着，耳边呼呼风响，冲破了无数好奇的目光织成的罗网。林荫深处，一双手在向她召唤，一双溃烂、腐白、肉麻的手……

八

她刻了一兜子公章：公司章、合同章、财务章、各科室章，还有钢印。这都是权力，一大兜权力，好足兴！她摇肩晃脑地走在林荫大道上，又恢复了往日那莽汉般的步履，还要伸长脖子吼叫几声“不要问我从哪里来”。她今天的兴致特别好，该到菜市场买点儿什么，做几样菜犒劳一下刘凤岐。她还没有主动约过他，也太没心没肝了！唉，没心没肝的何止是对他，比这更没心没肝的事她都做出来了。算了，不去想它。跳河一闭眼，前边是水是火，是死是活，认了！谁让她天生就有一种毁灭欲呢——这是他说的。

“茫子——”有人喊她，她一激灵，在这个地方，谁能叫她“茫子”呢？幸亏她立刻醒悟到这是个女人的声音。卉子像羊羔似的扑了过来，一边在她身上乱捶乱打，一边冲她叫嚷着：“你到哪儿去了？你到哪儿去了？你到哪儿去了？”

卉子哭了起来。

她心里一酸，嗫嚅地说：“卉子，对不起……”

“什么对不起？你对不起的不是我，是我表哥！他找你都要找疯了，每天一封信，急得我和关明到处找你，差不多把这儿的犄角旮旯都搜遍了。你到底躲到哪儿去了？为什么，为什么不告诉我们一声？”卉子泪流满面，那双眼睛虽说是很凶的样子，她却只是想哭。她太委屈了，为她自己，也为她表哥。

她战战兢兢地看着卉子，等她稍微平静后，才怯生生地问：“他怎么样？”

“你快跟我走吧，他给你的信和电报都在我那儿。”

她又来到了这间小屋，这间她亲手建造的属于她和达人的小巢。那张小床至死不渝地等待着她；那张小书桌在深情且忠诚地盼望着她；还有那根她做的挂晒衣服用的举竿，像路标一样戳在门口，真诚地向她警示着人世间的歧途；只是那盆太阳花已经枯死了，干筋般的枝条织成了一张让人望而生畏的网，网里挣扎着一只奄奄一息的小甲虫。一瞬间，她像跌入一个温馨而又可怕的梦里。她的全部意识，都被楼下一个男人那悲怆而又无可奈何的歌声吞没了：

在很久很久以前，
你拥有我，我拥有你；
在很久很久以前，
你离开我，去海南翱翔。
海南的世界很精彩，
海南的世界很无奈。
当你觉得海南的世界很无奈，
我还在这里衷心地祝福你。
每当夕阳西沉的时候，
我总是在这里盼望着你。
天空中虽然飘着雨，
我依然等待你的归期……

卉子把一大堆易达人托她转交的信摔在了她的面前，像是把一大堆责难和怨恨摔在了她的脸上。她的脸热辣辣的。她连偷看一眼卉子的勇气都没有了。

突然，一封电报从那堆书信中跳出来：请问购何式窗帘？

她从一大堆肮脏的记忆里打捞出了一个温柔的冬夜。他问："到那个时候，还要不要向你求婚？"

她海誓山盟地说："不要，此生此世，非你莫嫁！"

"那么，我就给你发一封这样的电报：请问购何式窗帘？"

"我给你回一封这样的电报：我要坐轿子。"

"太妙了！太美了！"

他们又一次热烈地拥抱在一起。

现在，她把那封电报捧在自己的掌心里，像捧着一条从水池里捞出来的小金鱼，她看着它由于缺氧而痛苦地挣扎着。可是她又不能把它救回水池里去，她要眼巴巴地看着它死在自己的掌心里。她的心——曾经属于他的同时也真正属于她自己的那颗心——在她如今已经被糟蹋脏了的躯壳里挣扎着，像她掌心里这条小金鱼一样将要在挣扎中痛苦地死去。

"茫子，你现在在哪儿？你为什么不告诉我们？你为什么瞒着我表哥？是不是……"卉子又哭了起来，她没有勇气把她的怀疑问出来，那太可怕了。

她同样也没有勇气回答她的问话。

"茫子，求求你，你可不能，不能干那伤天害理的事呀！你知道这些日子我表哥是怎么活过来的吗？都是为了你，一切的一切都是为了你呀！他是个重情重义、忠贞不贰的人，这你知道。你不能把他拖入深井里，自己却偷偷地爬上来，然后再往井里扔石头。你不能害了他，不能要了他的命啊！茫子，求求你了，我表哥是个好人，是个世上难得的好男人，你不能这样狠心……"

卉子冲着她声嘶力竭地哭叫着，哀求着，这让她心惊肉跳：她该怎么办呢？她踉踉跄跄地逃出了那间小屋。她提着手里的那兜子公章，再也不像刚才那么志得意满、飘飘然、悠悠然了。她觉得沉甸甸的，像是提着一兜子耻辱、一兜子罪恶。一个从她内心深处发出来的叫喊冲撞着她，撕扯着她，摇撼着她："我该怎么办？我该怎么办？苍天啊，我该怎么办呢？"

"该爱还爱吧，只要你愿意！"

"不！不！——这不是我，这不是我，这不是我！"

"是你，茫子，是你！"

"是魔鬼，是魔鬼，是魔鬼……"

滨海新村001号，昌业公司那扇挂着锁的铁栅栏门前，一对拖着行李的年轻人正在耐心地等着她。

"你是汪大姐吧？"

"你们……"

"我们从珠海来，是孙总经理派我们来的。"

她把铁栅栏打开。院子里，太阳花很不知趣地开出满天的热闹和欢笑，而蹲在墙角上的那棵从海滩上拖回来的枯树根，则像恶狼一样向她张牙舞爪，显示着狰狞和仇恨。

她把这对年轻人领进了办公室。年轻人掏出了孙总经理的信和任命书。这是一对小夫妻，是来接管昌业公司的，男的任办公室主任，女的任会计。她要把那刚刻回来的一兜子权力和锁在抽屉里的账本统统交出来，然后还要像勤务员一样为他们安排食宿。她将又像在南海公司一样，成了一个无职无权、受人支使、遭人白眼、随时都会被炒掉的小职员了。

她的身子像泥一样地瘫软下去，可是她的心却格外狠硬起来。

九

她不能认输，不能咽下这口气，不能把自己亲手打下来的江山再拱手让给别人，不能让人家圆了扁扁了圆地随便捏。你知道我是用什么打下这江山的吗？你知道我为此付出了什么样的代价吗？

孙总经理来了，是她打电话把他叫来的，她要跟他彻底摊牌。

孙总经理是个"老八路"，没有什么文化，粗人说粗话办粗事，可是在全公司上下威信却蛮高。这倒不仅是因为他资格老，立过战功，更主要的是他一直保持着“老八路”艰苦朴素、廉洁奉公的优良传统。跟有些风流倜傥、纸醉金迷的总经理、董事长相比，他简直是个不合时宜的“土包子”。只是他出于工作需要，这些年白吃了不少山珍海味。用他自己的话说，只落得“两袖清风一肚子油水”。那一肚子油水也确实够可观的，他只有一米六的身高，体重却超过了两百斤。他坐在茫子对面那把带扶手的转椅上，不但把转椅压得嘎嘎作响，两肋上那多余的囊肉都从扶手上下挤胀出来。这让茫子觉得有点儿可笑。更可笑的是他穿着那件早已过时的中山装，粗脖子上的扣子还紧扣着，她真担心由于扣得太紧喘不过气来不定什么时候会憋死。

夜很深了，那一对小夫妻早已经入梦。

“汪小姐，有什么想法谈谈吧。”孙总经理把夜谈引入了正题，慈父般和蔼亲切。

“没有什么好说的，这个公司是我的!”茫子态度强硬，寸土不让地说。

“这个公司是国家的，你不要忘了我们是国营单位。”孙总经理的话虽然很有锋芒，态度却依然是温和的。

“它的所有制是国营的，可是管理权应该是属于我的。”

“为什么?”

“当初就那么答应的。”

“是我亲自答应你的吗?”

“刘凤岐跟我是这么交代的。”

“这小子倒会大包大揽。”

茫子只好直截了当地说出自己的想法：“我想当这个公司的经理。”

“哈哈哈……”

孙总经理的大笑使她很恼火，恼火之后她又觉得很难堪。是呀，从什么时候起，她敢于这样赤裸裸地、不顾情面地与人相争了呢？她原来是个极讲情面，在任何人面前都不会说“不”的人。易达人临走之前还对她千叮咛万嘱咐，让她一定要学会说“不”。易达人是深知她这一弱点的。那一次，她从一个个体商贩那里购入一批照相器材，人家分明讹了那一笔钱，她不好意思去找人家，后来报不上账，硬是让会计把她的全月工资扣掉了。现在怎么一下子变成厚脸皮了呢？而且是争职争权，她曾经是最鄙视那龌龊不堪的权力之争的。是谁给了她这个勇气？是她听了易达人的话，还是受了刘凤岐的影响呢？

“汪小姐，我很欣赏你的勇气和魄力，你不是就想当经理吗，这容易，只要我写一张聘书就行。不过……”孙总经理的态度认真起来。

“不过什么，您不相信我的能力？”

“不，你的能力我见到了。”

“您怀疑我会以权谋私？”

“这我也不怀疑，你的账目是清楚的。”

“那您担心什么？”

“实话说吧，我担心的是你的可靠性。”

“您这话是什么意思？”

“汪小姐，你别误会。我作为公司的总经理，得为党和人民负责，昌业公司这么一大摊子，我得交给一个可靠的人才放心。”

“您为什么觉得我靠不住呢？”

“我没有觉得你靠不住。中国有一句古话，叫作打虎亲兄弟，上阵父子兵。不知道你注意了没有，大多数公司的领导核心之间，都存在着一种特殊关系。你毕竟是外人。”

“你们一直把我当成外人？”

“不是把你当成外人，你确实是个外人，不管刘凤岐是怎么跟你说的，当初我们之间的协议是：他帮我们办公司的执照，我们帮他安排一个人，你是被搭进来的！”

一股怒火在她心里腾地燃烧起来，刘凤岐这小子把她耍了，她非宰了他不可！

“汪小姐，你别生气。”孙总经理的态度又亲切和蔼起来，“我认为你是可以变成我们自己的人。”

“怎么变？”她仍然怒气未消，但又希望孙总经理能给她一条出路。

“很简单，在我们之间建立起一种特殊关系。”

“我们之间？”

“对，我们之间。”

“为什么?”

“因为我喜欢你，你长得漂亮，又挺能干。我们两个人要是搭配起来，我如虎添翼，你如鱼得水。你别看我是大老粗，我这个人还是懂得情义的。说句违反党性原则的话，我还蛮有点儿小资产阶级情调呢!”

她差点儿喷笑出来。

没见过这么面对面坐着，像谈生意一样谈男女之情的。这真是土法上马。

“汪小姐，你怕什么呢?据我所知，你是个观念很新的女人，我要求不高，只是……”

我能忍受眼前这肥猪似的“土包子”吗?既然忍受了刘凤岐那样猥琐又肮脏的男人，难道……天呀!我在想什么呢?我怎么变得如此下贱了呢?“爱情不是金钱可以买来的，但是可以为金钱而卖掉!”这句话是达人说的，是万里天涯伴君行的路上说的。达人啊达人，快来救救我啊!不，不要来救我，我自己都救不了自己，我没救了……

达人，对不起，我把自己卖了，把你也卖了。我不再属于你了，你也不再属于我了。达人，忘掉我吧，我是个坏女人，我配不上你!

“汪小姐，怎么样，考虑好了吗?”孙总经理仍然很有耐心地等待着。

有什么好考虑的，不就是卖吗?卖吧!卖给谁不是卖呢?从年龄上说，他做她的父亲还富余。她又看到了父亲的手，那双溃烂、腐白、肉麻，永远也洗不干净的手……

十

一双眼睛，夜的眼。一个方形的月亮。列车在喘息着，它在这条痛苦而漫长的路上已经爬行得精疲力竭了。

横掐竖算，今天都是最后一天了。达人，你慢点儿走，等着我，我来了，我要把你拉住，紧紧地拉住!要走，我们一块儿走!今生今世，生不能陪你，死总能伴你的!不过你不能死，你是无辜的。该死的是我，上苍啊，帮帮我，快救救达人吧!我愿意用我这肮脏的灵与肉去换取他那圣洁的生命！

这封“绝命书”是三个多月以前直接寄到滨海新村001号昌业公司的。这个地址肯定是卉子告诉他的，可是她没有收到。怎么会跑到刘凤岐手里去了呢？是孙总经理扣下交给他的，还是那一对小夫妻搞的鬼？还得感谢公安局，他们把刘凤岐抓了，查抄了他在H经济发展研究中心的办公室。刘凤岐到底犯了什么罪，她才懒得打听呢！当公安局把这封被刘凤岐扣下的信交给她以后，她连衣服都没有换，便登上了北归的列车。

校园里格外幽静，林间小路上间或过来一对相依相偎的恋人；远处的教学楼里亮着灯光，闪闪烁烁地晃动着人影；山那边一个男人在唱着那首悲怆而又无可奈何的歌：

在很久很久以前，
你拥有我，我拥有你；
在很久很久以前，
你离开我，到远方翱翔……

她无心顾及这些，小跑着朝那幢小楼奔去。绕过一个小湖，又冲过一道小桥，没有人注意她，夜幕掩护了她的恐怖和惊慌……

到了，终于到了，就是这一座小楼，浓密茂盛的爬山虎像罗网一样将这孤零零的小楼包裹起来。三楼上有一面小小的窗子，有多少个夜晚，她怀揣着一颗怦怦乱跳的心，来到这小楼下，看见窗户上那一片灯光，就像看到了一面引导她冲锋陷阵的旗帜！

此时此刻，那窗口是黑洞洞的！

她的心停止了跳动。她知道，就是拼尽毕生的气力，也爬不近那扇窗口了……

1989年9月18日于北苑三号院

你别让我失望

一

公元一九八五年，圣诞节。

珞珈山大学学生俱乐部。一场盛况空前的舞会。

舞会是由外语系学生会主办的。为了在全校师生面前显示他们的专业优势，自然引进了不少洋玩意儿——其中之一，便是只有戴上面具才能进入舞场，美其名曰假面舞会，够洋的吧！

邱萍是被中文系的几个女学生生拉硬扯来的。她们不仅是她的学生，而且是她的好朋友。朋友们是为了帮助她驱赶一下积聚在心头的忧郁，而她则是为了不扫朋友们的兴。

她被“卫士”拦在了大门之外。“对不起，请您戴上面具，海报上写得清清楚楚，这是假面舞会。”几个姑娘挺身而出，跟“卫士”据理力争：“她是我们的老师。”“老师怎么着？这是舞会的规矩。”“把你们领导找来。”“我们这里只有主人，没有领导……”

瞎争什么？不让进就不进呗。她一时兴致全无，转身就要往回走。

正在这时候，省歌舞团的摩托歌星王蔷赶来了。在W市，什么样时髦的场合都少不了她的倩影。她托着头盔，踩着马靴，趾高气扬地上了台阶。刚到大门口，头盔被一个姑娘劈手抢去了。紧接着，头盔套在邱萍的脑袋上，一个绝妙的面具。

邱萍被姑娘们的笑声拥进了门。

在人生的旅途上，随时随处都会有各式各样的门横在你面前，邱萍万万没想到，假面舞会这个门，对于她的命运，却是如此的重要！

舞会进入了高潮，校乐队的这帮哥们儿今晚特别卖力气。迪斯科舞曲像龙卷风一样在大厅里上下翻飞，横冲直撞，掀起了一阵又一阵汹涌澎湃的巨浪。彩灯闪闪烁烁，忽明忽暗。光波和音波搅和在一起，组成一个光怪陆离、动荡不安的世界。

音乐一开始，包围在邱萍身边的那群小公主便立即被王子和骑士们卷走了。她们都被音乐和舞步融化了，谁还记得谁呢？一股强烈的孤独感也像旋风般的音乐一样袭遍了她的全身。她缩在大厅的朱红柱子后边，旁边是一辆卖咖啡和冷果汁的平板三轮车，不断有男士在这里显示着慷慨，向他们那相识和不相识的舞伴们献着殷勤。

在这样一个热闹非凡的场合感到孤独是不正常的。这倒不是因为她被朋友们遗忘了，也不是因为她自己受到了冷落。她的整个心境都与这欢乐的气氛格格不入，似乎有一层看不见的薄膜，把她与周围的一切隔绝开来。

与其说是假面舞会，倒不如说是化装舞会更确切一些。人们隐藏了自己的真实面目以后，便按照自己的兴趣和想象变幻着自己。这里有白雪公主，有快乐王子，有铁臂阿童木，有孤独菲力普……还有长袍马褂、春秋礼帽，一边跳着变了形的伦巴，一边作揖打拱。八十年代的生活方式异化着封建王朝的遗老遗少，荒诞滑稽，却也令人深思。她真佩服当代大学生这种丰富的想象力。

天呀！这是干什么！她周身不由得悸动了一下。一群赤身裸体的原始人从大幕后边钻了出来，呐喊着，狂跳着，发疯般地冲向了大厅的中央。整个舞场沸腾起来，人们闪在一边，为这群原始人让出地盘。然后，几百人一起跳脚、呼喊、助威。这群原始人共有二十几个，每个人腰间都围着一圈草裙。这是真正的草裙，她认识，是用大别山上生长着的一种龙须草编织成的。男人展示着肌肉和力量，女人展示着线条和乳房。舞蹈也是原始的、粗糙的、随意的。——回归自然，这是填饱肚子的现代人所追求的又一时髦主题。

疾风暴雨过后，便出现了一个月明星稀、风平浪静的和平之夜。音乐舒缓下来。华尔兹、布鲁斯、探戈、狐步舞逐个地出现在舞会上。舞会的组织者懂得有张有弛的辩证法，不知是为了让人喘口气，还是为了照顾不同的兴趣爱好。

一个声音响在了她耳边，是蹩脚的乃至文理不通的英语。别忘了，这毕竟是外语系组织的圣诞舞会。

“May I have preasure to dance with you?”（我能有幸跟您跳个舞吗？）

她本来无心绪跳舞，在这个特殊的场合，她愿意用独特的方式消化自己的孤独。然而，她抬起头来看见眼前这个邀请者，却忍俊不禁了。站在她面前的是个高个子男人，头上套着一个纸筒，筒壁上挖了两个洞。两只黑亮亮的大眼睛在洞后边闪着狡黠的光芒。滑稽的是，纸筒下面吊着一个可怜巴巴的小纸袋，上边写着“才能”二字；而纸筒顶端却高高挺起一根铁丝挑着的红牌，上边写着“文凭”二字。把“文凭”和“才能”如此尖锐地对立起来，令人困惑不解。

随着她的嫣然一笑，她被一只不容抗拒的手臂带进了舞场。乐队奏的是为李后主的词《虞美人》谱写的曲子。曲调徐缓低沉，如泣如诉，令人荡气回肠。

他的舞跳得也像他的英语一样蹩脚。这是慢四步，最简单不过的一种舞曲，他却经常赶不上节奏，还时不时地踩了她的脚。倒霉，今天第一次下舞场就赶上了这么一个舞伴，真不舒服。更让她感到不舒服的是，他又在她耳边说起了那蹩脚的英语。这哪叫说英语，纯粹是一个单词一个单词地往外挤。这个人真要命，舞跳得不好，还要拉着人家下舞场；英语说得不好，还要结结巴巴地瞎逞能。

“You are very beautiful.”（你很漂亮。）

“Thank you.”（谢谢你。）

“Shall we go out for a walk?”（我们到外边去吧？）

“It's very cold.”（外边天气很冷。）

“I love you!”（我爱你！）

“You are a play boy!”（你是个花花公子！）

真是无聊透顶。不可否认，在这种假面舞会上，男女之间是允许随便一些、放肆一些的，甚至说些过火的调情话，对方也不能翻脸。反正大家都戴着面具，谁也认不出谁，完了就完了，说什么话都不必认真。

可是，此时此刻，她并没有戴面具。进了大门以后，她就把那个头盔还给王蔷了。现在，一边是真面目，一边是假面具。假面人向真面人调情，这实在不公平。然而出于礼貌，她并没有发火，更没有拂袖而去，只是唇枪舌剑地向他反击了一句。谁想到对方听到她最后一句话，却放声哈哈大笑起来。

这笑声把她震动了。那蹩脚的英语如同那滑稽的面具一样，掩盖了他的真实，笑声却把他的真实暴露出来。

“你是谁？请把面具摘下来！”

她愕然了，这是她最为熟悉，永生难忘的面孔。

“你……宋金峰？”

“没有想到吧？”

“你怎么来了？”

“我现在是你的学生，在干部进修班。”

学校是有这么一个班，住在湖边的一幢新楼里，她听说过。据说，这是学校与省委组织部合办的，学制两年，给大专文凭。来学习的都是地县级“第三梯队”的接班人，同学们都把这个班叫“文凭班”。她没有跟这个班打过任何交道，也不知道他在这个班。

“你来一学期了？”

“是的。”

“怎么没有来找我？”

“我今天也没有想找你，是圣诞老人让我在这儿遇上了你。”

“这么说，你是不想见我了？”

“不，想见。只是还没到时候。”

“到什么时候？”

“到我可以告诉你那句话的时候。”

“什么话？”

“我只想告诉你，你当初扔掉的是一块金子，而不是一块石头！”

音乐又像暴风雨般地奏鸣起来。她感到一阵眩晕，身子软塌塌地向下倒去……

二

这一年的冬天怎么这样漫长。它是从什么时候开始的，说不清；要到什么时候结束，更说不清。天气总是阴沉沉的，干冷干冷，让人打不起精神来。连山上的女贞、松柏和桂花树都是无精打采的，失去了往昔蓬勃的生机和诱人的风姿。

再没有见到他，自从那次在假面舞会上邂逅以后。她想去找他，想了多少次，但终于没有去。她没有勇气，怕什么呢？不知道。说实在的，这么些年来，她已经把他忘记了，或者是在她记忆的深潭里把他沉淀到最底层了。是圣诞老人让他们相逢，记忆的泉流喷涌而出，滔滔滚滚，像舞会上的音乐一样猛烈地撞击着她心灵的堤坝。

放寒假了，学生们都回家了。平日喧闹拥挤的校园显得冷冷清清，空旷萧条。他也回去了，回桃花冲了。也许不是，他不是县委的"第三梯队"吗？一定在县城里安了家。那个小县城她只去过一次。半山腰里挂着七扭八歪的街道，层层叠叠、挤挤摞摞的砖瓦房，光线昏暗的百货商店，还有肮脏不堪的小饭馆……

她想象不出他在县城里当接班人的形象，却清清楚楚地记得他在桃花冲的音容笑貌。十六年了。在她生命的旅途上，她已经度过了两个十六年了。她最怀念的不是十六岁的年轻，而是十六岁的真诚。那会儿，党刚开完"九大"。也是一阵旋风吹得人心里起了火，全国都热得发烫。她响应领袖的号召，到广阔的天地里去了。她想领袖的话是千真万确的真理，"在那里是可以大有作为的"。她不仅从理论上相信了，在实践中她也看到了光辉的"样板儿"。

他就是她的样板。他本来是喝桃花冲水长大的农家子弟，父母亲为了让他离开这贫穷落后的小山沟，勒着裤腰带苦巴苦业让他到县城里读书。领袖的教导却使他杀了个回马枪。他要把青春和热血献给家乡，让大别山盛开大寨花。他仅仅比她大三岁，就成了桃花冲大队的党支部书记，成了继续革命的带头人。

她崇拜他。是不是年轻姑娘爱上一个男人，都是从崇拜开始的呢？

他站在人群里讲话，也都是从报纸上、广播里援引出来的老调陈词，可是从他的嘴里说出来，却是那么有情感、有味道、有魅力，一字一句都让她激动得脸红心跳。她跟他一起去修大寨田。开石头，她扶钎，他打锤。她的虎口都震裂了，鲜血顺着钢钎流进石缝里，她一点儿也不觉得疼。他给她包扎伤口。他那长满厚茧的大手刚刚触到她的手指，便有一股热浪涌遍她的全身，冲击得她差点儿昏了过去……

终于有一天，那是她到桃花冲三年以后，一个十九岁的大姑娘已经被春情折磨得活不下去了。那也是一个寒冷而漫长的冬天，还有漫山遍野的大雪。知青们盼得心焦的农历年关到了，队里放了假，都迫不及待地逃回了 W 市。她的父母也三番五次地来信询问她，催促她回家。

她没有走，毅然决然地留下了。知青大院里只剩下她孤身一人。夜里，阴风怒号，狼群嗥叫，她吓得缩成一团，连小便都不敢下床，把被子都尿湿了。知青食堂停了伙，她自己不会做饭，只啃那冻成冰索的半盆剩米饭，连口热水都没有……这一切都是为了什么呢？只是为了那让她肝肠寸断的期盼和等待吗？

她准备着，一切都经过了千百次精心的策划。她听到了那熟悉的脚步声，她慌乱得如同初上战场的新兵，心跳得全身都震颤起来，她咬紧牙关，贼一样地从后门溜了出去，把双脚埋在雪地里，双手扒着后窗口。用牛皮纸糊严了的后窗户上有一个蚕豆大的小洞，从那里可以窥视屋里的一切。

门是敞开的，他只是轻轻叫了一声便进了屋。他在屋子里扫了一眼，那目光像两道电光顿时把屋子映得雪亮。天呀！他会不会看见窗户上那个小孔，看见小孔后面那双眼睛呢？他会不会听到她咚咚的心跳和急促的呼吸声呢？

还好，下边的一切便如同她所预料的那样了。他坐在了那用石头和木板搭成的写字台前，写字台前放着摊开的日记本。日记本会把她的心思如实地告诉他。她最担心的是他的圣洁的教养，他要是为了尊重别人的隐私，不去触动那日记本，这一切不是枉费心机了吗？幸亏他没有像她想象的那么高大完美。不，对于他来说，这不是有意刺探别人的秘密，也不是好奇心在作祟。他是党的领导者，他需要了解和关心知识青年的思想状况，这是他的工作。

他在看着她的日记本，她在看着他那宽阔的后背和乱蓬蓬的后脑勺。他在审查着一颗天真而纯洁的心，她在接受着他的审查。一切都处于永恒的沉寂中，连空气都凝固了。只有她的心脏越来越加快节奏地蹦跳着——这是一颗定时炸弹，当它蹦跳到最后的极限上，这沉寂便会爆发出惊天动地的轰响……然而，当她看到他把日记本看完，重新摊开放在桌上的时候，她想开口，却一屁股坐在了雪地上。她的两只脚冻僵了……

一支乐曲从遥远的天际飘过来，闯入她那恍恍惚惚的梦境里。过了半天，她才猛醒过来，是她家的电子门铃在响，有客人来。

“是你?”

“又没想到吧?”

她是没有想到，可是她并没有感到怎样的惊诧和慌乱。似乎圣诞老人早已给了她启示，他迟早会来的，她早已做好了接待他的准备。于是，她平静地让座，平静地递茶，平静地坐在了他面前的沙发上，像是接待一个常来常往的熟客。

他变了。当年那个精明强干的山娃子变成了一个翩翩男人。深灰的西装，花条儿衬衣，三接头皮鞋是新的，刚打过油，油上沾着一层厚厚的尘土，说明他是刚刚从山里赶来的。他很会坐沙发，那微微发胖的身子坐上去以后，很自然地向后仰去，两只胳膊很潇洒地搭在沙发扶手上，还随随便便地跷起了二郎腿。这架势，加上他吸烟的姿势、谈话的腔调，都显得很有“派”，完全是一副踌躇满志、心胸广博、高屋建瓴的大家风度。

“还没有开学，你怎么就跑回来了?”

“县委抓我的公差。我们的一辆皇冠小轿车被撞坏了，配不上件，让我到 W 市来找门路。你看，这不是给我出难题吗?”

“噢? 这件事说不定我倒可以给你帮帮忙。”

“你有路子?”

“我认识江夏汽车维修公司茅经理的秘书。她叫刘小丽，是我初中时的同学，前几天还跟王蔷一起到我这儿来过。”

“太好了！你给我写个条子吧！”

“写条子？我可没有那么大谱儿。”

“那你陪我跑一趟，我的车还在下边等着呢。”

三

刘小丽满口答应帮宋金峰的忙。宋金峰财大气粗，立刻张罗要到老通城饭庄请客。刘小丽更是痛快，拎起包儿就往外走。

这可让邱萍有点儿着急，她轻轻地拉了刘小丽一把，让宋金峰先出去了。

“你怎么随便答应跟人家去吃饭呀？”

“又不是花他自己的钱，不吃白不吃。”

“可我……”

“你什么？冲着你我才答应让他请客的，我三日一小宴，五日一大宴，早吃腻味了。”

“这不合适吧？”

“你呀！我早就让你跟我出来开开眼界，非把你身上的书呆子气抖搂抖搂不可！”

说也凑巧，她们刚一出门，王蔷便骑着摩托车来了。听说到老通城去吃饭，她把头盔一扔，没等邀请，便抢先钻入了汽车。

春节才过，人们还没有从家宴的气氛中抽出身来，因此老通城饭庄显得非常冷清。宋金峰带着三位女宾上了楼。楼上是非常雅致的餐厅。墙壁上挂着名家字画，地板上铺着红色地毯，方柱子的四面都镶着顶天立地的玻璃镜子，餐桌上铺着雪白的桌布。若明若暗的彩色灯光，若断若续的鲜花香气，若有若无的立体声音乐，这一切都显得高雅舒适，让人心清气爽。

说来惭愧，自小在 W 市长大的邱萍，今天才第一次有幸登上这家饭庄。他们在一张靠近窗口的餐桌上坐下来，服务员端来了茶水，递上了菜谱。宋金峰把菜谱推到三位女宾面前，大度地说：“来，咱们尊重女同胞！”

刘小丽把菜谱举起来，揶揄地说："主人掏钱，客人点菜，这倒是个绝妙的好主意。客人嘛，多少有点儿斯文，不好意思让主人破费太多。花钱少，吃不到好菜，又不能埋怨主人。别滑头，还是你自己点吧。"

刘小丽说着，把菜谱轻轻地放到宋金峰的手里。

"刘秘书真是厉害，可不许这样一语道破天机。"宋金峰说完，哈哈大笑起来，仍然是那种让邱萍心灵震颤的笑声。笑过之后，他才慢慢打开菜谱，自我解嘲地说："那好，客随主便啦，点好点坏，请大家多包涵。"

趁着宋金峰起身买烟的空儿，王蔷悄声问邱萍："这位是谁?"

邱萍掩饰着说："是我为江夏公司拉的主顾。"

刘小丽用一种审度的眼光看着邱萍："你什么时候干过这种事呀?告诉你，你刚一进门，我就发现你们是非同寻常的关系，要不我那么痛快就答应帮忙了？快老实交代吧!"

邱萍嗫嚅地说："他是我们学校'文凭班'的学员。"

"'文凭班'？接班人?"王蔷恍然大悟，飞快地说，"他是不是原来你那个'工头'?"

邱萍的脸红了，好机灵的丫头!

王蔷极为得意自己的判断："难怪我看着有点儿眼熟呢，变了，大变了。屎壳郎变知了——一步登天了!"

刘小丽狡黠地说："我听人家说，旧情人相见，总是要偿还相思债的。"

邱萍使劲搡了刘小丽一把："哎呀！你胡扯什么呀!"

这是一桌十分丰盛的宴席。尽管是名酒名菜名饭庄，邱萍却一点儿滋味儿都品尝不出来。她心里打翻一个五味瓶，把她的味觉神经都搅乱了，耳边总响着王蔷刚才说的那句话："他是不是原来你那个'工头'?"

五年了。就在她大学毕业的那一年，她正在与刘克农热恋着。这位全校有名的王子加才子，从入校的时候起便追求她。追得是那么勇敢，那么执着，那么锲而不舍。然而她一直在坚守着自己的阵地。不是她不爱他，而是宋金峰还没有从她的阵地上撤下来。

“傻瓜，你要下决心嫁给一个农民，何必还出来上大学?”

“什么叫结婚?结婚就是搭帮过日子，你能跟那个土包子过一辈子吗?”

“桃花冲的苦你还没受够吗?你真想在山沟里把自己糟蹋了?”

“刘克农前途无量，你再不下决心，好马就被别人骑走了……”

刘小丽和王蔷劝说她的这些话，都是真心实意的，实实在在的，面对现实的。从道理上讲，她都懂得，都同意。可是从感情上，她怎么也举不起刀来斩断她和宋金峰之间的联系。

还是刘小丽和王蔷逼着她给宋金峰写了一封断交书。

很快就收到了宋金峰的回音，他同意中止他们之间的关系。她万万没有想到，宋金峰会这么痛快，这么通情达理。她非常感激他。假如没有后来当“工头”引起了她的不快，她会把他这美好的形象永远珍藏在内心深处的。

她坦然了，她心安理得地向刘克农打开了城门。刘克农鞭策着疾驰的铁骑冲入了她的阵地。

东湖边上，刘克农再一次向她求爱。她只是轻轻地点了下头。真不知道刘克农是怎么看见她点头的，他骤然把她搂入自己的怀里，紧接着，狂吻像冰雹一样落在她的脸上、额头上，最后焊接在她的嘴唇上……第二天，也是一个没有月亮没有星星的夜晚，在珞珈山的草丛里，他占有了她……她哭了，是她承受不了这突如其来的巨大幸福，同时，也隐隐为宋金峰感到委屈。她跟宋金峰相爱了六七年，他连碰都没有碰过她。他不敢，她也不让。

二十六七岁的姑娘，如同一颗熟透了的果子，咬了一口便再也放不下了。可以说，她跟刘克农的恋爱是从顶峰开始的，一下子就进入了白炽化的程度。她终日处于一种极度的激动与幸福之中，她再也离不开他了。哪怕是半天见不到他，她心里都撕裂般地疼痛。周围的一切都顾不上了，都不复存在了，都融化在了她那狂热的恋情之中了。

宋金峰来了。他来得如此唐突却又顺理成章。他带着一个百十号人的工程队到学校来建教学大楼。工人们不叫他“书记”，都叫他“工头”了。那天傍晚，宋金峰穿着一身工装，在樱花大道上等着她。

“我把土地都分到各家各户了，自己带着工程队出来赚钱……”

“分田单干？上级允许吗？”

“我是偷偷摸摸这么干的。”

“万一要让上边知道了，你负得了这么大的责任吗？这是何苦呢？”

“你知道，我、我这是为了你……”

“为我？”

“给你回信以后，我立刻就后悔了。我、我离不开你……我不能没有你……”

她相信他这一切都是真诚的。他是个有情有义的男子汉。相爱了六七年，一下子割断了，放在谁身上都受不了。可是，又有什么办法呢？“把我忘掉吧。”她只是冷冷地甩给他这么一句话就匆匆走了。

一连七八天，他每天都在樱花大道上等着她，每天都重复着这几句话。即使这些话是从心窝子里剜出来的，总是这么絮叨也就“有得味”了。处在幸福中的恋人是最容不得有人来干扰的。她从可怜他、同情他变得腻烦他、讨厌他了。

“我已经明明白白地告诉你了，这一切都不可挽回了！”

“我、我知道。知道永远得不到你了……我只求每天能见你一面，跟你说两句话……”

“你到这儿赖皮赖脸的，我讨厌你！”

她终于忍不住向他发火了。她知道这句话大大伤害了他，伤害了一个男子汉的自尊心。她看到他的脸涨红了，他那双眼睛里燃起了暴怒的火焰，他那厚厚的嘴唇颤抖着，像是要吐出什么话。她后悔了。他终于什么话也没有说，转身走了……

“刘秘书，你们江夏公司财大气粗，在我们县建个分公司怎么样？算咱两家联营。”

“怎么个联营法？”

“条件嘛，咱可以具体协商，我们肯定给你们‘最惠国’待遇。”

“看起来你是干大事业的人，说不定我们今后会打交道的。”

“哎呀！邱萍，你怎么把鱼刺都吐在啤酒杯里了？”王蔷大惊小怪地叫喊起来。

宋金峰又开怀大笑起来……

四

今年的春天似乎来得特别早。刚一进三月，温煦的春风便把东湖岸边吹得一片翠绿。

他约她到东湖公园去玩，这是他们有生以来第一次约会。她毫不犹豫地同意了。她在男人面前总是被动的，她又体味出一种类似十六年前的感觉。她对他是崇拜的，是信任的，是言听计从的。

今天是星期天，广阔平静的东湖热闹起来。个体户的小伙子驾着摩托快艇，犁开沉睡了一冬的碧波；农家老妇摇着陈旧的小木船，咿咿呀呀揉碎了古老的渔歌；航海俱乐部的姑娘们，驾着飞梭般的帆船……

邱萍今天穿上一身银灰色的西装套裙，这是不久前同事到深圳去给她捎回来的。她非常喜欢这身衣服，既合体，又符合她的性格气质。

宋金峰默默地走在她的身边，春风春水荡起了他满心的春情。他觉得鼻子发酸，眼睛发潮，一阵又一阵的冲动使他生发出一种异常温柔、异常爱怜又异常脆弱的情感。他需要被人安慰，也需要安慰别人。他想搂一搂她那纤细的腰肢，也想嗅一嗅她那蓬松的秀发……

“邱萍……”这声音充满了柔情，颤颤巍巍得连他自己都感到陌生了。

“嗯。”邱萍低着头，像是在内心深处答应他的呼唤。

“那天……在假面舞会上，我不该说那句话。”这是非常真诚的忏悔，特别是在此时此刻，他痛感到伤害这样一个可爱可怜的女人是有罪的。

“不，你说得对。我过去是把你当成一块石头扔掉的……”她说得也非常坦诚，女人在男人面前承认自己的过错是一件很不容易的事。

“我当时不知道，你、你也是个不幸的人。”

“唔。”

“我那会儿只听说你丈夫在国外留学，没想到他把你抛弃了……”

一排滚烫的浪头灌满了她的胸膛，她被冲撞得浑身颤动了一下，她强忍着自己的泪水，迈着慌乱的脚步向前走去。

是的，她是个不幸的人，是个被丈夫抛弃的可怜的女人。她痛苦过，她怨恨过，她也后悔过。她尝到了一种从来没有过的苦涩。只有尝过这种苦涩的人才能体会到咀嚼这种苦涩的艰辛。她曾经也抛弃过别人。当她做这件事的时候，也于心不忍，也感到不安，也受过良心的谴责。然而，这种感觉很快就被她所追求的那种幸福和快乐淹没了，取代了。那会儿她还不懂得，一个人的追求，往往要以自己的良心作为代价的。“我离不开你……我不能没有你。”“我知道永远得不到你了……我只求每天能见你一面，跟你说两句话……”她又看到了在樱花大道上等她的那个穿着工装的“工头”。这会儿，她才记起了他那张脸和那双眼睛，痛苦、哀求、可怜……她怎么就不理解他对她的那种深厚的爱呢？她怎么就不理解他遭到重创以后所承受的苦痛呢？她却认为他在纠缠她，认为他赖皮赖脸，认为他讨厌……

只有被人抛弃以后，才能真正懂得抛弃别人也是一种罪过。她对他是有罪的。

他和她并肩走着，默默地。他们的脚步是沉重的，肩头是沉重的，心也是沉重的。他们各自肩负着自己的重负，也还是心甘情愿地为对方分担着分量。

“大可乐——大可乐——”卖冰棍儿的小女孩儿向他们高声吆喝着。

“骑马照相，一块五一张！”调皮的小伙子故意向他们高叫着。

“坐快艇，游东湖，现代化的高速度——”一个身穿蝙蝠衫牛仔裤的摩登女郎贫嘴贫舌地向他们招揽着生意。

宋金峰心里一动，轻轻地扯了一下她的袖口：“喂，咱到东湖里兜一圈儿怎么样？”

邱萍沉吟了一下。是呀，本来两个人一起来逛公园，应该轻松愉快才对，这么愁眉苦脸的像什么样。到湖心转一圈儿，也许能打破这尴尬的局面。

两个人刚一犹豫，摩登女郎便殷勤凑过来：“来来来，二位坐我这快艇吧。我这艇是新买来的，一准让你们满意……”

摩登女郎先跳上快艇，又招呼他俩从台阶上下来，快艇上共有五个座位，他俩在前边的两个座位上坐下来。

摩登女郎问：“你们是两个人坐这趟快艇呢，还是等人凑齐了再走？”

宋金峰说：“先给我们开走吧。”

“咱可说好，你们两人坐，也得交五个人的钱。”

“那当然，我们包了。”

“一个单元一个座位一块五角钱。”

“行啊。”

“咱先小人后君子，您听好，一块五角钱……”

“行了行了，你怕给不起你钱怎么的？”

摩托快艇像插上了翅膀一样贴着湖面飞驰着。碎银子似的浪花飞溅着，在灿烂的阳光下，卷起了一团彩色的云雾。清爽爽的风呼啦啦地吹拂着，撕扯着宋金峰的衣襟，吹散了邱萍的一头秀发。宋金峰非常自然地把胳膊从邱萍后背伸过来，一只手轻轻地搭在她的肩头上。邱萍的肩头抽搐了一下，并没有拒绝。宋金峰的心里也溅起了一片色彩缤纷的浪花……

“晕不晕？”宋金峰关切地问。

“不怕！”邱萍扬起头，兴奋地说。

“风好凉啊！”

“真痛快！”

摩登女郎一边开着快艇，一边把脖子伸过来给他们助兴：“够风流的吧？够浪漫的吧？够过瘾的吧？怎么样？您这钱不白花！”

宋金峰扬起一只胳膊，高声叫着：“加快速度！”

快艇沿着湖边画了一个弧，便掉转船头向湖心驶去。湖心的水面上飘起一团绿色的烟雾，那是一个湖心小岛，像是一只静卧在水面上的小甲虫。

“上不上岛呀？”摩登女郎问。

“岛上有什么好玩的吗？”宋金峰反问。

“那里有一片草地，毛茸茸、软乎乎的，赛过席梦思。”

“还有别的吗？”

“什么都没有。你们尽管放心，不会有人上去的。我在湖面上给你巡逻，巡逻时间收半费，有一个小时够了吧？”

摩登女郎说着，冲着他俩不怀好意地眨了眨眼睛。很可惜，两个人谁也没有听懂摩登女郎的话。摩登女郎见他们没吭声，便以为他们动了心，放低声说：“为您服务，我这儿什么都给您准备好了，您是吃药，还是戴套儿，每份一块钱。”

宋金峰顿时醒悟过来，涨得满脸通红，慌忙说：“不，不，我们不上去……”

摩登女郎放肆地说：“你们这么大岁数了，还扭扭捏捏干什么？还不如中学生痛快呢！”

“不，不，你，你误会了……”

“得了吧，都什么年头了，还这么自己跟自己过不去。”

宋金峰怕她说出更难堪的话来，便急忙向她说：“快，开向磨山！我们上磨山！”

上了岸，一算账，两个人都傻了眼。

“八十二块五毛。”

“什么？什么？你这账是怎么算的？”

“不是说好了吗？你们得交五个座位的钱。”

“五个座位不才七块五吗？”

“您听明白了，是一个单元七块五。”

“什么叫一个单元。”

“五分钟算一个单元。”

“这不是活坑人吗？”

“什么话？这都是提前讲好的。”

呼啦一下子，游人都围了上来。这是大城市的时髦病，任何一件最无聊的事情，都能把众多的无聊的人的兴趣激发起来。顿时，宋金峰和邱萍处在了一种十分尴尬的地位。要是在这围观的人中有一两个熟人，那就算丢尽了人了。不能再受这份洋罪了，宋金峰从西装的口袋里掏出钱包，把钱点够，往摩登女郎手里一摔，拉起邱萍胳膊就往外走。

“真倒霉，想不到上了这么一个大当。”邱萍很为这笔“巨资”感到痛惜，须知这是她一个月的工资数目啊！

宋金峰也很心疼，可是作为一个男子汉，他必须显示慷慨大方才行。于是，他故作豪放地说：“值，咱们玩痛快了就值得。”

邱萍悻悻地说：“让人家骗了，还痛快？”

宋金峰说：“我觉得，人呀，没吃过的，要尝一尝；没见过的，要看一看；没玩过的，要体验一下。这才是生命的价值。”

“什么？你说这是生命的价值？”邱萍睁大了那双疑惑的眼睛，像不认识似的盯着宋金峰。

宋金峰莫名其妙地笑起来，可笑得并不太响亮，完全不是平时他那种开怀大笑。

五

邱萍被“文凭班”请进湖边新楼，这里是他们的宿舍。跟那些拥挤不堪的学生宿舍相比，这里才真正称得上是“高等学府”呢！学生宿舍是八个人一个房间，上下床，大家共用一张大条桌，进门以后，只有侧着身才能挤进自己的床位。这里虽说是发给大专文凭，可住宿条件比博士研究生还要高级。每两个人一间房，房间里有写字台、藤椅，有的屋里还有沙发、衣柜。尽管如此，他们还觉得到这里来学习是“吃二遍苦，受二茬罪”。

邱萍一进门，就像贵宾进入了接待室，立刻被一阵掌声包围了。这些老大学生都像小学生似的恭恭敬敬地站起来，七嘴八舌地喊她“老师”，请她入座。

几张写字台拼起来一张大餐桌，桌上摆满了大大小小、形形色色的餐具。菜饭都是从食堂和食堂前的小摊买来的，说不上丰盛，可数量充足，品种也不少。

她被拉上了首席。直到现在，她还不明白他们为什么要请她，为什么这么热情地接待她。今天早晨，她上课的时候，突然发现前排坐着十几个陌生的学生，其中就有宋金峰。下课以后，宋金峰领着那些学生把她请到这里来了。

“邱老师，您的课讲得真好。我们原来根本不知道您开了这门课，听金峰透露消息，今天才听的。来来来，为您讲课成功，干一杯!”

讲话的人是个腆着将军肚的大胖子，他一副福相，一派官气。不知道他当的是什么官。在他所管辖的地盘内，他不定何等威风呢！可这会儿，面对着显然比他年轻许多的女教师，却如此喜眉笑眼，卑恭有礼，也难得他“能上能下，能官能民”。

宋金峰忙起身向邱萍介绍：“这是我们班长，大名鼎鼎的沈唯刚，来学习之前任地委组织部长。”

沈唯刚急忙谦恭地说：“哪里哪里，在老师面前，就不要介绍官衔了，咱们都是她的弟子嘛。”

宋金峰的介绍，显然带着一股阿谀之气，而沈唯刚的谦词，更让人觉得不舒服。邱萍勉勉强强地应酬着，她不愿认真听那千篇一律的客套话，可不知道为什么却哑然失笑了。

“邱老师，您是不是在笑话我们这一桌子饭盆呀？您别看这帮人都是来自领导岗位的，可没有一个斯文的，都是大碗喝酒、大块吃肉的主儿。”一个留着平头的小胖子，眨着一对小眼睛，故作聪明地说。

邱萍为了掩饰自己的失笑，也开着玩笑说：“那不是都成梁山好汉了吗?”

“没错，这儿就是聚义堂!”

“邱老师，这条鸡大腿给您。”

“邱老师，来，干了这杯!”

沈唯刚举着酒杯站起来，他那鼓鼓囊囊的大肚子顶着桌沿。见沈唯刚要说话，满座一下子鸦雀无声。沈唯刚仍然用那种谦恭的腔调说：“邱老师，今天我们就算正式拜师了。大家起立，向老师敬酒。”

邱萍被弄得懵懵懂懂，一时摸不着头脑，她求救似的转向宋金峰：“这到底是怎么回事?”

宋金峰解释说：“从今天起，我们全班报你的课了。”

邱萍更加困惑了：“报我的课？为什么要报我的课?”

“坦率地说，就是为了挣你那三个学分。”

按照学校规定，这个“文凭班”也跟全校本科生一样，实行的是学分制。两年之内，修满六十五个学分准予毕业。这样，除了必修课以外，学员便有了比较广泛的选课自由。平心而论，这个要求并不高。可是这个班的学员基础各异，水平不一，加上年纪又大了，记忆力衰退了，每修一门课，还是要花一定气力的。他们听宋金峰说邱萍也开一门课，而且是三个学分，又听说邱萍原来是在宋金峰手下的插队知青，便觉得这是一个铁关系。把这关系利用好，三个学分就算白拿到手了。学校规定，学员选课，要在每学期前两周进行。邱萍的课已经讲了一个多月了，突然又杀出了这么一支杂牌军，叫她怎编制呀？学校会同意吗？

“我讲的是《当代文艺思潮》，你们对这门课感兴趣吗？”

“当然感兴趣了，我们毕业以后，说不定有的同志要分配到文艺单位提任领导工作呢。”

“你们都看过当代作家的什么作品呀？”

坐在邱萍对面的一个女学员站了起来，她像个腼腆的小学生那样，红着脸说：“邱老师，我读过刘心武的《班主任》、刘宾雁的《人妖之间》、高晓声的《陈奂生上城》、邓友梅的《烟壶》，还有《沉重的翅膀》《绿化树》《芙蓉镇》……”

邱萍兴奋地叫起来：“哎呀，你读的书真不少。你能说说对这些作品的看法吗？”

“我觉得当代作家最了不起的贡献就是把文学重新拉回了现实主义的轨道，使文学作品越来越真实地反映了社会，反映了人生，反映了当代人的心灵……”

“说得好极了，你完全可以选我的课了。”

别的老大学生一听，都叫起来：“那么我们呢，我们不能选您的课吗？”

邱萍客气地说：“你们对当代文学不熟悉，听起课来会很吃力的。”

“邱老师，您的课不会闭卷考试吧？”

“就算开卷考试管什么用？”

“您要是开卷考试，我们可以集体研究嘛。”

邱萍忽然觉得心里一阵难过，她甚至想掉几滴眼泪，为这些老大学生，也为她自己。

六

“你现在开始了解我们这些人了吧？”

“不了解，一点儿也不了解。”

“有人说我们是时代的幸运儿，好像我们一出娘胎就掉在有毛的皮袄上了。他们嫉妒得咬牙切齿，眼睛里放蓝光。嗨，他们哪里知道，像我们这一号的，每个人都有一部奋斗史。”

“奋斗史？奋斗什么？”

“你想想呀，我们这些人，既没有当官的老子，又没有大鼻子的洋舅舅。从一个捅牛屁股的农家子弟混到官场上来，靠什么？就靠自己咬着牙扒着石头缝往上爬。爬上来，就混出来了；爬不上来，就得一辈子滚在石头蛋里。这就跟蚂蚁爬树一样，洪水来了，成千上万只蚂蚁都争着抢着往树干上爬。拥拥挤挤，缕缕行行，一边爬，一边噼里啪啦地往下掉。最后爬到树梢就剩不下几只蚂蚁了。”

“真悲壮！”她揶揄地说。

“我知道，你们知识分子是看不起我们这些人的。对我们的这种偏见，是历史造成的，就如同过去你们知识分子受歧视一样。”

“那可不一样，大不一样。过去知识分子受歧视，是真挨整，真受罪，真的家破人亡。可你们就不然了，不管别人对你们有什么偏见，你们仍然当官，仍然掌权，甚至仍然管制着知识分子。”

“你说得有点儿刻薄了。”

“说归说，做归做，我跟我系里请示一下，准备专门给你们开一门课，主要是介绍一下中国文学和世界文学的概况，让你们对文学有个大概的了解。我每星期抽出两个晚上给你们上课，学校的教室都安排满了，就在你们宿舍里上课吧。”

“这就是说，你抽出自己的时间给我们讲课？”

“是这样。”

“学校给你加班费吗?”

“是我自己要这么做的，没有理由向学校要加班费。”

“这样吧，我们负责给你补助。你对我们这么上心，我们决不能让你在经济上吃亏。”

“哼哼!”

“怎么，你是不是觉得我太庸俗了?”

“这件事你跟大伙儿商量一下，要是同意，从下星期一就开始吧。”

谈话戛然而止，不知为什么。两个人沿着石阶默默地向上走去。石阶很高，很长，一直伸延到教室的屋顶上。他们缓缓地走着，似乎是在共同沉思默想着一道难题的答案。

“你怎么不问我呢?”宋金峰开口了。

“问你什么?”

“问我是怎样从一个工程队的‘工头’熬上县委书记的接班人的。”

邱萍又不吭声了。是的，她从来没有问过他，可是为什么不问呢?她自己也说不清楚。他的一切，对她来说仍然是个谜，就像满天的星星一样，个个都在神秘地眨着眼睛。夜空本来就是一个高深莫测的神秘世界。今晚的星星真多、真亮，难得有这么一个晴朗的好天气。

他俩站在楼顶的平台上，像一对真正的恋人那样欣赏着这南国的夜色。

“你结婚了吧?”她开始问他了，不是问他的奋斗史，而是问他的私生活。

“嗯。”他似乎不愿意触及这个话题。

“幸福吗?”她试探着往深处问。

“活受罪!”他愤懑地说。

“她是什么人?”

“一个只会生孩子的女人!”

“她在哪儿?”

“在桃花冲。”

“为什么不搬到县城里?”

“她是个疯子，腰里总揣着一把剪刀，见了面就要杀死我……”

邱萍只感到一种透心刺骨的寒凉，她那削瘦的肩头剧烈地颤抖了一下。想不到，宋金峰居然是这么不幸的人。震惊之余，她突然产生一个欲望，一个追根寻底问个究竟的欲望。

“是结婚后疯的吗?”

“不，她从小就有疯病。”

“那你为什么还要跟她结婚?”

“因为……她是公社书记的女儿……”

邱萍又不吭声了。她不知道下边该怎么问他。不过她还想知道，想知道这一切到底是为什么，到底是怎么回事。

还好，宋金峰没有等她发问，又开口说起来：“你还记得吗？五年前，就在前边那条樱花大道上，你把我……不，是我自己走的。那天晚上，我一个人喝了整整一瓶酒。可是没有醉，一点儿也没有醉。工程完了，我走了。我是趁着夜深人静一个人溜走的。出了大门，我冲着学校的牌坊跪下了。我发誓，这辈子不混出个人样儿来，绝不再登这个学校的大门！我回去了，咬碎钢牙咽进肚子里。我要洗耻雪辱，我要奋力自强……”

宋金峰的声音颤抖了，邱萍的心也揪在了一起，她真不忍心听下去了。

“我没有搭汽车，是背着行李卷一步一步走回去的。七百多里山路，我整整走了三天三夜。渴了，喝口山泉；饿了，往嘴里塞两块饼干；实在累极了，就靠在石头上歇一会儿。我走了一路，想了一路，怎样才能混出个人样儿来呢？让我去杀敌立功，将来当个将军元帅，现在不是那年月了。让我研究原子弹，研究人造卫星，将来当个了不起的科学家，这是白日做梦，咱肚子里没那墨水。让我搞生意发财，当万元户，当资本家，当大老板，这些玩意儿你根本就瞧不起。想来想去，我只有走当官这条路了，只有在官场上出人头地了……”

他说着，声音渐渐低缓下来，情绪也渐渐平息下来。他抽出一支烟，点燃，狠狠地吸了一口，又接着说：“要奋斗就会有牺牲。我要往好里混，就不能怕吃苦、怕遭罪、怕受委屈。要想得到点儿什么，你得先失去点儿什么。我回去以后，就做出了两个最大的牺牲。一个是失去了人心，一个是失去了自己终生的幸福……”

他又狠狠地吸了一口烟，然后昂起头来，把烟吐向了弥漫着花香和雾气的夜空，像是在把积郁在内心深处的一切污浊和郁闷都吐干净。

“我没有回桃花冲，直接到了公社。我把建筑队挣的十几万块钱都交了出来，建议用这笔钱办一个水泥厂。公社书记高兴了，立即任命我为厂长。可是这么一来却把建筑队那些穷哥们儿得罪了，直到现在，那些人见了我还瞪眼撇嘴，不原谅我。水泥厂建起来以后，公社书记便托人来说媒。我明明知道他女儿有疯症，狠了狠心，要了……”

邱萍听着这些带血带泪的话，每一字每一句都像一块尖利的石头狠狠地砸在她心里。她心里发疼，疼得她不能自禁。她使劲憋着呼吸，憋得她心里鼓胀胀的，脸上热辣辣的。半天，她才低声地蹦出了一句话：“都是……我……害得你。”

“不，是我自己……自作自受。”

两个人又沉默下来。

不知有意还是无意，宋金峰的手碰了碰邱萍的胳膊。她只穿了一件半袖羊毛衫，胳膊冰凉凉的。夜里的寒气已经袭遍了她的全身。

“凉吗?”

“有点儿。”

“我把外衣给你。”

“不用，我们回去吧。”

“再待一会儿。”

她果然没有动，身子靠在平台的边墙上。不知为什么，她忽然觉得空气有点儿异常，她感到一阵紧张，心脏怦怦地跳起来。

“邱萍，记得吗？你还欠我一笔债。”

她抬起头来，惊恐地看了他一眼，借着闪烁的星光，她看到他的眼睛里燃起两团灼人的光焰。她更加惶然失措了。

“八年了，你离开桃花冲的时候……”

“别、别说了……”

那也是这么一个星光灿烂的夜晚，周围也弥漫着醉人的花香草甜。弯弯曲曲的山间小路，只有两个人。“萍，求求你，让我吻一下吧。”

“不行，现在不行。”“那要等什么时候?”“等我大学毕业以后。”“到那会儿就可以了吗?”“当然，算我欠你一笔债，到时候一定还你，还有利息……”

他扳住了她的肩头，把她拉到了自己胸前。接着，他又捧起了她那张脸。然而，当他的嘴唇刚要压下来的时候，她却一头扑在他的怀里，呜呜地哭了起来。

他张开双臂，把她紧紧地搂在了怀里……

七

今天是“六一”儿童节。她把儿子从幼儿园里接回来了，她答应要带他到解放公园玩。早晨起来，她给独生子穿戴好，刚要出门，“文凭班”的胖班长沈唯刚带着几个同学来了。他们对邱萍说，她专门为他们开了一门课，他们非常感动，表示一定要好好学习。并且说，既然老师利用业余时间给他们讲课，不计报酬，他们就不能再要学分了。邱萍见这伙人那真诚的样子，也很受感动。看来，应该让一些领导者到学校里来生活学习一段时间，这样他们会更多地了解和理解知识分子，而知识分子也容易跟他们沟通感情。她热情地留他们喝茶，聊了一个多钟头，都很兴奋。可是不知为什么，宋金峰没有跟他们一起来，她没好意思问，本来人家来的就是代表嘛。

这伙老大学生刚走，她又接到《芳草》编辑部打来的电话，说是中午十二点，要派人来取稿，等着发排呢!

糟糕!那篇稿子还没有誊清，底稿乱得一塌糊涂，别人是代替不了的。

“圆圆，妈妈不能带你上公园了。”

“为什么?”

“妈妈还有工作。”

“不行，不行，妈妈说话怎能不算数呢?”

“妈妈下午再带你上公园。”

“不嘛，现在就去!”

“圆圆，不许哭，你还是个男子汉呢。妈妈有工作，你不帮妈妈的忙，还缠妈妈，这对吗?”

圆圆真是个乖孩子，她给他讲一番道理，尽管他还噘着小嘴儿，挂着泪花，却不再哭闹了。他一边吭哧吭哧生着气，一边坐在沙发上翻起了小人书。

看到孩子这副委屈样儿，她心里一阵发酸，忍不住埋下头来，在儿子的小脸蛋上使劲亲了一下。

“妈妈，你别哭，我不上公园了。”圆圆懂事地安慰着她。

她更加受不了了，急忙离开儿子，到里屋的写字台上抄起了稿子。幸亏是在抄稿子，分点儿心也没有关系。这要是让她写稿子，恐怕一个字也写不出来。

这孩子也跟她一样是个苦命人，还没有出世，就陪着她忍受忧郁和孤独。他只在妈妈怀抱里生活了半年。半年产假一结束，她就把他送到了托儿所，只是每天睡觉时才把他抱回来。还不到三岁，她就把他送到了全托幼儿园。每个星期天才能把他接回来一次。而把他接回来，完全不是为了孩子，仅仅是为了她自己。孩子在家里并不比在幼儿园过得快活。整个星期天，她要洗衣服，整理房间，备课，赶写东西……孩子在她身边，只是磨磨悠悠地自己玩。她早已下决心，“六一”儿童节的时候一定带孩子好好玩一玩，谁想到一大早便斜刺里杀出个索稿人来。

“妈妈，到下午了吗?”

“还没呢。”

“什么时候到呀?”

“吃过午饭才到下午呢。”

“那咱快点儿吃午饭吧，我都饿了。”

“胡说，刚吃完两个油条，这么一会儿就饿了?”

“真的，你摸摸我的肚子，都瘪了。”

她无可奈何地转过身来，拍了拍儿子那使劲提着气的小肚子，又用笔帽捅了一下他的小腋窝。儿子得到了小小的满足，做了个鬼脸，笑着跑了。

音乐门铃响了起来。她一阵紧张，生怕这会儿又有什么人来打扰她。

圆圆没有等她吩咐，就自己跑去开门。楼道里响起了两个对话的声音。一高一低，一粗一嫩，这两个声音飘到她的心窝里，使她感到麻酥酥、醉迷迷的。

“你找谁呀?”

“找圆圆。”

“可我不认识你呀!”

“我认识你呀!”

“你是谁?”

“我是圆圆的叔叔。”

“你找圆圆有什么事吗?”

“我给他送来了节日的礼物。”

“自行车？哎呀！——妈妈快来看呀！叔叔送我一辆自行车……”

听到独生子的叫喊声，她也忍不住放下笔跑了出来。他正把自行车从肩头上放下来，这是一辆制造精美的童车。前几天她在傅家坡商场转了两个多小时，最后还是没下决心把它买下来，只是因为太贵了，七十元！他似乎知道她的心思，他给儿子买来了。这么贵重的礼物，她应该说两句感谢他的话。可是她张不开口，只是看了他一眼。他也看了她一眼，也是什么话都没有说。似乎这一切都是理所当然的，顺理成章的。

“你来得正好，我正在誊写一篇稿子，你把圆圆带出去玩玩吧。”

说完这句话，她的脸腾地一下子涨红起来。她怎能这样吩咐他呢?怎能用这种口气跟他说话呢?

“圆圆，叔叔教你学骑车，好不好?”

“太好了！太好了!”

他一手抱起圆圆，一手拎着童车出去了。走到门口，又回过头来冲她温存地笑了笑。她的心立刻被那缕笑的阳光融化了……

邱萍把编辑送走，在楼后的篮球场上，找到了宋金峰和她的儿子。圆圆见到了她，骑着自行车，歪歪扭扭地向她冲过来。宋金峰站在篮球架下，颇有兴致地看着这新带出来的徒弟。

“妈妈，我骑得好吗?”

“好极了，像个小骑兵。”

“我没有让叔叔扶着，自己练的。”

“真勇敢！”

“妈妈，我告诉你一个秘密，你千万不要告诉别人！”

儿子用双手钩住了她的脖子，把小嘴巴凑到她的耳边，悄声说：“妈妈，刚才叔叔让我叫他一声爸爸，他不让我告诉你。”

她的脸腾地发起烧来。她使劲搂着儿子，低声说：“叔叔真坏。”

“叔叔不坏，他还说你长得漂亮呢！”

又一阵热浪涌遍她的全身，她扬起脸来，呆呆地看着篮球架下那健壮英俊的身影，低声问儿子：“圆圆，你说叔叔漂亮吗？”

圆圆拍着小手叫起来：“噢，噢——妈妈也坏……”

她把头埋在了儿子的胸前……

八

邱萍度过了一个愉快的夜晚。王蔷在三角路音乐茶座演唱把她和宋金峰请去了。宋金峰显然不喜欢流行歌曲，对轻音乐也一窍不通。王蔷那袒胸露臂的服装，那放荡不羁的具有挑逗性的动作，以及茶座上那乌烟瘴气的叫喊，都使他目瞪口呆。试想一下，若是他跟那些“大胖子”同学一起来这里，不定该怎么样嗤之以鼻，怎么样口诛笔伐，而背后又怎么样开心过瘾呢！和她在一起，宋金峰表现得真乖，他没有表现出丝毫的反感和厌恶之情。也许是因为他明白王蔷是邱萍的好朋友，要取悦邱萍，必须表现出对王蔷的尊重；也许他正陷入一种想入非非的巨大幸福之中，周围的一切或者变得美好起来，或者他无暇旁顾……王蔷演唱完了以后，他还把一束事先准备好的玫瑰花献了上去，王蔷兴奋得当众吻了一下他的额头。顿时，音乐茶座上人声鼎沸，出现了空前未有的高潮……

他和她一起回学校。夜班公共汽车上的人不多，他俩坐在一张靠窗子的双人座位上，借着汽车颠簸的一刹那，他抓住了她的手。她往回抽了一下，没抽动，也就不再拒绝。他把她的手放在自己的掌心里，心醉神迷地揉搓着，像把玩着一件稀世珍宝。

他把她送到家门口。她向他告别，并主动地伸出了手，再见。他没有把手伸向她，像木头橛子似的戳在了她面前。她疑惑起来。他结结巴巴地说："我，我还想再待一会儿。"

"天不早了。"

"想跟你谈一件事……一件正经事。"

她犹犹豫豫地打开了门。

他尾随着她进了屋。

还没容她打开灯，他便一下子把她抱了起来。她在黑暗中挣扎着。他把她摔在床上，整个身子朝她实实拍拍地压了下去。

"别，别这样……"

"我，我爱你……"

"不，不行，我不干……"

"我，我受不了了，求求你……"

他把他的嘴唇紧紧地压在她的嘴唇上，她憋得喘不过气来。她的衣服被他扯开了，她不再挣扎，也不再说什么了。她的身子软塌塌的，像是失去了知觉。一个结婚不久的寡居的女人，已经三年多没有接触过男人了。一种强烈的冲动像潮水般地淹没了她的理智和自制力。她屈服了，失去了最后一丝抵抗力，无可奈何地做了感情和欲望的俘虏。她紧紧地闭着眼睛，把头扭向一边，任他发疯般地摆布和狂涛巨浪般地冲撞……他们就是这样非法地、野蛮地结合在一起了。

她哭了。当欲望的潮水消退以后，她的灵魂和肉体便暴露在光天化日之下。她感到羞辱，感到罪过，感到委屈。她哭得很伤心，哭得失去了理智。

"都怨你，都怨你！你这该死的东西……我，我成了什么人？我没脸见人了，我没法活了……"

"萍，你冷静点儿，冷静点儿，别这么说。我们的事没有人知道……"

"我知道，你知道，我的良心知道，我的羞耻心知道，我的人格知道……"

“知道怕什么？我们这是爱情，不是胡来，不是乱搞……”

“怎么不是胡来？怎么不是乱搞？谁给你的权利，谁给你的权利？我们……有罪啊！”

宋金峰竭力地安慰着发了昏的邱萍。她一边哭着、叫着，一边抡着蒜头般的小拳头，在他的胸脯上乱捶乱打。他那宽阔结实的胸脯发出了嘭嘭的回声，肋骨间也感到隐隐作痛。然而，这被捶打的疼痛，却让他感到一种从未体验过的快感。

邱萍捶打累了，哭累了，便不作声了。她把头埋在他的胸前，轻轻地抽泣着。他的胸脯被她的泪水洇湿了一大片。他一只手紧紧地搂住她的肩头，一只手轻轻地抚摸着那赤裸的细嫩的肉体，它为什么还得不到安宁？

“邱萍。”

他轻轻地叫着，她没有理他。

“睡着了吗？”

“嗯。”

“你听我说。”

“唔。”

“我们结婚吧。”

他感觉到，依偎在他怀里的那个柔软的身子剧烈地颤动了一下。他把她搂得更紧了。他默默地等着她回答，她却一直不吭声。

“你是不是觉得，我到现在仍然配不上你？”

“不。”

“那么，是你不爱我？”

“不。”

“那到底为什么？”

“你家里还有一个女人。”

“我不是告诉你了吗，她是个疯女人。”

“不管是疯女人，还是傻女人，反正她是你合法的妻子。”

“我要跟她离婚的，我早就准备跟她离婚的。”

“你不是说，她是公社书记的女儿吗？她父亲要是不同意你们离婚怎么办?”

“她父亲离休了。不离休我也不怕他。我不能这样糟蹋自己一辈子!”

邱萍又不吭声了。她从宋金峰的怀里挣脱出来，平躺在床上，两眼直瞪瞪地看着昏黑的天花板。路灯的光亮从窗口的缝隙中射进来，在天花板上印上串圆溜溜的光斑，像是一个令人费解而又令人深思的省略号。

“邱萍，你信不？我说这是命——你看，我这个共产党员也居然相信起命来——这是上帝在考验咱们，考验咱们的爱情。他让咱们先分开，然后再走到一起。当初，你一个下乡知青，能想到会到大学堂里来当教师吗？我呢，一个土生土长的石头蛋，谁又能想到，三十多岁了还到大学里读书呢？命运不这样给咱安排，咱又怎能碰到一块儿呢？山不转水转，邱萍，咱既然又走到一块儿了，就再也不要分开了，不要错过这个机会。你说对吗?”

“我、我不知道……”

“请相信我，我是个有情有义有良心的男子汉，我会成为一个好丈夫的。我们结婚以后，你在大学里当教师，我在山里当县委书记。咱们在这儿安个家，在县城里再安一个家。到了星期天，或者我坐车到你这儿来，或者我派车把你接到我那儿去。到了寒暑假，你在大城市里待烦了，就到山里去。我陪着你到下边转，你们搞文艺的，不是需要熟悉生活、体验生活吗？我可以给你提供大量的生活素材……邱萍，答应我吧，我会让你满意，会让你幸福的!”

“邱萍，答应我吧，我会让你满意，会让你幸福的。”这句话像一把重锤一样敲在她的心弦上，一阵轰鸣震得她头晕目眩。当年，在珞珈山草丛里，刘克农不也是说的这句话吗？那是他们大学毕业前夕，她跟他都要考研究生，而他则要求结婚。她知道女人结了婚就意味着什么。那就要给男人当老婆，要给男人洗衣做饭，要给男人生孩子，在家庭生活中，男女平等原本就是一句空话。即使在这崇尚民主、自由、个性等等的知识阶层里，也不能彻底拔除几千年男权社会栽种下的孽根。为了答应他的要求，为了相信他给她的“满意”和“幸福”，她只有放弃自己奋斗的目标……还是那个刘克农，这次不是在珞珈山的草丛里，而是就在他们现在躺着的这张眠床上，他又一次重复了那句话。他要出国留学，而她肚子里已经有了四个月的胎儿。她需要他的照顾，需要他守在她的身边，她要求他等一年再走。他又求她，给她讲成功的最佳方案。所谓最佳方案，无非是希望女人做男人成功之路上的垫脚石。妻子应该把自己的煤块添在丈夫的火炉里，让丈夫的炉火烧得更旺一些。丈夫有了，妻子自然就有了，夫贵妻荣嘛。终于，她答应了他，无可奈何地答应了他。她用自己的牺牲精神再一次证实了东方女性的崇高和伟大。她把他送上了他梦寐以求的天堂之路，却永远失去了他……

"邱萍，你还顾虑什么？是不是担心圆圆？你放心，我会像对待亲骨肉一样地疼他、爱他、照顾他。"

"可是，万一我要是得不到圆圆呢？"

"那我们就自己再生一个，生一个像你一样漂亮的女儿……"

"不行！我、我不能没有圆圆。没有圆圆，我就活不成了！"

"不会的，你不会失去圆圆的。"

她怎么不会失去圆圆呢？他三番五次地给她来信，央求她，威胁她，用金钱诱惑她。让她把儿子留给他，说儿子是他的亲骨肉，儿子只有跟着他才有远大的前途。男人就是这样的没良心。他抛弃了自己的女人，还要从女人手里把儿子夺走。儿子到底应该算是谁的亲骨肉？他的筋骨，他的血肉，他的肺腑和灵魂，到底是在谁的肚子里孕育的？到底是喝谁的血成形的？儿子出世之后，又是喝谁的乳汁长大的？又是谁给他抓屎抓尿，谁照顾他起床睡觉，谁教他说的话，谁教他走的路？到头来，儿子怎么反倒成了男人的亲骨肉，世界上还有比这更不公平的道理吗？

"邱萍，别担心，反正他在国外，法院不会把孩子判给他的。"

"他最近要回来，我要跟他正式办理离婚手续。为了孩子的事，恐怕要扯到法院去。"

"他专为离婚的事回来的？"

"不，他代表他们公司出差，到国内谈一笔生意。"

"他到底在什么公司？"

"大西洋材料公司。"

"噢？他在那个公司干什么?"

"他发明一种新型的包装材料，把专利卖给那个公司了，并被那个公司聘为总工程师。听他信上说，他那个公司要在国内投资办工厂，利用国内廉价劳动力，生产他那种包装材料。这次回来就是……"

"你等等，他们在哪儿投资办工厂?"

"他信上没有说。"

宋金峰听到这儿，腾地坐起来，穿起了衣服。

邱萍诧异地问："你要干什么?"

宋金峰说："天不早了，我得回县城一趟。"

"什么事这么急?"

"以后再告诉你。"

九

按门铃。门开了。

宋金峰刚一出现在邱萍的客厅里，首先听到的是一片惊喜过望的欢呼声和叫喊声。紧接着，他看到一桌丰盛的酒席。刘小丽和王蔷端着酒杯向他扑过来，一个拉着他的一只胳膊，把他拖到座位上，然后硬塞给他满满的一杯白酒，强迫他喝下去。

今天是六月十二日，邱萍的生日。她已经多年没有过生日了，刘小丽和王蔷提着生日蛋糕来了，说是要为她冲冲过去的晦气，为迎接新的生活痛饮一杯。邱萍被感动得落了泪，她到食堂专门订了几个菜。

邱萍把她和宋金峰的事告诉了两个好朋友，两个人高兴得叫嚷起来。她们正在举杯庆祝邱萍的爱情的时候，门铃响了，宋金峰鬼使神差般地出现了。

"哈哈！说曹操，曹操就到。"

"圣诞老人显灵，把你给引渡来了。"

"喝了这杯酒，大吉大利!"

宋金峰举起酒杯，一饮而尽。

王蔷又递过来一杯红酒："来来，趁着我们在这儿，你跟邱萍姐喝杯交杯酒！"

宋金峰尴尬地说："这……这又不是结婚典礼……"

刘小丽急忙更正说："对对，不能叫交杯酒，叫订婚酒吧，我们两个算是证婚人。"

宋金峰端着酒杯，脸上出现一片为难的神色，他用求救似的目光看着邱萍，吞吞吐吐地说："我……我想跟邱萍谈一件事情，很重要的事情，你们……先吃吧。"

宋金峰说着，放下酒杯，径直朝卧室走去。

刘小丽和王蔷面面相觑，到底出了什么事？

邱萍有一种不祥之兆。

宋金峰等邱萍刚一进卧室，便急不可待地问："你丈夫到底什么时候回来？"

邱萍一愣，不快地说："你问的是刘克农吗？他大概本月二十日回来，你打听这个干什么？"

"我调查清楚了。他这次回国，正是跟我们县委谈判。我们县要跟大西洋材料公司合资，建一个包装材料厂。"

"这么巧？"

"我问你，你们两个人离婚，是他提出来的，还是你提出来的？"

"当然是我提出来的了。他在国外已跟一个女人同居了。"

"你要是不离呢？"

"我要是不离，就得跟他一起到国外定居。"

"你为什么不去？"

"我去干什么？就图住小洋楼，坐小汽车，看他和情妇调情吗？"

"国外同居是平常事，你出去了，那情妇当然得让位。再说，出国也不一定就是不爱国，我们政府有政策。"

"用不着你给我讲这些大道理。你知道，我是研究中国当代文学的。到了那里，连个方块字都看不见，我研究什么？你让我心安理得地去当个阔太太吗？与其那样活着，还不如我在国内混日子呢！这些年，我为他牺牲得够多的了，不能再为了他，把我这一点儿可怜巴巴的事业牺牲掉。”

邱萍说着，触到了自己的伤心处，又掉起了眼泪。宋金峰走到她的身边，搂住她的肩头，把她按坐在床沿上。然后，把嘴唇凑在她的耳边，低声说：“邱萍，有一件事，你得帮帮我的忙。”

邱萍一边擦着泪水，一边点了一下头。

“刘克农这次回来谈判，你得想办法把他拖住。”

“拖住他干什么？”

“让他这次谈判失败。”

“失败？为什么要失败？难道建这个厂子对你们县里没有好处吗？”

“当然有好处啰，据初步计算，正式投产以后，每年能获取二百万的利润。”

“那你们为什么不干呢？不想干不跟他们谈不就行了吗？”

“不是我去跟他谈判，是……是我们县的经委主任。”

“谁谈还不一样，都是为你们县谋利益嘛。”

“你呀，你呀，还天真得像个孩子。看起来，高级政治生活你一点儿也不懂。非得把话给你捅破，你才明白。告诉你，在我们那个‘第三梯队’里边，我的主要竞争对手就是我们那个经委主任。他是‘文革’前的大学毕业生，基础比我强。我这次出来混文凭，为的就是回去跟他竞争的。如果他把这笔生意谈成了，他就算站稳脚跟了。那么我……我将会被置于一个非常被动的地位。”

明白了，邱萍完全明白了。她明白了他这番话的全部含义，明白了他那所谓的“高级政治生活”的全部内容，也明白了坐在她面前的是怎样一个人。

“邱萍，你明白了，这可是至关重要、举足轻重的一件大事呀！你跟刘克农讲，过一年以后再谈判。那会儿我回去，由我出面跟他们谈。请他放心，由此造成的损失，我会补给他们的……”

“你用什么补？”

“这个……你跟他一说，他就会明白的。”

“你怎么让我把他拖住，他会听我的吗？”

“这正是我要跟你谈的，你不能跟他离婚了。不，也是……再拖一年，一年以后再离。现在先、先应付他。不但不能离，还要对他亲热一点儿……”

“那么，我这个损失呢？我的损失你怎么补给我？”

“哦？我……我会加倍地爱你的。”

“你知道你在让我扮演什么角色吗？”

“邱萍，你别误会。这，这是为了我，也为了你呀！这是关系到我的事业、我的前途的大事，这一点儿牺牲你会、会替我做出来的，我知道你是爱我的……”

邱萍全神贯注地听着宋金峰的话，极力把他所吐出的每一个字都捕捉到。这些话他说得多么冠冕堂皇、多么理直气壮、多么恬不知耻啊！又是事业，又是前途。男人的事业，男人的前途。又要让她这个可怜巴巴的女人做出牺牲，牺牲一个女人唯一的一点点资本。他居然还相信她会这么做的。为什么会呢？难道她吃的亏、受的委屈、遭到的耻辱还不够吗？

她看着他，目不转睛地看着。这是多么漂亮的一张脸啊！浓黑的眉毛，明亮的眸子，红润润的脸膛，厚厚的嘴唇，整齐洁白的牙齿，还有那一圈显示阳刚之气的坚硬的胡楂……她曾经崇拜过这张脸，迷醉过这张脸，亲吻过这张脸。可是现在，在她的注视下，这张脸开始变形了。变得那么陌生，那么丑恶，那么让人毛骨悚然。她没有勇气再看下去了，把头扭向了一边。

他扳住了她的肩头，用那种撕裂人心的腔调说：“邱萍，求求你，求求你，你要救我一命啊……”

她猛地转过头来，把两道闪着浓烟烈火的目光射向他，怒不可遏地说：“我、我欠你的都还给你！你、你别让我失望了！”

说完，她一头扑在床上，爆发般地哭了起来。

刘小丽和王蔷破门而入。

宋金峰狼狈不堪地站起身来。

十

宋金峰没有再来找她。

经过了这次打击，她觉得自己的心灵又磨出了一层厚茧，她的整个神经都麻木了，她每天除了上课以外，便一个人躲在房间里。她觉得很疲劳，很困倦，总是想睡觉。睡得她头昏脑涨，有时醒来，也像是在睡着，甚至在吃饭的时候，也常常陷入排解不了的梦境中。刘小丽和王蔷来过两次。王蔷给她送来一盘新录制的磁带。这下可好了，除了吃饭、睡觉以外，还可以听王蔷的歌。反反复复地听，听得她心里怪舒服的。

这天傍晚，她在屋里待不下去了，不知道怎么就走出来了。锁门了吗？忘记了。那两条不争气的腿，不知道怎么就走到了湖边新楼。“文凭班”的胖班长沈唯刚告诉他，宋金峰退学了。为什么要退学呢？形势不妙啊！眼下安排职务，也跟分房、调工资一样，你不在那儿盯着，肯定就没有你的份……

从湖边新楼出来，她又不知怎么出了学校的后门，来到了东湖边上。

奇怪！东湖怎么这么大？空空荡荡的，似乎天地之间什么也没有。也许天地之间本来就是空空荡荡的，都是自己的梦境和幻觉，把世界搞得复杂起来。

一群雪白的沙鸥向她飞过来，一边扑打着翅膀，一边高声向她呼唤。她向前迎过去。

啊！是中文系的那群女学生，她们穿着艳丽的游泳衣，刚刚从碧波荡漾的东湖里爬上来。

半年以前，就是这群“沙鸥”，把她引向那个假面舞会的……

1986年10月于武汉

荷　魂

上　篇

一

村西二里远的地方，有一个水塘，人们叫它荷花塘。塘边上几株垂柳，像几个刚刚出浴的少女，满头秀发从她们光洁的身子上飘散下来，垂落在清凌凌的水塘里。夏秋之际，满塘的荷花开放了，一片翠绿托衬着一片洁白的荷花，拥拥挤挤地占满了整个水面。趴在荷叶上的青蛙和躲在柳丝里的蝉一唱一和，悠闲而惬意地叫着，叫得人心里颤颤的。

这么一个幽静而美丽的地方，本来就是孩子们的乐园，可我们谁也不敢到那里去。村里不少人说亲眼看见过，每当荷花满塘的时候，便有一个光着身子的女人从荷花丛中升浮出来。这个女人美极了，脸像荷花般艳嫩，身子如鲜藕般洁白，披散的头发恰似柔软浓密的柳丝。夜深人静的时候，她常常围着塘边游荡，有时还发出哧哧的讪笑或嘤嘤的哭泣。如果有谁从塘边路过，她就会化为一股青烟附着在你身上。然后你家的女人就会生病，生一种疯哭疯笑、疯打疯闹的病。白牙哥说这叫作癔病，或者叫歇斯底里。村民们不相信，他们说这是荷魂附了体。

荷魂是荷花的精灵，这个精灵也叫作荷花，是个温柔美丽而又命比黄连还苦的女人。她是在白洋淀的荷花丛里长大的，十六岁嫁到我们黑牙村。她的丈夫吴老疤，是个吃喝嫖赌、游手好闲的浪荡汉。就在一夜之间，他输光了房子，输光了地，输光了身上一丝一缕。最后，他瞪着两只充血的眼睛，把自己老婆押在宝匣上。在一片狂呼浪叫中，荷花成了人家的人。赢了荷花的人是马驹桥镇上一个有名的地痞，叫狗肉丸子，其实里边猪肉、鼠肉、蛤蟆肉都有。外边的人不知道，饿瘪了肚皮的苦力什么荤腥都能解馋。了解内情的人又惹不起他，你要给他泄了底，他不把你剁成肉馅，掺进他的狗肉丸子里才怪。这实实在在是一桩缺德到家的买卖。宝匣一亮，狗肉丸子蹦老高，像饿狼一样地扑向荷花，赌徒们起着哄向他祝贺道喜。他当众把荷花搂在怀里，乱摸乱啃，还扯掉荷花的衣服。荷花哭着，叫着，挣扎着。赌徒们一齐涌上来帮忙，压着胳膊，按着大腿，也是乱摸乱啃。狗肉丸子发泄完了，又慷慨大方地高叫着："来呀！我请客，人人有份！"如同荷花就是一盘菜，只要主人同意，谁都可以上来大吃大嚼一番……荷花忍受不了这么大的侮辱，就在狗肉丸子把她押往马驹桥镇的路上，纵身投入了荷花塘……

荷花活着的时候，人们同情她，可怜她，为她愤愤不平。可是她死了以后，人们又那么咬牙切齿地唾弃她，诅咒她，憎恨她。因为她那不死的灵魂搅得全村人都不得安宁……

二

草妞告诉我，最先被荷魂附体的是菱姑。

菱姑的丈夫叫李塔，一个长得又粗又壮，如同黑铁塔一般的男人。他是马驹桥镇上"放脚"的。旧时有一句话，车船店脚牙，无罪也该杀。平心而论，李塔经营这个行当十几年，确定没有犯过什么该杀的罪。他的"放脚"，在京门脸子上也堪称一绝。

李塔的祖上本来是有两三顷地的小财主，由于几辈单传，千亩地里养着一棵苗，生怕风吹霜打虫子咬，个个都是娇公子，没成就一个理家过日子的材料。又加上兵荒马乱，年头不济，到了李塔这一辈，只能靠典房子卖地混日子了。等李塔的父亲蹬了腿，只给他留下几头比狗大不了多少的小毛驴。

那会儿乡间没有公共汽车，庄稼人进城，全是靠倒腾两条腿。腿脚不方便、腰里有两个盘缠钱的，就愿意雇头毛驴骑一骑。于是，毛驴成了主要的交通工具。从事这项公共事业的，叫作脚行。脚行分赶脚和放脚两种。赶脚的是赶着自己的毛驴走，一直把雇主送到目的地；放脚的是把自己的毛驴大胆放心地交给雇主，脚夫则坐收毛驴的“劳动所得”。赶脚的耗的是气力，放脚的耗的是工夫。

李塔刚进入脚行时，当然是赶脚的。从马驹桥镇到永定门，抄近路也有三十多里路。他每天赶着毛驴往返两次，两只脚要蹬扯一百多里路。别看李塔长得五大三粗，可祖传下来的娇嫩坯子，天生卖不了苦力气。脚行里有一个张果老，是个半仙之体，有一套“点驴成精”的本事。李塔给张果老上了供，把自己的几头毛驴交给他点化。没出仨月，这几头毛驴便成了“精”。雇主来了，把脚钱交给李塔，李塔便把毛驴交给雇主。不用吆喝不用赶，精驴识途，优哉游哉把你一直驮到永定门。等雇主下了驴，驴又会扭头往回走。有的雇主贪便宜，想多骑一段路，任你鞭抽怒叱，驴是一步都不肯多行的。更有的雇主不怀好意，想把驴骗走，往旁路上引，驴是又踢又咬，绝不肯就范。

李塔有这几头驴精给他赚钱，自己便过起了自在逍遥的日子。他每天把驴放出去以后，便躲到茶馆里与一些街串子神吹海聊，到晚上把驴收齐再赶回黑牙村。

有一天，李塔在马驹桥镇上多喝了两杯酒，回村的时候已经是半夜时分了。走到荷花塘旁边，几头驴一齐惊叫打鼻，屈着四蹄往后退。李塔一看，前边路中间跪着一个女子，一身素白，披头散发，正在捂着脸痛哭，哭得凄凄惨惨，要死要活。李塔急忙上前询问：“大姐，深更半夜跑到这儿来哭，有什么过不去的事呀？”

女人抬起头来，抽抽咽咽地说：“大哥，你救我一命吧。我被男人打出了家门，要回娘家，半路上崴了脚，一步都走不动了。”

“你娘家在哪儿？”

“在牛堡屯。”

牛堡屯在我们的黑牙村东边二十里处，这么一个弱女子，就是不崴脚，恐怕到天亮也走不到。于是，李塔大发慈悲，对女子说：“你骑我的驴，先到我家住一夜，明儿一早我去送你。”

女子千恩万谢，被李塔搀扶着骑在驴身上。李塔赶着毛驴进了自己的院子，刚要招呼女子下驴进屋，却发现女子不见了。他疑疑惑惑地推开了门，顿时发现他家的屋地上跪着一个女人，也是披头散发，一身素白，也是在凄凄惨惨地哭泣。李塔定睛一看，这女人正是自己的老婆菱姑。

李塔又惊又怕，慌慌张张地问："你，你哭什么？"

菱姑扬起一张泪脸，瞪着两只冒着凶光的眼睛，恶狠狠地说："我哭，我委屈，我死得冤枉……我从十六岁嫁进你家这个门，你一天都没有把我当人看。我还不如一只猫、一条狗。你，你拿我去赌，输给了人家，让人家糟蹋我……"

"菱姑，你，你怎么了？"

"谁是菱姑？我是荷花！你睁开眼睛看看，你连荷花都不认识啦？"

菱姑说着，停止了哭泣，满脸的凶气又变成了满脸的媚气，忽然咯咯地笑起来，笑得人毛骨悚然。她一边笑，一边冲着李塔招手："来呀！过来呀！过来看看我是不是荷花……"

看见菱姑这副样子，李塔只觉得头发根发麻，后脊背冒凉气，吓得大喊大叫起来。他这一喊叫，惊动了街坊四邻，许多人都披着衣服跑过来观看。

菱姑见许多人围上了她，更加发起疯来，一会儿哭，一会儿笑，一会儿又手舞足蹈，怪腔怪调唱起来：

东边的神呀西边的仙，
我给王母娘娘去点烟。
荷花塘里洗完澡，
我骑着毛驴上了天……

三

草妞没有病，她没有像菱姑那样疯打疯闹、疯哭疯笑，可是大伙儿都说她也被荷花魂附了体，还张罗着给她治病。

草妞比我大三岁，可是由于上学晚，竟跟我同班。草妞长得娇小轻捷，聪明活泼，一天到晚嘴不闲、手不停，像一只欢蹦乱跳的小百灵鸟。她天生一副金嗓子，尤其喜欢唱歌演戏。村里的剧团排戏，她半夜半夜地陪着不走。大段大段的唱腔演员们还没有背下来，她却能扯着嗓子有板有眼有滋有味地演唱了。剧团的郑团长首先发现了她的天才，排演《铡美案》的时候，让她扮演了春妹的角色。她上了台一点儿也不怯阵，戏虽不重，可招招式式都表演得逼真自然，特别是见到陈世美时那几句让人肝肠寸断的道白、使观众直掉眼泪的哭腔，场场演出都赢得满堂喝彩……

草妞真不幸，正当她大显艺术才华和充分发挥自己个性的时候，她妈死了。据说得的是癌。为了给妈妈治病，草妞爹把土改时分的三间土坯房卖了，把家里能换钱的一点儿衣物被褥也卖了。剩下他们爷俩以后，只好搬到村西的土庙里去住。一下子，草妞家成了全村最穷最脏又最让人感到可怕的一家。

草妞爹垮了，一点儿过日子的心思都没有了。头发不剃，脸不洗，破衣烂衫不补，烦了就端着队里分的口粮到魏跩子的小酒馆里换酒喝，常常醉卧在街头，任孩子们朝他身上啐唾沫，扔牛粪。

没有人敢到草妞家去，村民们怕传染癌症。如同有人说亲眼看到过荷魂从荷花丛中升浮出来一样，也有人说，草妞家的癌细菌比草妞爹身上的虱子还要多。稍不小心，只要有一个癌细菌爬到你身上，你就只有死路一条了。一时间，人们像恐惧荷魂那样恐惧癌症，恐惧草妞和草妞爹。大街上，只要这父女俩一出现，人们就立刻躲得远远的。似乎只要一开口跟他们说话，或者与他们距离过近，癌细菌就会像跳蚤一样蹦过来。

草妞在学校里，上课的时候没有人愿意跟她坐在一张课桌上，下课以后没人愿意跟她一块儿玩。她唱歌没有人听，说话没有人理。她的铅笔秃了，想借谁的小刀用一用，难了，谁的东西都不许她动。更让她感到伤心的是，村剧团再演《铡美案》的时候，春妹的角色换了人。尽管新换的演员在台上砸了几次锅，人家还是不用她。

草妞退学了。不知道是因为受孤立读不下去了，还是因为家里穷读不起。

草妞辍学以后，生产队长借口她年龄小，不让她到队里劳动挣工分。她自己养了两只刚出世不久的小羊羔，雪白雪白的。每天早晨我上学的路上，差不多都能碰上她抱着两只小羊羔朝村外走去。她不唱了，不跳了，没有人理睬她，她也不理睬别人。她怀里抱着两团白云，脸上却罩着一层阴云。

“大跃进”的时候，我妈参加了“穆桂英队”，到百里外的西集公社去发扬共产主义风格，深翻土地。妈妈累垮了，吐血，躺在炕上起不来了。马驹桥卫生院阮洪英大夫每天下午来给妈妈诊一次脉，我放学以后就要拿着药方给妈妈抓药。

我那会儿感到最为难的，就是回来晚了害怕。还没出马驹桥街便到了掌灯时分，一路上心急如焚，可又不愿意往前赶，因为荷花塘是我的必经之路，早到那里早害怕。正是夏秋之际，满塘荷花，塘边晃动的芦荻，岸边轻拂的柳丝，以及沙沙作响的草丛，无处不像是潜藏着荷魂的倩影。我心里发毛，两腿发软，可不敢喊，不敢跑，连大气都不敢出。不是我自己吓唬自己，好几次我都听到荷魂在说话，真真切切，不知是从荷丛里还是从柳丝下传来的。

“这件衣服多漂亮呀！你还不愿意穿，这是蜘蛛姐姐用天边的彩云给你缝的……”也许是荷魂在跟她的孩子说话吧？可是听妈妈说，荷花当年没有孩子呀！

“东边的神呀西边的仙，我给王母娘娘去点烟……”这无疑是荷魂在唱歌，跟菱姑犯病时唱的一模一样，没错。

我怕妈妈不放心，不敢把这些可怕的事情告诉她，便对珍子表姐讲了。珍子表姐武断地说：“你这是精神作用，人在紧张的时候，就会产生一种幻觉，像是听见了什么，看见了什么，其实什么都没有。”她见我疑疑惑惑的样子，便搬出了权威的根据，“这是科学，白牙哥讲的。”然而，我刚要对她的“科学”表示赞同，她又郑重其事地嘱咐我说：“夜间走路，千万别回头。在鬼魂的眼睛里，人身上有三盏灯：左肩一盏，右肩一盏，头顶上一盏。你朝左一回头，左肩的灯灭了；朝右一回头，右肩的灯灭了；再朝后一回头，头顶的灯也灭了。你身上没灯了，那些妖魔鬼怪就会欺负你了……”

珍子表姐的“科学”并没有使我确立“唯物主义”思想，而她的嘱咐我却牢牢地记在心里了。我再过荷花塘的时候，想到身上的三盏灯，更加诚惶诚恐了。可是这一次，我没有办法不回头了。因为荷魂就在我眼前的路中央，挡住了我的去路。她一身素白，披头散发蹲在地上，正在喃喃地说着话："我就知道你不安好心，急着要回家，不陪荷花姐姐多待一会儿。荷花姐姐一个人，多孤单呀！"

妈呀！这是在说我吗？我像木头橛子似的戳在了地上，想喊救命，干张着嘴，舌头像灌了铅似的，一点儿声音都发不出来。想转身逃跑，两条腿抖得像筛糠。

突然，"咩——"的一声，是羊羔在叫。紧接着，一个身影从地上站起来，啊！是草妞。她不是一身素白，只是穿着一件白衬衫；也不是披头散发，脑袋戴着一顶用野花编成的花环。尽管心里完全明白了眼前的一切，可是紧张的情绪却一直恢复不过来，我用自己都觉得陌生的声音喊着："草妞！"

草妞这才发现了我，扭过身来。我完全忘记了她身上那可怕的"癌细菌"，一下子扑上去。要不是她躲闪得快，我非把她紧紧地搂在怀里不可。见我这样，她也惊慌了："你，你怎么啦？"

我仍然用颤抖的声音说："我，我以为碰到了荷魂呢！"

"那有什么可怕的？我昨天还见到荷花姐姐呢！"

"你见过荷魂？她跟你说了些什么？"

"她说我这会儿受些苦，将来会交好运的。我会嫁给一个又有钱又漂亮的公子。"

"那个公子在哪儿？"

"在外边的大世界里。荷花姐姐让我耐心等着，到时候他会来找我的！"

"这是真的？"

"骗你不是人。"

"不，你，你这是幻觉。"

"什么叫幻觉？"

"人有时会、会看到……不，听到……"

妈的，珍子表姐那套"科学"，我怎么学不上舌来呢？真懊丧！

四

在我们黑牙村，菱姑是个最让人瞧不起的女人。

她是运河湾人。据说，在娘家里，她是个能说能干、多方面都拔尖显胜的漂亮姑娘。可是，她在担任团支部书记的时候，不知怎么搞的，肚子却一天天大起来了。这下她在村里就待不下去了，急于要找一个主儿。于是，三十多岁还当着光棍儿的李塔，便捡了个“便宜货”，娶亲婆变成了接生婆。天地还没有拜，一个大胖小子便呱呱坠地。这段精彩的故事，至今仍在凉水河两岸传颂着，历经二十年之久而不衰。

李塔妈不许菱姑留下这颗孽种，孩子生下来便被人抱走了。可是菱姑从此也就关了门，再没为李塔生个一男半女。本来就是个“破货”，再加上是个不能传宗接代的“废物”，这就更让她难以做人了。李塔妈对她有错没错开口便骂，自己喝粥烫了舌头，也要骂她三天三夜。李塔对她则伸手便打，放脚的驴病了不吃草，也要拿她出气。

家里不拿她当人看，外边也就没人尊重她。姑娘媳妇到一块儿，磨牙吵嘴，打罗圈架，骂半条街，这是常有的事。她谁也不敢招惹，自己再有理，也不敢跟人家争一言半语。你刚一张嘴，人家就会朝你脸上啐唾沫。就连我们这些不懂事的小孩子也敢欺侮她。往她身上扔驴粪蛋，她连头都不敢回。她不理我们，我们还不饶她。

菱姑开始病的时候，大伙或多或少都有点儿幸灾乐祸，纷纷议论她是罪有应得，连鬼魂都饶不了她。后来见她闹得毛骨悚然，而且越闹越凶，便都有点儿提心吊胆了。菱姑犯病的时候不仅哭笑说闹，还常常撕衣服，砸东西，发疯般地往荷花塘跑。李塔母子怕出了人命，总是惊呼怪叫地求乡亲们帮忙。菱姑的力气大得很，四五个小伙子都按不倒她。

村民们没见过这种病，虽然众说纷纭，却也只能对病人采取一些消极的防范措施。好在闹几个钟头她自己就能好，腰一伸，腿一蹬，便呼呼睡去。睡醒以后，问她所作所为，她一概不知。后来，人们无意之中发现了治这种病的有效方法。那一次菱姑正托荷花之魂疯打疯闹，挣开人们的阻拦往外冲。刚冲到门口，顿时收住了脚步，脸上露出了惊恐不安的神色。紧接着，便像一摊泥似的软了下来。人们一看，只见吴老疤站在菱姑面前。

吴老疤不愧是在赌场里混出来的机灵鬼，见到此情此景，便明白了其中的微妙。他立刻装腔作势，正颜厉色，对着菱姑瞪着眼睛怒叱："荷花，你怎么到这儿来害人？"

菱姑哆哆嗦嗦地说："我，我没有害人……"

"你要是再这么胡闹，我就把你卖到窑子里去！"

"别，别……我听你的话还不行吗？"

"听我的，你快走！"

吴老疤的"走"字刚一出口，菱姑便咕咚一声躺在了地上，呼呼地睡去了。从此以后，菱姑一犯病，李塔就把吴老疤请来。吴老疤一来，菱姑就会立刻安静下来。吴老疤成了降妖伏怪的男巫。

没想到麻烦的事情还在后头呢。村民们由于对草妞父女采取了"隔离"措施，谁也没有被"癌细菌"侵染上。可是菱姑这种病却在村民中传播开了。这可忙坏了吴老疤。菱姑犯了病吴老疤跑去，刚把荷魂赶走，豆腐坊三婶家又打发人来叫，豆腐坊三婶也在哭笑打闹，跟菱姑的症状一模一样。吴老疤赶到豆腐坊三婶家，一通粗言秽语地乱骂。豆腐坊三婶也睡去了。吴老疤刚要坐下来喝杯茶，隔壁的"桃花眼"范淑珍也扯着嗓子唱起来："东边的神呀西边的仙，我给王母娘娘去点烟……"吴老疤又急忙奔到范淑珍家。范淑珍刚好，侉子陈的媳妇杜圆圆却站在饲养室的屋顶上高声怪唱："荷花塘里洗完澡，我骑着毛驴上了天……"

荷魂在黑牙村里到处游荡，黑牙村人心惶惶，鸡犬不宁。

中　　篇

一

草妞命里注定的那个又有钱又漂亮的公子真的来找她了。

那一年我初中毕业回了村，村里的"四清"运动正搞得轰轰烈烈，包括村长在内的大小干部都被赶上了"楼"。荷魂大概害怕阶级斗争，菱姑她们这些女人很长时间没犯病了。然而，村里又被另一种恐怖的气氛笼罩起来。一些被称作“工作队”的陌生人在破破烂烂的篱笆小院和东倒西歪的土坯房里进进出出，说是在“访贫问苦”“扎根串联”。而村里的一些有头有脸的人却常常被找去“谈话”，让他们“脱了裤子割尾巴”“贴骨下刀”，听了让人浑身起鸡皮疙瘩。

九年的读书生活使我染上的“小资产阶级情调”，大概像荷魂和“癌细菌”一样侵入了我的灵魂和肌体，生活使我感到又空虚又无聊，我居然也像草妞一样常常到荷花塘边去放羊。我可不像她对羊羔那样亲昵，把羊往树上一拴，便躺在草丛里看书。我的心灵像荷魂一样，在另一个世界里自由自在地游荡着。

五月。满地的菜花开了，金灿灿的，晃得人眼睛发花。太阳暖融融的，把满地的春风烤热了。暖风饱和着浓郁的菜花香，熏得人心里醉微微的，身上懒洋洋的。

几天没到荷花塘，再一去，却被眼前的情景惊呆了。我首先被一群嗡嗡叫的蜜蜂包围，抬头一看，垂柳下摆着一排大箱子，木箱子旁边支起一个三角架的小窝棚。窝棚后边，飘起一缕淡淡的炊烟。

我牵着羊要绕过塘边一片茂密的蒲草丛，一个小伙子从窝棚后边钻出来，拦住了我的去路：“同志，请等一会儿再过去。”

小伙子大概有二十岁出头，长得清秀白净，留着分头，戴着一副白边眼镜，颇有一股读书人的派头。他说的普通话中，带着浓重的南方口音。

“这是你放的蜂?”我指着眼前的那些木箱子问。

他只是友好地点了点头，看样子他并不想跟我寒暄。他的眼睛一直盯着那丛蒲草，像个忠于职守的卫兵一样阻拦着我。蒲草丛后边，传来哗哗啦啦的撩水声。

我正在困惑不解，蒲草晃动了一下，草妞从里边钻了出来。她挽着裤腿，光着脚丫，衣服上洇着水点子，湿淋淋的头发上滴着水珠儿。她手里托着一条印花毛巾和一个翡翠色的肥皂盒。

“咯咯咯……你这块洋胰子可真香，有一股玫瑰花味儿。”草妞显然很高兴，一边说话，一边笑着。见到我，脸一红。“春子，你还不认识他吧？他是放蜂的，从长江边上来，姓安，咱就叫他安哥吧。”紧接着，她又把我介绍给了那个放蜂的小伙子，“他是我的同学，好人，就是有点儿‘小意识’。”

“好人，就是有点儿‘小意识’”，这就是草妞对我的评价，可我至今也不明白，她说的那个“小意识”的含义究竟是什么。我一直想问问她，但终于没有问成。事情虽说不大，却成了终生的一件憾事和永远解不开的谜。

我似乎到这会儿才注意到，草妞已经长成一个大姑娘了。算起来，她也有十七岁了。她出落得很结实，也很漂亮，脸蛋红扑扑的，像一朵挂着露珠的初绽的荷花，散发着一种让人怦然心动的光泽和香气。大概是因为刚刚洗完澡，还没有来得及戴乳罩，两只挺拔、丰满、生机勃勃的乳房，在她的胸前躁动着，像是要从她那紧绷在身上的素花衬衫里冲出来。

“春子，你知道吗？他家离咱这儿两千多里路呢！叫什么！天门，这名字多神！过去常说，人是地里仙，十天走一千。人家一天一夜就跑了两千多里，坐火车来的。对了，你快让他给你讲讲火车吧，真有点儿意思……”

随着时间的推移，村民们不再把她当成“癌细菌”的传播者，对她解除了警备。可是，长期畸形的生活已经使她孤僻的性格定了型，无论如何也不能恢复孩提时那种热情与活跃了。村里青年们办夜校，搞俱乐部，义务劳动，很少见到她的身影。然而这会儿，她这么爱说爱笑，热情洋溢，真让我感到惊讶。

“要不，你让他给你讲讲长江。长江宽极了，一眼望不到岸边。再讲讲大海，大海原来是蓝色的，跟天空一样……”

看她那神态，听她那口气，似乎她也跟那放蜂的小伙子一样，对火车、长江、大海都非常熟悉……

几天以后，放蜂的小伙子走了，但他那个三角形的小窝棚还在。这一天中午，我看到草妞一个人坐在小窝棚前发愣。她双手托着下巴，两只眼直呆呆地看着天边，一颗豆粒大的泪珠儿凝聚在她红彤彤的脸颊上。她见了我，只是非常哀凉地说了一句：“明年这会儿，他还会来的。”

看着她那痛苦的样子，我心里很不是滋味儿。可是我也真不明白，她为什么这么轻而易举地爱上了一个陌生人呢？而且还爱得那么深！

二

人这一辈子，也不知道谁会走什么运。在村里人嫌狗不待见的吴老疤，居然成了有头有脸的人。就是因为他赌钱输了老婆，就是因为他老婆的阴魂搅得人不得安生，就是因为他还有那么一点儿权威，能把他老婆的阴魂镇住。谁家的女人病了，他便挺着胸，昂着头，晃摇着膀子来了。那副神劲，不亚于一个奔赴沙场的大将军。来了之后，无非是对着活人骂死鬼。开始还骂得斯文一些，到了后来，“姐姐妹妹姥姥亲娘”一齐卷，什么脏话野话都出来了，骂得淋漓尽致。到了兴头上，还会捋胳膊挽袖子，给那病女人两个大嘴巴，也打得痛快淋漓。这无非是合法地撒村放野，吴老疤天生就有这套本事的。折腾一通，病人好了，他也过足了瘾。于是，人家把酒菜摆上了，恭恭敬敬地把他请到了炕头上……

有些人就是这样，你不拿他当人的时候，他就摇头摆尾地巴结你，做出一副可怜相。一旦你给他披上一张人皮，他就会蹬鼻子上脸，不知道天有多高地有多厚了。吴老疤有了这“一技之长”，便漫天要价涨行市。过去谁家有了病人，他只要一听说，便飞跑着赶过去。后来，他越发大模大样，没有三请五邀都劳不动他的大驾。去了之后，烟不到嘴不行，茶不浓不行，酒菜不够盘不行。这且不说，更要命的是，他借看病之机要开了流氓。有一次“桃花眼”范淑珍病了，他让别人都出去，自己从里边把门闩上了。只听得病人被他整治得哟呀怪叫，家里人不放心，撕开窗户纸一看，他把范淑珍扒得一丝不挂，而且他还正在往下扒着自己的裤子……人们气得砸开了门，不由分说，给他一顿臭揍。

吴老疤这下可把自己的饭碗砸了，谁家的女人再犯病，可万万不敢再请他了。孔夫子说过，饿死事小，失节事大。我们黑牙村的女人，可是病死事小，失节事大啊！

菱姑又患病了。而且这一次犯得特别厉害，没有哭，没有笑，也没有唱，一开始就怒目金刚地造起了反。摔家伙，砸窗户，还要放火烧房。这一下可把李塔母子吓球了。这正是一个疾风暴雨之夜，想叫街坊四邻来帮帮忙都喊不应。菱姑站在八仙桌上，双手叉腰，怒不可遏地喊叫着：“你们说，女人是不是人？能让你们像物件一样输来赢去吗？”

李塔妈站在地上，双手作揖，哆哆嗦嗦地一个劲儿说好话：“荷花，你是死得冤屈，这是吴老疤的罪过……”

“什么吴老疤？你们就没罪吗？你们是怎么对待菱姑的？菱姑在娘家让人玩完了扔了，本来命就够苦的了，你们还骂她、打她、说她是破女人……哪个女人没破过？你要一直是红籽红瓤，你这宝贝儿子是从哪儿来的？”

“菱姑，不，荷花，你说得对。以后我们再也不打了，不骂了……”

“以前你骂就白骂了？打就白打了？”

“你也骂我们几句，打我们几下吧！”李塔妈说着，把李塔推到八仙桌前，“菱姑，不，荷花，你打两下出出气吧！”

菱姑果然弯下腰，“叭叭”打了李塔两个大嘴巴。劲儿好大，李塔的大脸上立刻印上紫红的指印。李塔妈不敢心疼儿子，还冲着菱姑说好话：“手打疼了吧？骂累了吧？来，你躺在炕上歇一会儿，我给你做碗面条汤，再卧上两个鸡蛋……”

原来鬼魂也喜欢听好话，李塔妈这样好言相劝，阿谀奉承，终于使菱姑从八仙桌上下来了。

史村那个算命瞎子跟我母亲说过，这种病叫邪祟附体，犯起病来，胡言乱语，疯打疯闹。你要是逆着她，阻挠她，她就会越闹越凶，最后不定会闹出什么事来；你要是顺着她，随她兴，由她反，久而久之，她就会变成一个女巫。

既然吴老疤这个降妖伏怪的“镇物”不能用了，菱姑再犯起病来，李塔母子只能好言好语顺着她说，由着她做，只要不闹出事来就行。没想到，真让算命瞎子言中了。这样做了几次之后，菱姑的病情发生了变化。原来，她的病说来就来，不知道什么时候犯，更不知什么时候好。这会儿，她犯病之前有先兆，自己心里明明白白的。犯起病来，她也能稍许控制自己，闹着闹着，就会安静下来。而且在胡言乱语中，一会儿是荷魂的代言人，一会儿又把自己摆进去，也分不清她到底是荷花，还是菱姑。

更让人惊愕的是，她还能随时随处把荷魂请来，跟荷魂对话，以便把被荷魂缠绕的人解救出来。唐三奶奶的小孙子二臭子到荷花塘去游泳，回来以后昏迷不醒，发起了高烧。人们说这孩子的魂被荷花留下做伴了。唐三奶奶听说菱姑能跟荷花说得上话，就把菱姑请了去。菱姑在唐三奶奶家犯了一次病，第二天一早，二臭退了烧，睁开眼，一骨碌爬起来，欢蹦乱跳满街跑了……

李塔过去“放脚”时交过一个朋友，袁大脚，是北门口地主马家的长工头。这个人虽说是扛活出身，却能说会道，见多识广，是马驹桥镇上的“人尖子”之一。他听说菱姑这套本事，立刻跑来了，三说两说，把菱姑带走了。他认识一个女巫，在百里外的固安县南门外住，已经老得下不了炕了。为了让这个行当后继有人，他带着菱姑前去拜师学艺。

一个月以后，菱姑回来了。天生的素质加以仙师点化，她成了一个地地道道的女巫。

更让人惊异的是，自从跟李塔结婚以后一直是瘪塌塌的肚子，从固安县回来以后，却一天天鼓了起来。十月怀胎只过了八个月，她便生下来一个花骨朵般的小女孩儿。吉星高照，时来运转，李塔母子高兴得满街狂呼乱跑。满月那一天，大街上搭起了席棚，摆下了七七四十九桌，请远村近邻来喝喜酒。

菱姑成了能降妖伏怪的女巫，又摘掉了“废物”的帽子，顿时身价百倍，村民们敬畏她，李塔母子更把她当成了宝贝疙瘩。

三

最苦的还是草妞。第二年春天，地皮刚刚泛青，油菜花还没有放叶，她就一天三遍地往荷花塘跑。直到荷花满塘，油菜花结了籽，她还没有等到那个叫“安哥”的放蜂小伙子。第二年、第三年……她的“安哥”仍然没有露面。

那时已经进入了“大动乱”年头，全国似乎都被荷魂附了体，犯那种疯打疯闹、疯哭疯笑的病。我那会儿离开了黑牙村，在公社工作。有时候骑着自行车回家，跑过荷花塘，便能看到草妞在垂柳下伫立着。她很憔悴，脸色苍白，眼圈发黑，眉宇间显出无限悲苦，又露出无限希望。

我劝她："不要傻等了，这年头，什么事情都顾不上了……"

她不相信我的话："不，他会来的，准是被什么事情缠住了，要不，他早就来了。"

痴情的姑娘就这样无望地等待着。然而，草妞的爹却等不了了，他为她找了一个男人，是袁大脚做的媒……

"文革"刚一开始，根红苗正的袁大脚便揭竿而起，成立了农民造反团。此后，"大联合""三结合"，他成了公社农代会的主任。"红色政权"建立以后，他又进了领导班子。于是乎，这个长工终于把那泥腿子从庄稼地里拔出来了，穿上了四个兜儿的工作服，吃上了政府的俸禄。

袁大脚上任不久，就到我们黑牙村来蹲点。他依靠的对象自然是李塔和菱姑，可是一查三代，李塔的根子不硬，"破四旧"时也被游过街。这样，通过李塔介绍，袁大脚把草妞爹拉出来。

草妞爹那年五十岁，正好是"知天命"的时候，一连串地走红运。先是从那破土庙里搬出来，住进了没收漏网地主刘大姑的三间砖房；再是当了村农代会的主任，从一个让人瞧不起的醉鬼变成了体面人物；紧接着又交了桃花运，找了个后老伴，也是袁大脚做的媒。

这个女人是海子里烧饼庄的，她二十岁那年丈夫被砸死在门头沟煤窑里，留下了一个遗腹子。当时她就有往前走的心思，公婆不允，讲好是把孩子拉扯大了再改嫁。如今她儿子已经是二十二岁的小伙子了，媒人上了门，公婆又提出了新的条件：给孩子娶上媳妇就让她走。这条件等于给她判了无期徒刑。那年头，靠老的老，小的小，土里刨食攒钱娶媳妇，谈何容易！袁大脚真不愧是个"主意篓子"，他让草妞爹把草妞许配给那女人的儿子，那女人便可以嫁给草妞爹。

草妞爹打了十几年光棍，靠烧酒打发寂寞冷清的日子，如今当了官，却忽然动了春心。春心一动，则意马难收，真恨不得当天晚上就把后老伴娶到自己的炕头上来。草妞是无论如何也不同意这桩亲事的，袁大脚亲自出面做工作，也无济于事。

那天晚上我去给草妞爹送公社开会的通知，一进院门，就看见父女俩面对面地坐在一张小桌旁吃饭。两个人的谈话声从窗口飘出来，使我不由得停住了脚步。

“你妈死了以后，我把你拉扯这么大容易吗？你就听爹一次行不行？”

“五十岁的人了，还结什么婚？也不怕人家笑话！”

“不结婚，我动不了的时候谁管？”

“我不是说了吗？我养你一辈子。”

“满堂儿女不如半路夫妻，你终归是脸朝外的人。”

“朝里朝外的，我到时候伺候您不就行了吗？”

“你这么大了，又不是不懂事，光伺候我管什么？老伴，老伴，我夜里睡觉需要个伴儿！”

“您呀！纯粹是老不要脸！”

“浑蛋！”

随着一声怒骂，叭的一声，草妞爹举起饭碗就砸了过去。幸亏草妞躲闪得快，饭碗摔在对面的山墙上。草妞爹又抄起身边的饭勺子朝草妞扑了上去，草妞缩在墙角里，不声不响，只等着挨打。幸亏我及时进了屋，把草妞爹拦腰抱住了。

草妞趁机溜了出去。

四

草妞变成了哑巴，跟谁也不说话，见了人连个招呼都不打，脸上阴沉得像一块铁，看不见一点儿笑模样。她每天除了吃饭、干活、睡觉之外，抽空就往荷花塘跑。常常在荷塘边，一坐就是大半夜。

草妞中了邪，全村人都这么说。

眼看婚期就要到了，这是草妞爹答应人家的，自己的女儿变成了哑巴，怎么往人家那里送呢？人们怂恿草妞爹请菱姑给草妞驱邪，草妞爹认为也只有这么办了。

这是菱姑正式当上女巫后接收的第一个病人。这是一件了不起的新鲜事，人们都想大开一次眼界，把草妞家的三间房里里外外挤个水泄不通。

菱姑初试锋芒，当然也要招摇一番。她头发梳得光光亮亮，衣服穿得整整齐齐，在草妞家里里外外转了一圈，又把草妞上上下下打量了一遍。然后以绝对权威的口气对大伙儿说："过去咱村的女人犯病，只不过是荷魂附体。就是荷魂要撒气，借你身子用一用，闹一通也就过去了。草妞这病可就不然了，她跟荷魂打交道太多了，荷魂已经深入她的灵魂里去了，两个魂搅和在一起了……"

草妞爹一听，吓得直哆嗦，忙问菱姑："这怎么办？还有救吗？"

菱姑说："办法是有，就是太麻烦，得到终南山上把吕洞宾请来，让他带着斩妖剑把荷魂杀死。"

草妞爹更慌了："终南山在哪儿？把仙人请来，谁有这么大的本事？"

菱姑撇着嘴说："谁有那么大的本事？我就有！没有这点儿本事能应你们家的事吗？"

草妞爹一听，打拱作揖，千恩万谢，就差趴在地上给菱姑磕响头了。

前来开眼的人听菱姑说自己有这么大的神通，也都大惊失色。反过来一想，这娘儿们的心也够狠的。想当初，她被荷魂附了体，折腾得死去活来；后来不知怎么得了这点儿道行，居然跟荷魂套起了近乎；现在有了本事，又翻脸无情，要把荷魂杀死。可见鬼魂再兴妖作怪，还是斗不过人。人是最诡计多端，又是最无良心的。话又说回来了，不把荷魂杀死又怎么办呢？谁让她又来祸害草妞呢？菱姑要真是解除了荷魂这一害，全村人可该打个佛龛把她供起来。

菱姑找了四个身强力壮又聪明伶俐的已婚妇女做她的助手，其余的人都请到了外边。她还让挂了窗帘，闩上了门，特别嘱咐男人不要趴在窗缝偷看。女巫给女人看病就是让人放心，不会担心她像吴老疤那样干伤风败俗的缺德事。

一切都准备就绪了，菱姑香汤漱口，清水洗手，在供桌上烧起了高香，然后跪在地上，口中念念有词。不一会儿，她就伸懒腰，打呵欠，飘飘欲仙地唱了起来：

终南山上有一洞，
能容十万八千众。
吕祖纯阳洞中坐，
弟子菱姑将你请……

这些事我是后来才知道的，当我跟着白牙哥赶到草妞家的时候，里里外外乱成一团，人们惊慌失措地议论着：

“这下可好了，吕大仙来了！”

“草妞到底说话了。”

“说什么了？”

“你没听她又吵又骂吗？”

屋子里，乒乓作响，吵吵闹闹。有草妞的哭叫挣扎，有菱姑的装神作鬼，还有作为菱姑助手的那四个娘儿们的惊呼乱叫。

“快！荷魂跑进她的奶子里去了，挤她的奶头，使劲挤，挤出血水来……”

屋里边折腾得让人毛骨悚然，我跟白牙哥挤进去，砰砰地捶着窗子，让菱姑立即停止这残酷的迷信活动。屋里边的人根本不理睬我们。我们又拉出草妞爹，告诉他这样会把人整死的，他不信我们的话。这样一来，我们却遭到了善良的乡亲们的反对。他们怕我们打扰了吕大仙救人，耽误了给草妞看病，七手八脚地把我们推了出来。

我跟白牙哥急得一个劲儿地搓手跺脚，忽然，白牙哥急中生智：“快，给公社派出所打电话！”我们俩又一齐朝大队办公室跑去……

直到派出所李所长挎着盒子枪、骑着摩托车来了，才把草妞从那几个女人的手里救出来。这时候，草妞已经被她们糟蹋得浑身是血、奄奄一息了。

李所长命令草妞爹立即把草妞送到公社卫生院。菱姑和那几个助手，也被李所长用盒子枪押走了……

五

草妞在公社卫生院刚刚把伤治好，草妞爹就把她接了出来，并且定好了日子，强迫她与烧饼庄那个女人的儿子成亲。

这件事，尽管我跟白牙哥也向李所长汇报了，李所长却没有管。他管不了了，上次用盒子枪押菱姑她们，就成了镇压群众的“滔天罪行”。他搞了大半辈子专政工作，到头来却被造反派专了他的政。

就在婚期的头一天晚上，草妞悄悄地溜出屋，径直走进了荷花塘。

当人们把她的尸体打捞上来的时候，却闻到她身上有一股玫瑰花的香气。她的衣兜儿里，装着一块泡软了的香皂……

六

草妞死后不久，我便调到城里工作了。很长时间没有回家了。听村里人说，荷花塘更加荒凉了，不要说孩子们不敢到那儿去玩耍嬉闹，就是胆大包天的棒小伙子，单身走进去，也会觉得心里发毛。因为许多人都亲耳听过，每当夜深人静的时候，荷花塘上就会传出一声声奇怪的鸟叫：“安哥——安哥——”

这声音叫得很凄凉，也很动情，让人听了，心里觉得酸溜溜的……

下　篇

一

我是“十年浩劫”以后才上的大学，说不清是悲剧还是喜剧，但这毕竟是我的幸运。我所就读的武汉大学，坐落在风光旖旎的珞珈山上，属于著名的东湖风景区中心。四月樱花，八月桂花，腊月梅花，一年四季，游客如云，大学府便是一个大公园。尽管如此，我仍然感到很孤独、很寂寞，常常被一种莫名其妙的忧郁和惆怅缠绕着。日落黄昏之际，我愿意一个人坐在东湖边上遐想。精灵似的沙鸥和掠影似的白帆在梦的湖泊里飘忽着，我的心也随之飘到了两千余里外的黑牙村，飘到了那神秘莫测的荷花塘上……

这天中午，我刚刚下了课，看门的廖妈妈便告诉我："你老家来人了。黑牙村，嘻嘻，怎么叫黑牙村呢？"我心里怦怦地跳着，天呀！黑牙村人怎么跑到这里来找我，莫非出了什么事？

推开宿舍门，我完全愣住了，屋里坐着一男一女，两张陌生的面孔。男的有四十来岁，黑脸，黑胡楂子，一副庄稼人的憨相。可是那两只眼睛，却像是在苦难的石头上打磨出来的，闪着乌溜溜的光泽。女的顶多有二十岁，打扮得非常时髦，牛仔裤，苹果牌的；蝙蝠衫，猩红的。胸前一条金光闪闪的项链，假的。脸上涂着胭脂，抹着口红，描着眉目。耳坠儿是蓝宝石的，当然也是假的。尽管她穿戴得很俗气，却掩饰不住她的天生丽质。那眼睛，那嘴唇，那饱满的胸脯和那身上绷出来的曲线，都膨胀着一种女性的魅力，用大学生流行的说法：很性感。

"您认识我吧，我该叫您叔叔。"

她站起身来，却没有像当今女性那么大大方方地伸出手。她的拘谨暴露出她是个农家姑娘。

我脸上一阵发烧。刚才的一刹那，我的潜意识让我用性冲动去欣赏这个姑娘，我还有什么脸当人家的叔叔？都是他妈的弗洛伊德在作祟。难怪于是之嘲笑我"上了大学长了出息"呢。

"你是谁家的姑娘？"

"我妈叫菱姑。"

"噢，李塔的女儿。"

"我叫李霞。"

李霞把我引向了坐在旁边像石头一样的那个男人："你更不认识他了吧？"

我一边努力回忆着，一边摇着头。

李霞提醒着："你们只见过一面，可是他还记得你。"

我还是茫然。

"你还记得草妞吗？"

"怎么不记得，荷花塘上还听得到奇怪的鸟叫吗？"

"你还记得草妞一直在等一个人吗？"

“是的，她在等安哥，她的安哥，那个放蜂的小伙子……怎么，你、你就是安哥？”

“我叫安在山。”那个男人躬起身子，冲我谦恭地笑了笑。

我怎么也不敢相信，这难道就是草妞生前日日等待、死后夜夜呼唤的安哥？这难道就是那个长得斯斯文文，知道长江、火车、大海，并且把有玫瑰花味道的香皂留给草妞的那个小伙子吗？

我的心开始颤抖起来。

“我全知道了，我来得太晚了……”他的声音哽咽了，两行浑浊的泪水顺着他的黑脸盘子淌下来。

“这些年你都干什么了？”我问。

“唉，别提了。凡是人干的事我都干过，我讨过饭，在码头上当过搬运工，我偷越过国境，还坐过牢……”

我不愿意再问下去了，凡是从那个年代走过来的人，想想自己，就会理解别人。

中午吃饭，自然该是我招待，可是安在山非要掏钱出来请我不可，他几乎是哭着央求我了。我本来就是个随和人，既然他真心愿意破费，我也别扫他的兴。他要了满满一桌子菜，我觉得没有必要这么排场，太浪费。李霞还在一边跟着起哄：“王叔叔，您别管，他是万元户，财大气粗嘛。”

好吧，眼下时兴万元户，咱也不妨当一次饕餮鬼吧。

席间，李霞告诉我，安在山是两年前找到了黑牙村。他听说草妞死了，趴在荷花塘边哭得昏天黑地。最后，是她的妈妈接待了他。从那以后，他就留在了黑牙村。他跟菱姑一起，把荷花塘承包下来，办起一个养鱼场，一年就收入了一万多元。现在，荷花塘边盖起了几间房子，正式建成了荷花塘渔场，场长就是大名鼎鼎的菱姑。安在山是副场长兼技术员。

安在山端起了酒杯：“既然李霞叫你叔叔，我也该叫你叔叔。”

我急忙阻拦说：“别别，你长我好几岁呢！我们之间还是直呼其名吧，不好叫出口，什么都不叫也可以。”

“不管叫什么吧，反正我这次是专门来求你的。”

“有什么为难的事吗？”

“全村人都说，这个忙只有你才帮得上。你每次回老家，都有小汽车送你、接你，还说你能跟县委书记、县长平起平坐地喝酒……”

我心里一阵酸楚，为我可怜的父老兄弟们，我没有说什么，只好苦笑一下。

“我想把户口迁到黑牙村去，可是黑牙村属于北京郊区，北京很难落户，人家说得走大后门才行。花多少钱我都不怕，只要你能让我的钱有地方送就行……”

我有点儿为难，大概脸上也露出了难色。

“你放心，这件事办成了，我不会亏待你的。给你的那份，绝不会比县长、县委书记的那份少……”

可怜的交易，拙劣得让人气愤不起来。也不必责怪他，这种事见得多了，也就见怪不怪了。

他还在向我一个劲儿地许愿，说好话。我告诉他：“要不，我就不管你的事；要不，就白做人情，一分钱都不要。”我答应他放暑假回去时帮他跑一跑。他感动得流下了眼泪，我相信这眼泪是真诚的。

吃完了饭，他们急着要走。他们告诉我住在关山附近的一个私人开的旅店里。我问他们为什么不住进城里，安在山脸红了。李霞倒是大大方方地说：“城里的国营旅店住在一起还要结婚证，我们到哪儿去找结婚证呀？”

我心里打了一个冷战，但表面上却没露声色。上了大学以后，我懂得了尊重人家的“隐私权”。

在去汽车站的路上，李霞轻轻拽我的袖子，我跟她放慢了脚步，让安在山一个人走在了前边。

“叔叔，你可千万别管他的事。”

“什么？”

“我妈说了，不能让他在咱黑牙村扎根，荷花塘那块肥肉不能让一个外秧吞掉。”

“你们不是要结婚吗？”

“谁跟他结婚？我找的是丈夫，还找的是爹？”

“你们不同意他在黑牙村落户，为什么你还陪他到这儿来找我?”

“这是因为他有俩骚钱烧的，我是为了出来开开眼界，再有，我妈说了，眼下荷花塘渔场还用得着他……”

我完全蒙了，我怀疑菱姑又被荷魂附了体。而且她的女儿李霞，此时正站在我身边的这个时髦姑娘，在她那美丽迷人的躯体里也潜藏着那个不死的荷魂。

我浑身一阵战栗。

二

我又回到了黑牙村，又去了荷花塘，确切地说，应该叫荷花塘渔场。这是放暑假。

这一天正好是荷花塘的节日，电视台要给菱姑和她的渔场拍电视。菱姑“发财不忘下一代”，拿出一万块钱捐献给乡政府办教育。为了宣传即将到来的我国第一个教师节，这是一个绝好的典型。前来拍电视的记者正好是我的朋友，他一进村就把我拉去了。

我不知道荷花塘存在了几百年还是几千年，但是我敢保证它从来没有过这么辉煌的历史。随着电视台记者一起来的，还有县、乡、村的各级领导以及县报、电台、乡广播站等各种宣传机构的工作人员。十几辆小汽车停在那柳丝倒映的荷塘边。

菱姑完全不再是被我们孩子骂成“破鞋”的可怜女人，也不再是装神弄鬼的女巫形象了。她梳着乡间女干部样式的短发，脸上红润润的，远接近迎，落落大方，还懂得主动将手伸给前来的陌生人。透过精明干练，仍然焕发着农家妇女的风采。

她见了我，便迎上来，双手拉着我的胳膊，兄弟长，兄弟短，胖了，发福了，亲热得让人骨酥肉麻。我那个电视台的记者也可恶，居然把这个场面也摄入了他的镜头。电视台播放的时候，还加入了一句解说词：黑牙村出生的青年作家某某某也前来看望菱姑场长。唉，我真不愿意沾这个光，搞得我心里怪不舒服的。

拍完电视，自然是一顿丰盛的酒席。鱼宴，这在我们那个地方已经相当够规格了。厨师是从马驹桥镇的二合居餐厅请来的。摆了整整三桌。一时间，推杯换盏，吵吵闹闹，说不完的酒话，演不完的酒戏。菱姑一桌一桌地应付，大方，得体，面面俱到，滴水不漏。菱姑是个人才，是个当领导的材料。我心里说。

她是最后才迂回到我身边来的，几句客套话后，便搬了一个凳子挤在我的身边。她一边非常自然地给我夹菜，一边扒着我的耳朵说起了悄悄话："兄弟，咱近人不说远话，喝了嫂子的酒，你可得给嫂子办点儿事。"

"怎么，又是给转户口吗？"

"不，不。这件事你千万别管，小霞不是嘱咐过你了吗？"

"我除了要要笔杆子，别的事能干什么呀？"

"哎呀！你真机灵。嫂子求你的正是这件事。你为我要要笔杆子，给我写篇文章。"

"给你写什么文章？"

"写报告文学。白牙哥说有一种文章叫报告文学，是专门给英雄模范人物写的，写了报告文学就能出大名。他见你写过几个改革家……"

"菱姑嫂，你赚了钱、发了财还不过瘾，还想出名呀？"

"也不光为了出名，嫂子前边遇上一个坎儿，怕是不好过去。县里要选人民代表，有人提了我，有人不同意，说是事迹不够突出。你帮我写篇文章，不就'突出'上去了吗？你看，这回乡里办教育，让捐款，我一下子拿出了一万。"

"你真舍得花血本呀！"

"舍不得孩子套不着狼。其实，一万块算什么，这塘鱼打上来以后，我少说也能赚两万。"

"赚两万，不是还得分给安在山一半吗？"

"是呀，要是那样，我这一年就算是白干了。"她这话说得有点儿凄惨，不过转瞬间她又振作起来，"只要能选上人民代表，白干也值得！别人不明白，你还不明白。过去，我菱姑在黑牙村算个什么？谁不欺负我，谁拿我当人看？这会儿，该轮到我出头了……"

我们正说着话，有人告诉菱姑，说门外有人找她。她出去不到两分钟，就转身回到我身边，带着一脸的怒气："他妈的，纯粹不安好心！"

我问："谁呀？"

"袁大脚这王八蛋，他闺女得了疯病，让我晚上去给她捉妖，这不是成心往我脸上抹屎吗？"

"你不当女巫了？"

"我现在混得光光亮亮，哪能再搞那些封建迷信活动呢？那不是自己砸自己的牌子吗？"

是呀，人有了牌子以后，就知道爱惜自己的牌子了。这真是一件不幸的事情。

酒席终于散了，客人终于走了。

我忽然记起来，在整个拍电视和酒宴上，都没有见到安在山的影子。他不是副场长兼技术员吗？这么重要的场合，这么重要的角色怎么能不出场呢？

还没容我打听，猛然传来一阵砰砰砰的响声，一辆手扶拖拉机上跳下来的正是安在山，拖拉机的拖斗上，摞着几个鼓鼓囊囊的大麻包。

安在山满头大汗，气喘吁吁，他看见渔场冷冷清清，径直奔向菱姑："人呢？"

"什么人？"

"领导，县委领导呀！"

"走啦。"

"你，你把我事都耽误了，我说明天再去拉饲料，你非逼着我今天去不可……"他说着，颓然地蹲在了地上，双手抱着汗水淋淋的大脑袋。

菱姑说："你着什么急，你看我兄弟不是还在这儿吗？"

安在山激灵一下抬起头来，似乎到这会儿刚刚认出了我。他呆愣愣地看着我，忽然，一下子跪在了我的脚下，带着哭腔说："恩人，你可得给我帮忙呀……"

不知为什么，我突然感到很恐怖，如同当年我在幻觉中见到荷魂一样，我紧张得心里都抽搐成一团。

三

当天夜里，我和党支部书记姜洪才在村民委员会的办公室里聊天，聊起了兴致，谁也不愿意回去睡觉。大约有半夜一点钟了，门外忽然喧闹起来：哭声、骂声，还有噼里啪啦的打人声和踉踉跄跄的脚步声……我们急忙打开了门。

一群人搡进了一个赤身裸体的男人，被五花大绑捆着。细一看，这人正是安在山。他垂着脑袋，胸前、脸上印着一道道的指甲印，指甲印里渗着血。押着他进来的是李塔和几个小伙子，这些面孔我似乎白天在渔场时都见过。

菱姑从人群后钻出来，声嘶力竭地哭叫着："姜书记，我没脸见人啦，我没法活啦，你可得给我做主呀！白天我刚拍完电视，领导对我那么信任，我，我……"

姜洪才厉声制止着她的哭叫："什么事？好好说！"

菱姑又转过身钻出人群，从门外拉进来一个姑娘。也是赤身裸体，身上只裹着一块单人床单。菱姑又哭又叫起来："你们看看这个畜生，这个白眼狼，是我收留了他这个野种，又跟他一块儿承包荷花塘，他却恩将仇报，干这伤天害理的事……"

姜洪才毕竟有着多年的领导经验，遇事沉着不慌。他先命令着菱姑说："去，到外边把李霞的衣服穿上！"然后又转身命令李塔，"把他的绳子解开，谁让你们乱绑人？"

李塔还不服气："捉贼捉赃，拿奸拿双，我们怕他不认账……"

姜洪才怒气地喝道："解开绳子！"

李塔立即松软下来，很不情愿地给安在山松了绑。

姜洪才又顺手扯下了办公室的帘子，扔给安在山，让他围在身上。

经过姜洪才这么一镇喝，谁也不哭了，不闹了，都老老实实地站在办公桌前等着审问。菱姑到外边帮女儿穿好了衣服又进来了，李霞像是什么事情都没发生似的，随随便便地歪靠在门框上。

姜洪才问："到底是怎么回事？"

菱姑忙拉过女儿："让她自己说，她是受害者。"

李霞依然随随便便地说："他强奸我。"

姜洪才转向安在山："你承认强奸她吗？"

"不！"

"好好说！"

"什么强奸，她跟我半年多了！"

菱姑立即又暴怒起来："人证物证俱在，你还抵赖？"

姜洪才挥了挥手说："你告他强奸，他自己不承认，看来只好通过法院解决了。这样吧，明天让村民委员会给你们开封介绍信，你到法院去起诉吧。"

菱姑忙说："不，不。这件事我们不愿意惊动法院。"

"这么大的事，不经过法院怎么办？"

"这可不是光彩的事，嚷嚷得一市八街都知道了，将来我的闺女还怎么嫁人？"

"那你说怎么办？"

"我们愿意私了。"

"怎么个私了法？"

"让他姓安的明天一早就滚蛋，永远不许进黑牙村！"

姜洪才转身问安在山："你同意私了吗？"

安在山用一种仇恨的目光瞪了菱姑一眼，一句话没说，转身走了。

菱姑慌了："他，他跑了怎么办？"

姜洪才揶揄地说："你既然让他滚蛋，还担心他跑吗？"

就这样，一伙儿人乱哄哄地来了，又乱哄哄地走了，像是演了一场闹剧。

我越发觉得恐怖起来。这一切，大概都是由于荷魂在作怪。

四

最近的那个结局可能是这样发生的，我想象着。

早晨起来，也许天刚蒙蒙亮，荷花塘渔场场长菱姑便怒气冲冲地去找安在山，逼着他滚出黑牙村。可是，当她闯进安在山的小屋时，却发现人去屋空。她或许感到很得意，从此以后荷花塘渔场完全属于她自己的了。或许她也有一种失落感，他毕竟跟她一起在这里惨淡经营了两年多，荷花塘处处留下了安在山的痕迹。或许她开始良心发现了，她这样做毕竟太过分了。可是她有什么办法呢？不是她自己要这样干的，是荷魂逼着她这样干的……

她就是这样怀着这种复杂的心情来到荷花塘边的。她被眼前出现的情景惊呆了，荷花塘里，白花花一片，所有的鱼都漂上来，遮盖了整个水面。满塘的荷花绽开了，团团簇簇，闪着银白色的冷光。忽然，一个浑身素白的女人从白色的云团里升浮出来，向她微笑，向她招手。那是荷花，还是草妞……

鱼塘里撒了剧毒农药1059，这是公安局来人化验的结果。

五

我又离开了黑牙村，离开了荷花塘。关于荷魂，不知又演绎了什么新的传说。

1986年11月14日于武汉大学

男人气象

一

偶尔地认识一个人，会完全改变自己的生活轨迹，有人说是缘，有人说是命运。命运是属于自己的，却往往因为别人而改变。

吴琼要了自己的命，就是从认识罗小丽开始的。

那是一个布谷声声、红花满山的五月，吴琼将自己放飞在长江支流的小三峡上。他跟着几个不相识的游客一起，搭了一条用竹篙撑着的小木船，沿着大宁河出发了。一路上，水流湍急，舟行艰滞，倒是观风看景的绝好机会。两岸山崖如削，悬棺洞穴令人发怀古之幽思；一条碧水似练，猿啼鸟鸣使君做孩童之憨态。吴琼举着相机，不断地摄取举目皆是的珍奇景象，兴奋得不能自已。傍晚的时候，船夫挽舟系缆，停靠在一个炊烟袅袅、鸡鸣犬吠的小镇边。

这是大宁河上游的巫溪镇，一个依山傍水、层叠有致的小县城。吴琼跟着游客们一起下了船，走在小镇的石板路上，觉得非常新鲜惬意。一阵笑语喧哗，伴随着踢踢踏踏的脚步声，一群背着竹篓的山姑迎面走来。山姑们大多豆蔻年华，衣装素朴，未施铅华，个个细腰长腿，粉面桃花，嗓音婉转清亮。她们的背后，山花如火，落霞铺锦，真可谓一群画中佳丽，天上仙娃。深山出俊鸟，他早就听说过，巫溪这个地方水好，水好可以酿美酒，可以做好豆腐，亦可以养育倩男靓女。到此一游，方知传言不谬也。

吴琼急忙举起相机，他不会放过这动人心魄的美妙画面。山姑们突然发现一个陌生的男人为她们拍照，哇地叫了一声，四散逃去，有如惊飞了一群仙鹤。吴琼很扫兴，又恋恋不舍，只好怏怏移步，想找一家旅馆住下。

吴琼是武汉市某区文化馆的一名专业摄影师。说是专业，其实一年到头也很难有几天能专心致志地搞摄影。文化馆的工作性质要求每一个馆员都要一专多能，吹拉弹唱，打球照相，布置会场，带头鼓掌，还要经常被区里抽调去搞所谓的中心工作。吴琼就是前不久被区委宣传部调去搞一个改革开放成果展览的，一搞就是三个月，连星期天都占了。最近展览搞完了，宣传部跟文化馆打了招呼，给补半个月的假期。要不，吴琼怎么会有时间单枪匹马地来旅游呢？

他不是来旅游，或者准确地说，他不是为了游山玩水。当了这么多年摄影师，他照的相不少，可都是应时应景应题之作。什么领导考察呀，重要会议呀，好人好事呀，新经验新成果新面貌呀，他觉得这些照片都是用手摁的，不是用心照的。他追求的是艺术，兴奋点在创作激情和创作灵感上，这些领导不懂。每到年终总结的时候，他都觉得非常痛苦，洋洋洒洒写了一大堆的作品，没有一个是他喜欢的，也没有一个是他自己想创作的，可是领导很高兴，很肯定，年年给他个先进，还有奖金什么的。奖金他倒不反对，只是觉得有点儿滑稽。他终于发现一个绝对的真理，文化馆是个最没有文化的地方。他觉得在这个地方实在是屈才，英雄无用武之地，杀鸡总用宰牛刀。

不过，吴琼是个性格内向的人，平时寡言少语，朋友也不多，过心的朋友就更少。他心里有气，有想法，有鸿鹄大志，可从来不跟别人说，他清高在内心深处，表面上却不露出一点儿自傲来。这样，领导认为他工作很踏实，群众认为他脾气有点儿怪，仅此而已。

这次到小三峡来搞艺术创作，他也没有跟任何人讲。他利用的是自己的假日，花的是自己的钱，跟别人说得着吗？

他随心所欲地在巫溪镇的小街上走着，两旁是青砖碧瓦的小屋，高高低低，错落有致，甚至还有点儿东倒西歪。这些房子大概有些年头了，改革开放的暴发景象在这儿并没有显露出多少。各个小商店小门面也都是跟住户合而为一，连个广告牌什么的都没有。小商店里也不过是些油盐酱醋烟酒茶糖之类的生活必需品，没有旅游地区花里胡哨真真假假的纪念品工艺品这类的东西。没多大一会儿，他就把这一条街走完了，没发现适合自己的旅馆。天色尚早，他反正也不着急，于是，又拐了一个弯，朝村外走去。村外的小山坳里有一片翠竹，几株花木，几户青篱环绕的小院，倒别有一番景致。

人生有许多岔路口，每时每刻都面临着决定命运的选择，兴与衰、荣与辱、成与败、富与贫乃至生与死，往往就在那举足移步的刹那之间。

他是踏着石块沿着一条小溪走过去的，这条弯弯曲曲清清冽冽不足百米不知名字的小溪，便引导他进入了自己的不二法门。

二

吴琼觉得眼前此情此景此溪流此山姑，有点儿像唐代大诗人王昌龄写的《浣纱女》：钱塘江畔是谁家，江上女儿全胜花。吴王在时不得出，近日公然来浣纱。

吴琼默念完这首诗，哑然失笑了。他把自己比作吴王了，刚才举起了相机把她的姐妹们都吓跑了，现在她竟然跑到这无人的小溪旁来洗衣衫了。吴琼怕再一次惊扰她，便没有举相机。他想悄悄走过去，站在她的面前，不用镜头看，用眼睛看，岂不妙哉！

应该说，摄影师的眼睛是非常挑剔的。在武汉三镇，常有人说起某处有个美女，某处有个佳人，吴琼出于职业的需要，便常常慕名前往，以求一饱眼福。待去见了，也不过尔尔，真是看景不如听景，这是他常常发出的悲叹。

可是眼前这个姑娘，却让他惊愕了。那流泻下来的秀发，那汉白玉一样的脸庞，那黑盈盈光泽流溢的双眸，还有那两条鲜藕般白嫩的玉腕，无不让他瞠目结舌。他调动自己全部的艺术才华，也无法形容这个姑娘的美丽，想用语言描绘一个美人实在是一件愚不可及的事情。不用说语言，就是用画笔，用吴琼那价值数万元的德国相机，也无法把姑娘的美貌表现出来。美人是不可传播的，只能亲临其侧，用自己的眼睛去观看，用自己的心灵去欣赏，用自己的情感去体验。

洗衣服的姑娘发现了他，没有逃避，也无可逃避，而且还冲他浅浅地一笑。这笑容是如此灿烂，还带着晚霞般的金属光泽，让吴琼的整个心灵都震颤起来。

姑娘见吴琼站在她面前不走，目不转睛地看着她，便有些嗔怒了。她的嗔怒更是妩媚迷人，像一朵似开未开的花苞，美得冷艳而含蓄，吴琼完全失去了自控的能力，钉子般地楔在姑娘的面前，灵魂飞出了七窍。

“你要干什么?”

姑娘说话了，莺啼燕啭，钻骨入髓，吴琼浑身战栗酥麻。

“你要干什么?”

这时吴琼看到了姑娘的勇敢，柔柔清泉里一块闪光发亮的彩石，这更让吴琼惊喜若痴。

姑娘站起身来：“你到底想干什么?”

吴琼突然醒了过来，结结巴巴地说：“我……我想找一个旅馆。”

姑娘看着他脖子上挂的相机，问：“你是来照相的?”

吴琼一时不知道该说什么好：“啊……对，不，我不是来照相的……我是来……旅游的。”

姑娘又看了看他，命令似的说：“跟我来吧。”

于是，姑娘站起来身，收拾着那些洗好的衣服，踏着石板在前面引路，吴琼老老实实地跟在后面。

吴琼看到，姑娘的裤脚挽在膝盖下面，露出来的那一段小腿和那小脚丫是那样光洁美丽，像是奶酪捏塑而成的工艺品。小脚丫溅起的水花在吴琼的眼前跳跃着，冲击着他心底那模模糊糊的欲望。

原来姑娘家就是一家旅馆。近几年巫溪镇对外开放，引来了越来越多的游客，原来几家公家旅馆不够用了，当地人便因陋就简，利用家里的空闲房屋办起了小旅馆。这是一个鹅卵石垒成的小院，墙只有半人高，挡君子不挡小人。三间正房，两间厢房。自家人凑合住在厢房里，把正房腾出来做旅馆。姑娘把吴琼带进正房东间，里面有两张小床，床上铺着洁白的单子，单子上放着薄薄的被子。床上挂的蚊帐也是洁白的，这一切都说明这家小旅馆是新开业的，住过的人还不多。

姑娘坦率地说：“一张床十五元钱，有热水洗澡，吃饭单算，你想吃什么我们给你做。”

吴琼看了看房间，又看了看姑娘。

姑娘做起了生意，已经没有刚才遇见陌生人的那种羞涩了。

吴琼将自己的背包和相机取下来，放在床头上。

姑娘问：“你现在洗澡吗？我给你打水。”

吴琼说：“等等，你刚才说一张床十五元钱是吗？”

姑娘点了点头。

吴琼说：“这两张床我都要了，给你三十元钱。”

姑娘奇怪了：“你一个人要两张床干什么？”

吴琼说：“我喜欢清静，不愿意跟别人一个房间。”

姑娘说：“那我得问问我娘，看她同意不同意。”

吴琼说：“我不少给你钱，她有什么不同意的？”

姑娘说：“你一个人交两张床的钱，不是太亏了吗？”

吴琼心里一阵感动，姑娘是为他着想的。

姑娘出去了，再进来的时候，左手提着一个大木盆，右手提着一只大水壶。进了门，她把大木盆和水壶放在地上，对吴琼说：“这是热水，我再去给你打凉水。”

吴琼说：“凉水在哪儿，我自己去打吧。”

姑娘说：“你是客人，怎么能让你自己去打水呢？”

吴琼感到一阵莫名其妙的温暖，亲人般的。

姑娘临出门时又说：“我娘说了，这两张床你给二十五元钱就行了，再来人也不让住了，行吗？”

吴琼说：“不，我还是要给三十元，给二十五元你们不是吃亏了吗？”

姑娘说：“你这个人真怪，别的客人来了，总是七缠八缠，讨价还价，你倒想多给钱。”

吴琼说：“我没有多给呀，我一个人占两张床，应该是给三十元的，咱得说理是不是？”

姑娘笑了笑，没说什么。

自从见到这个姑娘以来，这是吴琼第一次看到她笑。这一笑，犹如晨曦下含苞带露的花朵，鲜丽的嘴唇花瓣儿般地绽开了，露出了一口碎玉般的白牙。吴琼心里又一阵热潮荡漾。

姑娘又很快从外面提进来一桶凉水，放在大木盆旁边，说："你洗完澡再叫我，我给你去倒水。"

没等吴琼再说什么，姑娘走了，顺手把门从外面关好。

吴琼坐在床头上，意识轻飘飘的。他总觉得这一切都是不真实的，像是在做梦，又像是蒲松龄在《聊斋志异》中所描写的那样，他是不是遇见狐仙了呢？过了好半天，他才明白过来，他现在应该洗澡。于是，他慢慢地脱掉那身脏衣服，往大木盆里兑好了水，将身子整个坐了进去。

此情此景，依然是不真实的。吴琼是在城里长大的，从出生的时候起，他就用的是喷头或浴缸，从来没有坐在大木盆里洗过澡。坐在大木盆里，有一种婴儿的感觉。他突然发现自己变小了，变得生活不能自理了。有人给他端来大木盆，给他打来凉水和热水，洗完澡还有人为他倒脏水，而这样伺候他的，竟然是一个天仙一般漂亮的姑娘。这怎么可能是真实的呢？

吴琼慢慢地往身上撩着水，慢慢地品味着浪漫的温馨，慢慢回味着姑娘的一举一动、一笑一颦。

有人在外面敲着窗户，轻轻的，吴琼紧张起来。他不知道又要有什么美妙而冒险的事情落在自己的头上。

姑娘在窗外问他："你晚上吃什么饭呀？"

吴琼意识到自己是在赤身裸体地跟姑娘说话，虽然是隔着窗户，但毕竟只隔了一层窗户纸，他还是有些紧张。

姑娘又在问："你晚上想吃点儿什么呀？我娘给你做。"

吴琼说："无所谓。"

姑娘愣了一下："无所谓是什么？"

吴琼说："吃什么都行。"

姑娘问："随着别的客人吃鱼行吧？"

吴琼说："行啊。"

姑娘又问："你是吃米饭，还是吃面食？"

吴琼说："吃米饭。"

姑娘走了，吴琼注意到了窗外那飘然而逝的身影。

吴琼急忙站起来，擦干了身子，换上一身干净的衣服，打开门，端着大木盆出了屋。他不想让姑娘给他倒洗澡水，那水脏乎乎的自己看着都恶心。

出了屋门，一个中年妇女跑过来："哎呀，怎么能让你自己倒洗澡水呢？小丽小丽，你死哪儿去了，快给客人倒水去……"

随着那中年妇女的叫喊声，姑娘跑了出来。

吴琼已经端着大木盆出了石头墙。

姑娘在后面喊着："倒在外面的水沟里就行了。"

石头墙外，确有一条小水沟。

吴琼急忙把洗澡水倒进那条小水沟里。

姑娘跟了出来，弯腰接过大木盆。

吴琼问："你叫小丽？"

姑娘点了点头。

吴琼又问："你姓什么？"

姑娘说："姓罗。"

吴琼说："罗小丽，对吗？"

姑娘又点了点头。

奇怪的是，这一夜，吴琼在那间小屋里，睡得特别香甜，几乎连梦也没有做。

三

第二天，是一个阳光灿烂的日子。

吴琼没有走，他想给罗小丽拍几张照片。

罗小丽红着脸说："不行，我娘不让。"

吴琼说："我去跟你娘说。"

罗小丽说："你说也没用，她没有钱。"

吴琼奇怪地问："要钱干什么？"

罗小丽委屈地说："前些天来了一个照相的，拍一张照片两块钱，好多姐妹都拍了，她们也让我去拍，娘不准。"

吴琼明白了，心里一阵难过。

他向罗小丽解释说，他是搞摄影的，不是照相的。罗小丽不明白摄影和照相有什么区别。吴琼说，摄影搞的是艺术，照相做的是生意。做生意的人是为了赚钱，而他是不赚钱的。罗小丽还是不明白："你不为了赚钱，大老远地跑到我们这小山沟里来干什么？"吴琼解释不通了，不通就不通吧。反正他跟罗小丽说了，他给罗小丽照相，一分钱都不要。而且不是给她照一张，而是要照好多好多张，照各种各样姿势的、各种各样背景的。

罗小丽把自己最好的衣服找了出来，带着吴琼上了山。开始的时候，罗小丽有点儿紧张，面对着镜头的时候总是非常僵硬。吴琼是个有经验的摄影师，他不再急于拍照，而是坐在小溪边跟罗小丽聊起了天。

罗小丽告诉吴琼，她的命是很苦的。父母就她这么一个孩子，按说该是心肝肺叶掌上明珠吧，可是从她记事的时候起，就没有过上一天好日子。爸爸常年卧床不起，抱着药罐子当饭吃。家里白天舍不得吃盐，夜里舍不得点灯，省下钱来给爸爸看病用。从小学到中学，她没穿过一件不带补丁的衣服。她喜欢画画，曾经想当一名画家；她喜欢看书，也曾经梦想过当一名作家；她还喜欢唱歌，也想当一名歌星。可是她的理想都被爸爸当药吞下去了，最后只剩下一堆残渣倒在了路边。她初中毕业的时候，以优异的成绩考上了县城的高中。她想念书，念完高中还想念大学。但是不可能，爸爸的病越来越厉害了，大口大口地吐血。娘整天守在爸爸的身边，山上的几亩保命田要荒芜了。她只好放下书包，扛起了锄头……

吴琼被感动得流下了眼泪。

罗小丽慌了，她看到眼前这个男人的大脸盘子上长长的泪水，不知道该怎么办。她真后悔，她为什么跟一个陌生的男人讲这些呢？

吴琼为罗小丽感到惋惜，她这么聪明漂亮，要是在一个较好的环境中，完全会是另一种命运。现在，她只能是一个山姑，是一棵长在路边不被人重视的野花，一粒被湮没在贫瘠土壤里的色彩斑斓的宝石。他叹息着，他想帮她，可是他又没有改变一个人命运的能力。他什么都没有说，他本来就是一个不爱说话的男人，即便是在勾引女孩子的时候，也不像别人那样油嘴滑舌。

吴琼开始给罗小丽照相。罗小丽跟吴琼熟悉了，不再那么紧张了。吴琼从镜头里看到了罗小丽那山花般的笑容，看到了那山泉般的眼睛，看到了那云朵般的脸颊，总是一阵阵地心动。有多少次，吴琼借着给罗小丽摆姿势的时候，都想将她猛地搂在怀里。可是他终于抑制住了自己，他不是缺乏勇气，而是不忍心。他总是对自己说，这孩子够苦的了，不能再折磨她了。

翻过一个小水沟的时候，罗小丽主动把手伸过来，拉吴琼过去。吴琼抓住了罗小丽的手便舍不得放下了。

罗小丽有点儿慌，吴琼说："我给你看看手相吧。"

这是男人要吃女孩儿豆腐的时候最拙劣的方法，吴琼觉得自己实在卑鄙，急忙把罗小丽的手放下了。

罗小丽却认真起来："你会看手相？"

吴琼说："我不会，骗你玩呢。"

罗小丽不信："你肯定会，就是不愿意给我看。"

吴琼说："你的事我都知道了，不好再看了。"

罗小丽说："那是我以前的事，你看看我以后的命运怎么样？"

吴琼无奈，只好把罗小丽的手抓过来。

这是一双非常漂亮的手，十指纤纤，有如春笋。让吴琼难过的是，由于长年干粗活重活，水冲石磨，她的手上已经长满了硬茧，粗刺刺的将那掌纹都改变了。

吴琼端着罗小丽的小手看着，沉吟了好半天，才感叹地说："你应该离开这儿。"

罗小丽吃了一惊："离开哪儿？"

吴琼说："离开这穷山沟，你不应该过这种苦日子，这太不公平了。"

罗小丽问："这就是我的命吗？"

吴琼说："命运对你是不公平的。"

罗小丽又问："你是说我不能认命？"

吴琼说："任何人都不能认命，再说你还这么年轻。对了，你多大了？"

罗小丽说："你们大城市里的人都说周岁是不是？"

吴琼说："说周岁虚岁都行。"

罗小丽说："到了下个月，我就满十七岁了。"

真是太年轻了，花季的年华，吴琼的眼睛又湿润了。罗小丽呆呆地看着沉默不语的吴琼，吴琼却把她的手举起来，举到自己的唇边，轻轻地吻了一下。

罗小丽没有拒绝，她甚至不明白这是怎么回事。

四

大宁河之行，像一个储存在吴琼记忆硬盘里的梦，时不时地一个命令输入进去，那个梦就会在他的脑屏上清晰地显现出来。但是这毕竟是一个梦，一个离现实越来越远的梦。

吴琼在大宁河给罗小丽拍的那些照片，冲洗完以后便连同底片一起寄给了她。不知道为什么，他一张也没有留。他隐隐约约地感觉到，此生此世，怕不会再见到罗小丽了。就是有朝一日再重访大宁河，也会像崔颢那样：去年今日此门中，人面桃花相映红。人面不知何处去，桃花依旧笑春风。

与其让那些缠绵悱恻的遗憾折磨自己，还不如抽刀斩断那不属于自己的情丝。

这是吴琼的一段微妙而隐蔽的感情波澜，他不说，这个世界上没有人知道。就当什么都没有发生过，实际上确实什么都没有发生过。那算得上是什么呢？一片云曾经从你的头顶上飘过，或许还停留了一会儿，但毕竟又飘走了，一点儿痕迹都没有留下……

所以，一年以后，办公室主任急呼他的 BP 机，说有一个姑娘从山里来，说是他的亲戚，他怎么也没有想到是罗小丽。

那是一个很奇怪的日子，下班以后他没有回家，而是骑着自行车绕过了喧闹的市区，来到了珞珈山后面的东湖边上。他顺着梧桐大道漫不经心地骑着车，心里幽幽的说不清是一种什么滋味儿。也许这就叫孤独吧，一种浓重的孤独感常常像魔怔一样缠绕着他，挥之不去，躲避不开，排解不掉。

也不是排解不掉，当孤独感向他袭来的时候，他从来不像别人那样，找朋友聊聊，跟家人聚聚，或是三杯通大道，一醉解千愁。相反，他甚至渴望孤独，愿意细细地品味孤独。这个时候，他便骑着自行车来到长江边上或东湖边上，让孤独啃嚼着自己的心灵，用疼痛麻醉自己的灵魂。

就在这个时候，他的BP机响了，让他马上回文化馆。BP机连响了三遍，这引起了他的重视。他骑着车往回走，依然是漫不经心的，他还没有完全从孤独酿就的白日梦里摆脱出来，这种白日梦常常像游丝一样绵绵不绝。

进大门的时候他没有下车，看传达室的老头儿叫住了他。

这时候一个姑娘已经来到了他面前，他没有在意，连看也没有看一眼，他还惦记着传达室的老头儿在喊他。

当那个姑娘已经站在他自行车的前面，清清楚楚地叫他吴哥的时候，他才惊愕了。

姑娘像是看出了他的疑惑，急忙说："吴哥，我是罗小丽呀，你不记得我啦?"

吴琼猛醒过来："怎么，怎么会是你呢？你从哪儿来?"

罗小丽见他认出了自己，便再也说不出话来了，代替语言的便是哗哗不断的泪水。

吴琼慌了："小丽，出了什么事?"

罗小丽只会流泪。

吴琼说："别哭，先别哭，这儿不是哭的地方，你跟我走吧。"

文化馆历来是个无缝下蛆、有缝长草、流言蜚语不绝于口的是非之地，幸亏已是下班时间，院子里没有人看见，他急忙将罗小丽带了出来。

他估计罗小丽还没有吃饭，便把她带到一个偏僻的小饭馆里，并且找了一个清静的角落坐下。

吴琼点了菜，自己要了一瓶啤酒，给罗小丽要了一杯果汁。

罗小丽无心吃饭，用一双泪汪汪的眼睛看着他。

吴琼说："先吃饭，有什么事吃完饭再说。"

罗小丽却吃不下饭，她想哭。

吴琼只好由她。

罗小丽哭着说："吴哥，我听你的……"

吴琼说："你听我的什么？"

罗小丽说："你不是说让我离开那个穷山沟吗？"

吴琼似乎想起来了，他说过类似的话。

罗小丽哭出了声："我爸爸死了……欠了人家好多钱……娘要把我嫁给乡长的儿子……为的是还账……"

一个老掉牙的故事，却是真真切切的悲剧。这农村人怎么了？怎么像春种秋收似的种植着同样的悲剧，连个新鲜的品种都搞不出来吗？

吴琼叹了口气："那你打算怎么办？"

罗小丽哭着说："吴哥，我不能回去……那个乡长的儿子是个流氓，十五岁的时候就强奸过一个七十多岁的老太太，还劳教过两年……"

吴琼有点儿为难："你不回去，干什么呢？"

罗小丽哀求着："吴哥，你收下我吧……我给你当保姆……我们那儿好多姑娘都出来当保姆……我不要钱……我什么都能干……"

这显然是不行的，不要说他家不需要保姆，就算是急着找保姆，他把这么一个漂亮的姑娘不明不白地弄回家，他老婆不跟他白刀子进去红刀子出来才怪。

罗小丽急了："吴哥，你……你不要我？"

吴琼安慰她说："小丽，你先别急，先吃饭，咱一边吃饭一边商量好吗？"

罗小丽说："你要是不答应我，我就不吃饭，反正也是死，临死前还浪费这些粮食干什么？"

吴琼第一次发现罗小丽是这样倔强，他有点儿害怕了。

五

当吴琼把罗小丽介绍给珞南大酒店总经理周建强的时候，周建强的眼睛都直了，发出了两股幽幽的绿光，狼一样。吴琼暗自骂自己，格巴妈的，我这不是把一口肥肉往狼嘴里塞吗？

幸亏吴琼跟周建强还算是哥们儿，也知道他在女人面前那点儿出息。吴琼说是他家的一个亲戚，很近的亲戚，你可得好好给我安排。周建强马上说："没的说，咱哥俩谁跟谁呀，你的亲戚就是我的亲戚，跟你有多近跟我就有多近。"吴琼心里骂着，我操你妈，你要是敢揩她的油，我碎了你。

周建强嘴里跟吴琼说着话，眼睛却没离开过罗小丽，他问："你叫什么呀？"

罗小丽刚要开口说话，吴琼抢着说："她叫罗笑，微笑的笑。"

周建强忙说："这个名字好，很有意思。有介绍信吗？"

吴琼说："要他妈什么介绍信？我就是她的介绍信。"

周建强说："有身份证吗？"

吴琼说："身份证有，没带来。咋这么啰嗦呀？出来打工，又不是调干。"

周建强说："你不知道，现在公安部门、劳动部门查得可严了，要有'三证'我才能用。"

吴琼问："哪'三证'？"

周建强说："身份证、上岗证、临时居住证。"

吴琼问："这些证到哪儿去办呀？"

周建强说："劳动局、派出所。"

吴琼说："劳驾你给办一下得了，该多少钱我出。"

周建强说："你说这话就见外了，在我这儿工作，原本就该由我给办，哪儿能让你花钱呢？"

就这样，罗小丽变成了罗笑，大宁河边的山姑变成了大城市大酒店的迎宾小姐。

谈好了第二天一早就来上班，珞南大酒店包吃包住，每月四百元工资，还有奖金加班费什么的。罗小丽没想到在大城市里找工作这么容易，待遇这么高，怪不得早在一年以前吴琼就让她出来呢。早知如此，应该早点儿出来，何必在大宁河为嫁不嫁那个流氓寻死觅活呢？

出了珞南大酒店的门，罗小丽说："你怎么说我叫罗笑呀？"

吴琼说："你不喜欢这个名吗？"

罗小丽说："喜欢，当然喜欢，比小丽这个名好多了。你是不是早就想好了为我改名的？"

吴琼笑了笑，没说话。

罗小丽却紧追着不放："说呀，你是临时替我改的名，还是早就想好了？"

吴琼说："我刚一认识你的时候，就觉得你应该叫罗笑。"

罗小丽说："为什么？我又没笑。"

吴琼说："有这么一首诗，你知道吗？'隐映罗衫薄，轻盈玉腕圆。相逢不肯语，微笑画屏前。'"

罗小丽说："是唐诗吧？"

吴琼高兴地说："对，是唐代诗人权德舆写的。"

罗小丽说："这个诗人的名字我没听说过，不过诗写得很美，我喜欢。这样吧，从今以后，咱谁也不许再提罗小丽这个名字了，罗小丽已经死了……"

吴琼纠正说："不能说罗小丽已经死了，应该说罗小丽获得了新生，这个新的罗小丽叫罗笑。"

罗笑感慨万千地说："我的新生是你给的，我的名字也是你给的，我永远感谢你……"

吴琼心里一阵发热，默默地拉起了罗笑的手。

罗笑突然说："到你家去吧。"

吴琼吃了一惊："到我家去干什么？"

罗笑说："去看看大嫂呀！"

吴琼心里又一阵发凉。

罗笑问："怎么，她不在家？"

吴琼坦率地说：“我从来没带女孩子进过家门。”

罗笑问：“为什么？”

吴琼说：“怕惹麻烦。”

罗笑说：“你放心，我不会给你惹任何麻烦的。”

吴琼说：“以后再说吧，我现在先帮你找个旅馆住下，明天还得送你上班呢。”

罗笑遗憾地点了点头，她不明白，自己会给吴琼找什么麻烦呢？

六

罗笑的到来，完全改变了吴琼的生活。他觉得获得新生的不是罗小丽，而是他自己。他不再感到孤独，很少做白日梦了。下班以后，也很少骑着自行车到处闲逛了。长江边和东湖边他还是去的，而且去得更多了。下班以后，他便骑着自行车来到珞南大酒店，他不进酒店的大门，远远地在马路对面的小树林里等着。罗笑在大堂里做迎宾小姐，常常要很晚才下班。在那片小树林里，吴琼一待就是几个小时，他不急不躁不烦不恼。他是如此有耐心、有韧性，他都为自己的意志感到惊讶。

罗笑下班以后，就像孩子放学一样地从酒店的大门里冲出来。然后，吴琼便把自行车一扳跨腿蹬车，罗笑则坐在车后面，用一只手轻轻地搂住吴琼的腰。两个人朝长江边骑去，罗笑冲着他的后腰絮絮叨叨地说起她一天的工作。这时候，吴琼便觉得他是天下最幸福的人了。有时候罗笑下班太晚了，他们就不去江边，就在附近找一家小饭馆吃点儿什么，或者两个人扶着自行车说一会儿话。就这样见上一面，吴琼就觉得格外充实。

罗笑认为这就是给吴琼添了麻烦，觉得很不安。好多次，罗笑对吴琼说：“你不要每天都来看我，我挺好的。”

吴琼说：“我不放心。”

罗笑说：“我都这么大了，会照顾自己了，你有什么不放心的？”

吴琼说：“你在珞南大酒店，我总觉得是把你派进了敌占区做地下工作，每时每刻都有危险。”

罗笑说："至于吗？周总经理是国民党吗？"

吴琼说："他比国民党厉害多了。"

罗笑不信，只当是吴琼在开玩笑。罗笑发现，吴琼也是个很会开玩笑的人。

没过多久，罗笑就发现吴琼这句话不是在开玩笑了。慢慢地，她体会到了周建强的厉害。

周建强五十多岁了，长得又黑又胖。肚子鼓鼓的像个硬邦邦的啤酒桶，脸上的肉嘟噜到脖子下面。可是他还总穿着西装，打着领带。罗笑每看到他粗脖子上面那条系得紧紧的领带就觉得难受，替他喘不过气来。这把年纪了，上两层楼梯都大口大口地喘气，可是却还色眯瞪眼，见着漂亮的女孩儿就走不动路。

他每天总要从大堂里过几次，见到罗笑总要亲近地走过来，拍拍她的肩膀，摸摸她的脑袋，有时还拉拉她的手。罗笑一见到他走过来就紧张，像见到蛇一样地瘆人。有时候，罗笑一回头，见周建强那两只色眯眯的眼睛在盯着她，吓得浑身一哆嗦，好几次都差点儿叫出声来。

酒店里有时候会来一些尊贵的客人，周建强亲自陪酒。席间，周建强总是打发人把她叫去，进了门就给客人介绍："这是我们的领班小姐，怎么样，算不算是绝代佳人？"

每当听到这些话的时候，罗笑就脸红心跳。她觉得周总经理把她叫来，就像给客人端上来一道新菜一样，得意扬扬地炫耀着。而客人对她的夸奖，也像是一种品尝过后的满足。她听得最多的就是"秀色可餐"这句话，这再明白不过了，她成了珞南大酒店一道可口的美味菜肴。更让她不自在的是，周总经理把她向客人炫耀完了之后，总要让她给客人敬酒。敬酒当然要从主客开始，给主客敬酒，身子必然要站在主陪的位置上。主陪当然是周总经理了，趁她给客人倒酒敬酒的时候，周总经理的手总是趁机搂住她的腰，或者干脆就把手放在她的屁股上。

这些罗笑都忍下了，她虽说是第一次出来打工，却深深地懂得世事的艰难险恶。她的宿舍里，住着八个女孩子，都是出来打工的。有的已经出来三四年了，她听到过许多打工妹的故事。就在她们八个人当中，至少有三个女孩儿陪周总经理睡过觉（这是餐厅领班夏雪告诉她的，她来到珞南大酒店以后，跟夏雪关系最好，两个人已经到了无话不说的地步）。为什么呢？难道都那么贱吗？

夏雪说："都是花骨朵似的女孩儿，还是处女，有的人连恋爱都没有谈过，谁愿意让那头胖猪糟蹋呢？可有什么办法？他有钱，有权。咱穷人的命运都在那些有权有钱的人手里攥着，谁让咱们要活着呢？你不想干，可以呀，身份证、上岗证、临时居住证都在他手里捏着，没有这些证件你到外面连旅馆都住不进。还有，到这里来工作的，都交了两千元的押金，你想走，那两千元就甭想要了。还有更厉害的，那些看门的保安，都是他养的狗，他一个眼色，就扑上来把你打得皮开肉绽。把你打伤了，赶走了，还说你是因为卖淫被开除的……"

罗笑听了，不寒而栗。

第二天她见到吴琼的时候，问："别的女孩儿在这儿工作，都交了两千元的押金，我交了吗？"

吴琼说："交了，当时周建强说这是制度，我就给你交了。"

罗笑心里暗暗叫苦。

吴琼问："怎么了？"

罗笑说："将来我要是不在这儿干，那押金还能退回来吗？"

吴琼说："当然得退了，姓周的要是不给你退，我把他的狗脑袋拧下来。"

听了这句话，罗笑才稍稍有点儿宽心。

七

对于吴琼来说，这是最幸福的一段日子，是他人生旅途中的黄金阶段。在以后痛不欲生和痛悔不绝的岁月里，每每想到这一段经历，便会获得一种极大的安慰和满足。

每天到珞南大酒店见罗笑，成了吴琼生活中重要的甚至是唯一的内容。早晨一睁开眼睛，他就盼望着傍晚早点儿来临。在上班的一整天时间里，他总是魂不守舍、惶惶不宁。早餐和午饭，他从来不记得吃的是什么，只有到了晚上和罗笑一起进餐，他才吃得有滋有味，可口舒心。

一种久违了的热恋的迷狂，又走火入魔般地出现在吴琼的身上。

罗笑得到了两天的假期，轮休。这是她进入路南大酒店工作以来第一次享受休假。吴琼问她："这两天你想做什么？"罗笑想也没想便说："给你。"吴琼的心怦怦地跳起来，他们有整整两天相处的时间，太妙了。吴琼建议到木兰山去玩，罗笑说："我听你的。"

就这样，两个人悄悄地走了，人不知鬼不觉，世界便成了他们两个人的了。天不作美，下起了蒙蒙细雨，木兰山青山如黛，碧水依依。吴琼打着雨伞，罗笑紧紧地依偎在他的身边，两个人沿着一条狭长的石板小路朝前走去。

这是罗笑第一次单独和一个成熟的男人在一起，在烟雨迷蒙中，虽说她半边身子已经被打湿了，裸臂上冷得起了鸡皮疙瘩，但是靠近吴琼这边的身子，却被热烘烘地蒸烤着。她不知不觉地便挽住了吴琼的手臂，没有人教她应该这样，女人依恋男人是一种无师自通的本能。

让她感到可怕的是，她非常强烈地意识到了，她跟吴琼的关系在发生着一种奇妙的变化。在离开巫溪镇到武汉来找吴琼之前，她只觉得吴琼是她的一个熟人，一个在大城市里的关系，这个人可以帮助她，仅此而已。慢慢地，每天一次的会面，吴琼在她的心里埋下了一颗莫名其妙的种子。很快，这颗种子发了芽，她的心开始不平静了。站在酒店的大堂里迎宾，她的眼睛总是自觉不自觉地朝马路对面的那片小树林望去。特别是到了她快下班的时候，她总是瞟着墙上的挂钟，每次她交完班，心里都突突地跳着，要不是怕被人发现，她肯定会连衣服都不换便跑向那片小树林。她奔向那片小树林的时候，心里确实长了翅膀。有多少次，见到自行车旁边的吴琼，她都想毫无顾忌地扑上去，扑进他的怀里……

在一棵桂花树下，吴琼停住了脚步，那只举着伞的手轻轻地拢了一下罗笑的肩膀。这一拢是非常含蓄的，可是在罗笑身上产生的力量却是不可抗拒的。罗笑顺势把身子靠过来，脸紧紧地贴在了他的胸前。吴琼手里的伞掉下来，两只手捧着她的头。她扬起脸来，一双烈火灼人的眼睛望着吴琼。吴琼依然非常矜持，想试探着吻一下她那光洁的额头，像长辈亲吻晚辈那样。谁知道，罗笑却直接把嘴唇迎上来，吴琼心里泛起一阵热浪，两个人的嘴唇便紧紧地挤压在了一起……

由于下雨，游人不多，桂花树下，他们长久地亲吻着。雨越下越大，他们的身上差不多已经湿透了。

他们是互相依偎着走进木兰山宾馆的。服务员见他们淋成了落汤鸡，便急忙给他们开了一个房间。两个人都浑身颤抖着，打开房间，吴琼把肩上的背包一扔，便立即钻进卫生间。他拧开水龙头，谢天谢地，有热水。他连衣服都没顾得脱，便跑出来，将同样湿淋淋的罗笑抱进卫生间。水龙头下，热水猛烈地冲击着他们，两个人手忙脚乱地互相脱着衣服。吴琼边脱着罗笑的连衣裙，边自己甩掉了旅游鞋。罗笑的连衣裙被剥掉了，露出了绣花的小乳罩和白色的三角裤。吴琼浑身颤抖起来，他深深地吸了一口气，又鼓起勇气，从背后解开了罗笑的乳罩。两只丰满坚挺的乳房像小白兔一样跳出来，碰在吴琼的裸胸上。两人的身躯立即缠绕在一起，剧烈地扭动着、亲吻着、呻吟着。火一样的爱欲像热水一样喷发出来，两个人不约而同地挪动着身子，一齐倒进了旁边的浴缸里……

水龙头的热水依然哗哗地流着，两个人在浴缸里慌乱地寻找着。吴琼已经把罗笑压在了身子底下，然后疯了似的扯下了罗笑的三角裤。这时，罗笑带着哭腔说："哥，别……我怕……"

吴琼一下子愣住了，或者说从迷狂的状态中清醒过来。他直起身子，呆呆地看着罗笑。罗笑像一只被擒获的小动物，瞪着两只惊恐的眼睛，哀怜地看着吴琼。

吴琼默默地站起来，跨出浴缸，站在水龙头下飞快地洗起了澡。在整个过程中，吴琼始终没有看一眼浴缸里的罗笑。他把身上的肥皂沫冲干净，便围着一条浴巾出去了。

吴琼围着浴巾躺在床上，听着浴室里哗哗的流水声，心想着大概罗笑也开始洗澡了。此刻，他的脑子里一片空白，既不为刚才两个人的举动感到惊讶，也不为下一步的行为做出打算。他点燃了一支烟，默默地吸着。

罗笑出来了，也围着一条浴巾。吴琼胆怯地看了她一眼，她却非常平静地冲他笑了笑。然后，她紧挨着吴琼的身边躺下。吴琼伸出胳膊，她顺从地躺在他的臂弯里，一只光滑粉嫩的手臂轻轻地搭在吴琼的胸上。吴琼掐灭香烟，很小心地侧过身，一只手伸进了她的浴巾，抓住了她充满生命活力的乳房。罗笑身子一晃，便甩掉了身上的浴巾，紧接着又将吴琼身上的浴巾扯掉，两个光洁的裸体又缠绕在一起。罗笑不由自主地扭动着，呻吟般地说："哥……我要……我想要……"

吴琼反倒镇静下来："你不是怕吗？"

罗笑把头埋在吴琼的胸前说："你轻一点儿行吗？"

吴琼慢慢地坐起身来，他没有扑向罗笑，而是轻轻地把罗笑的身子摆平，像欣赏一件价值连城的工艺品一样，静静地看着罗笑那精美绝伦的裸体。

罗笑扬起一只手臂，盖住自己的眼睛。

吴琼弯下身子，拿掉罗笑的手臂。

罗笑羞得紧闭着眼睛。

吴琼温柔地说："别怕，我要把你浑身上下吻个遍，来吧，就从你的眼睛开始……"

罗笑把眼睛睁开了……

八

吴琼的反常很快就引起了他老婆的警觉。

吴琼的老婆叫陈秀兰，比吴琼小三岁，是十二路公共汽车的售票员。十年前，吴琼在武汉大学业余大学进修，每天都要往返两次乘坐十二路汽车。就这样，他认识了陈秀兰。吴琼是个唯美主义者，他评价女人的首要标准就是美。

陈秀兰属于那个时代的美，那是刚刚粉碎"四人帮"不久，虽然春天已经来临，大地却还没有完全解冻。人们在思想上、身体上还包裹着一层僵硬的躯壳。因为那个时代的身体是被暗淡的服装厚厚地遮盖着，所有人的体形都无法显露出来，所以看一个女人的美丑便只好仅凭脸蛋儿是否漂亮了。陈秀兰确实有一张漂亮的脸蛋儿，圆圆的，白白净净的，一双会说话的大眼睛，两只深深的小酒窝儿，还有不涂胭脂便红润润的小嘴唇儿。

吴琼曾经是如此地迷恋过那张小脸蛋儿，支持他读完三年业大的主要动力，就是每天都能看见这张小脸蛋儿。而他读三年业大的主要收获，便是这张小脸蛋儿终于属于他了。

婚后不久，吴琼便发现了陈秀兰致命的缺陷。剥去那身厚厚的服装，陈秀兰的体形实在令人遗憾。她几乎没有“三围”的比例，从肩到胸到腰到臀，上下一般粗。幸亏皮肤还算白嫩细腻，把她平放在床上，乍一看去，便如同一截刨得光滑的白松。后来随着时尚的开放与进步，女人们都争先恐后地甚至恬不知耻地展现自己的腰身，衣服越穿越少，越穿越紧，越穿越露，陈秀兰便越来越悲观了。当年凭仗自己的脸蛋儿高傲得像个公主的她，如今便逐渐地失去了优势，出门在外竟为找不到一件掩盖体形的衣服而伤心落泪了。

不过吴琼并没有嫌弃她，还经常用疯狂的爱恋来安慰她。他们有了一个天使般美丽的女儿，三位一体组成了一个密不可分的幸福之家。

陈秀兰越来越感觉到，他们三位一体的格局要被打破平衡。她什么都没有发现，也什么都没有听说，只是凭着女人的本能和敏锐，嗅出了丈夫身上那非同寻常的味道。

吴琼虽然不爱说话，不善于表达情感，却是个性欲很强的人。当然，他可以几个月出差在外，洁身自好。然而一旦回到家便要把别离造成的损失夺回来。可是……吴琼已经跟她有近两个月没有做爱了。对于一对正常的夫妻来说，这能不让妻子多心吗？

还有，尽管吴琼不爱说话，可是到了家里也不是一言不发，特别是在女儿面前，他们也经常像两个孩子似的疯打疯闹，没长没幼。现在可倒好，吴琼每天很晚才回家，回家以后就赖在沙发上，或举着一张报纸看个没完，或两眼直愣愣地盯着电视。陈秀兰看出来了，他是在一个人发呆，一个人想心事。他想什么呢？陈秀兰问他，他还常常发无名之火，脸难看得像死囚犯。

陈秀兰想跟他谈谈，可是谈什么呢？吴琼肯定会咬定钢牙不认账，肯定会谈得不愉快。陈秀兰是个有心计的女人，她不想把事情搞糟，更不想失去自己的丈夫。

陈秀兰的猜测被越来越多的事实所证明。有一次，两个从珞南大酒店出来的服务员上了车，她们经常坐十二路汽车，陈秀兰不知道她们叫什么，却认得她们。她们在谈话中突然提起了吴琼的名字，陈秀兰侧着耳朵听了半天，也没听出个所以然。她不相信是同名同姓，她的直觉告诉她，她们提到的吴琼肯定是她的丈夫。还有一次，车过傅家坡，陈秀兰无意地往窗外一看，一个熟悉的身影在对面马路上一闪而过。凭着敏锐的感觉她知道那是自己的丈夫，丈夫的自行车后面像是驮着一个年轻的姑娘。更让她疑惑的是，有一次家里的电话响了，她拿起电话，对方却说要找一个小姐，那个小姐叫什么她没听清，当她产生怀疑的时候，对方忙说对不起打错电话了。也是凭着什么感应，她不相信这是一个打错了的电话，这里面肯定有什么故事，有什么蹊跷。这一连串的事情，像迷雾一样地在她的眼前弥漫着、变幻着。她想从那变幻的图形中找出事情的真相，找出丈夫的蛛丝马迹。但是徒劳，她越是要捕捉那些图形，那些图形却越是模糊不清。可是这些图形却像梦魇一样地纠缠着她，折磨着她，使她食不甘味、夜不能眠。

有多少次，她都想跟吴琼摊牌，可是她手里这些牌摊得出去吗？就算这些事都是真的，又能说明什么呢？

一种巨大的危机感像一把利剑悬在陈秀兰的头顶上，不知道什么时候，这把利剑就会掉下来，戳在她的心上。

陈秀兰过起了提心吊胆的日子。

九

罗笑的灾难降临了。这也是迟早的事，她跟吴琼都清楚，周建强是不会放过她的。可是万万没想到，堂堂的一个大总经理，却做得一点儿都不君子。

这天晚上，已经到了该罗笑下班的时间了，吴琼参加一个展览的筹备会议，说好了不来找她。罗笑想换过衣服就回宿舍休息。这时候周建强从餐厅的雅间里出来了，可能是刚陪什么客人喝的酒，有点儿高了，走路歪歪斜斜的，嘴里还嘟嘟囔囔含糊不清。他瞪着两只冒火的眼睛径直朝迎宾台走来，罗笑吓得心里突突直跳。餐厅经理马贵民急忙过来要搀扶他，周建强挥着胳膊推开了他，嘴里嚷嚷着：“你他妈滚蛋……让……让她来搀我……”

周建强伸手指着罗笑，两只充血的眼睛放射着野兽一样的光。

马贵民对罗笑说：“你把周总搀上楼吧。”

罗笑不敢违抗，战战兢兢地上来搀着周建强。

周建强仗着酒盖脸，一伸胳膊便紧紧地勾住了罗笑的脖子。

罗笑躲不开，挣不掉，又逃不脱，只好努着劲往楼上拖着周建强。周建强越发借势撒邪，半个身子都压在了罗笑的肩上，嘴里还呼呼地喷着酒气说：“小罗呀，就你好……别人都不管我……你疼我……我知道……我不会……不会亏待你的……”

罗笑身子拖着周建强，脸却使劲朝一边扭着，躲着他那令人作呕的酒气和肉麻的胡言乱语。好不容易将他拖进了办公室，他的办公室的里间有一张床。罗笑将他放倒在床上，周建强却一把抱住了她，让她压在自己的身上。罗笑使劲挣扎着，周建强死死抱住她不放。罗笑央求着：“周总……您放开我……我给您倒杯水……”

周建强却更加放肆：“小罗……我的宝贝，你让我想死了……别离开我……陪陪我……”

说着，周建强的一只手就朝罗笑的胸前抓去，罗笑急忙往后一闪，嘶啦一声，罗笑的旗袍被撕了一个大口子，里面那绣花乳罩露了出来。周建强狼一样地跃起身，将脸扎向罗笑的胸脯。罗笑急了，啪的一巴掌打在了周建强的脸上。周建强愣了一下，像不认识似的看着罗笑，不相信地说：“你……你敢打我？”

就在这一刹那间，罗笑掩着怀跑了出去。她一直跑到宿舍，又将门闩上，确信周建强没有追过来，才泥一样地瘫软在门下面……

第二天一早，罗笑刚上班，领班就通知她到总经理办公室去。罗笑没有怕，反而很镇静。她敲门进去，周建强低着头在看什么东西，没有理睬她。罗笑低声问：“周总，您找我？”

周建强没有抬头，像是没听见她的话。

罗笑站在老板台前面，默默地等候着。

一个低头不语，一个静默无声，两个人就这样僵持着。

过了许久，周建强突然抬起头来，眼睛直视着罗笑。

罗笑避开周建强的目光，以一副迎宾的姿态站立着，只是脸上没有了迎宾的笑容。

周建强终于开口了："罗笑，你看过咱公司的规章制度吗？"

罗笑说："看过。"

周建强问："你知道打人该受什么处分吗？"

罗笑说："我没打人。"

周建强说："难道我不是人？"

罗笑不吱声，有一句现成的话堵在了她的嗓子眼：你就不是人。

周建强说："我说两条路你自己选，一是到厨房去洗盘子；一是到公关部当部长。"

罗笑几乎未加思索地说："我去厨房洗盘子。"

周建强说："等等，我还没说完呢。到厨房洗盘子，是小时工，一个小时三元钱；到公关部当部长，月工资一千六百元，还有奖金提成，享受中层干部待遇。你想想吧。"

罗笑说："不用想了，我还是到厨房洗盘子吧。"

周建强火了："你他妈有病呀？天生的贱骨头是不是？"

罗笑说："您不是让我自己选吗？"

周建强说："你为什么不愿意到公关部当部长？"

罗笑说："我干不了。"

周建强说："我硬是要你干。"

罗笑说："我要是硬不干呢？"

周建强气急败坏地说："不干就到厨房给我洗盘子！"

罗笑说："我早就说我去洗盘子嘛。"

周建强忍着火气说："罗笑，你不要敬酒不吃吃罚酒。你知道不知道？我对你够宽容的了，在这个酒店里，还没有人敢反抗我。你别把自己搞错了，你以为你是谁？你不过是山沟里来的一个穷丫头，你是到我这儿来打工的。我给你工作，给你吃，给你住，给你工资，是我养活了你，你知道不知道？就因为你长得漂亮，我喜欢你，想抬举你，想让你过上好日子，你却给脸不张兜。怎么，你以为你有吴琼做后台是不是？吴琼在你面前怎么吹的牛我不知道，可是我得告诉你，吴琼是什么？不过是文化馆一个小照相的，他有什么？他能给你什么？他能养活你吗？他能……”

罗笑忍不住说：“我不靠别人养活，我要靠自己活着。”

周建强说：“好啊，有志气，佩服。可是我问你，你靠自己怎么活着？你以为这是在你们山沟里呀，种两亩地打点儿粮食就饿不死。现在是市场经济，你靠自己活着，你怎么活着？活着得有资本，你有权还是有钱？都没有是不是？可是你也有资本，你年轻、漂亮，这就是你的资本，也可以叫作资源，这就能赚钱。你打听打听，哪个姑娘不想趁着年轻漂亮多赚些钱？等将来人老珠黄了，卖破烂都没人要了。你以为我想占你的便宜是不是？告诉你，我现在要给你投资，要开发你的资源，是给你一个机会，过这个村可就没有这个店了，你可得想好了……”

周建强闭住口看着罗笑，等待着她的回答。

罗笑一声不响，依然回避着周建强的目光。

周建强问：“我说了这么半天，可够有耐心的了，我跟任何一个姑娘都没有费过这么多话，你想好了没有？”

罗笑说：“我还是去厨房洗盘子吧。”

啪的一声，周建强拍案而起，刚要发作，有人敲门。

罗笑说：“周总，要没什么事，我先回去了。”

周建强冲她狠狠地挥了挥手。

十

一连三天了，吴琼把电话打到珞南大酒店的总台找罗笑，接电话的小姐总说她不在，吴琼不放心了。

也是一连三天了，罗笑呼叫吴琼的 BP 机，总是接不到吴琼的回话，她也不放心了。

同样是一连三天了，陈秀兰连续呼叫吴琼的 BP 机，也接不到吴琼的回话，她也不放心了。但这不放心中却更多的是疑虑。

吴琼又被抽调搞一个展览，是市委宣传部主办的关于迎接香港回归的展览，很重要。搞展览的人集中住在汉口的市委招待所，吴琼已经来了三天了。

这三天中，展览的筹备工作非常紧张，吴琼只是抽空给罗笑打个电话，没有顾上许多。三天后的傍晚，他吃饭时听到别人的 BP 机在响，突然觉得有点儿奇怪，这三天当中怎么会没有人呼叫他呢？他从腰带上取下 BP 机一看，电池没了。他非常恼恨自己，这三天中怎么就没想到看看 BP 机呢？忙糊涂了。

他到街上买了一节电池换上，BP 机很快便响了起来，是罗笑在呼他。他马上给罗笑回电话，还没容他问罗笑这几天为什么不在，罗笑却问起了他为什么不回电话。他解释说 BP 机没电池了，罗笑说想他，他让罗笑马上来，打一辆 TAXI 到汉口来。

跟他一起住的是一位宣传部的干事，家里有事晚上回去了，吴琼正好可以约罗笑过来与他共度良宵。想到很快就可以跟罗笑鸾颠凤倒了，一股强烈的欲望占据了吴琼的全身，他想象着见面时的情形，暗自笑了笑，进了卫生间，拧开水龙头，往浴缸里放起了水。也许是因为他们的第一次是在浴缸里开始的，吴琼对浴缸有一种特殊的感情和偏爱。

听到敲门声吴琼猛地把门打开，吓了罗笑一大跳。吴琼是故意这样恶作剧的。紧接着，他不由分说，将罗笑从头到脚扒了个精光，抱起来进了卫生间，将她那洁白如玉的身子浸在浴缸里。然后，他自己也脱掉衣服，扑进浴缸。水花四溅，罗笑躲避水花的眼睛还没有睁开，就被吴琼占有了。浴缸里的水立即震荡起来，她一点儿思想准备都没有，没有见面时的寒暄，没有情人间的亲吻，没有进入状态的情绪调整，甚至连一句话也没有说。她顿时对吴琼陌生起来，她甚至觉得这不是吴琼，而是突然被一个采花大盗强暴了。几天来那种渴望的感觉没有出现，从惊愕到麻木，甚至是厌恶。吴琼倒是情绪非常高涨，一发而不可收。他在浴缸里兴风作浪，像一只凶猛异常的海豹，越来越癫狂失态。本来那个装满水的浴缸就被他搞得哗哗山响，他又公牛般地吼叫起来。罗笑生怕这声音传出去，惊动外面的人。吴琼像是故意跟她作对似的，丝毫不考虑她的担心和恶感，顾自马踏飞燕、牛撞篱笆、风摧弱柳、雨打芭蕉……仿佛过了整整一个世纪，罗笑实在是忍无可忍了，吴琼才长吼一声，瘫软在罗笑的身上……

两个人回到床上，吴琼自豪地问罗笑："怎么样，吴哥算不算个伟丈夫？"

罗笑没说什么。

吴琼忽然意识到了什么："你好像没出现高潮，怎么回事？"

罗笑也不知道是怎么回事，何止是没有高潮，几乎连快感都没有，她很失望。

罗笑的情绪并没有引起吴琼的注意，他想休息一下再进行加时赛，他肯定会满足罗笑的。

罗笑像一个被摧残过了的宠物一样，偎在吴琼的身上，用手轻轻地摩挲着他的胸脯。吴琼觉得，罗笑的手不像以往那样温柔了，甚至还有一种被摩擦的感觉。他把罗笑的手拿过来，举起来看着。这双手已经发白变形了，像是肿胀着，手掌红红的，充满了血。

吴琼问："怎么回事？"

罗笑说："我换工作了。"

吴琼问："你干什么去了？"

罗笑平静地说："在厨房里洗盘子。"

吴琼说："周建强欺负你了？"

罗笑摇了摇头。

吴琼说："那他在报复你？"

罗笑趴在吴琼的身上，爆发般地哭了起来……

十一

吴琼进了门，立刻感到家里的气氛紧张起来。灯没开，电视没开，女儿不在。陈秀兰泥塑般地坐在沙发上，沉着脸，眼睛里一半是海水，一半是火焰。

吴琼故作平静："怎么不开灯？"

没有听到回答，他把落地灯打开。

吴琼关切地问："你吃饭了吗？"

依然没有回答，他把电视机打开。

陈秀兰突然站起身来，啪地把电视机关上了。

吴琼问："你怎么了？"

陈秀兰横眉立目："那个女人是谁？"

吴琼吃了一惊："什么女人？"

陈秀兰叫喊着："跟你一块儿骚情的那个女人，她是谁？"

吴琼心虚嘴硬起来："你发什么神经，哪有什么女人？"

"你还抵赖，你这几天干什么去了？"

"我不是跟你说了嘛，市委宣传部办展览。"

"我知道你去搞展览，我没问你那光明正大的事，我问你那不要脸的事！"

"你又听说什么了？"

"我问你，那女人是不是叫罗笑？"

听到从妻子陈秀兰嘴里说出罗笑的名字，吴琼简直如五雷轰顶，一下子呆愣住了。她怎么知道的？她都知道了些什么？是谁告的密？难道……难道是周建强……没错，就是他。他得不到罗笑，狗急了跳墙，那种人是什么事都干得出来的……完了，全完了……

"说呀，她是不是叫罗笑？"

"……怎么了？"

"你还问我怎么了，你们两个狗男女都干了些什么？"

"既然你都知道了，还问什么？"

吴琼的话还说没完，陈秀兰砰地从对面沙发上跳起来，饿虎扑食般地冲到吴琼面前，还没容吴琼反应过来，陈秀兰便噼里啪啦地抽起了吴琼的嘴巴。她一边抽打着吴琼，一边泼妇般地哭骂着："我操你妈，我操你八辈祖宗，你王八蛋对不起我，你他妈给我滚……"

这一切来得是如此突然，让吴琼毫无准备。吴琼呆坐在沙发上，任陈秀兰抽打谩骂，一声不响，一动不动，像是完全失去了知觉。他只觉得身子从下往上发凉，从脚底一直凉到胸口窝儿。结婚十年了，整整十年了，他跟陈秀兰之间也闹矛盾，也吵架，但却从来没有动过手，也没有撕破脸破口大骂。难道这就是爱情吗？难道这就是夫妻吗？一对卿卿我我的夫妻难道也能反目成仇吗？

他伤心极了，不为别的，就为陈秀兰那一连串的嘴巴和不堪入耳的谩骂。刚一进门的时候，陈秀兰向他兴师问罪，他确实觉得自己有罪，至少觉得理亏。由于愧疚，他会竭力地抵赖和遮掩，遮掩不住了，他再求陈秀兰原谅。现在，陈秀兰不等他告饶，便提前惩罚了他，而且是用这样一种野蛮的、复仇的办法惩罚了他。他身心凉透之后，反而轻松了。陈秀兰那一连串的耳光，抽掉了他内心的愧疚和负罪感。他觉得他跟陈秀兰扯平了，不存在谁对不起谁的问题了。一方犯了过失，一方亲手惩罚了对方，两清了……

陈秀兰大概也觉得过分了，没有再继续哭闹，回房间里去了。

吴琼却换上鞋，开门出去了。

这是一个初秋的夜晚，凉风习习。吴琼在冷冷清清的大街上走着，一直朝前走着。他不知道要到哪儿去，也没有必要计较到哪儿去。他知道，从今以后，他将无家可归了。陈秀兰那一连串的嘴巴，将他们夫妻的情分和缘分都抽光了。那么，他该怎么办呢？他没想，此时此刻，他什么也没想，脑子里几乎是一片空白。陈秀兰把他打蒙了，打傻了，打呆了，他已经失去了思索的功能了……

十二

吴琼茫然地走着，不紧也不慢。大街上偶然有汽车开过，街角上还有三五成群的人在说着大嗓门的武汉话，也还有零零散散的路边小吃没有收摊，吴琼全然没有顾及这些。他来到阅马场，进了首义路，继续朝前走。突然有人叫他，他没听见，确切地说听见了而没有在意。喊叫声继续着，嗓门也越来越大，他不得不停住了脚。一个人奔过来，是个胡子拉碴的中年人，谁呢？

“看吗看？你不认识我了？”

那个人已经来到了他的眼前，他只觉得眼熟，却想不起来是谁了。他的脑子真的迟钝了，被陈秀兰的巴掌抽的。

“我是徐家元，想起来没?”

天呀，居然是徐家元！他的表哥，舅舅的儿子，该死！

也不能完全怨吴琼不认亲人，算起来，他已经有八年没跟这个表哥见过面了。舅舅是二十世纪五十年代的大学生，清华大学毕业以后便留在了北京工作，据说是一个什么研究部门，后来在北京安了家。舅舅和舅妈都是知识分子，表哥出生以后，父母没有精力带他，便把他送回武汉由爷爷奶奶照顾。徐家元等于是在爷爷奶奶身边长大的，本来说好到上学的年龄再接回北京读书。没想到“文化大革命”起来了，舅舅和舅妈先是挨批斗，后来又进干校，表哥也只好在武汉上了学。这样，从小学到初中到高中，徐家元一直也没能回到父母的身边。等父母落实了政策，他的年龄也大了，不能再投靠父母了，便死心塌地留在了武汉。

徐家元还算是幸运的，高中毕业以后便分配到了关山的武汉缝纫机厂工作。先是在车间里当工人，后来领导见他比较活跃，人际关系也好，时逢十亿人民九亿商，各行各业都刮风般地办“三产”，厂领导便派徐家元担任“三产”公司经理。徐家元也确实是个经商的人才，至少在当时看来是这样的。他把“三产”办得有声有色，别的单位的“三产”都赔钱，他却能盈利，还买了一辆小轿车。徐经理上班下班车接车送，跟厂长的待遇一样了。否极泰来，乐极生悲，徐家元没有风光多久，便锒铛入狱。罪名是钻国家的空子，投机倒把。到如今吴琼也不知道徐家元那投机倒把都干了些什么，判了六年徒刑倒是实实在在的。那时候，只要一被判刑，单位便除名。等徐家元六年后放了出来，跟缝纫机厂已经没有任何关系了……

吴琼万万没想到，自己被妻子打出来以后会无意中遇上表哥徐家元。

徐家元说他已经出来快一年了，到文化馆找过吴琼，人家说下乡办展览去了。

吴琼问他现在干什么，徐家元说待业。其实“待业”这个词用在徐家元身上根本不合适。待业大概就是等候分配的意思，或许有人管，有人关心，有人惦记着。徐家元一个刑满释放分子，谁管，谁关心，谁惦记着，谁给你分配工作呢?

徐家元问吴琼为什么这么晚了还在街上闲逛，是不是被老婆赶出来了。这本来是一句玩笑话，却不幸被徐家元而言中。吴琼含糊其词地支吾着，没说出个所以然来。徐家元也不深究，邀他到家里喝两杯，反正闲着也是闲着。吴琼这才记起来，自己的外公家原来就在附近，老人去世以后，徐家元便将那房子继承下来。不幸中的万幸，徐家元到底有个窝儿。

十三

这是一套两室一厅的房子，建筑面积有六十多平方米，二十世纪八十年代初期的建筑。徐家元的祖父在武汉造船厂工作，临退休之前才分到这套房子。在首义路这个黄金地段，是相当不错的了。徐家元顺便从小摊上买了两个小菜，两个人便在客厅的餐桌上推杯换盏地喝起来。酒过三巡，趁着酒酣耳热，徐家元又一次问起了吴琼的情况，吴琼便止不住泪水如注，向徐家元诉起了自己的苦衷……

徐家元毕竟是表哥，凡事得有点儿做哥哥的味道。他听完了吴琼的倾诉，便以息事宁人的口气说："弟妹做得是过分了一点儿，不管怎么说她不应该撕破了脸，等一两天她的气消了，我去跟她谈谈……"

吴琼伸手制止着他："别别，你千万别掺和，这一次我是王八吃秤砣铁了心了，非跟她离婚不可。"

徐家元依然劝着他："别动不动就离婚，你以为离婚那么好玩吗？弟妹虽说做得过分了，可你也得理解她。盐从哪儿咸的？醋从哪儿酸的？你要不在外面搞婚外恋，她至于那么失去理智吗？"

吴琼说："我搞婚外恋是不对，可是作为一个男人，在外面有点儿拈花惹草，这年头新鲜吗？"

徐家元说："你别误会，我不是指责你婚外恋的事。婚外恋，改革开放初期叫作'第三者插足'，那真是块臭豆腐，人人都说臭，人人又都想尝一尝。可真的有人尝到了，便成了过街老鼠人人喊打。这十来年社会进步太大了，有些过去挂在嘴边上的词儿都消失了你信不信？比如说'养汉''搞破鞋''生活作风问题'等等，眼下的小青年谁知道是什么意思？我是说，你该搞还搞，家庭该维持还得维持。你没听说吗？大吃不要大喝，跳舞不要乱摸，喜新不要厌旧，受贿不要太多。前些年一有婚外恋就闹离婚，白刀子进去红刀子出来，现在谁还那么认真呀？眼下实行的是一夫一妻多秘制，那么多找小姐的、包二奶的、傍小蜜的，不都把家庭维持得好好的吗？你怎么这么犯死心眼儿呢？”

吴琼说：“不是我犯死心眼儿，实在是陈秀兰太过分了，本来我也没想离婚，可是这样一来，她把事情做绝了，把路堵死了，我怎么办？难道我还能跟她一起过日子吗？”

徐家元喝了一口酒，刚要顺着吴琼的话茬继续开导他，吴琼腰间的BP机响了。两个人不约而同地看了看表，已经凌晨三点了，谁能在这个时候呼他呢？

徐家元说：“你看，你离家出走，弟妹不放心了吧？”

吴琼说：“不是她。”

徐家元奇怪了：“谁能在这个时候呼你呀？”

吴琼说：“罗笑。”

徐家元明白了：“噢，就是你那个小情人吧。抓得真够紧的呀，陈秀兰真是个蠢娘儿们，这不是生把自己的丈夫往别人的怀里推吗？你要回电话吗？”

吴琼站起来打电话，电话那头的罗笑听到吴琼的声音，立刻哭了起来。

吴琼慌了：“出了什么事？你先别哭。”

罗笑哭着说：“周总他……他让我滚蛋……”

吴琼吼叫起来：“为什么？”

罗笑还在哭着：“我都睡下来了，他派人把我叫起来，让我到他的房间去。我不敢去，他火了，让我立即就走，还把我的东西扔了出来。这半夜三更的，我……我到哪儿去呀……”

吴琼果断地说：“你别急，我马上去，你就在酒店的大门口等着我。”

徐家元通过吴琼的电话，大概听明白了是怎么回事。等吴琼撂下电话，徐家元关切地问：“你准备把罗笑接到哪儿去？”

吴琼愣住了，刚才在电话里当机立断，根本没考虑这件事。此刻徐家元一提醒，他着实为难了。

徐家元说："我这儿还空着一间屋子，你看见了，你要是放心，就先让她住在我这儿吧。"

吴琼笑了："对你我有什么不放心的，只是太麻烦你了。"

徐家元说："你是真客气还是假客气？"

吴琼说："那我就不客气了，大恩不言谢。"

吴琼要走，徐家元站起身来："眼下不太平，我还是跟你走一趟吧。"

患难遇相知，吴琼感动得眼泪差点儿掉下来。

十四

后院刚起了火，前院又进了水，水火夹攻，把吴琼急得像热锅上的蚂蚁，手忙脚乱团团转，左冲右突逃不出一个汤和烫。

吴琼跟徐家元一起刚把罗笑接回来，屋子还没有收拾好，文化馆的冯馆长又把他的BP机呼响了。吴琼把电话打过去，冯馆长也像是遇上了大劫大难，让他马上去，说他媳妇陈秀兰正在文化馆大闹天宫。吴琼为难地看了看徐家元，徐家元说："你先去吧，这儿有我呢。"

吴琼临出门，徐家元又把他叫住了，嘱咐他说："你千万要沉住气，别火上加油，把陈秀兰先拉回家，下面的工作我去做。"

吴琼使劲握了一下徐家元的手，心里一阵滚烫。人不该死有救星，要不是这么巧遇到徐家元，还不把吴琼难为死？

正是刚刚上班的时间，陈秀兰大概做了一夜的准备，一大早就迫不及待地跑进了文化馆，冲进了冯馆长的办公室，又哭又叫，天塌了一般。

文化馆是个看别人出殡不嫌殡大，瞧别家着火不怕火苗子高的地方。陈秀兰来一闹，好戏便开了锣，一大早就这么热闹，今天真是个好日子。陈秀兰的哭声刚在冯馆长的办公室里响起来，三个副馆长、两个党支委、五个正副科长加一个挂靠公司的经理，便借故赶来了。其他馆员和工作人员，进不了冯馆长的办公室，便缕缕行行地挤在门外窗外。一时间，七嘴八舌的劝说，七嘴八舌的询问，七嘴八舌的议论，嗡嗡嘤嘤，吵起了蛤蟆坑。

陈秀兰要的就是这个效果，至于这个效果会产生什么后果，她连想都没想过。她来的目的，就是声讨吴琼，让文化馆的每一个人都知道，吴琼背叛了结发的妻子，在外面搞起了女人。他还是个摄影家，是个文化人，是个正人君子，今天就要剥掉他的画皮，让他露出真面目。陈秀兰揭露了吴琼的丑行，争取了最大的同情。这丑行立刻变成了新闻，通过冯馆长办公室的窗口和门口，传遍了文化馆的里里外外，很快就会传遍大街小巷……

吴琼到来的时候，首先看到的是冯馆长门外那黑压压的人群。人们见了他，都关心地围上来，替他出主意，关心他的前途和命运。

美术室的老杨说："吴琼，你现在可千万别进去，你媳妇正在火头上，还是避一避好。"

歌咏队的小林说："吴琼，你真的在外面有女人吗？我不信。肯定是你媳妇听了什么人的挑拨！这年头，害人之心不可有，防人之心不可无，你是不是得罪了什么人？"

财务科的大孟把吴琼拉到一边，低声说："这种事，只要没把你按在床上，你就咬定钢牙不认账。再有，你得把那边安排好了，有什么难处跟哥哥说，我给你摆平。"

吴琼感动地说："谢谢，不用了。"

大孟热情得不放过吴琼："你跟我别客气，罗笑知道了吗？要不我去给她送个信，你们得口径一致。她在哪儿？"

吴琼吃了一惊，陈秀兰真的要跟他拼个鱼死网破了，连罗笑的名字都说出来了，一点儿余地都不给他留了。这娘儿们如此义断情绝，我还跟她过什么，离婚，离婚，非离婚不可！

冯馆长知道吴琼来了，派人叫他进去。

吴琼挤进冯馆长的办公室，看见陈秀兰坐在冯馆长的对面，披头散发，两眼红肿，脸上涂满了泪污。

冯馆长当然要做和事佬了，见了吴琼便说："你看，你看，两口子吵架，至于闹得这样风风雨雨吗？吴琼，快给你爱人赔个不是，回家好好谈谈吧。”

吴琼气恼地说：“有什么好谈的，她这样闹不就是想离婚吗？我同意。”

陈秀兰一听，又暴跳起来：“什么？离婚，你想得倒美！你想把我赶出去，给那小妖精挪窝儿让位，告诉你，除非你把我宰了！你不让我好死，我也不让你好活着！我要让武汉三镇的人都知道你吴琼的丑恶嘴脸，我要把你暴露在光天化日之下，让你永世不得翻身……”

冯馆长劝说着陈秀兰：“我说弟妹，你别这样，你既然不想跟吴琼离婚，就得做好过日子的打算。你把吴琼搞臭，对你有什么好处？”

陈秀兰说：“我就要把他搞臭，必须把他搞臭，让他臭不可闻，让所有的女人都知道他是什么东西，都不理他，躲着他走，让他在女人堆里没有市场，让他死了这份花心……”

冯馆长说：“你这是何必呢？你还想不想跟他过日子？”

陈秀兰说：“让我跟他过日子也行，他必须把那个叫罗笑的小妖精交出来，我要撕烂了她，咬碎了她，让她为自己的淫荡付出代价，让她知道偷别人的男人没有好下场……”

吴琼气得浑身发抖，他极力地控制着自己，对冯馆长说：“冯馆长，我们的事您别管了。她打也打了，骂也骂了，闹也闹了，她愿意继续闹也可以，我奉陪。但是我必须明确地告诉她，她也要为自己的野蛮付出代价。我坚决跟她离婚。她愿意离就协议离婚，她不愿意离我就向法院起诉，从现在开始，我就跟她分居，我搬出那个家。”

吴琼说完，一扭头走了。本来有人想拦住他，可是见他那样坚决和义无反顾，都失去了阻拦他的勇气。更让人奇怪的是，陈秀兰听到吴琼的这些话，反而没闹没跳，呆呆地被震慑住了……

十五

可谓福无双至，祸不单行。已经被闹得焦头烂额的吴琼，不顺心的事接踵而来。他一连三天没到市委招待所去，连个假都没顾得上请。市委宣传部把电话打到了文化馆，知道吴琼是因为闹花柳案耽误了工作，当即决定不再借调他了。尽管吴琼在摄影界是个人才，可是宣传部不同于别的地方，那是市委的要害部门，一人一事都代表着市委的形象。他们重视人的才，但更重视人的德，有才而无德，则宁缺而毋滥。

冯馆长找吴琼谈话，说明了市委宣传部的态度。吴琼觉得没什么，不在宣传部干更好，我本来也不想去，回文化馆多自由。

吴琼提出要回文化馆，冯馆长便露出了为难之色，一个劲儿地摇头叹气。

吴琼不解地说："我回文化馆不是理所当然的吗？"

冯馆长说："唉，你不知道，当初宣传部借调你的时候，内定是要把你正式调到宣传部的，这样你就不再占用文化馆的名额了。"

吴琼更糊涂了："我占用文化馆的名额？我本来就是文化馆的正式职工嘛，怎么倒算是占用了？"

冯馆长解释说："你是文化馆的正式职工不假，可是现在从上到下都在精简机构，文化馆也要定编。除去临时工、合同工，光算正式职工，咱就超编了三分之一。"

吴琼心里打起了鼓："这么说，定编要把我定下去？"

冯馆长说："也不一定。这样吧，你先休息，算是离岗吧。离岗不算下岗，还有上岗的希望。等我们跟上级再请示一下，能不能再给咱增加一个名额。不过这很困难，我们一定尽力为你争取。"

吴琼明白了，中国人干别的不行，玩人玩花花肠子都在行，光是看不断创造出来的新名词，你就知道他们把心思都花在什么上面了。离岗不算下岗，待业不算失业，解聘不算辞退，炒鱿鱼不算开除。这些名词换来换去，实质是什么？不就是让你滚他妈的蛋吗？

吴琼把自己扫出了家门，又被别人赶出了单位门，失了家又失了业，从一个有体面的工作、体面的家庭的体面人，一下子变成了无家可归、无业可就的流浪汉。幸亏有罗笑，更幸亏有徐家元为他提供了一个窝，否则不定该多惨呢。

吴琼烦，烦了就喝酒，猫在徐家元的家里，耗子一样整天喝得昏天黑地。

吴琼本来不该烦，有罗笑在自己的身边，和这么一个如花似玉、倾心相爱的姑娘终日厮守着，怎么会烦呢？

然而吴琼就是烦，除了喝酒就是跟罗笑做爱。没完没了地喝酒，没完没了地做爱。有时候大白天的，他喝多了酒，就粗暴地将罗笑按在床上，报复般地发泄着。

罗笑不能烦，对于吴琼的蹂躏，她很难过，但她都默默地忍受着。她知道吴琼心里烦，她知道这烦都是因为她。刚来武汉的时候，吴琼不敢把她带回家，说怕麻烦。那时候她怎么也想象不出来，自己能给吴琼添什么麻烦。现在麻烦终于来了，而且是天大的麻烦。她看着吴琼的脸色总是阴沉沉的，吓得连大气都不敢出。她不敢跟吴琼提任何要求，不敢问吴琼任何事情，不敢向吴琼说任何想法。山沟里出来的姑娘，从自己的姐妹、母亲、祖母那里学到了对男人的屈从和忍让。她老实得像一只窝在墙角里的猫。

徐家元劝吴琼振作起来，对他说："你不能这样，大丈夫能屈能伸，人生在世，总不会一帆风顺的，坎坷是什么？坎坷就是经历；经历是什么？经历就是人生。一个人，如果没吃过苦，没受过穷，没遇见过打击和挫折，那他的生活也太平淡了，他的生命还有价值吗？"

吴琼说："你别跟我唱高调好不好？你说我该怎么办？"

徐家元说："怎么办？活着。"

吴琼说："怎么活着？"

徐家元说："不想活很容易，摸电门、喝毒药、抹脖子上吊、跳长江，可是要活着，就得动点儿脑筋想点儿办法了。"

吴琼说："我家没了，工作也没了，还有什么办法？"

徐家元说："你们这些人呀，唉，让我怎么说呢？过去说八旗子弟公子哥，从小被爹娘娇惯坏了。脖子上套着烙饼都能饿死。我看你们也是被娇惯坏了，谁娇惯你们？共产党娇惯你们，社会主义娇惯你们，大锅饭娇惯你们。你们就像是关在笼子里的鸟，整天有人喂食，有人喂水，有人训练唱歌，你们却身在福中不知福，说不自由呀，不能展翅高飞呀，英雄无用武之地呀，等主人把你们从笼子里放出来，你们又吓得哭爹喊妈，不会自己找食吃。"

吴琼不耐烦地说："你别绕脖子了好不好？说点儿实际的。"

徐家元说："这些天，我一直想跟你说点儿实际的。我从监狱里出来之后，一直想办一家文化公司。现在文化市场刚刚启动，还有很多开发的天地，这个文化公司应该是综合性的，可以搞文化咨询、文化服务、文化活动，包括组织演出、体育比赛、电视节目，将来还可以拉投资拍电视剧……"

徐家元的想法引起了吴琼的兴趣，他早就听说过，文化市场是大有可为的。可是他身边的人，大多是坐而论道的口头派，没有几个干实事的人。现在听徐家元一说，便如打开了一扇天窗。再说，徐家元是最早下海经商的，肯定有一套经验和办法。可是，自己办公司谈何容易？要有人投资，有办公地点，有经营项目。

徐家元说："咱不要贪大，先办一个文化服务公司，办公地点就用我这两间房，现成的，门口挂个牌子就行了。现在关键是需要一笔钱，你知道，我是个纯粹的无产阶级，身无分文。"

吴琼认真考虑起来："办个文化服务公司得多少钱？"

徐家元说："我计算过，启动资金有十万元就可以了，办起来以后再慢慢滚动。"

吴琼说："钱我去想办法。"

徐家元激动起来："咱俩人一起干？"

吴琼说："不，咱仨人，加上罗笑。"

徐家元说："对，咱的公司再小，也得有个办公室，有个会计。罗笑当会计正合适。"

大宁河文化服务公司就这样诞生了。

吴琼因为要借债投资十万元，任总经理；徐家元以一套房屋作为投资任副总经理；罗笑入的是个人的干股，任办公室主任兼会计。

十六

吴琼不是个喜欢结交的人，他的朋友并不多。但是他的职业也使他认识了不少有权有钱的人，特别是一些出了名或想出名的企业，都喜欢搞什么画册呀、宣传图片呀，还有办企业的展览室呀、各种活动室呀什么的。吴琼是摄影师，小有名气后便有人称他为摄影家，许多单位和个人都愿意请他。他跟文化馆办了个停薪留职手续，便开始筹划大宁河文化服务公司。

他的任务是借钱，既然没有铁哥们儿能一次为他拿出十万元钱，他便采取韩信点兵的办法，多多益善。每找一家借一万元，他找的都是大企业家，谁也不好意思说没有一万元钱。而且他不是拉赞助，是借，说好了只借半年，还付利息。这样，找了十家，便凑齐了十万元。

大宁河文化服务公司办起来之后，最雄心勃勃的是吴琼，最显露才华的是徐家元，最兴高采烈的是罗笑。

在这些年的滚滚商潮中，吴琼听到过许多神话般的故事，一时间，许多不起眼的人、上不得台面的人、掰着脚指头算不过账来的人、偷鸡摸狗趴女厕所从监狱里三进三出的人，都气吹似的成了大款，穿上了名牌西装，扎上了易拉得的领带，开上了自己的小轿车，养起了二奶，人五人六地上了电视，甚至还当上了政协委员、人大代表……对这些人，吴琼打心眼儿里瞧不起他们。他们凭什么发的？是胆量，是运气，是偶然性，而不是真才实学。有真才实学的人都被圈在社会主义的大锅饭里了，留下了许多空子让那些不学无术的人钻了。现在，吴琼该不客气了，那些人能发得了吴琼就没有理由不发。更何况，目前搞文化公司的人大多没有文化，瞧那些给著名作家出书的书商、组织大腕歌星走穴的穴头、拍电视剧的投资人，有几个登过大学门槛的？吴琼认为自己是最有理由、最有资格搞文化公司的。因为他有文化，手里握着大学的学历，是省摄影家协会会员，他的名字和成就还登在《世界名人大辞典》上，当然，骗了他三百多元买书的钱。还有，打虎亲兄弟，上阵父子兵。他的左膀右臂，一个是亲表哥，一个是亲亲心肝肉，三人一条心，黄土变成金。

徐家元毕竟是早期下海的老海员，虽说他的下海带有官商的性质，但是积累了宝贵的经验。跑工商局、税务局、公安局、文化局、银行他都门清，各种各样让人头疼的表格他熬了两个通宵就填写好了。他指挥着吴琼和罗笑将房子彻底收拾一新：大间是吴琼和罗笑的卧室，小间是他的卧室，客厅是公司办公室。他还添置了电脑、传真机等必要的办公设备，制定了公司章程和各项制度，印制了专用信封、信笺和名片，门口挂起了牌子，在《武汉晚报》发了消息。他有一种理论让吴琼非常佩服，他说，办一个公司，不怕挣不到钱，就怕花不出钱。你要是挣了钱花不出去，公司的利润就会上去，利润上去了，税务局就要多征，干了半天，自己省吃俭用，都给国家做了贡献。因此，订立工资标准的时候，他主张吴琼是总经理，月薪两千八百元；他是副总经理，月薪两千六百元；罗笑属于中层领导，月薪两千元。吴琼欣然同意了。只是有一样，吴琼认为他有点儿不务正业。在六年的监狱生活中，他学会了一种码扑克牌的方法，将五十四张牌剔掉大小王，然后排列成金字塔形，再一张一张依次翻过来，两张牌加在一起等于十三就拿掉，最后看几把牌可以码完。

罗笑觉得有了这个公司，她就拥有了吴琼，拥有了一个家。她是这个公司的领导者之一，更是这个家庭的女主人。她除了本职工作以外，还担当起了买菜做饭洗衣收拾房间等家务活儿，真真正正是上得厅堂下得厨房的现代十全十美的女性。她再不用为了几百元工资忍屈受辱了，再不必整天战战兢兢地提防周建强那狼一样的眼睛了。她有了钱，有了体面的工作，有了幸福的家。吴琼算是与她正式同居了，她没有觉得任何尴尬与不好意思。她开始每天二十四小时跟心爱的人厮守在一起，度不完的蜜月，醒不了的春梦，尝不尽的缠绵缱绻。虽然公司有上下班的制度，但这制度却约束不了他们自己。她跟吴琼想什么时候上床就什么时候上床，想睡到什么时候就睡到什么时候，有时候大白天来了情绪，兴许把门一关就缠绕在一起。徐家元从来不管他们，他们不起床，徐家元就在办公桌上码牌。他说码牌也是工作，是一种运气和机遇的预测，是一种决心和勇气的检验。后来，剧作家苏牧到了他们公司，看到这种工作和生活状态以后，便送给他们公司一副对联：规规矩矩码牌，踏踏实实睡觉。横批是：不亦乐乎。

这是一个温柔而寂寞的公司，他们也做规划，也搞项目，也研究方案，也计算效益，但都是纸上谈兵。这些案头工作都是徐家元做的，方方面面都做得非常正规、细致，就是没有人去落实。道理很简单，过去徐家元当总经理的时候，都是出政策、出主意、做决定，从来没有亲自联系过任何业务，联系业务的有公关部、销售科、业务员。领导者是不做具体工作的。吴琼呢，虽说没做过领导者，可也没做过具体工作，他又性格内向，不善于靠嘴皮子打天下。罗笑更不用说了，不用说她没有交际经验，就是有，吴琼也不愿意让她去当一朵交际花。

有一天，寂寞的电话铃响了，是罗笑接的。此时，吴琼在卫生间洗澡，徐家元在他的床上码牌，办公室里只有罗笑一个人。

听得出来，电话那边是一个声音稚嫩的小女孩。

“你是罗笑吗？”

罗笑说我是。

“我可以叫你阿姨吗？”

罗笑问：“你是谁呀？”

“我叫吴丹丹。”

罗笑心里涌起一种不祥之兆。

“求求你了，你把爸爸还给我们吧，行吗？”

罗笑愣住了。

“妈妈说，是你把爸爸夺走了。你为什么要夺我的爸爸呢？你自己没有爸爸吗？”

罗笑的心怦怦跳起来。

“妈妈说，她要杀了你。我不让妈妈杀你。我对妈妈说，她喜欢爸爸，你不该杀她，可是……可是……我们也喜欢爸爸呀。”

罗笑举着电话，面对这样一个天真善良的小女孩，她能说什么呢？

“罗笑阿姨，你把爸爸还给我们吧，行吗？”

电话那边等待着罗笑的回答，罗笑慢慢地把电话放下了……

吴琼从卫生间里出来，见罗笑的神色不对，问：“谁来的电话？”

罗笑没回答，忍着眼泪进了卧室……

十七

罗笑拉来一个项目，这使吴琼和徐家元像打了吗啡似的激动起来。

罗笑出去买菜，路过首义饭店门口，听见有人喊她的名字，她吓了一跳，回头一看，却是剧作家苏牧。

她跟苏牧是在珞南大酒店认识的。那时候，苏牧正在写一部叫作《中国大饭店》的电视剧，总经理周建强给他提供了一个房间，在十一楼。每天中午或晚上，苏牧都要下楼到大餐厅用餐。苏牧中等身材，略有点儿发胖，脸上总挂着一种和善的微笑，见了谁都很客气，显出一副很有文化、很有教养的绅士风度。开始的时候，罗笑只当他是一般的客人，并没有在意。有一天回到宿舍，发现同室的夏雪在看一本厚厚的书，连她开门进去都没有抬头。罗笑问："什么书呀这么入迷？"

夏雪将书翻过来在罗笑眼前晃了晃，这是本叫作《宿命》的长篇小说。

罗笑问："好看吗？"

夏雪说："挺感动人的。"

罗笑问："是吗？写爱情的？"

夏雪说："写一个女人的命运的。"

夏雪说着，把书递给了罗笑，自己去了卫生间。

罗笑随便一翻，突然发现书的扉页上有字，上面写着：夏雪小姐雅正。署名是苏牧。罗笑再一看，苏牧正是这本书的作者。罗笑的心激动得跳了起来。

罗笑喜欢看书，她迷过琼瑶，也迷过三毛，还迷过一些当代作家的作品。罗笑也像许多女孩子一样，有过美丽的幻想，甚至做过作家梦。可是她从来没有见到过作家，在她的心目中，作家是非常神圣的。别的女孩儿崇拜歌星，她觉得歌星只不过有一副好嗓子，与其崇拜歌星，还不如崇拜歌星的父母，是他们创造了具有一副好嗓子的歌星。她崇拜的是作家，她觉得作家可以和上帝相比。上帝创造了一个现实的物质世界，作家却创造了一个虚幻的梦想世界。她认为作家是非凡的，而作家又是个谜，他是怎么把那么精彩的故事编出来的呢？他又是怎么把那栩栩如生的人物塑造出来的呢？那么厚的书是怎么写出来的呢？她一直有一个强烈的愿望，就是要亲眼见一见作家。有一次，她听夏雪说武汉大学书店有作家签名售书，她特别想去买一本书，然后让作家为她签上名，她将把那本书作为稀世珍宝收藏起来。没想到，夏雪居然有这么一本书，而且是作家签名送给她的书，这更加珍贵无比了。

夏雪回来了，罗笑惊讶地问她这书是哪儿来的，夏雪说是苏牧给她的。罗笑问："你怎么认识苏牧？"夏雪说："你不是也认识他吗？"罗笑说："你别胡扯了，我怎么会认识他？"夏雪说："他说他认识你嘛，每天见面都跟你打招呼。""他在哪儿？他怎么会每天能跟我见面？""他就住在十一楼呀，在这儿写电视剧呢，不信我带你去见见他，现在就去……"

夏雪提出要带她去见作家，罗笑紧张起来，她说什么也没有这个勇气。一个晚上，她都在想，作家就在这个饭店里，还说每天都跟我打招呼，我怎么不知道呢？肯定是夏雪在骗她，她那本书一定是在作家签名售书的时候买的。以前她只知道签名售书只签上作家的名字，没想到还能签上读者的名字，这太好了，她也要找一个机会买一本书，让作家把她的名字也签上……

这一天，《武汉晚报》来了一位女记者，说要到十一楼去找苏牧先生。罗笑问："是作家苏牧吗？"

记者说："是呀。"

罗笑说："他真的住在这里？"

记者说："他就住在十一楼，你每天在这儿迎宾难道没见过他？"

罗笑这时才相信夏雪原来跟她说的是真话。半个小时以后，那个女记者手里拿着一本书出来了，罗笑一看就知道是苏牧写的《宿命》，跟在她身边往外送的是那个脸上挂着和善微笑的男人，难道他就是苏牧？

女记者经过迎宾台的时候，对罗笑说："他就是苏牧，你没见过他吗？"

她激动得不知如何是好，苏牧却抢先说："怎么会不认识呢，你不是叫罗笑吗？"

记者说："看得出来，她崇拜作家，你送她一本书吧。"

苏牧忙说好，罗笑竟然连句感谢的话都说不出来了。

第二天早上她上班的时候，见迎宾台上放着一个牛皮纸袋子，上面有作家出版社的字样。罗笑打开纸袋，里面正是那本叫作《宿命》的小说。翻开扉页，两行潇洒漂亮的字豁然跳动起来：罗笑小姐雅存。同样署名是苏牧。

罗笑的眼睛湿润了，“罗笑”这两个字通过作家的手写出来，显得格外入目动心，得感谢吴琼为她取了个好听又好看的名字。要是她还叫罗小丽，多俗气，怎么好意思让作家写出来呢……

就这样，罗笑认识了苏牧，后来他们便熟悉起来。罗笑还到十一楼去找过他，向他借过书，还向他提出过久疑在心的若干神秘的话题。苏牧很随和，平易近人，善谈却不夸夸其谈。特别让罗笑感到与众不同的是，苏牧虽然是个男人，甚至可以说是个非常有魅力的男人，却给人一种安全感。在大酒店里，罗笑见到的大多是色眼迷离总想将你扒光放在床上的男人。苏牧却不这样，他的微笑是善意的，眼睛是温和的，说话是斯文的，正派得令人感动。有一次，电视里讨论什么是真正的男子汉，罗笑心里说，男子汉应该像苏牧那样高贵而又有教养。

苏牧成了罗笑心中的偶像。

这个偶像深深地埋在她心里，她跟谁都没有说过，更不能跟吴琼说。

这天在首义饭店门口遇见苏牧，罗笑便像见到亲人那样，一口气便把她为何离开珞南大酒店，如何跟吴琼一起办起了文化公司的事讲了出来，并且还坦率地要求苏牧帮助他们。

苏牧说：“我能给你们帮什么忙呢?”

罗笑说：“吴琼说了，我们也要搞电视剧，一是没有剧本，二是拉不到资金。”

苏牧说：“我刚刚完成一个剧本，叫作《椰海情仇》，是写海南旅游胜地发生的故事，我想这个投资还是比较好拉的。”

罗笑说：“那你的剧本能给我们吗?”

苏牧说：“有几家影视公司都盯着这个剧本呢，幸好我没跟任何公司签订合同。”

罗笑说：“那太好了，你一定给我们。你把电话给我，我马上回去跟吴琼汇报。”

罗笑回到公司，又一口气将如何遇到苏牧，如何扣住了苏牧剧本的事跟吴琼和徐家元说了。

正、副总经理一听，同时激动起来，都觉得这是个天助神佑的项目，是个百年不遇的机会，一致决定上马苏牧的电视剧，干一番轰轰烈烈的大事业……

十八

那是一个月朗星稀的夜晚，吴琼和罗笑相依相挽地漫步在长江边上，幸福的感觉如滔滔江水，拍打着爱情的堤岸。吴琼信誓旦旦地说，此生此世，他要为罗笑而奋斗，他活着的价值就是让罗笑获得最大的幸福。他问罗笑有什么心愿，罗笑说什么也没有，只要能跟他在一起。他说不行，非逼着罗笑说。罗笑想了想说，她没坐过飞机，没见过大海，没见过大草原。吴琼说："好了，我现在向你许三个愿，在三年之内我要带你去坐飞机，去看大海，去内蒙古大草原骑马……"

现在他们要去海南了，徐家元要去买火车票，吴琼挥了挥手，很有气魄地让他买飞机票。这样一来，罗笑的两个心愿便可以同时实现了，既可以坐飞机，又可以看大海，而且是跟吴琼在一起。

他们去海南主要是拉电视剧《椰岛情仇》的投资。剧本他们看了，苏牧这个作家不简单，不仅把故事设计得非常精彩，还很有经济头脑，将几个大企业和几个旅游景点做背景，电视剧本身就是一个非常绝妙的软广告，而且把情节和广告结合得天衣无缝、水乳交融。为了使拉投资的工作进行得更顺利些，他们决定邀请苏牧一起去海南。苏牧很不情愿，他手里正在赶写一部长篇小说，出版社催得很急。吴琼便让罗笑去做工作，苏牧很给罗笑面子，居然同意了。

先有了一个剧本，再拿这个剧本去拉投资，是近年许多电视剧的操作方式。这等于是空手套白狼。狼是那么好套的吗？吴琼他们认为很容易，企业每年都要花大量的钱做广告，上亿元地往里扔，拿出几百万元拍电视剧还不行吗？电视剧的宣传效应并不比直接的广告差，还可以回收投资，他们何乐而不为呢？再说，别人能这样做，我们为什么不能呢？

他们一行四人，乘着飞机，野心勃勃地来到了“比特区还特”的海南。旖旎的热带风光和神秘的异国情调以及宽松开放的社会环境更增加了他们的信心。

创业初始，艰苦奋斗，不能住星级的宾馆，可也不能去住鸡毛小店，他们选择了一家企业的招待所住下了。一百二十元一个房间，挺便宜，还有空调、电视、卫生间。开始的时候，吴琼还有点儿为难，四个人，三男一女，怎么算也得要三个房间。等登记的时候，人家服务员主动问罗笑是不是跟男朋友住一个房间。罗笑的脸红了，支支吾吾地不好意思说，吴琼忙问：“两个人住一块儿，要证明吗？”服务员说：“有身份证就行了。”吴琼又问：“不要结婚证吗？”服务员友好地笑了笑。吴琼心里一喜，这海南真好！

剩下的事就不那么好了，当天晚上他们就商量如何去拉投资的问题，还进行了分工。吴琼跟苏牧一组，徐家元跟罗笑一组。吴琼这样分工，完全是从工作出发的。他觉得，最有交际经验的，恐怕就是苏牧和徐家元了。两个有经验，带着两个没有经验的，成功系数大一些。于是，他们选择好了海口的几个重点企业，便分头出发了。

吴琼和苏牧来到一个赫赫有名的椰汁罐头厂，进门便找老总。门卫连门也不让他们进，问他们是干什么的。吴琼忙拿出事先写好的介绍信，又把苏牧抬出来，说他是著名的作家。门卫问：“你们提前约好了吗？”吴琼说：“没有，我们刚从武汉来。”门卫说不行，见老总都要约好才行。吴琼只好央求人家，磨了有一个钟头，门卫才打电话叫出来一位趾高气扬的小姐。小姐把他们领到接待室，问他们有什么事，吴琼又急忙拿介绍信，又急忙抬苏牧。小姐不接吴琼的介绍信，连看也不看一眼；吴琼介绍苏牧是著名作家，小姐一点儿反应都没有，像根本不知道作家为何物。小姐直截了当地问他们有什么事，吴琼说想见老总。小姐问见老总有什么事，吴琼只好说拍电视剧。小姐一听便打断了他的话，说“我们不投资电视剧”，说完便翩翩而去，把吴琼和苏牧撂在那儿了。吴琼气得七窍冒火，可又不甘心。坐了一个钟头的冷板凳，那个小姐又出来了，见了他们像对待乞丐似的说：“你们怎么还没走呀？”吴琼又提出见老总，小姐不耐烦地说：“我不是告诉你们了吗？我说不行就不行。”于是，吴琼又软磨硬泡，缠着小姐不让她走。小姐被缠烦了，说：“要不你们去跟广告部谈谈吧，他们管这事。”吴琼和苏牧又怀着希望找广告部。广告部的人很多，来来往往，根本轮不上吴琼插嘴。等来等去，下班的时间到了，一个穿白大褂的中年妇女推着盒饭进了门。于是每个人抄起一个盒饭就吃。吴琼忍不住了，找一个像是负责人模样的人想接洽。那个负责人说：“我们下班了，有什么事下午再说，你们到外面去等吧。”吴琼问下午几点上班，负责人说一点半。吴琼和苏牧只好出来等。他们的肚子也饿了，想到外面吃点儿东西，又怕出去就进不来了，只好等候在楼道里，幸亏那里有两个沙发，还有一次性的纸杯和饮水机。等到下午一点半，吴琼和苏牧又进广告部，向那负责人说明来意。负责人说：“你们烦不烦呀？没告诉你们不行吗？”吴琼说：“我们不是还没谈吗？”负责人说：“从早晨我一进门，来的都是拍电视剧的，拉赞助、要投资、争广告。中国人就是这样，总是一窝蜂，听说什么赚钱就一哄而上，现在电视剧都臭了街了你们知道不知道？你们怎么还拍电视剧？告诉你们，我们的钱可不让你们拿去打水漂……”

转了一天，碰了个硬钉子。等回到招待所听徐家元和罗笑一说，情况也不比他们好。四个人互相鼓着劲儿，说任何事情都没有一帆风顺的，要锲而不舍。第二天又分头出发了，有了第一天的经验，他们还自带了干粮，每个人书包里装一个面包、两根香肠。

吴琼和苏牧来到一个实力雄厚的房地产公司，这次他们有了经验，不提找老总，说找宣传部。宣传部果然架子小一些，部长亲自接见他们。吴琼又拿介绍信，又抬出苏牧。部长惊讶地说：“你就是苏牧作家呀，我现在正看你的书呢，很感人。”说着，部长便从他的办公桌上抄起一本书晃了晃，正是那部长篇小说《宿命》。吴琼心里挺高兴，心说有门，于是急忙趁机说要见老总。部长说：“没问题，我们老总正想结识一位作家呢。”部长马上打电话，电话那边的老总让部长好好接待，说中午请他们用餐。吴琼更加高兴起来，甚至都有几分心跳。中午，老总果然请他们吃饭，宣传部长作陪。老总五十多岁，北方人，下过乡，当过兵，进过工厂，一身的江湖气，大碗喝酒，大口吃肉，大喊大叫地说话。席间，他一刻都不停口，不是吃就是说，吴琼根本插不上嘴。他大讲他的经历，大起大落，风流曲折，历经千辛万苦，终于事业有成。听着听着，吴琼明白了，他这些话主要是说给苏牧听的。部长解释着老总的话，意思是请苏牧为他写一部传记。吴琼几次提起他们电视剧的事，老总却像没听见一样，该说什么还说什么。酒喝完了，老总起身便走，对苏牧说，具体事由部长安排。安排什么呢？部长问苏牧："你什么时候能到我们公司来正式采访老总？咱们是不是需要签个协议？"苏牧不客气地说："我什么时候答应给你们老总写传记了？"部长惊讶地说："刚才老总说的时候你并没有反对呀？"苏牧气愤地说："我没反对就证明我答应了吗？我那是给他留着面子呢！告诉你们老总，我不是他的雇员，他没有权力对我们指手画脚！"苏牧说完，拂袖而去，吴琼也只好跟在后面出来了……

十九

一连三天，他们到处碰壁，吴琼首先烦了。他本来是个极好脸面、自尊心极强的人，从来看不惯别人的嘴脸。特别是对那些有权的和有钱的人，总是敬鬼神而远之。他更看不惯那些奴颜婢膝、自轻自贱的势利小人，为了蝇头小利就低眉弯腰溜须拍马当孙子。大凡他遇上这种人的时候，总是嗤之以鼻，躲得远远的——恶心。有一次，一位副区长请他照两张工作照，约好了上午十点钟照，在文化馆。那位副区长倒是准时来了，可来了不照相，却跟一个副馆长打起了台球。打了一盘又一盘，他催了好几次，那个副区长不但不放下球杆，还官气十足地说："听你的还是听我的，我是副区长还是你是副区长？"吴琼二话没说，把摄影室的门一锁，回家睡大觉去了。为这事，副区长发火了，冯馆长让他给副区长赔礼道歉，吴琼说："该赔礼道歉的是他，他要是仍然这样霸道，我一辈子都不会理他。"

可是现在，他这是在干什么呢？难道不是在巴结权贵和大款吗？他怎么变得这么卑贱这么无耻了呢？他身上那点儿清高、那点儿傲骨哪儿去了呢？

这一切都是为了什么呢？

商场和官场一样，能屈能弯，能当孙子能当爷。可是我既不能屈也不能弯，既当不了孙子也当不了爷，我就是我。我就是我曾经是他的一个座右铭，是他的人生哲学。而现在这些可都丢掉了。丢掉了这些，你还是吴琼吗？你连吴琼都不是了，活着还有什么意义呢？

我本来就不是经商的料，可是为什么要经商呢？因为文化馆让他离了岗，因为市委宣传部炒了他的鱿鱼，因为陈秀兰让他无家可归，因为周建强赶出了罗笑，因为遇见了徐家元……这些都是因，可又都是果，真正的因是什么呢？

真正的因是他去了大宁河，遇见了罗笑。

他躺在招待所的床上，苦思冥想着，傍晚的阳光依然像火一样地燃烧着，把窗帘都烧红了。外面是个火的世界，海南岛就是个火岛，这里的人，这里的万千生命，包括那高耸入云的椰树、浓绿欲滴的芭蕉、温柔飘逸的木麻黄，都是在熊熊烈火中挣扎、煎熬。

烦躁不安的吴琼正在漫无边际地胡思乱想，门开了。罗笑风风火火地闯了进来，满脸的兴奋。这时候吴琼才记起，他已经好几个小时没有看见罗笑了。罗笑冲他嘻嘻笑着，脱掉外面的白色连衣裙，里面却穿着一件杏黄色的游泳衣。游泳衣湿漉漉的，将她那放射着青春气息的身子绷得曲线毕露。

他还没有发问，罗笑便小鸟一样地聒噪起来：“我看见大海了，我到大海里去了。大海……真伟大，这是我平生第一次看见大海，也是我第一次用自己的身体抚摸大海……美，美得惊心动魄……广阔，广阔得让人觉得自己渺小……还有蓝，蓝得让人想流泪……哎呀，扑进大海的感觉真好……这会让我终生难忘……吴琼，我现在明白了，大海是一个真正的男子汉……”

吴琼吃惊地望着兴奋不已的罗笑，她说的那些充满激情和诗意的话，他一句也没有听进去。他只觉得罗笑怪，非常怪，怪得不可思议，好像完全变成了另外一个人，一个让他不认识的陌生人。突然……他突然想到一个非常严肃的问题，脱口问道：“你跟谁去的？”

罗笑说：“苏牧带我去的。”

吴琼又问：“到哪儿去了？”

罗笑说：“秀英海滩，知道秀英海滩吗？”

吴琼没说什么，罗笑却穿着游泳衣进了卫生间，紧接着，里面便响起了哗哗的流水声……

吴琼一直躺在床上，阴沉着脸，一动也没有动。窗外的阳光悄悄地退去了，透过窗帘依稀能见到高大的椰子树。吴琼觉得很闷，一种从未体验过的烦闷，还有丝丝的孤独感。

罗笑出来了，腰间围着一条白色的浴巾。她扭动着腰肢，晃动着洁白的胸臂和颀长的大腿，风情万种地朝吴琼的床边走来。

吴琼望着她，却丝毫没有反应。

罗笑压在他的身上，吻着他的嘴唇说："你猜，我见到大海第一个念头是什么？"

吴琼沉重地摇了摇头。

罗笑说："我想嫁给它。"

吴琼问："嫁给谁？"

罗笑说："嫁给大海呀！"

吴琼又不说话了。

罗笑解着吴琼的衣扣。

吴琼拿开了她的手。

这是罗笑第一次遭到拒绝，但她并没有在意，问："怎么了？"

吴琼说："我不舒服，心里烦。"

罗笑依然沉浸在看到大海的亢奋中，劝慰着吴琼："别这样，万事开头难，总会有好结果的，明天我们再去努力。苏牧说，他有个朋友，是海南旅游局副局长，可以找他试一试。不过他目前在三亚，要不咱到三亚碰碰运气……"

吴琼突然吼叫般地说："不，我们哪儿都不去了，回武汉！"

罗笑胆怯地看着他，慢慢地从他的身上爬起来。

二十

今天是丹丹四岁的生日，早从一个星期以前，吴琼就记起了这个日子，并且盼望着这一天早一点儿到来。

最近一个时期，对女儿的思念像火一样灼着他的心。他总是梦见丹丹，看见丹丹甜甜地笑着，挓挲着两只小胳膊朝他扑过来。他伸出手迎接着，可是扑过来的丹丹却像蝴蝶一样地消失了，醒来的时候，依然是两手空空。他很伤心，他要失去宝贝女儿了。

在与罗笑热恋的日子里，在与陈秀兰冷战的日子里，在野心勃勃地办公司的日子里，他几乎把丹丹忘了。他怎么能如此无情呢？他常常用鲁迅的诗谴责自己，默默地叨念着：无情未必真豪杰，怜子如何不丈夫？知否兴风狂啸者，回眸时看小於菟。

他是爱丹丹的，丹丹是他唯一的女儿，是他的心肝宝贝，是他的感情安慰和寄托。

丹丹的生日终于到了。这一天他很早便起来了，罗笑还赤着身子睡在床上，他便悄悄地溜走了。他没有跟罗笑打招呼，尽管他知道就是告诉罗笑她也不会反对的，但他还是没有说，他想安安静静地跟女儿待在一起，待一天。

丹丹刚刚被妈妈送到紫阳路的幼儿园，老师就叫她到大门口去，她以为妈妈找她有事，到了门口却发现是爸爸。

丹丹已经三个多月没见到爸爸了。爸爸刚离开家的时候，她整天哭着找爸爸。她一说要爸爸，妈妈就咬牙切齿地说："你爸爸死了。"她见不到爸爸，还是想。她知道爸爸没有死，爸爸准是因为什么事情不回家了。答案很快就有了，那一天奶奶来了，妈妈一把鼻涕一把泪地向奶奶控诉着爸爸，说爸爸被一个叫罗笑的小妖精拐走了。妈妈哭，奶奶也哭，丹丹也哭了。丹丹不知道那个小妖精是谁，却记住了罗笑的名字。终于有一天，奶奶又来了，给了妈妈一个电话号码，说是打那个电话就可以找到吴琼。她劝妈妈主动一些，把爸爸叫回来。

妈妈恨爸爸，更恨那个叫罗笑的小妖精，就是赌气不给爸爸打电话。那个电话号码一直像一片干菜叶一样扔在客厅的窗台上。那一天趁妈妈在卫生间洗衣服，丹丹拨通了那个电话……

再见到爸爸，丹丹已经非常陌生了。她没有像蝴蝶一样地扑上来，而是远远地就停下了脚步。吴琼心里一酸，走过去，蹲在丹丹的面前，轻轻地搂着丹丹的肩头。

丹丹的眼泪流了下来。

吴琼给丹丹擦着眼泪说："丹丹，你知道今天是什么日子吗？"

丹丹点了点头。

吴琼说："我带你到动物园去玩好吗？"

丹丹又点了点头。

吴琼抱起丹丹，出了幼儿园，朝公共汽车站走去。

过去大多是他送丹丹去幼儿园，他的自行车大梁上放着一个小板凳，那是丹丹的专座。从他家到紫阳路，需要二十分钟。在这段时间里，丹丹的小嘴从来不停，总是叨叨地跟他说这说那，问这问那。晚上下班以后，他又把丹丹接回家，丹丹同样跟他喋喋不休，就好像三个月没有见过面了似的。跟女儿一路地絮叨，成了他一天中最愉快的时光。丹丹爱说，又能说，这一点大概是从她那当汽车售票员的妈妈的 DNA 里遗传下来的。

后来，他决定开发丹丹的潜能和天才，每天送她去幼儿园的时候便教她背一首诗，他说一句，女儿学一句。到了幼儿园门口，丹丹已经背得滚瓜烂熟了。晚上接丹丹回家的时候，他再让丹丹复习一路。丹丹聪明而好学，一年下来，居然能背诵一百多首古诗词了。

他把教丹丹的古诗词都做成卡片，每张卡片上写一首诗词，一百多张，已经是厚厚的一摞了。

每个星期天的晚上，吴琼都把丹丹叫过来，让她站在自己的面前，复习着她所学过的诗词。他翻开一张卡片，说出题目，丹丹便叭叭叭地背诵起来。丹丹的小嘴真巧，丹丹的声音真好听，丹丹的记忆力真惊人。女儿背诵诗词，是人世间最美妙、最动听的音乐：嘈嘈切切错杂弹，大珠小珠落玉盘……

公共汽车上，吴琼把丹丹搂在怀里，用嘴唇亲着她的头发和额头，轻声问："丹丹，想爸爸吗？"

丹丹又点了点头。

吴琼又问："爸爸教你的那些诗还记得吗？"

丹丹还是点了点头。

吴琼温和地说："给爸爸背一首好不好？"

丹丹说话了："你想听哪一首？"

吴琼说：“哪一首都行，只要是丹丹背的爸爸就喜欢。”

丹丹想了想，张开小嘴背了起来：“独在异乡为异客，每逢佳节倍思亲。遥知兄弟登高处，遍插茱萸少一人。”

吴琼万万没有想到，丹丹会背诵这首诗。这首诗从年仅四岁的女儿口里背诵出来，便格外地撼人心魄。吴琼鼻子一酸，泪水忍不住流了下来。

丹丹背完了诗，抬起头来看爸爸，发现爸爸流了眼泪，便使劲挺起身子，伸出小手，为爸爸擦拭着。

吴琼紧紧地把丹丹搂在怀里。

丹丹说：“爸爸，你也想丹丹，是吗？”

吴琼点了点头。

丹丹又问：“那你想妈妈吗？”

吴琼没有点头，也没有摇头，他极力地回避着女儿的目光。

到了动物园，丹丹跟爸爸一点儿也不陌生了，她又像过去那样，蹦蹦跳跳地跑着，絮絮叨叨地说着。他们看猴子盘单杠，看狗熊作揖，看老虎散步，看长颈鹿吃树叶……父女俩非常高兴，忘掉了一切忧愁和烦恼。

从动物园出来，吴琼带着丹丹去麦当劳用餐，孩子们都喜欢那个大黄 M 和门前那个穿戴滑稽的小丑。吴琼后悔没带一个照相机来，无论如何，女儿的生日是有纪念意义的，该留下几张珍贵的照片。他给丹丹买了麦香鸡、苹果派、奶昔和冰激凌，自己只要了一杯加冰的可口可乐。看着丹丹兴奋地吃着，他不由得笑了起来。丹丹奇怪地看着他，问：“你笑什么？”

吴琼没回答，他确实想起了一件非常可笑的事。大约在丹丹一岁的时候，吴琼带着她出来玩。那是火炉般燠热蒸烤的夏天，吴琼给丹丹买了一盒冰激凌，丹丹贪婪地吃着。

吴琼故意逗她：“烫不烫？”

丹丹摇着头说：“不烫，吃完还吃。”

吴琼还问：“烫不烫？”

丹丹还是摇着头说：“不烫，吃完还吃。”

二十一

大宁河文化服务公司破产了。

能不破产吗？规规矩矩码牌，踏踏实实睡觉，天上是不会掉馅饼的。

破产并不可怕，可怕的是吴琼背上了十万元的外债。一年不到，坐吃山空，那十万元钱花得一干二净。

年底，正赶上一年一度的财务大检查。吴琼当初借钱的时候，说好是半年，还有利息。眼下已经一年了，再不还怎么交代？利息可以不要了，那本金得给我们还回来呀！

债主们像是商量好了似的，一齐前来要债。开始只是打电话，说话也还客气，后来便纷纷登上了门，嘴里边也不干不净了。吴琼理亏，只好跟人家说好话。欠债还钱，光说好话是不行的。

徐家元先躲开了，他说到北京去看望他的父亲，父亲因病住了医院，他得去尽一尽孝心。公司里只剩下了吴琼和罗笑，一天到晚，他们再也不能踏踏实实地睡觉了。早晨还没起床，讨债的便敲起了门；晚上该睡觉了，债主还赖着不走。没办法，他们只好双双出去躲债。整天在外面乱转，还不敢到人多眼杂的地方去，常常骑着自行车到郊外，一去就是一天，不到半夜不敢回来。他们像逃犯一样地战战兢兢，每一天都挨得十分艰难。

怎么办？怎么办？怎么办？

这个念头每时每刻都在吴琼和罗笑的脑子里缠绕着，越缠越紧，越缠越乱，像一堆乱麻，怎么也理不出个头绪来。

"要不咱们逃跑？"

"能往哪儿跑？"

"跑去海南，咱给人家打工。"

"不行，当初这些人都是好心好意把钱借给我的，现在财务大检查，他们为我背着黑锅，我要是一走了之，对得起朋友吗？"

"那怎么办？"

“我真想把自己卖了，卖十万元钱。”

“卖你还不如卖我呢。”

“咱俩谁也不值那么多钱……”

入夜，两个人又累又饿又烦躁。想吃点儿东西，到哪儿去呢？听说汉口吉庆街的大排档很有特色，两个人便骑车奔了过去。

到了吉庆街，已经凌晨两点钟了。他们想这么晚了恐怕早已经收摊了，就是有人贪心赚钱也会冷冷清清了。他们要的就是这种冷冷清清，这些天他们倒真的成了地下工作者，怕碰上人，更怕碰上熟人，尤其怕碰上他们的债主。

让他们大吃一惊的是，吉庆街的大排档正进入高潮。整条大街上，人头攒动，摩肩接踵，嗡嗡嘤嘤，拥挤成一条黏稠凝滞的人的河流。一家紧挨一家的摊位上，一张紧挨一张的餐桌周围，统统坐满了人。吴琼和罗笑从街头挤到街尾，才勉强在一个小小的角落里找到两个座位。

人还没有坐定，便同时有几个卖唱的递过歌单。卖唱的大多是年轻的姑娘，伴奏的则多是中老年男子。一把二胡或一架手风琴，讲究一点儿的便是小提琴。小提琴多是独奏，几乎全是学龄前幼女。也有三四个人组成的稍具规模的小乐队，黑管、小号、萨克斯，很有点儿洋派的味道。差不多每一张餐桌旁都有卖唱的佐餐，流行歌曲，民族唱法，甚至还有美声唱法。有一个长得五大三粗、勇猛冷面的男子在一张餐桌旁抱着吉他自弹自唱，他前面放着一个扩音器，所以声音传得很远，把周围缠缠绵绵的婉转莺啼都湮没了。这个男子足有五十岁，粗大的声音中带着一股流行的沙哑。嗓音有特点，唱的内容更是别具一格，大多是老坛装新酒，旧曲填新词，而词又是当前在社会上刚开始流行的民谣，又加上自己临时发挥的稍带颜色的调料，便更加受欢迎。这时候，他正在声情并茂、挤眉弄眼地唱着一首新歌，引起了一阵阵的哄笑声。

除了卖唱的，还有卖花的、算命的、按摩的、擦皮鞋的，真可谓五花八门，全方位服务。一个刚走，一个又来了，让你连吃菜的工夫都没有。吃的也实在是没有什么，普通又普通的家常菜，还有白酒、红酒、冰镇啤酒什么的。到这里来用餐的，要的就是这种气氛、这个热闹劲儿。不但工薪阶层来，连那些款哥款姐老官新贵也都常常呼朋唤友到此一游。这是武汉新兴的一道独特的风景线。

吴琼问："你看过电影《洪湖赤卫队》吗？"

罗笑说："看过。怎么了？"

吴琼说："跟电影里卖唱的比一比，像不像万恶的旧社会？"

罗笑说："不像。"

吴琼问："怎么不像？"

罗笑说："旧社会卖唱的是受剥削、受压迫、受欺侮，是含着眼泪卖唱，唱了一天，连肚子都混不饱。你看这些卖唱的，心里美，脸上笑，大把大把地挣钞票。唱一首歌就十元钱，这一晚上，怎么也得唱三五十首吧？你算算，他们能赚多少钱？再有，他们还不用投资，不用领营业执照，当然也不用上税。只有中国的改革开放才能有这样的机会，万恶的旧社会哪儿有这等好事？"

吴琼惊奇地看着罗笑，从山沟里出来一年多，居然如此有见识，我为什么没想到这一层呢？

一个还没有餐桌高的小女孩走过来，抱着一把超小型的小提琴，脖子上挂着歌单。小女孩儿站在他们面前，一句话也不说，瞪着两只水灵灵的大眼睛，等待着他们点她的曲子。

吴琼想起了自己的女儿丹丹，这个小女孩儿还没有丹丹高，年龄也不会比丹丹大。可是她却自己出来谋生，并且还具备了谋生的手段，吴琼怜惜地看着小女孩儿，问："你妈妈呢？"

小女孩儿说："妈妈在家呢。"

吴琼又问："你爸爸呢？"

小女孩儿说："爸爸跟妈妈离婚了。"

吴琼心里一震，掏出十元钱，塞在小女孩儿的手里："去，回家睡觉吧。"

小女孩儿说："叔叔，我给你拉一个《小草》吧。"

吴琼突然发起了火，瞪着眼睛说："去，回家睡觉！"

小女孩儿吓得急忙跑开了。

罗笑见吴琼的样子，心里明白了，什么也没有说。

随着一声哈哈大笑，一个胖胖的男人已经坐在了他们的餐桌旁。两个人一看，大吃一惊，原来是珞南大酒店的总经理周建强。

吴琼掩饰着尴尬说："你堂堂一个大酒店的总经理，怎么到这儿来了？"

周建强说："从北京来了几个作家，非要到这儿来见识见识。"

吴琼没说什么，实在也没什么话想跟他说。

周建强说："我再给你们添两个菜吧。"

吴琼说："不用不用，你忙你的去吧。"

这等于是吴琼下了逐客令，周建强却不走，朝吴琼身边凑了凑，压低了声音说："你的事我都听说了，日子不好过吧？没关系，有什么难处跟哥哥说。"

吴琼依然应付着他："没事没事，谢谢你了。"

周建强说："我最佩服你身上这种知识分子的骨气，可是人总有迈不过去的坎，能撑着就撑着，撑不住的时候也不能强撑。我给你十万块钱吧，算借、算赞助、算贷款都行。"

吴琼急忙挥着手说："不不，不麻烦你了。"

周建强说："瞧不起我是不是？"

吴琼揶揄地说："你是腰缠万贯的大老板，我怎敢瞧不起你呢？"

周建强说："那是信不过我？"

吴琼苦笑了一下。

周建强说："你信不过我，还信不过钱吗？十万块钱，你是要现金，还是要支票？我可是认真的。"

周建强再一次提起十万元钱的时候，吴琼的心开始动摇了。他确实需要十万元钱，那是救命的钱。为了十万元钱，他跟罗笑整天东躲西藏，昼伏夜出，过的真不是人过的日子。两个人都说过，为了十万元钱，把他们卖了都干。现在有人想拿出十万元钱来，他们为什么不要呢？有什么理由不要呢？

周建强见吴琼沉默了，进一步说："你别把我想得那么坏，也别把我想得那么好。十万块钱我拿得起，也愿意拿，可是……"

吴琼立即明白了："你有什么条件？"

周建强转个弯子说："我这个人呀，天生的犟脾气，一根筋，不见棺材不落泪，不见黄河不死心。越是做不成的事，我越想做；越是得不到的，我越不甘心……”

吴琼注意到了，自从周建强来到他们的餐桌上，始终没有跟罗笑说话，甚至连看都没有看她一眼，完全像不认识似的。但是，周建强的意思却很明确，他还是冲着罗笑来的。

一股怒火在吴琼的心里升腾着。

周建强似乎摸准了吴琼的脉搏，更加恬不知耻地说：“兄弟，你别误会，我绝不想夺你所爱。虽说爱美之心人皆有之，但毕竟是你的。我只是想沾一下老弟的光，圆自己一个梦……一夜，就一夜，第二天一早，我保证完璧归赵，当然不一定是完璧了……”

吴琼的怒火在心里燃烧着，他的心里一阵阵地灼痛。可是不知为什么，他没有把那股怒火喷射出来，喷射在周建强这衣冠禽兽的身上。他忍住了，强咬着牙忍住了。

周建强站起身来，拍了拍吴琼的肩膀说：“老弟，我的话你别往心里去。你要是愿意考虑呢，我说的就是真话。你要是生了老哥的气，就当我开了一句过分的玩笑。失陪了。”

吴琼又注意到了，周建强临走的时候，瞟了罗笑一眼。这一眼，却还有几分多情。

二十二

这一夜，吴琼和罗笑谁也没有睡。

两个人躺在床上，像一对中年夫妻那样，居然谁也没有碰谁。都觉得这样反常，都怕对方误会，便都说困了。

困了，可是谁都睡不着。睡不着，又都不敢动，怕惊扰对方，怕对方知道自己没睡着。心里躁，躁得像长了草。草干枯了，又燃起了火。烈火烧心，又不能喊疼，不能叫苦。都想翻个身，都忍着。都在注意倾听着对方的呼吸，呼吸都很平静，像是什么事情都没有，都安然地熟睡了。

世界上，没有什么比情侣之间装假更难受、更痛苦的了。

终于，还是罗笑忍不住了，或者是罗笑善解人意，不愿意让自己的亲人像自己一样受折磨了。

罗笑伸出了手，搭在吴琼的胸上。

吴琼顺势将罗笑的手攥住了。

罗笑呢喃地问："还没睡着吗?"

吴琼没回答。

罗笑又问："想什么呢?"

吴琼还是没回答。

罗笑说："还在想那十万块钱吧?"

吴琼叹了一口气："这是一座大山，真把我压得受不了了。"

罗笑小心地说："要不，咱把它搬掉?"

搬掉那座大山，谈何容易？多少天来，他们绞尽了脑汁，想尽了办法，越想路越窄，已经到悬崖绝壁了。可是，就在今天晚上，却有人在荆棘丛中为他们画出了一条路。

这是一条可怕的路，一条耻辱的路，一条丧尽天良的路。

可这毕竟是一条路，一条无路可走时唯一可供选择的路。

这条路不走，就无路可走了。

这无疑是一条活路。

可是，这条路能走吗?

在这个可怕的路口，吴琼徘徊着。

有多少次，他都想鼓足勇气，跟罗笑说，妈的，豁出去了!

可是，这句话能说吗？就算他们要选择这条路，话也不能从他的嘴里说出来。这是一句罪孽深重的话，说出这句话要下地狱的。豁出去了，豁出谁？要是你自己，当然可以豁出去。可是你豁出的是别人呀，是你最珍惜、最在意的、最亲爱的人啊，能这样豁出去吗?

他就是死，也不能向罗笑提出这个要求。

罗笑是属于他的，更是属于她自己的，他没有这个权利。

罗笑同样在这条可怕的路口徘徊。

她心里清清楚楚，这是一条挽救吴琼的路。能把这条路开通的，只有她罗笑。她爱吴琼，吴琼是她的初恋，是她感情的全部，是她人生的导师，为了吴琼，她什么都愿意做，包括牺牲自己的生命。话可以这样说，誓言也可以这样发。但是，尽管为了吴琼她什么都愿意做，有些事却不能做。如果做了，说是为了吴琼，却是背叛了吴琼；说是为了挽救吴琼，却是伤害了吴琼；说是为吴琼开辟了一条路，却是在吴琼的心口窝上扎了一刀。

世界上，真有如此对立、如此矛盾、如此两难的事情。

可是，不做又怎么办呢？难道眼睁睁地看着吴琼在泥沼里挣扎，在深潭里窒息，在死亡线上抽搐吗？

如果……假如存在这个如果……如果吴琼需要她去做呢？如果吴琼要求她去做呢？

她能拒绝吗？

她可以不拒绝，但是她也绝不能自己开口提出这件事。

她没有权利，她是属于吴琼的。

他们在同一个路口徘徊，却谁也不能靠近谁。

他们在捕捉着同一条生机，又都知道需要两人同心协力才能成功，却谁也不能奋勇向前。

两个如此相爱的人，两颗心却是离得这样远。

罗笑说话了，她的声音很小，很弱，像是在自言自语："我要是不从巫溪镇出来，就嫁给那个乡长的儿子了……是我妈把我卖掉的，我妈卖我的时候，大概也很为难……可是她……她还是把我卖了，卖得还挺坚决……"

吴琼在努力捕捉着罗笑的每一个字，努力解读着隐含在字里行间的密码：你妈卖你，她有这个权利，可是我没有……你妈为什么有这个权利呢？我为什么没有呢？那么，你自己有没有卖自己的权利呢？

罗笑还在喃喃地自语："我有一个表妹，在北京，也是离家出走的，她高中毕业，长得非常漂亮……她把自己卖了，是零着卖，有时候三百，有时候五百……卖了好多次，也卖了好多钱……我曾经问她，卖自己是什么感觉？她说，她是怀着深仇大恨在卖自己的……她卖的时候，买她的人说一句甜言蜜语，她心里就骂一句：操你妈！买她的人做一下，她就数一个数，她数的是钱：一元两元三元四元……”

吴琼突然心里砰的一下，似乎是什么东西炸开了。

深仇大恨，对，是深仇大恨。要你的钱，还要对你充满了仇恨，这叫作恨谁偷谁，谁给钱恨谁。生活当中有许多事情都是反着的，正面看是骷髅，翻过来就兴许是美女；正面看是悬崖峭壁，翻过来兴许就是通衢大道。

吴琼像是自己跟自己下了决心：“要不……操他姓周的妈！”

罗笑紧紧追赶着吴琼的决心：“你是说……”

吴琼的语气低了下来：“我能说什么呢？决心得你下。”

罗笑的声调颤抖起来：“我听你的……”

吴琼说：“睡吧。”

罗笑翻了个身，朝吴琼的身边凑了凑。

吴琼说：“要不……给姓周的那王八蛋打个电话？”

罗笑突然严肃起来：“吴琼，有一句话，埋在我肚子里一年多了，我一直想问你，一直不敢……”

吴琼说：“有什么话你就说吧。”

罗笑问：“你想娶我吗？”

吴琼说：“你难道怀疑这个吗？不想娶你，我为什么要跟陈秀兰闹离婚？不想娶你，我为什么从家里搬出来跟你同居？不想娶你，我为什么要借债办这个公司？”

罗笑说：“可……可你一直没说。”

吴琼说：“还用说吗？我的行动已经证明了一切。”

罗笑趴在吴琼的身上，呜呜地哭了起来。

吴琼慌了：“你怎么了？怎么了？”

罗笑哭着说：“我……我……你知道我……我多么盼望着能嫁给你……能成为你的妻子……你能娶了我……我什么都是你的……就是为你去死，我都心甘情愿……”

吴琼被感动了，将罗笑紧紧地搂在了怀里……

二十三

罗笑回来的时候，吴琼还没起床。他看了看表，早晨七点钟刚过。这一夜，连眼睛都没有闭一下，此刻，他反倒闭上了眼睛。罗笑进来的时候，只是一个模糊的身影。罗笑也没有看他，两个人都没有勇气将目光对在一起了。

罗笑把一个沉甸甸的塑料包扔在床头上，然后便匆匆地进了卫生间。

吴琼没有碰那个塑料包，不是没有勇气，而是不想碰。那是一包罪恶，一包耻辱，一包丑恶。

卫生间里响起了哗哗的流水声，是罗笑在洗。也是在洗着罪恶，洗着耻辱，洗着丑恶。

他不知道罗笑从卫生间出来的时候，他将如何面对她。他怕看见她，很怕。他腾地爬起床，急急穿上衣服，牙没刷，脸没洗，逃跑似的往门外走。临出门的时候，又觉得不妥，给罗笑留了个条子，说他出去办事。办什么事没有说，他自己也说不上来要办什么事。

他骑着自行车漫无目的地走着，再一次来到了长江边。他把自行车支好，坐在江岸上，默默看着滔滔东流的江水，听着江面上轮船汽笛的长鸣。不远处，有一个人在看书，他没有在意。他对周围的一切都不在意，似乎他独身处在一个外星世界中。他听不懂别人的话语，不熟悉别人的面孔，一种巨大的陌生感把他彻底地孤立起来……

BP 机突然响了起来，吴琼取下来一看，是陈秀兰在呼他。鬼使神差，陈秀兰找他干什么？

自从陈秀兰跟他吵翻以后，两个人便像一对不共戴天的仇人，总是回避着见面，连个电话都没有通过。一年多了，怎么陈秀兰向他抛出了氢气球呢？还没容他多想，BP 机又叫了起来，还是陈秀兰。怎么了？出了什么事？

他骑着自行车，找到一个公用电话，陈秀兰听到他的声音，便哭了起来："丹丹……丹丹她……"

吴琼脑袋轰地大了，急着说：“怎么了？丹丹怎么了?”

陈秀兰哭着说：“她……她从滑梯上摔了下来……”

吴琼问：“现在在哪儿?”

陈秀兰说：“在……在人民医院……”

吴琼啪地撂下电话，蹬起自行车就往人民医院奔去。

丹丹摔断的是胳膊，疼得她小脸蜡黄，眼泪断珠般地往下流，可是还努力坚持着不哭出声来。

吴琼将丹丹抱在怀里，心里像被蝎子蜇了一样，火辣辣地疼。他抱着丹丹楼上楼下地跑着，挂号、开单、交费、照透视、验血……陈秀兰在后面紧紧地跟着他，寸步不离。这时候，两个人完全忘记了他们之间的恩怨情仇，像一对正常的夫妻那样，慌里慌张，又配合紧凑。在一张小床上，两个人同时伏在女儿的身上，同时为女儿擦汗抹泪，同时询问安慰着女儿。

吴琼对陈秀兰说：“恐怕要做手术，我身上没带钱，你在这儿守着她一会儿，我去取钱。”

陈秀兰说：“不用了，我带着钱呢。”

吴琼说：“那你去给她买支冰激凌吧，她渴了。”

陈秀兰顺从地去了，回来的时候，除了给丹丹买来冰激凌，还给吴琼带回来一杯冰镇雪碧。吴琼想说不渴，又怕拂了陈秀兰的好意，便接过来，顺便看了她一眼，表示了谢意。

丹丹被推进了手术室，两个人坐在手术室外的长凳上等候着。陈秀兰看了一眼吴琼，犹豫了一下，掏出手帕，轻声说：“你脸上有一块脏。”

吴琼接过手帕擦了擦，问：“还有吗?”

陈秀兰说：“没擦掉，来。”

说着，陈秀兰把手帕要过来，到卫生间把手帕沾湿，帮助吴琼擦起了脸。陈秀兰靠近他的时候，那股熟悉的体味竟让吴琼有些紧张，甚至还有几分心跳。

坐下来，两个人很自然地便谈起了孩子。

吴琼问：“丹丹还背诗吗?”

陈秀兰说："还背，你给她做的那些卡片上的诗，她一首都没忘，我又教了她十几首新的。"

吴琼关切地问："你总不上夜班，单位没有意见吗？"

陈秀兰说："单位领导知道我要带丹丹，都挺照顾我的。"

吴琼说："奖金少了吧？"

陈秀兰："比别人是少了一点儿，不过最近我们承包了，比我原来拿到的还多一些。"

吴琼说："丹丹的医疗费你们还能报吗？"

陈秀兰："不知道，不报就不报吧。"

两个人谈着丹丹，倒也不觉得怎么尴尬，时间也过得快些。丹丹从手术室出来的时候，小胳膊上已经打了石膏，脖子上挂上了吊带。由于做了局部麻醉，她没有觉出怎么痛苦。

医生说，丹丹的断骨接好了，回家里养着就行了，不需要住院。于是，吴琼抱着丹丹，打了一辆"麻木"（即人力三轮车）回家。陈秀兰骑着吴琼那辆自行车跟在后面。

已经是中午了，丹丹自然饿了，吴琼和陈秀兰也该吃午饭了。

陈秀兰说："有现成的饭，我再烧两个菜吧。"

吴琼随意地说："吃点儿剩的就行了。"

陈秀兰到厨房里去炒菜，吴琼陪着丹丹在床上坐着。

丹丹打的麻药还没有完全失去作用，晕晕乎乎地睡着了。

吴琼朝四周打量着，一切都是老样子，连每件家具摆放的位置都没有变。然而，吴琼毕竟一年多没有回家了，这熟悉的一切他却觉得非常陌生，甚至有一种在别人家做客的礼貌，不乱走动，不乱观看，更不乱动手。

陈秀兰已经把饭菜弄好了，摆在客厅里那张小餐桌上。吴琼坐下来，发现桌边还摆着一只酒杯和大半瓶酒。酒是白云边，显然是吴琼离家之前喝剩下的，他记不起来了。

吴琼有几分拘谨，等着陈秀兰坐下来一起用餐。

陈秀兰站在桌边没动，犹豫了一下说："你要是能陪陪丹丹，我想去上班。"

吴琼问："你没请假吗？"

陈秀兰说："我是在班上接到幼儿园打来的电话的，没来得及请假，临时请杨姐替我一下，杨姐已经上了一个大早班了。"

吴琼说："那你吃点儿东西，快去吧。"

陈秀兰说："我不吃了，我不饿。"

吴琼不由得提高了声音："你折腾半天了，不吃点儿东西怎么行？快坐下吃。"

说完这句话，吴琼自己首先愣住了，这种批评、训斥夹杂着命令的语言，只有在夫妻和最亲近的人中间才能使用，而这表面上生硬甚或粗暴的语态中却埋藏着无限的亲情和深深的关爱。他和陈秀兰还是这种关系吗？

陈秀兰草草扒拉几口饭就走了，餐桌上只剩下了吴琼一个人。他一个人慢慢地自斟自饮着，一种久违的坐享其成的感觉又回到了他的身上。老实说，他跟陈秀兰之间并不平等，从来就没有平等过。他在家里，向来是衣来伸手饭来张口，陈秀兰把他伺候得非常周到。更可贵的是，陈秀兰对他的伺候完全是心甘情愿的，从来不觉得委屈，不觉得不平等。就是在两个人吵架的时候，陈秀兰也没有把这个作为理由来控诉他。在陈秀兰看来，中国绝大多数家庭都是这样的，女人操持家务是责任也是权利，这没有什么不公平的。要说不公平，也是老祖宗留下来的，她不想改变，也没有改变的必要。

吴琼喝着酒想，凭良心说，作为一个妻子，陈秀兰还有哪儿让你不满意的呢？她难道不是一个典型的、传统的贤妻良母吗？

二十四

陈秀兰让杨姐替了一班，晚上她又把那个班给杨姐补上了。等她下班回家的时候，已经深夜十一点了。

吴琼一直也没有离开家，他一直在陪着丹丹。陈秀兰回家的时候，吴琼已经脱了衣服，在大床上搂着丹丹睡下了。陈秀兰犹豫了一下，睡在了丹丹的小床上。

第二天一早，吴琼和丹丹醒来的时候，陈秀兰已经上班了。餐桌上，放着一锅煮好的奶和几个从外面买来的面窝窝。吴琼喜欢吃面窝窝，陈秀兰知道。

直到晚上陈秀兰下班以后，吴琼才离开家。

他已经两天一夜没有见到罗笑了，自从两个人同居以来，他们还没有分开过这么长时间。更让吴琼感到不安和愧疚的是，这两天一夜之中，他居然连个电话都没有打给罗笑。在陪伴女儿的时间里，他曾经几次想到过罗笑。可是，不知道为什么，他那思维的触角刚一伸向罗笑，便像被电击了一下似的缩了回去。

人是有回避的本能的。

他开了门，屋子里黑黑的，罗笑呢？他的心跳起来。

他摸着黑拉开灯，客厅办公桌前的人影吓了他一跳。是罗笑，她默默地坐在黑暗里。灯光晃了她的眼睛，她低下了头。

吴琼问："你怎么不开灯？"

罗笑没说话，她大概已经在这办公桌前坐了很久了，连思维和语言都被风干了。

吴琼关切地走到她面前，摸了摸她的头："不舒服吗？"

罗笑把他的手挡开了。

吴琼又问："你吃饭了吗？"

罗笑依旧没有说话。

吴琼坐在了她面前，郑重地说："丹丹的胳膊摔伤了，送进了医院……"

罗笑惊愕地抬起头来，看着吴琼。

吴琼说："现在没事了，做了手术，打了石膏，医生说过些天就能拆去石膏……"

罗笑说："你怎么不告诉我一声？"

吴琼歉疚地说："事情太紧急，来不及了。"

罗笑没说什么，站起身挪到吴琼的身边，像一只受了委屈的小动物一样偎在了吴琼的怀里。吴琼轻轻地搂着她，用鼻子嗅着她的头发，又用牙齿轻轻地咬着她的耳垂儿。罗笑把手伸进他的衣襟里，在他的胸上抚摸着、寻找着。两个人的动作逐渐地大了起来，不知不觉的，一堆多余的衣服累赘般地脱落在地下，两个热烘烘的躯体纠缠着、移动着，很快便非常默契地挪到了床上。

两只野兽在残忍地搏斗，用牙齿，用舌头，用四肢，用整个紧绷的躯体和焦灼的灵魂。这是一种欲望的搏斗，是一种勇猛的进攻和无畏的牺牲。他们都渴望战胜对方，拼尽每一个细胞中潜藏的一点一滴的能量；他们又都渴望被对方战胜，被对方的尖牙利爪撕得鲜血淋淋，被对方的倾盆大口囫囵吞下，被对方连骨带肉地全部消化吸收，使自己的肉体和灵魂变成营养，无条件地融进对方的躯体和灵魂之中。如果说，爱是奉献，那么性爱便是一种渴望，一种被对方吞食并完全化为对方的渴望；性爱还是一种奋不顾身的牺牲，一种为了填充对方的欲海使自己化为虚无的牺牲……

男女之间，无论有多么深的沟壑和隔膜，圣床便是他们金风玉露一相逢的鹊桥。

一切都复归于平静，野渡无人舟自横，香汗淋漓后冬眠般的歇息，欲海落潮后梦呓般的呢喃，还有放松，一种肉体和灵魂绝对的放松，甚至是一种酒后吐真言式的无所顾忌。

吴琼突然说："他怎么样？"

罗笑说："咱不事先有约吗？这件事过去以后谁也不许提它。"

吴琼说："咱又不是翻老账，权当是闲聊嘛。"

罗笑说："你想知道什么？"

吴琼说："他跟你说了许多甜言蜜语吧？"

"那还用说，男人都一样。"

"都说了些什么？"

"我一句都没有记住。"

"你跟他笑了吗？"

"什么时候？"

"干的时候，你干的时候是很喜欢笑的，你跟他笑了吗？"

"我忘了。"

"不会吧？"

“人家给了钱，我不能给人家一个冷屁股吧？”

“那他呢？”

“说实在的，他还是很会讨女人喜欢的。”

“这么说，你们做得还是很愉快的？”

“你还有完没完？”

吴琼不说话了。

罗笑明显地感觉到，吴琼搂着她的手放松了，似乎在暗示罗笑，他想睡了。鬼才信，你睡得着吗？

罗笑摇了摇他的肩膀。

吴琼唔了一声。

罗笑问：“吴琼，你还娶我吗？”

吴琼说：“你问这个干吗？”

罗笑说：“我就想问问你，你还娶我吗？”

吴琼说：“我不是早就跟你说过了吗？”

罗笑说：“我现在要重新听你说。”

吴琼说：“我什么时候说不娶你了？”

罗笑说：“我真怕……”

吴琼把她的身子揽过来，轻轻地拍打着她，让她安静下来……

二十五

晚上，陈秀兰下了班，吴琼要离开家，丹丹却不让他走。吴琼惊喜地发现，丹丹越来越有心眼儿了。她似乎完全知道他和她母亲之间的矛盾，也完全知道她将要失去父亲或母亲。她以一个幼儿的智慧和与生俱来的才干，在竭力地挽救着这个摇摇欲坠的家。

说孩子是家庭的黏合剂，固然有理。但是如果这个家庭有一个天使般的女孩儿，便等于为夫妻俩买了双份的保险。

丹丹用那只健康的手拉着吴琼，一句话都不说，噘着花骨朵般的小嘴，豆粒大的眼泪一颗一颗地往下掉。看到心爱的女儿如此痛心，纵然父亲有一副铁石心肠，也会被女儿的眼泪融化。

吴琼动摇了。丹丹又缠着他看电视、讲故事、教诗词……没完没了，一时一刻也不让吴琼分心。看来她是要下决心将爸爸牢牢地拴在家里，拴在她身边了。

一家三口在一个桌上吃饭，丹丹的右臂打着石膏，妈妈要喂她，她偏要让爸爸喂。妈妈说，爸爸要喝酒，她又调皮地往爸爸的嘴里扔花生米。爸爸张着嘴接着，她故意扔在外面，又罚爸爸学猫叫。爸爸叫了，她又逗妈妈笑。一家人欢欢乐乐，热热闹闹，其乐无穷。谁见了，都会觉得这是一个非常幸福融洽的爱巢。

不知不觉地，吴琼在家里已经待了一个星期。他开始想念罗笑了，罗笑肯定对他有怨言了。想起罗笑，他的心还一阵一阵地刺痛。这刺痛又化作一股强烈的仇恨，他想杀人。有一次，他跟一个土家族朋友开玩笑，说土家族野蛮。那个土家族的朋友说："其实我们也算不得野蛮，就是我们土家族的男人每年有五个杀人的指标，往往完不成。"现在，他常常想起这个玩笑，他真希望找到一个杀人的指标。他要杀掉周建强这个狗日的。有生以来，他第一次有了仇人的意识和仇人的感觉。他的手指常常下意识地做出一个扣动手枪扳机的动作，对着假想中的周建强。

这天轮到陈秀兰休息，一大早他就跑了出来。一个星期了，没见罗笑也行了，现在见罗笑的念头一动，便心急火燎，迫不及待了。从他家到徐家元家，不过是二十分钟的路，他却赶得头上冒了汗。上了楼，他才发现自己没带钥匙。他敲了两下门，开门的却是徐家元。徐家元围着一条围裙，手里端着锅，正在做早点。徐家元从来是不下厨的，今儿怎么了？

吴琼惊奇地问："你什么时候回来的，怎么也不打声招呼？"

徐家元说："我回来三天了，天天想找你，就是见不着你的影。"

吴琼说："你不会给我家打电话吗？"

这回该轮到徐家元奇怪了："你搬回家了？那罗笑呢？"

吴琼更是一惊："罗笑没在这儿？"

吴琼说着进了屋，先是推开了他和罗笑的那间屋门。那张双人床收拾得整整齐齐，叠好的被子上盖着一块塑料布。拉开那折叠式的小衣柜，里面罗笑的衣服一件也不见了。吴琼又朝徐家元住的房间迈去，端着锅的徐家元急忙用身子挡在了门口。这时候，门开了，一个穿着睡衣、披散着头发的姑娘出来了。见到吴琼，睡意蒙眬地笑了笑，露出了几分尴尬和羞涩。徐家元忙介绍说："这是毛毛，我们在火车上认识的。"

吴琼急忙朝后退了退，冲毛毛点了点头。

毛毛又冲他笑了笑，进了卫生间。

吴琼无心管徐家元的闲事，急不可待地问："你回来的时候罗笑就不在了？"

徐家元说："是呀，我还以为你们两个人出差了呢。"

吴琼说："她也没留下个条子什么的？"

徐家元说："没有，我还特意找了半天。"

吴琼茫然了。

徐家元问："出了什么事？你们两个没在一起？"

吴琼愣愣地发呆，他怎么跟徐家元说呢？

罗笑走了，连个招呼都没有打，她到哪儿去了呢？莫非又进了周建强的珞南大酒店？

吴琼悔得肠子都青了。这一个星期以来，他也做得太绝情了，怎么就不来看看罗笑呢？女儿不让你离开家，你就真的离不开吗？至少，白天来不了，夜里女儿睡着了你总可以来吧？为什么，他为什么不想来见罗笑呢？

罗笑是个聪明的姑娘，她肯定看出了吴琼的心思。

吴琼骑着自行车奔向珞南大酒店，他不愿意去找周建强。此生此世，他再也不愿意看见周建强，除非有了杀人的指标。

在珞南大酒店对面的一个公用电话旁，他给罗笑的好朋友夏雪打了一个电话。夏雪还在餐厅当领班，罗笑要是进了珞南大酒店，夏雪肯定会知道的。可是前来接电话的夏雪却说没有见到罗笑，她说得很认真，还有几分焦急。吴琼绝望地放下了电话。

罗笑啊罗笑，你在哪儿呢？

二十六

两个多星期了，吴琼几乎跑遍了武汉三镇，到处找罗笑，可是连罗笑的影子都没有找到。

越是表面强壮的男人内心越像玻璃般地脆弱，吴琼的心理承受能力并不强。在失去罗笑的每时每刻，他都被一种焦灼的情绪苦煎苦熬着。他骑着自行车，孤魂野鬼似的到处转悠。在来来往往的人流中，他经常一惊一乍地发现罗笑的身影，常常忍不住脱口喊出罗笑的名字。当他发现自己认错了人的时候，也并不觉得怎么尴尬。找到罗笑就是他的一切，其他都无所顾忌了。

丹丹还是要顾及的。幸亏有丹丹，要不这漫长的日日夜夜他真不知道是否能挨得过去。

丹丹明天要到医院去拆石膏，吴琼原想自己带丹丹去就行了，可是陈秀兰还是请了假。他没说什么，可怜天下父母心。一大早，一家三口准备去医院，丹丹却让吴琼把她的储钱罐递给她。吴琼问她干什么，丹丹反而问他："你说今天是什么日子？"

吴琼随口说："今天是丹丹康复的日子呀。"

丹丹说："不对，这不算，你再猜。"

吴琼说："再猜……啊，今天是几号？"

丹丹噘着小嘴叫起来："唉呀，你连今天几号都不知道，怎么猜呀？妈妈，你告诉他。"

在父女俩斗嘴的时候，陈秀兰一直站在一边抿着嘴微笑着，一种天伦之乐的幸福和满足洋溢在她那愁云密布的脸上。

吴琼不由得看了看陈秀兰。

陈秀兰说："今天是六月十二日，还猜不着吗？"

吴琼依然丈二和尚摸不着头脑。

丹丹说："你要是把我的生日给忘了，我就再也不理你了。"

吴琼说："今天是你的生日？不对呀，你的生日是四月……"

丹丹说："不是我的生日，还不是别人的生日吗？"

吴琼问："那是谁的生日？"

丹丹说："是大笨猪的生日！"

吴琼一下子想起来了，他真的不是故意的，整天失魂落魄的他，能记住自己的生日吗？

丹丹举着储钱罐说："今天给你过生日，我请客。"

吴琼感动了："请我什么呀？"

丹丹说："请你去麦当劳，妈妈作陪。"

吴琼把女儿抱起来，亲了亲她那娇嫩的脸蛋儿，眼泪差点儿流下来……

一家三口从医院出来，径直去了麦当劳。

吴琼是抱着丹丹进去的，进了门丹丹却从吴琼的身上爬下来，小主人似的拉着吴琼的手朝售货台走去。麦当劳是孩子们的文明世界，成年人到了这里就成了乡下人。

吴琼被丹丹拉着来到售货台前，陈秀兰紧紧地跟在吴琼的身边。

丹丹非常内行地问："爸爸，你是要麦香鸡还是要麦香鱼？不不，我给你买一个巨无霸吧，你就是巨无霸，天下第一！你要奶昔吗？是要苹果派还是要菠萝派？"

吴琼说："别管我，你爱吃什么就要什么吧。"

丹丹说："今天是你的生日。当然得听你的了，你先要，妈妈再要，我最后要……阿姨，先给我爸爸一杯大可乐，加冰的；给妈妈一个冰激凌，草莓的；给我一份土豆条，要大包……"

自从吴琼站在这个售货台前，他的脸上就有一种灼痛感，像是被烛光烧烤，又像被针芒刺灸。女儿喋喋不休地缠着他，这种感觉就被湮没了。现在女儿开始点食谱了，他便自然地抬起头来。这一抬头，他差点儿失声叫出来。两只眼睛在看着他，他感觉到了那是两团燃烧的火焰。一时间，他想迎上前去，又想转身逃跑，他都没有做到，只是泥塑般地站在那儿，张了张嘴，没出声，连目光也胆怯地收了回来。

丹丹还在点着食谱："你们这儿有蜡烛吗？我一会儿给爸爸点一支《祝你生日快乐》的曲子行吗？"

没听到站在售货台里面的罗笑说什么，他再也受不了了，转身出去了。

丹丹一回头，不见了爸爸，问妈妈：“爸爸哪儿去了？”

陈秀兰说：“爸爸去占座位了。”

丹丹说：“在这儿根本不用占座位。”

陈秀兰说：“好了，还要什么，快告诉阿姨。”

这时候，吴琼已经站在了大门外面，他想透过玻璃窗，看看里面的罗笑，可他没有勇气……

第二天上午十点钟，他估计麦当劳已经开门营业的时候，便打电话找罗笑，接电话的小姐说：“对不起，我们这儿规定，员工上班时间不许接电话。”

吴琼无奈，骑着自行车去了麦当劳。

罗笑没在，他问别的小姐，都说不知道。

于是，他厚着脸皮去找经理。

经理说，罗笑小姐昨天已经辞职了。

吴琼傻了。

在以后的日子里，吴琼当然还在千方百计地找罗笑，可是谈何容易？

徐家元的家他还去，可是他不在那儿住了。理由是那个叫毛毛的姑娘太现代，当着吴琼的面就偎在徐家元的怀里撒娇起腻。更有甚者，那姑娘还有一种裸癖，总喜欢光着身子在房间里走来走去，大白天的也一丝不挂，吴琼无意中就碰上过两次。

当然，吴琼不在徐家元的家里住了，这不是唯一的理由。

吴琼来到徐家元家就是为了喝酒，不管徐家元陪不陪他喝，他自己都要喝个酩酊大醉。他只有用酒精才能麻醉自己那种失魂落魄的焦灼。

有一天，徐家元带来一个好消息，他知道了罗笑的下落。

徐家元说他碰上苏牧了，他那个电视剧《椰岛情仇》要开机了。“谁投的资？”“你还记得咱上次去海南的时候，苏牧建议咱到三亚找那个旅游局副局长的朋友，你不同意，回来了。苏牧后来自己到了三亚，投资商就是那个旅游局副局长帮助拉来的……”

徐家元在说起这件事的时候，充满了无限的遗憾和痛悔。吴琼没有觉得怎么样，他已经不知道后悔了。他该后悔的事太多了，现在则更关心的是罗笑的去向。

徐家元说："由于这笔投资是苏牧拉来的，苏牧便是这个剧的制片人，财权人权都由他掌握。"

吴琼问："这么说，罗笑被他拉进剧组了？"

徐家元点了点头。

吴琼又问："她在剧组干什么？"

徐家元说："演女二号。"

吴琼惊异起来："演女二号？她行吗？"

徐家元说："苏牧说她行，并且说保证让她一炮打红……"

吴琼心里不由得悸动起来。

二十七

吴琼为了寻找罗笑，历尽了千辛万苦，实在不易。

正是春节过后，波及全国各大城市的民工潮铺天盖地，主要铁路干线都在超负荷地运载。吴琼没有买到去湛江的火车票，只好取路广州。他急切地要见到罗笑，一股焦灼的烈火每时每刻都在炙烤着他的心尖。他没有买卧铺，只走后门买了一张硬座的票。一是卧铺实在难买，他等不及了；再是他没有钱，他东拼西凑的那点儿盘缠只够到海南的。

硬座车厢挤得像沙丁鱼罐头，连厕所里、过道里都站满了人。有的人实在站不住了，竟然将脑袋钻进别人的座位底下躺下了。每一个座位底下都是一个垃圾堆，果皮、甘蔗渣、剩饭、包装纸还有人的排泄物。占据了一个座位就好像夺取了一个山头，是拼死拼活也不能让出来的。吴琼是幸运的，有了一个座位，而且还靠着窗户。这样他就被牢牢地固定在那个座位上了。困了，他不敢睡，也睡不着，心里装着那团火能睡得着吗？饿了，渴了，既不敢买面包也不敢买水，只隔着车窗买甘蔗。甘蔗含水含糖，既解渴又解饿。他不敢吃不敢喝是怕上厕所，只要他一离开，那座位就立刻会被别人抢占。有些人实在憋不住了也不愿意去厕所，厕所也被乘客占领了，没办法只好偷偷地将尿尿在车厢里，又顺着车厢流到座位底下，流到躺在底下的人的身上和头上。就是势态没这么严重吴琼也吃不下，恋火烧心啊……

到了广州他又搭汽车。为了省十几元钱，他不敢买那种人人有座位的豪华型大巴，只好搭乘依然挤挤摞摞的小巴。不到二十个座位的小巴居然挤了四十多个人。这回吴琼便没有那么幸运了，他没有座位，站着又直不起腰来，把身子弯成四十五度，大脑袋都伸出了车外。车外，尘土飞扬，烟雾弥漫，将他的鼻子眼睛都糊抹得变了形。那老掉了牙的小巴还经常出故障，一停下来就要修个把钟头。就这样走走停停，磨磨蹭蹭，三十多个钟头才到达湛江。这三十多个钟头之中，吴琼连根甘蔗都没有吃，连腰都没有直。吴琼想，人真是个坚韧的动物，平时连想都想不出来的苦难，居然也都忍受下来了。

从湛江过海，又从海口乘汽车，条件好了一些。可是吴琼却马不停蹄，四天三夜，连个旅馆也没住，连顿正经饭也没吃。

就这样，当他找到《椰海情仇》剧组的时候，已经变成了另外一个人：衣衫肮脏，臭气熏人，胡子拉碴，满面黢黑，颧骨高突，眼窝深陷，身子摇摇晃晃，似乎随时都有可能倒下去。唯一证明他还有点儿身份的，是他手里提着一个很时髦的密码箱，这是他们办公司时留下的纪念品。

罗笑见到他的时候，并没有感到多少惊讶，相反，倒是吴琼险些认不出罗笑了。

罗笑一身玫瑰色的背带长裙，袒胸露背，长发高高地绾在头顶上，脖子上戴着宝石项链，浓妆艳抹，眉毛画得又弯又细，眼睛勾得又大又圆，嘴唇涂得鲜红若霞，亭亭玉立，气质逼人，整个一个优雅超凡的贵夫人气派。

跟两年多以前的巫溪镇邂逅时相比，两个人彻底对换了角色：罗笑成了一个大都市里无比优越的时髦女郎，吴琼成了从乡下到城里来谋生的流浪汉。

当吴琼找到剧组居住地的时候，提出要找罗笑，几个场工还以为他是个不知天高地厚的追星族，差点儿把他打出去。幸亏苏牧出来，认出了他。苏牧不但把罗笑叫了出来，还塞给罗笑一把某宾馆的钥匙，那是苏牧为了修改剧本专门订的房间。

那个宾馆离剧组的居住地还有点儿远，罗笑打了一辆TAXI，将吴琼让进了车，自己却坐在了前面的座位上。这让吴琼非常不快，他没敢表现出来，毕竟找到了她，这比什么都重要。一路无话，一个不想说，一个没话可说。

进了宾馆，罗笑说："你先洗洗吧。"

在艰苦卓绝的旅途中，吴琼一直在想象着与罗笑见面时的情形。他肯定会紧紧地抱着罗笑大哭一场，将这些天来的思念、担忧、焦灼、盼望淋漓尽致地发泄出来。即使在大庭广众面前他也要这样做，他不怕，他什么都不怕了。没想到，他们见面时却陌生得如同路人，客气得像是外交官。两个人在一辆汽车上却无话可说，两个人在同一个房间里却拘束得无所适从。

吴琼听了罗笑的话，进了卫生间。他在卫生间里洗了很长时间，还刮了胡子、刷了牙。收拾得干干净净之后，他本来想就这样赤身裸体地出来的，在他们同居的时候他总是这样一丝不挂的。可是不知为什么，临出门的时候他还是围上了一条浴巾。罗笑靠着窗子朝外面看着什么，听见卫生间的门响也没有回过头来。吴琼兴致勃勃地走过去，从后面把她搂住了。

罗笑轻轻地推开了他，笑着说："您饿坏了吧，换上衣服咱去吃饭。"

吴琼没有勉强，打开密码箱取要换的衣服。就在吴琼要把腰间的浴巾扯下来换衣服的时候，罗笑却钻进了卫生间。吴琼心里更加不舒服，他追过去，拉开卫生间的门，见罗笑正替他洗着换下来的脏衣服。本来要抱怨一下，却又无话可说了。

吃完饭以后，罗笑将吴琼送回宾馆，却不上楼。

吴琼不满地问："你不跟我住在一起吗？"

罗笑说："我晚上还得拍戏。"

吴琼说："拍完戏你也不来吗？"

罗笑说："拍完戏就很晚了。"

吴琼说："我等着你。"

罗笑说：“你太累了，好好睡一觉吧。”

吴琼说：“你不在，我能睡得着吗？”

罗笑妥协了，说：“这样吧，要是不太晚我就来，行吗？”

吴琼无奈，只好让罗笑走了。

吴琼果然睡不着，尽管他又累又乏，可闭上眼睛看见的就是罗笑。他想睡一会儿，又怕罗笑来了敲门他听不见。他虚掩着门睡觉，又怕有小偷进来。就这样，翻来覆去，迷迷糊糊，折腾了整整一夜。

第二天一早，他便来到了剧组的驻地。

这是一个内部招待所，两层小楼。吴琼不知道罗笑在哪个房间住，便上楼去找。楼道里静悄悄的，连一个人影也没有。楼道拐弯处，放着一个黑板，上面写着这两天要拍的镜头和要上戏的演员。吴琼突然多了个心眼儿，仔细地看了起来。

他突然发现，小黑板上根本就没有罗笑的名字。就是说，这两天没有罗笑要拍的镜头。

这时候，吴琼看见一个大姐正在楼道里打扫卫生，上前问：“大姐，剧组的人还没起床吧？”

大姐说：“早上五点钟就走了，说是拍海上日出的镜头。”

吴琼又问：“昨天夜里他们几点钟回来的？”

大姐说：“昨天夜里没拍戏，不到十点钟制片主任就让大伙儿熄灯睡觉了。”

一股怒火腾地在吴琼心里燃烧起来，罗笑欺骗了他。

吴琼努力镇定着自己，问：“大姐，罗笑在吗？”

大姐说：“要是没她的戏，很可能还在房间睡觉呢！”

吴琼问：“她住在哪个房间？”

大姐说：“二〇七房间，最边上的那间。”

吴琼道了谢，就去敲二〇七房间的门。敲了半天，里面没有人应声，吴琼用手一推，门是虚掩的。

房间里，四张床都是空的。

吴琼转身出来，心想罗笑很可能也跟着去剧组了。有时候，导演会要求没戏的演员照样到场的，特别是对年轻演员更是这样。吴琼又向打扫卫生的大姐打听好了剧组的去向，便出去寻找。

为了省钱，吴琼没打TAXI，而是雇了一辆摩托车。好不容易找到了剧组，罗笑却没在这里。找苏牧，苏牧也不在。一种不祥之兆烟雾般地塞满了他的心胸，这烟雾又跟他心中那股怒火搅和在一起，使他一时间差点儿失控，做出发疯的举动来。

他又来到了剧组的驻地，还是没见到罗笑。

他在剧组驻地附近的小摊上买了一碗汤面，慢慢地吃着，眼睛却一刻也没有离开过那个招待所的大门……

罗笑从他的生活中失踪了半年多，好不容易在数千里之外的三亚找到了她，并且见到了她，没想到她却又脱身逃掉了。

她到哪儿去了呢？是谁把她匿藏起来了呢？

是苏牧，肯定是苏牧。

她跟苏牧在哪儿呢？

在宾馆，肯定在某一个宾馆。

他们在宾馆里干什么呢？

天呀……要真的那样，我非杀了她不可，杀了这个贱货！

吴琼靠在招待所对面马路旁的一棵椰子树上，等待着那不可忍受的一刻的到来。

他想着罗笑，也想着苏牧。

苏牧是罗笑崇拜的偶像，一个女孩子委身于偶像是很容易的事。苏牧是个作家，是个勾搭女孩儿的高手。苏牧勾搭罗笑已经由来已久了：送书给罗笑……把自己的剧本给罗笑……陪他们到海南也是为了罗笑……带着罗笑去看海……这是吴琼最不能容忍的事，带罗笑看海是吴琼向罗笑许的愿，可却让苏牧钻了空子……还有，罗笑到麦当劳，恐怕也是苏牧介绍的，否则罗笑怎么有这路子？让罗笑到剧组来，罗笑是演员吗？多少大腕都争不上这女二号的角色，苏牧却给了罗笑，他下这么大的功夫，花这么大的本钱，到底为了什么？

苏牧，我非宰了你不可，宰了你这个王八蛋！

一辆TAXI开来了，停在了招待所大门前，车里下来的是苏牧。

吴琼立即警觉地直起身，怎么办？接着下来的肯定是罗笑，他应该怎么办，冲上去抓住他们，是骂，是打，是杀了他们？

吴琼的心紧张得都要爆裂了，呼吸都停止了，仇恨的眼睛直直地呆愣着，憋足了劲儿准备着纵身一跃……

他忽然泄了气，那辆TAXI开走了，苏牧手里拿着一个纸盒子，一个人匆匆地走进了招待所。

这么说，罗笑没跟苏牧在一起，那么罗笑在哪儿呢？

二十八

吴琼整整找了一天罗笑，一会儿到剧组去找，一会儿到招待所去等，始终没有见到罗笑的影子。他也问过许多人，没有人知道罗笑的去向。

天黑了，吴琼回到宾馆，用钥匙打开门，猛然发现床上躺着一个人。惊骇之余一看，却是罗笑。

听到开门声，罗笑也醒了。

吴琼强压着怒火问："你到哪儿去了？"

罗笑睡眼蒙眬地说："你还问我，你去哪儿了？"

吴琼说："找你去了，从剧组到招待所，又从招待所到剧组，把我的两条腿都跑断了。"

罗笑问："你找了一天，怎么就不知道回来呢？"

吴琼问："你什么时候来的？"

罗笑说："我早起就来了，等你一天了。"

吴琼懊悔得要哭，他再也不想杀别人了，该杀的是他自己。

罗笑指了指茶几："饿了吧？"

吴琼这才发现，茶几上摆着香蕉、荔枝和两根油条，这无疑是罗笑为他买的早点，看来，他没回来吃，罗笑也饿了一天。真他妈该死，是谁让我们这样互相折磨呢？

罗笑斜歪在床上，睡眼惺忪，头发有些散乱。吴琼心里一阵冲动，把心中积郁已久的恼怒和不快强压下去。

吴琼来到床前，刚要弯下身子吻罗笑，罗笑却直起身来，撑着要下床。

吴琼粗暴地将罗笑搂在怀里，罗笑用力挣脱着。

吴琼顽强地搂住罗笑，将嘴巴压过去。罗笑却扭过脸去，躲避着吴琼。

吴琼扳过罗笑的头，向罗笑伸出野兽般的舌头。罗笑却紧紧地闭着嘴。

吴琼火了，他使劲将罗笑从怀里推开。

罗笑倒在了床上，一声不响地整理了一下被弄乱了的衣裙和头发，站起身来，轻声地说："咱去吃饭吧。"

吴琼没了脾气，一声没吭便跟着罗笑下了楼。

在楼下的餐厅里，罗笑为吴琼点了好几个菜，吴琼却一点儿胃口也没有，不停地喝着冰镇啤酒。

吃完了饭，吴琼想罗笑肯定要告辞了。真要那样，吴琼就立即跟她撕破脸大吵大闹起来。

罗笑却没有走，跟着吴琼上了楼。

进屋以后，两个人依旧无话。

吴琼躺在床上闭目思策，酒精在他心里炽烈地燃烧着。

罗笑却坐在沙发上看起了电视，若无其事。

吴琼沉不住气了："你不走吗？"

罗笑说："今天没我要拍的戏。"

吴琼说："那你今天住在这儿了？"

罗笑说："咱俩该好好谈谈。"

吴琼听到罗笑不走了，却也不急于谈。他起身到卫生间去了。

吴琼从卫生间出来的时候，只穿着一条三角裤衩。他不再避讳罗笑，泡茶倒水，大大方方地在罗笑面前走来走去。

罗笑也进卫生间洗澡去了，吴琼却听见，她进卫生间以后，把门从里面闩上了。

卫生间里哗哗的流水声极大地刺激着吴琼。吴琼认识到，他与罗笑之间的一场战争是不可避免的，无论这场战争如何开始，结局都将会是毁灭性的。

不行，一定要沉住气，要拖延战争的时间，尽可能地修补他们之间的关系。他突然想起一句老年古语：莫吃卯时酒，莫骂酉时妻。吃了卯时酒，昏昏睡到酉；骂了酉时妻，一夜受孤栖。

罗笑从卫生间里出来了，进去的时候穿的是连衣裙，出来的时候依然穿着连衣裙。

见吴琼已经躺下，她也躺在了对面的床上，并拿着遥控器寻找着电视里她要看的节目。

吴琼主动地跳到她的床上，挨着她躺下，罗笑的身子往一边挪了挪。

吴琼伸出手，企图脱下罗笑的连衣裙。罗笑将两只手紧紧地抱在一起，身子扭向一边。

吴琼的手伸进罗笑的连衣裙里面，要扯掉她的乳罩。

罗笑使劲推着吴琼的身子，竭力挣扎着。

吴琼一把将罗笑从床上拉起来，跪在床上，想把她的连衣裙从她的头上脱下来。

罗笑极力弓着身子，本能地保护着自己。

吴琼火了，啪地一巴掌，打在了罗笑的脸上。

罗笑往后趔趄了一下，一只手捂住了脸。

吴琼却傻了。

他看到罗笑一副平静漠然的样子，眼前突然现出了两年前陈秀兰疯狂地抽打他的样子。那时候，他觉得陈秀兰是个泼妇，是一只母老虎。当陈秀兰打完他以后要求他原谅的时候，他只说了一句话："你知道你打掉的是什么吗？是咱夫妻的缘分！"现在，该轮到他要求罗笑原谅了，罗笑会说什么呢？

罗笑什么也没有说，看都没有看吴琼一眼。她似乎在告诉吴琼：你打吧，你打得好，打得对，我该打。

吴琼没有向罗笑道歉，又发疯般地把她搂在怀里。

这一次，罗笑没有逃避，像一只受了伤的小动物一样任吴琼紧紧地搂抱着。

不知道过了多久，吴琼躺下了，像一只泄了气的皮囊。

罗笑依然坐在吴琼的身边，轻轻地抽泣着。

吴琼抚摸着罗笑的后背，温和地问：“罗笑，我从几千里外到海南，你知道为什么吗？”

罗笑说：“你别找我了，我最怕你来找我。”

吴琼问：“为什么？”

罗笑说：“你还问我，你难道自己不知道吗？”

吴琼说：“是的，我伤害过你，可我不是有意的，你就不能原谅我吗？”

罗笑说：“这不是原谅不原谅的事。”

吴琼问：“那是什么？”

罗笑说：“我们俩完了……”

“什么完了？”

“你不会再娶我了。”

“谁告诉你的？”

“你自己的行动已经明明白白地告诉了我。”

“我要是不想娶你，为什么还要千辛万苦地来找你？”

“在你的眼睛里，我已经是一个破女人了，自从我跟周建强的事以后……你变了，你对我全变了。你想装出一副没变的样子，可是你做不到，你……你心里是怎么想的，我都知道……我真后悔，那件事怨我吗？我为什么要那样做？还不是为了你……”

罗笑强忍着委屈，抽抽咽咽地说着。

吴琼心里沉沉的，脸上发起了烧。

罗笑继续情绪激愤地说着：“我知道是我拖累了你，我冒冒失失地跑到武汉，给你添了那么多的麻烦……你下岗、借债、办公司……都是为了我……我欠下了你那么多……你知道我为什么同意卖自己吗？一个女人，连脸都不要了，连一辈子的名声都舍了，干出这伤天害理的事……”

吴琼真诚地劝慰着罗笑：“我知道，你这样做都是为了我。”

罗笑抬高了声音说：“就是为了你！我想，不管别人怎么说我，怎么糟蹋我，怎么误会我，你是相信我的，你是最明白我的心的……我卖身还债，就是要让我们两个爬出泥坑，轻轻松松地过日子……没想到第一个看不起我的就是你……我不怨你，谁都不怨，就怨我太天真、太幼稚、太不了解男人了……”

吴琼抱着罗笑：“罗笑，怨我，该怨我，是我不好，我以后一定好好待你……”

罗笑推着他说：“没有以后了，我们俩没有以后了……”

吴琼说：“你一点儿都不相信我了吗？”

罗笑说：“叫我怎么相信你呢？”

吴琼说：“给我一次机会，好吗？”

罗笑说：“你真要让我相信你，就跟你老婆离婚，名正言顺地娶我……你从家里搬出来的第一天就答应娶我的，我一直等着、盼着，没想到等了一年多，你又回去了，这还叫我怎么相信你呢？”

吴琼说：“是因为丹丹，丹丹的胳膊摔断了，你又不是不知道。”

罗笑说：“那么现在呢？丹丹的胳膊还没有好吗？”

吴琼说：“你总得给我一点儿时间呀。”

罗笑说：“两年了，时间总够用的了。”

吴琼说：“这样吧，罗笑，我这次来就是想跟你商量的，你再等我三个月，就三个月行吗？”

罗笑说：“干吗？”

吴琼说：“三个月以后，我把离婚证拍在你面前，咱俩立刻登记结婚。”

罗笑问：“三个月以后你要是做不到呢？”

吴琼说：“我冲天发誓……”

罗笑说：“我不要你发誓。”

吴琼说：“那好，三个月之后我要是不能娶你，你就再也不用理我了，我也没脸见你了……”

罗笑不作声了。

吴琼替罗笑擦了擦眼泪，又把罗笑搂了过来。

罗笑又把吴琼推开了。

吴琼委屈地说：“咱不是达成协议了吗？”

罗笑说："你什么时候娶我，我什么时候就是你的，现在我是我自己的。"

吴琼的心慢慢地凉了下来……

二十九

吴琼从海南回武汉，到家的时候是下午四点多，陈秀兰没下班，丹丹还在幼儿园。他开门进了屋，见房间里空荡荡的，竟然有一种没着没落的感觉。

他放下密码箱，想干点儿什么，坐在餐桌旁边，却猛然发现那里放着一摞纸，上面方方正正地写着一些字。他集中目光一看，浑身像触了电似的哆嗦了一下。

这是陈秀兰写的一份离婚协议书，大概这份协议书很费了她一些脑筋，写写停停，停停写写，还没有写完。

离婚协议书

我俩结婚十二年，分居近两年，感情已经破裂，向政府申请离婚，协议如下：

一、女儿归女方陈秀兰抚养。

二、房子归女方陈秀兰和女儿居住。

三、男方吴琼可以不负担女儿的抚养费（因他需要到外面租房住）。

四、所有家具及家用电器各分一半，由男方先挑。

五、关于

"关于"后面没有字了，吴琼不知道陈秀兰指的是什么。看了这份离婚协议书，吴琼先是惊愕，继而兴奋，后来竟然激动得不能自制，抓起电话拨通了海南剧组住的招待所的电话。万分幸运的是，罗笑居然在宿舍里。

吴琼将这份协议书迫不及待地念给罗笑听了，罗笑并没有表现出多少兴奋，这让吴琼有点儿扫兴。吴琼忍不住问：“你不高兴吗？”

罗笑说：“这刚是一份协议书的草稿，何况你们现在还没有签字，离真正的离婚证还差十万八千里呢。”

吴琼心里骂了一句：这小婊子怎么变得这么无情无义了，悔不该让她拍什么鸟电视剧，婊子无情，戏子无义……

罗笑在电话里又安慰起了吴琼：“吴琼，不要操之过急，离婚是一件很麻烦的事，你可要沉住气，保重身体……”

吴琼觉得罗笑这些话有点儿假，有点儿言不由衷。

这时候，楼下响起了嘈杂的脚步声，大概是陈秀兰和丹丹回来了。他急忙挂上了电话。

发现外面的防盗门没有锁，丹丹便兴奋地叫了起来：“妈妈，爸爸回来了！爸爸，爸爸，快开门……”

吴琼打开门，丹丹蝴蝶一样扑在吴琼的怀里。后面上来的是陈秀兰，手里提着大包小包从市场采购来的东西。见了吴琼，她的脸有些红。吴琼客气地闪开身，让陈秀兰进门。

吴琼抱着丹丹刚要随着进门，后面咚地响了一声，一个长得粗壮的中年汉子将一个煤气罐从肩上卸下来，微微喘着气。

陈秀兰忙放下手里的东西，给吴琼介绍着：“啊……这是孙师傅……我们一个车组的……”

这时候，吴琼明白陈秀兰的脸为什么有些红了。他忙客气地往屋里让着孙师傅：“请进请进……”

孙师傅眼睛看着吴琼，却对陈秀兰说：“不了，我也得早点儿回去了，煤气罐放在这儿了，你自己安上吧。”

陈秀兰说着客气话：“孙师傅，谢谢你了，连口水都没喝。”

吴琼觉得，这些话好像是专门说给他听的。

孙师傅走了。吴琼放下丹丹，把煤气罐搬进厨房往煤气灶上安装着。

吴琼想到，自从自己搬出家以后，从来没有再给家换过煤气。居家过日子，这自然是男人该干的活儿。那么这两年来，都是孙师傅来给扛煤气罐吗？还有别人吗？

陈秀兰开始洗菜做饭，丹丹缠着他忙个不休，一个小家庭的氛围像光环一样把他罩住了。

电话铃响了，吴琼刚要去接，丹丹却手疾眼快地抢过来："妈妈，你的电话，大概是孙叔叔。"

吴琼心里一震，这个姓孙的要干什么？

陈秀兰挓挲着两只湿漉漉的手接电话，声音很大，示意着没有什么不可告人的秘密话。吴琼故意也高声大嗓地跟丹丹玩闹，表示对这个电话没有什么兴趣。

陈秀兰放下电话，主动跟吴琼说："煤气本和找回的零钱忘记放下了，他打电话说一声。"

吴琼听了，仅仅是鼻子里嗯了一声。

陈秀兰又回到了厨房里。

丹丹说跟小朋友借来一盘《狮子王》的光盘，让吴琼放给她看。吴琼很长时间没有动家里的电器了，刚好 VCD 机又没接好。他手忙脚乱地鼓捣着，怎么也弄不好。不知道为什么，他的眼前总是闪着孙师傅的影子，矮矮的，很粗很壮，他本身就像个煤气罐，人显得很老实，见了吴琼头上冒出了汗，那汗肯定不是因为扛煤气罐……

他妈的，这是怎么了？莫非还吃醋了不成？

三十

入夜，吴琼和陈秀兰又像往常一样，很自然地又睡到了那张双人床上。夫妻间的战争无论从什么地方开始，总是结束在床上。丹丹已经睡着了，两个人都意识到他们将进行一场艰难而又具有决定意义的谈话了。

吴琼还在脑子里结构着谈话的模式和内容，陈秀兰却先开口了。从海南回来后，吴琼便觉得在陈秀兰面前也处于一种被动的局面了，如同在罗笑面前的处处被动一样。一种不祥之兆告诉吴琼，在这场长达两年的战争中，他将是最终的失败者。

陈秀兰在黑暗中说："我写的那份离婚协议书你看到了吧？"

吴琼没言语，他用沉默代替了默认。

陈秀兰说："还没写完，咱还可以商量。"

吴琼还是没有说什么。

陈秀兰说："你不是一直想跟我离婚吗？我拖了你两年了，你累了，我也累了，我现在答应你。"

吴琼依然不知道该说什么。是呀，陈秀兰说得对，他不是一直都想离婚吗？他不是答应罗笑三个月内办好离婚手续吗？他提出离婚的时候是那样坚决，陈秀兰求他，领导劝他，亲朋好友做工作，他都没有动摇，为什么现在反倒犹豫起来了呢？

吴琼突然问了一句："那个孙师傅也是离婚的吗？"

问完了这句话，吴琼自己都觉得奇怪，他怎么关心起孙师傅来了？他心里根本就没想这句话，怎么一下子就冒出来了呢？

陈秀兰说："你提他干什么？人家跟自个儿的老婆过得挺好的。"

吴琼自知说走了嘴，忙往回自圆着："我不过随便问问，没……没什么！"

陈秀兰急赤白脸地说："什么没什么？你肯定贼心烂肺了！我可不像你那样，告诉你，我就是离婚也不再找了，我跟丹丹过得挺好。没有谁地球都转，还转得挺来劲儿。"

吴琼问："你不想找了，为什么要跟我离婚？"

陈秀兰说："不是你要离的吗？"

吴琼又说了一句傻话，这不是自找挨堵吗？

陈秀兰说："我现在成全你，行了吧？"

吴琼感叹地说："你有点儿变了。"

陈秀兰说："也许是吧，这两年我想来想去，想通了许多。过去我总觉得，一个女人结了婚就完成了一辈子的大事，就死心塌地地跟男人过日子，就把男人、孩子和这个家看得比天还大。所以怕离婚，怕失去男人、失去孩子、失去家庭。现在我明白了，生活本身才是一辈子的事，有男人活着，没有男人照样要活下去，还得活得更好一些。女人靠什么活着？靠山山倒，靠树树歪，最终还得靠自己……"

吴琼听了陈秀兰的话，竟然被深深地感动了，他心里一阵发热，把陈秀兰的手抓了过来。

陈秀兰的手被吴琼抓住的一刹那，浑身剧烈地震颤了一下。一股巨大的电流穿透了她的全身，心里翻腾起了滚烫的浪头。

吴琼翻了个身，顺势将陈秀兰搂了过来。

陈秀兰温顺地把头埋在吴琼的怀里。

吴琼的心里顿时产生了一种久违了的温柔。

陈秀兰的身子开始抽搐起来，终于，她忍不住哭出了声。

吴琼抚摸着她的后背，无言地安慰着她。

陈秀兰哭得更加厉害了，泪水洇湿了吴琼的胸口。陈秀兰越哭得厉害，越是更加抱紧了吴琼。

吴琼搂抱着哭作一团的陈秀兰，一股莫名其妙的欲望像热浪一样传遍了他的全身。吴琼的手迫切地摸索着、寻找着、撕扯着陈秀兰身上的衣服。

陈秀兰在哭泣中配合着吴琼，两个热烘烘的身子扭动着，很快便把所有的衣服都解脱掉了。陈秀兰突然爆发般地哭了起来，似乎要把这两年来积郁起来的痛苦、仇恨、恼怒和渴望一齐发泄出来。这发泄般的哭号更加刺激了吴琼。吴琼翻过身来，猛烈地回应着陈秀兰的哭声。陈秀兰的哭声逐渐地变成了喊叫，哭和喊纠缠在一起，巨浪般地冲击着吴琼。吴琼兴风作浪，勇往直前，惊涛拍岸。陈秀兰奋不顾身，赴汤蹈火，壮怀激烈……渐渐地，陈秀兰的哭喊声低了下来，由哭号到抽泣，由呐喊到呻吟，一切都复归平静的时候，床上只剩下了两个瘫软的、热汗淋漓的躯体……

夜深了，小床上的丹丹从梦中发出了甜蜜的呓语……

突然，电视机旁边的电话响了起来。

陈秀兰没有动，她依偎在吴琼的怀里，享受着一种极大的满足，她愿意永远这样躺下去。

吴琼拉开床头灯，看了看表，才十一点多一点儿。他下了床，拿起电话。

电话是徐家元打来的，听到吴琼的声音，他就兴奋得叫了起来：

“喂，我说吴琼，你可回来了，我都要急死了。”

吴琼问：“什么事呀？”

徐家元说：“我有一个非常好的项目，你快过来咱一块儿商量商量。”

吴琼想到他们过去的合作并不是很愉快，便懒懒地问：“什么项目？先看看我有没有兴趣。”

徐家元说：“你肯定会有兴趣，这是你的老本行，咱俩合伙开一个影楼怎么样？现在是最时髦的朝阳产业……”

吴琼果然不能无动于衷，毕竟他要活着，要干点儿事情，要赚点儿钱，说：“办个影楼至少得十几万，钱从哪儿来？”

徐家元说：“咱可以从银行贷款呀……”

吴琼说：“你以为从银行贷款那么容易吗？”

徐家元说：“我跟一个在银行工作的朋友说好了，可以用我的房屋作为抵押。”

吴琼不作声了，看来徐家元是相当认真的。

徐家元催促着：“怎么样，你有没有兴趣？”

吴琼说：“你等着，我马上去找你……”

三十一

初冬的早晨，阳光灿烂。

在车水马龙的紫阳路大街上，吴琼骑着自行车，横梁的小竹椅上坐着喋喋不休的丹丹。

“爸爸，今天是你来接我，还是妈妈来接我？”

“你愿意让谁来接你？”

“我愿意让你来接。”

“为什么？”

“妈妈还要买菜嘛。”

“可爸爸要是有事呢？”

“爸爸，你能教我一首新诗吗？”

“好吧，爸爸教你……”

吴琼放慢了自行车的速度，将嘴巴对着丹丹的耳朵，一字一句地教起来：十年生死两茫茫，不思量，自难忘……

这句诗刚一出口，吴琼自己先愣住了，怎么教女儿背起了这首诗？见鬼了。

1999年8月12日于桑梓轩

蝉　　蜕

一

临上床的时候，姜平照例要洗澡。厕所里边安了个神州热水器，诚如沈殿霞在电视广告里所说：只须轻轻一摁。鲍佳芹的才干不仅表现在领导岗位上，她把这个家也治理整顿得挺舒适。如果不是个想入非非并野心勃勃的丈夫，他应该知足了。

可惜姜平不是省油的灯。

他一层一层地脱着衣服，每脱一层就有一种轻松之感。脱光了，便觉得彻底解脱了。

莲蓬头喷出的热水浇在他那赤裸的肌肤上，很畅快。他想叫，想跳，耸了耸肩，还是忍住了。他不急着打肥皂，任微烫的水沐浴着他的全身，有如尽情享受着女人那温柔且充满激情的抚摸，一种异常的亢奋在他的血管里奔涌着。

他喜欢水，喜欢水便喜欢裸体。他是在一个山清水秀的小山沟里长大的，那里流传着许多关于水和裸体的故事。水孕育了生命，生命是赤裸的，有了灵魂之后才有了躯体的包装……他又想入非非了。

鲍佳芹推开了门，他那湿淋淋的裸体便整个呈现在她面前，只是缭绕着一层水雾。

她递给他一个彩色塑料罐，沉甸甸的：“用这个。”

他茫然地接过来。

她坦率却并不淫秽地指了指他的身子中间说：“把那儿好好洗一洗。”

然后，关上的门又把他与她隔开了。没看见她的表情，她的表情越来越难以捉摸了。

他钻出水幕，借着昏黄的灯光看了看塑料罐上的文字：龙凤宝液，预防各类性病，能在短时间内杀死艾滋病毒……亏她想得出来。一种说不清的恼怒从他心底升腾起来，他把那宝贝扔进装便纸的网筐里……

尽管姜平是例行公事般地应付着这位名副其实的领导者，鲍佳芹还是获得了极大的满足。每天厮守在一起，她并不怎么想。在他出国的半个月期间，她却每天都在渴望着，很浪。姜平平躺在床上，周身疲软得像抽去了筋骨，抬不起眼皮，想睡，而鲍佳芹却兴犹未尽，并有足够的精力跟他秋后算账。

“你没用吧，对不对？”

“你以为出了趟国，就能把艾滋病带回来？我还没那么下贱。”

“我不是说你一定跟外国娘儿们睡了。你住在饭店里，不盖他们的被子吗？不用他们的浴缸吗？小心不为过嘛，对不对？”

自从鲍佳芹当上了区妇联主任以后，说话便总爱用反问句，并且总爱说对不对。姜平最讨厌她这种装腔作势了。她那个横竖都是的嘴，对不对都让她说了。

“你是几点下的飞机？”鲍佳芹又换了话题。

“六点。”姜平漫不经心地应付着。

“废话！六点钟你都到家了，对不对？”

“那就是五点。”

“五点二十，对不对？”

“也许是吧。”

“公司真的没有人去接你吗？太不像话了，明天我就去找赵钳这个王八蛋。不管怎么说，你是代表公司出去的，总经理到机场去迎接，是最基本的礼节嘛。是不懂，还是装孙子？他眼里也太没人了，对不对？”

“是我没打电话通知人家。”

“为什么？”

“不为什么，我懒得应付那一套繁文缛节。”

“不对吧，肯定是那个小妖精到机场接你去了，对不对？”

“你调查去好了。”

“我到哪里去调查？这是死无对证的事。”

“你不是已经调查过了吗？”

“我调查什么了？”

“在我洗澡的时候，你查看了我的机票，还给机场打了电话。不然，你怎么会那么准确地知道飞机降落的时间？”

电话铃响了，两个人同时被吓了一跳。电话就在卧室门口的三角架上，鲍佳芹噌地从床上爬起来，抢着去接。不知什么时候，她已经把睡衣穿好了。

“肯定是那个小妖精。听到是我接电话，咔嚓就把电话撂了。没人操的浪×！”

姜平想笑。一个堂堂的区妇联主任，提起自己的情敌来，还一口一个小妖精，还像村妇一样地骂脏话。当她穿戴整齐、人模狗样地在台上给同胞们做报告的时候，有谁会相信她还有这么一副嘴脸呢？

电话铃又响了。

鲍佳芹怒冲冲地奔过去，抄起电话，却语调温和地说：“告诉我，你是谁？你要找姜平吗？别有那么多顾虑，我们家没有个人秘密，不必这么鬼鬼祟祟的，对不对？噢，爸爸呀！我没说谁……是，是……”

放下电话，鲍佳芹像一只泄了气的皮球。她狼狈不堪地把自己扔在床上，说：“我爸爸明天让你找他一趟。”

姜平感到一阵少有的快意。他闭上眼睛，很快便睡着了。

二

在去见鲍子芥之前，姜平的脑畔总被一件童年的往事缠绕着，挥之不去。

每到夏天，山沟旁的树干上，总留下许多半透明的蝉蜕。他和棉棉把这些蝉蜕采集下来，卖给药材收购站，再用所得的钱去买书、买笔、买橡皮。可是他和棉棉怎么也不明白，那振翅高飞、长鸣不息的蝉是怎么从那硬壳里蜕出来的呢？那天夜里，他和棉棉提着麻油灯，下决心要解开这个谜。他们依偎在河边的大柳树下，一边用体温互相取着暖，一边耐心地等待着。直等到后半夜，才见一只只的蝉从洞里钻出来，拖着硕大而笨重的身躯，一步步非常艰难地顺着树干爬上去……

第一次来鲍子芥家，他就像蝉一样，拖着硕大而笨重的身躯，一步一步向上爬着，不是爬树干，而是爬楼梯。

平生第一次穿皮鞋，这是棉棉用参加工作第一个月所得的全部工资给他买的。坚硬的鞋后跟敲击着水泥楼梯，那响声让他心惊肉跳。想逃，又逃不脱。

鲍子芥是W市经委主任，德高望重，又威严无比。经委机关里没有谁不怕他，背后都叫他“镇物”。姜平大学毕业以后分配到市经委工作，半年多了，几乎都没有跟鲍子芥单独说过话。有时在楼道里碰上，姜平喊一声鲍主任，都脸红心跳。他真不明白，自己在鲍子芥面前为什么如此卑微怯懦。是有什么把柄被他抓到了，还是被他的职务与威严震慑了？

没想到鲍子芥却主动地找他来了，请他下班以后到他家里去一趟。

来开门的是个姑娘，稍微有点儿胖，也可以称之为丰满。皮肉很白皙，眉眼间透着一股居高临下的天真。谈不上漂亮，却并不让人讨厌。姑娘从上到下地打量着他，看得他有点儿发毛。

“这儿……是鲍主任家吧？”他听出了自己的声音有些颤抖。

“你是姜平吧？我是鲍佳芹，我爸正等着你呢。”

鲍子芥穿着衬衣便裤，脚下踩着一双软底拖鞋。见了姜平，笑眯眯地向他伸出手来。

饭菜都准备好了，忙碌于餐桌与厨房之间的是一位穿着围裙的小保姆。

鲍子芥伸出右手，将姜平往首席上让。仅仅从这个习惯动作上，就能看出作为职业革命家的鲍子芥的影子。而这个神圣的影子马上又被鲍佳芹撕得粉碎：“哎呀，人家姜平刚进门，就把人家往餐桌上让，也不让人家喘口气。”

鲍子芥又立刻扭过身来把姜平往沙发上让：“那好，先坐下喝杯茶。红红，给客人泡茶。”

鲍佳芹又立刻把他的命令否了：“红红你甭管了，我来吧。姜平，喝咖啡好吧？”

姜平发现，鲍子芥在女儿面前半点儿威严也没有，完全是一个慈祥、软弱，甚至毫无主见的长者。这时候姜平才懂得，人原来是长着两副面孔的。

进餐的时候，鲍佳芹依然以主人的身份热情地照顾着姜平：“姜平，你吃菜呀，愣着干什么？”“姜平，把这杯酒干了，我陪你干，怕什么？不就是点儿小辣水吗？”

鲍佳芹一口一个姜平地叫着，似乎他们是早已熟悉的老同学、老朋友、老恋人，今天特意带到家里来见她爸爸的。

被冷落在一边的鲍子芥，一点儿也不气恼，依然是笑眯眯地有滋有味地喝着酒。

“姜平，你别紧张。到我们家你别客气，又没有外人。来，擦擦汗。”鲍佳芹说着，把自己那叠得方方正正的洒着香水的小手帕塞给姜平。

姜平更加不知所措。

终于，鲍子芥笑眯眯地向女儿提出了批评：“佳芹，你怎么能对小姜同志直呼其名呢？你应该叫老师。”

鲍佳芹不服气：“他才比我大几岁呀？”

“老师不论大小，大多少都是老师，是老师就应该尊重。”

“我觉得叫名字更亲切，对吧姜平？”

姜平急忙说：“对对，还是叫名字好。再说我也不是什么老师。”

鲍子芥说：“小姜呀，今天请你来，就是想让佳芹拜你为师的。”

姜平困惑地看着鲍子芥。

鲍子芥解释说：“佳芹在竹边区委工作，眼下看重文凭，正巧市委党校办个经济管理大专班，她想考。你不正是经济管理系毕业的吗？想请你给她补课。”

直到这时候，他才知道鲍子芥请他来的真实用意。可是他哪里知道，这还不是鲍子芥请他来的全部用意。

补课便从那天饭后开始。鲍佳芹把他让入了自己的闺房，并且理直气壮地关上了房门。

他坐在鲍佳芹的梳妆台兼写字台前，鲍佳芹拽过一个小圆凳紧挨在他身边坐下。鲍佳芹那丰满的躯体散发着热腾腾的气息，把他蒸烤得心里像长满了杂草。他努力镇定着自己，聚拢精神为鲍佳芹讲着课。有时候，鲍佳芹站在他身后，把圆滚滚的玉臂架在他的肩头上，看着他为她演算着习题。从她那鲜嫩潮润的嘴唇里呼出的气息烧灼着他的耳根，他感到心灵震颤，浑身躁热。

认识了鲍佳芹并且成了她的家庭老师之后，姜平觉得在自己的生活道路上展开了一片新的天地。这片天地很寥廓、很深广，在前面那举目可见的地平线上，耸立着一座辉煌的殿堂。而抵达殿堂的道路，又是笔直且平坦的。站在这片天地上，再回首看他与棉棉那个小山沟，瘦骨嶙峋的山，青筋暴突的路，像一个可怜亦可笑的弃儿。

每天晚上下班以后，他都要到鲍子芥家里来。当他再在那楼梯上攀登的时候，便不再感到艰辛和恐慌。尽管他依然穿着棉棉为他买的三接头的皮鞋，而鞋后跟敲击水泥楼梯的声响给予他的却是信心和鼓舞。他不再怕鲍子芥这位冷面威严的“镇物”。就是在机关里，他也敢大大方方地推开他办公室的门，脸不红心不跳地向鲍子芥请示或汇报工作。这使他在同行中间大长“行市”，没有人敢再鄙视他。他甚至感觉到不时地有人在向他露出卑贱和阿谀的笑。他觉得自己长高了、长大了，高大得膨胀起来。

棉棉还来找他。跟棉棉在一起的时候，他便觉得自己寒酸猥琐。他没有可口可乐或冰镇咖啡招待棉棉，棉棉也不能把他带入一个散发着温馨与幻想的粉红色的房间里。他总是记不清棉棉是怎么来的，又是怎么走的。她是生气了，还是对自己的变化一无所察？

终于有一天，到了他该决定自己命运的时候了。

鲍佳芹拿到了市委党校的录取通知书，给他打来电话，并且感谢他。

他是捧着一束鲜花敲开鲍家的门的。鲍子芥不在家，那个围着围裙的红红也不在。鲍佳芹穿着一件宽松的蝉翼般透明的太阳裙，那丰腴浑圆的躯体隐约可见。

她接过鲜花，把它放在梳妆台上，她站在他面前，离得很近；紧闭着那鲜嫩潮湿的嘴唇，一句话也不说；两只大眼睛泪汪汪的，燃烧着灼人的火焰。

他读懂了姑娘这神圣的表情。他把她紧紧地搂在怀里，疯狂地吻着她。而后，又以同样的疯狂把她扔在那张粉红色的床上……

他看到那只蝉艰难地爬到树干顶端，把纤细的脚深深地插入树皮里。然后，蠕动着那硕大而笨重的身子，拼尽全力想从那坚硬的外壳中挣脱出来……

三

天时公司的大楼在江北一带是最高的建筑。除了高，便没有什么其他特色，因之也显得平平。

天时公司是市经委创办的。总经理赵钳原是市经委办公室主任，与市经委主任鲍子芥也有着一种特殊的关系。据说在“文化大革命”中，赵钳是鲍子芥的“铁杆保皇派”。鲍子芥官复原职之后，便把赵钳从干校要回来，并委以重任。创办天时公司时，鲍子芥又把赵钳派去任总经理，而姜平则是以经济师的名义被派往天时公司任经营处处长并参加董事会的。

天时公司的董事长是由鲍子芥兼任的。治理整顿的时候，上级要求天时公司与市经委脱钩。钩脱了，鲍子芥那董事长的头衔却没有脱。有两名嫡系在天时公司担任要职，鲍子芥觉得可以运筹帷幄之中高枕无忧了。

然而，鲍子芥的想法未免过于天真了。随着天时公司与市经委的脱钩，赵钳的独裁和野心便逐渐膨胀起来。首先失控的就是赵钳，其次是姜平，这使鲍子芥伤心得流泪，又气愤得骂娘。天时公司需要一套铝材成型设备，赵钳要从美国进口，鲍子芥不同意，要求他们用国产的。对于鲍子芥的批示，赵钳非但不服从，还大胆地公开对抗，束手无策的鲍子芥只得召开董事会，举手表决。董事会七个人，两个人支持鲍子芥，两个人支持赵钳。这样，姜平就握住了举足轻重的一票。

尽管事先鲍子芥跟姜平打了招呼，姜平还是投了赵钳的赞成票，气得鲍子芥心脏病复发。

姜平在关键的时候支持了赵钳，赵钳却也不亏待姜平，让他率领着一个考察组去美国考察。

姜平登上了天时公司的大楼，一边朝总经理办公室走去，一边想着该怎样向赵钳解释自己的不告而归。

奇怪的是，赵钳对他的归来并没有感到惊奇。朱莎莎见了他，只是淡淡地说一句："总经理正等着你呢。"

见到赵钳，赵钳却歉疚地说："真操蛋，昨天也没能到机场去接你。"这更让姜平莫名其妙。

在姜平的印象里，赵钳始终是个粗人。他长得五大三粗，圆头圆脑，不讲究仪表穿戴。他喜欢喝酒，喜欢啃猪蹄，喜欢用大烟斗抽叶子烟，还喜欢开很粗俗的玩笑，就是在开董事会讨论正事的时候，也常说些少油没盐的淡话。过去在市经委工作的时候，他就是一门有名的大炮，有口无心。

姜平坐在赵钳对面的沙发上，他的心开始跳起来，让他最犯愁的，是他将如何向董事会或者向总经理汇报他们的考察结果。没想到，赵钳根本就不提这件事。

"怎么样，白絮的经济担保办好了？"

姜平完全呆愣住了，干张着嘴，傻子似的看着赵钳，半天才"啊啊"了两声。

"约翰逊这小子还够朋友吧？"

姜平依然茫然且尴尬地"啊啊"了两声。

"你小子艳福不浅啊。"

姜平完全坠入了五里雾中。他怎么知道约翰逊给白絮办了出国经济担保呢？他怎么知道白絮这个人呢？他怎么知道白絮跟他的关系呢？想到这些，他后脊梁上冒出了一股寒气，不由得打了个冷战。再看看对面的赵钳，依然是没模没样地坐在沙发上，一副大大咧咧、有口无心的样子。

“你今天没事吧？海洋公司的孙总经理请咱们去品尝他的生猛海鲜，让每人带个妞儿去。我带着朱莎莎，你带着你那个白絮。”

姜平慌忙谢绝：“不，不，我还有事。”

“有什么屁事？一块儿去开开心。”

“赵总，我什么时候汇报呀？”

“汇报什么？”

“关于那套设备的考察情况……”

“这个呀，我跟约翰逊早就敲定了，你还汇报什么？”

“那你还让我去美国考察什么？”

“你真是个书呆子。我这是给你找个机会，让你去美国开开洋荤。咱这当哥哥的对得起你这个小老弟吧？”

姜平若有所悟，但还是鼓起勇气说：“我看，约翰逊那套设备咱不能要。”

“为什么？”

“那是美国二十世纪八十年代初期的产品，淘汰货。”

“人家二十世纪八十年代的产品，也比咱国货强。”

“价钱也比市场上高出三分之一。”

“不可能，你这不定是听谁瞎挑拨呢。”

“这件事，我建议咱们在董事会上再议一议。”

“什么，你也要求召开董事会？”

赵钳坐起身来，伸过那张油汪汪的大脸盘子，像不认识似的看着姜平。

姜平这才发现，赵钳其实一点儿也不粗。

四

姜平还没有离开总经理办公室，腰间的“蛐蛐”便叫起来。不用看他也知道是白絮在呼他。

他想给白絮回个电话，可是电话总被朱莎莎把持着。朱莎莎有一双宝石般的蓝眼睛，很迷人。那莹莹的光芒能使每一个男人心旌飘荡，姜平却有点儿怕。他总觉得那光芒后面隐藏着阴谋和危险，每当这柔媚的光芒向他暖洋洋投射过来的时候，他都慌乱地躲闪着，见了鬼了。

姜平出了天时公司的大楼，招手拦了一辆 TAXT，便朝着白絮的住所驶去。

与白絮的邂逅，让姜平走入了人生的一个岔路口，每时每刻都面临着痛苦的选择。

跟鲍佳芹结婚以后，不少人都嫉妒他的幸运。有一个能干的前途无量的老婆给他支撑着，又有一个有权有势的老岳父给他做后台，以后的道路便由他快马轻车没拦没挡地往前奔了，有谁能比得了呢？

开始的时候，他也觉得很满足，也踌躇满志甚至野心勃勃。结婚以后，他和鲍佳芹另外住进一套两室一厅的楼房里。他觉得自己终于蜕掉了小山沟留给他的坚硬的外壳，钻进了一个温暖如春的安乐窝里。只是他在静下心来的时候，才隐隐地感到对不起棉棉。棉棉也像壳一样地被他蜕掉了、抛弃了。

渐渐地，他不再愁吃愁穿、不再为前程焦虑、不再遭别人鄙夷的白眼的时候，他便越来越强烈地感觉到，这安乐窝其实也是一个壳，一个坚硬的、冷冰冰的水泥外壳。

鲍佳芹是他的妻子，也是他的领导，更是他的教师爷。每天下班之后，或在餐桌上，或在眠床上，他都得向她详细地汇报。包括与总经理的关系，与外界的接触，甚至在厕所或澡堂里听到的议论，事无巨细，她都要听，听完之后，便用启发式的口气循循善诱地让他不折不扣地遵照执行。她对他的失误常常进行很严肃的批评和一丝不苟的纠正。

“你们那儿新来了一个姑娘，叫朱莎莎？”

“是总经理办公室秘书。”

“这件事你怎么没跟我说呀？”

“我忘了。”

“这么大事怎能忘呢？她是通过什么关系来的？”

“赵钳找来的。”

“从哪儿找来的？”

“赵钳在飞机上认识的。”

“用人怎能这样不慎重？这件事你得跟爸爸汇报。”

“有必要吗?”

“当然有必要了，人事问题在每一个单位都是头等大事。”

她说着，便放下碗筷，拨通了父亲的电话，再把话筒塞在姜平的手里，让他按照她的口径向他们共同的父亲汇报。别看她在父亲面前撒娇使性、颐指气使，她却要求丈夫在岳父面前规规矩矩、父道尊严。在她看来，从小山沟里那文盲家庭到只见人头落地、不见刺刀见红的官场，无疑隔着一条难以逾越的鸿沟。作为妻子，她有责任帮助他、指导他。诲人不倦，呕心沥血，她把这叫作爱。

姜平却承受不了这神圣的充满使命感的爱。他越来越怕她，像当初他怕那威严的“镇物”一样。每天下班的路上，他都要准备着汇报提纲。如果没什么好汇报的或者他不愿意如实汇报，他便要苦心思索着应付她的说辞。

那是一个夏天的傍晚。下了班太阳还老高，他怕回家，尽量耽搁着时间，便不坐车，顺着沿江公路漫步朝前走去。

新华书店门口围着一群人，拥拥挤挤。姜平无心凑热闹，却鬼使神差地将脚步移了过去。是一位女作家在签名售书。书是一本诗集，叫《品尝孤独》，作者白絮。一个陌生的名字，但书名却强烈地吸引了他，与他此时此刻的心境正好契合。于是，他便掏钱买了一本。女作家签名很认真，不但写上自己的名字，还要写上读者的名字，某某先生小姐雅正存念之类的，显得很郑重。书在柜台的左端买，卖书的是个很认真、很得意的小姑娘。她把书递给你的同时，还递给你一张小纸条，让你在上边写上自己的名字，然后到柜台的右端排队让女作家签名。

女作家很忙，她一直在低着头为读者签着字。只是从她那一头乌黑浓密的披肩发上，看得出她还很年轻。轮到姜平了，他把书和写着自己名字的纸条递了过去。女作家握着笔的手颤动了一下，抬起头来。

“棉棉……”

他应该想到，白絮就是棉棉。

但是他没有想到，做梦都想不到……

五

还真让鲍佳芹猜对了，姜平暗想，女人的敏感和预感是一个无与伦比的谜。他昨天的归来，之所以没有告诉任何人，是想打一个“时间差”。他确实想先见到白絮，跟白絮度过一个久旱逢甘霖的夜晚之后，再回家去应付鲍佳芹。

白絮住在稻香村小区的一套单元楼里，那是她同学的一处房子，同学出国了，她替同学看守着。姜平有这处房的钥匙，他打开房门便觉得一阵清冷。台历上的字是一个星期之前留下的，说她到张家界去参加一个诗会，一个星期之后回来。

他大概刚离开，白絮就回来了。他们之间总是那么阴差阳错，没有缘分。

见到白絮之后，姜平才真正认识了棉棉。

对于姜平的背叛，棉棉也曾经痛不欲生。痛定思痛之后，她决定坚强地活下去，并且活得更好些。不知是哪个伟人或凡人的一句话，使她顿开茅塞：把个人的痛苦升华成全人类的痛苦，便是文学。棉棉本来就喜欢诗，她的梦想就是做大陆的席慕蓉。也许正是因为这一痛苦的经历，才使棉棉在成功的道路上奋力拼搏，把一个山沟里的棉棉升华成一个诗坛上的白絮。

姜平和棉棉是从那个小山沟里一起考上大学的。姜平读的是经济管理系，棉棉读的是中文系。大学毕业以后，棉棉被分配到一所中学里去当教师。《品尝孤独》的出版，在诗坛上引起了一阵不大不小的轰动。于是，她被调到一家文学杂志社当编辑，半个专业作家，她知足了。

又是哪个伟人或凡人说的，旧情人相见，总要偿还相思债。不管是信还是不信，反正姜平和白絮并没有逃脱这条规律。后来他们说，他们之间的爱是根植在那个小山沟里的，是与生俱来的，是根深蒂固的。

白絮对待爱情也像对待事业一样地执着且专一。女作家大多才气横溢而容貌平平，因之使诸多的男性外流，到文坛以外去寻找爱情。像白絮这样才气峥嵘又容貌瑰丽的新星乍一升起，便照亮了文坛上的男性半边天。于是，写情诗的，送情书的，电话相约的，登门拜访的，乃至拜倒在她石榴裙下的接踵而来。这其间有拜伦式的风流才子，也有她曾经崇拜过的声名显赫的文坛“大腕”。白絮一概不动情，她品尝够了孤独之后，那压抑已久的烈火便不可遏制地在姜平的身上燃烧起来。

姜平像发现新大陆一样地发现了自己，他发现自己依然爱着棉棉，爱到骨子里去了。这种如火如荼毫无结果的爱终于有了结果：白絮怀孕了。

“怎么办?”他显然有点儿慌乱无主了。

“这句话该我问你。”白絮毫无表情地说。

“我有个表姐……在妇产医院。”

“不，我不做!”

“不做怎么办?”

“我要把他生出来。”

“那怎么行?”

“我知道你离不了婚，你不能永远跟我在一起。我尝够了孤独，我害怕孤独了，我要把另一个你留在我身边……”

白絮扑在他的怀里，嘤嘤地哭了。

姜平被这种深深的毫无顾忌的爱打动了，也被她这种毫无顾忌的勇气震动了。白絮要是真的把这个孩子生下来，在 W 市肯定会引起一场强烈的地震，那可有好戏瞧了……姜平不敢想下去了，他感到浑身一阵瑟瑟发抖。

“你害怕了?”白絮停止了哭泣，扬起一张泪脸问他。

他没有言语，默认了。

“我想好了，我不在 W 市生。”

“那你到哪儿去生?”

“到国外去生。”

“你要出国?”

“嗯，出国。”

这不失为一条路。在迷雾笼罩的天地间，他似乎看到了一丝光亮。可是，出国谈何容易?

……TAXI停在了稻香村小区的楼群里，他看了看车上的计价器，掏出车钱，很派地说了一声“不用找了”，便急不可待地下了车。

他的心又怦怦跳了起来。每当他来到这幢楼下，都抑制不住地紧张和亢奋。他没忘了环顾一下四周，然后朝楼上奔去，很急切。然而，越往上走，他的脚步越踌躇。

他腋下夹的公文包里，就装着白絮出国的经济担保书。白絮在焦灼地盼望着这份经济担保书，这是她唯一的出路，是救命的稻草……

他以为这是一件很难很难的事，没想到约翰逊却主动地提出来要为白絮做经济担保。

应该想到，赵钳事先便向约翰逊打了招呼，这无疑是他们这笔交易中的一个条件。

想到约翰逊，想到赵钳，想到这笔交易，他再也迈不动脚步了。他犹豫了许久，终于转过身来，顺着楼梯一步一步地走下去，身子像散了架。

下楼也这么艰难，像拖着一个硕大而笨重的躯壳。

出了楼门，他猛然发现街道对面的香樟树下立着一个穿着紫色连衣裙的姑娘，姑娘的胸前挂着一架配有长镜头的照相机。或许是因为他的出现，那个姑娘匆忙转过身，插入了路边的人流里。

他觉得那个姑娘的身影有点儿熟悉，很像朱莎莎。

他又想起了朱莎莎那宝石般的蓝眼睛……

六

这是白絮第一次跟鲍佳芹正面接触。她所在的那家杂志社，正好在竹边区，半边天都归鲍佳芹管，白絮只见过她在台上做报告。

鲍佳芹对她倒是蛮热情，进门之后，又跟她握手又给她让座，还给她端过一杯茶，像是在接待一个规格不高却友好的使者。

今早一上班，办公室便通知她，区妇联鲍主任让她去一趟。她并没有感到吃惊，她对自己说，这场不可避免的战争终于爆发了。既然跟人家构成了两军对垒的阵势，就只好前去应战。她一点儿也不紧张，甚至还有几分兴奋。有关妻子找丈夫的情人宣战，她研究过许多。作为妻子的总有一个错误的估计，认为绝对的优势总在自己一边，诸如她的合法身份，诸如社会舆论的支持，闹将开来对方肯定会大丢其脸身败名裂抹脖子上吊。然而，一旦撕破脸皮短兵相接刺刀见红，最终败下阵来的肯定是妻子。道理是显而易见的，因为他们争夺的不是一片土地，而是一个人。这个人的最终归属，不是法律、道德、舆论所能左右的。在她们进行“地下斗争”的时候，丈夫总是在妻子和情人之间维持平衡。一旦这种平衡被无情地打破，受到伤害的，不仅仅是另一个女人，而且还包括自己的丈夫。妻子事先就应该想到，战幕一拉开，就等于把丈夫推到另一个女人的营垒里，她要面对两个人开战，而且是两个困兽犹斗、破釜沉舟、肝胆相照的勇士。白絮总想写一篇文章，告诫受“第三者”侵犯的妻子们，不要做这种搬起石头砸自己脚的蠢事。这篇文章白絮还没有写，鲍佳芹自然还没有得到告诫，所以她还是引火烧身了。

鲍佳芹毕竟是个训练有素的领导者，她在官场上所表现出来的，比姜平在家里看到的，要有教养得多，也有水平得多。

“白絮同志，最近写什么呢？”

“没写什么，忙编辑部的事呢。”

“你的诗写得很不错嘛，在年轻人当中很有影响嘛，对不对？”

白絮从根本上看不起当官的女人。她认为女人当官大多都有点儿装腔作势。官场上，不乏当官不像官的男人，却罕见当官不像官的女人。她们从男人那里学来的官场小计，用起来总是捉襟见肘、破绽百出。因此，她觉得当官的女人很可笑、很蠢。

“鲍主任，您找我来有什么事吗？”她信心十足地肯定自己是这场战争中的胜利者，从一开始就把主动权掌握在自己的手里。

“没什么事，不过想找你来谈谈心。”

“您为什么偏偏找我谈心呢？”

“你不认为我们之间有许多共同点吗？”

“有什么共同点？您是妇联主任，我只不过是您领导下的一个女同胞。”

“所以我们最大的共同点就是：我们都是女人。”

“下边您是不是要说，是女人就要爱男人，不幸的是我们爱上了同一个男人，这才是最大的共同点，对不对？”

白絮确实是先下手为强，这一刀准确无误地插在了鲍佳芹的心窝上。鲍佳芹感到一阵剧烈的疼痛，热血喷涌到头顶上。她使劲儿咬了咬牙，努力留下了脸上的笑容。

“有关你跟姜平的事，我听到不少传闻，也有人亲自跟我反映过。可是我不信。你们是同乡，又是同学，关系必然要密切一些，来往自然要多一些，很正常嘛，对不对？”

白絮已经看出了她的虚伪，睁大了一双警惕的眼睛看着她。

“姜平跟我说过，你们两个人之间曾经有过一段很纯洁的爱情。可这毕竟是过去的事了，我很理解。我跟姜平已经结婚五年了，我们两人的感情很深。我们不但是一对恩爱夫妻，更是两个最知心的朋友。姜平把最隐秘的感情都对我讲，包括和你的关系。他对我始终是专一的，生活上也对我照顾得无微不至。我的腰不好，他每天晚上还给我做按摩。你看这条绿宝石项链，就是他这次从美国给我带回来的。按说我这个身份是不戴项链为好，可是这是姜平对我的一片爱心，我得戴。戴上了也麻烦，总得不断地跟人家解释，这是我丈夫给我买来的……”

鲍佳芹这一撒手锏实在是够厉害的，这回轮到白絮心里难受了。难受也没用，这些鲍佳芹说得理直气壮，把白絮一下子从他们夫妻之间排除得干干净净。

白絮坐不住了：“鲍主任，您要是没有什么事我先回去了。”

“你最近到张家界去了一趟？”

“是呀。”

“跟别人说了什么没有？”

“你指的是哪方面？”

“你怀孕的事。”

白絮的脑袋嗡的一下子大了，她只觉得天旋地转、眼前发黑，半天回不过神来。

“你这个人哪，跟我一样，太天真，太纯洁，把谁都当好人。谁要是对你表示点儿友好，你就恨不得把心都掏给人家……”鲍佳芹对白絮推心置腹起来。

白絮茫然地问：“鲍主任，出了什么事？”

“我们妇联收到一封信，说你未婚怀孕。有的人主张把这封信转到你们单位，也有人主张让计划生育委员会处理。这件事幸亏让我知道了，我把这封信扣下了，告诉她们此事由我亲自处理，不许外传！”

鲍佳芹说着，从办公桌上拿起一封拆开的信，在白絮眼前晃了晃。

白絮急速地思索着，这封信是谁写的呢？不错，在张家界的时候，她妊娠反应是挺厉害的，细心的人会看得出来。是谁告发了她呢？她没有得罪谁呀，谁跟她有这样的深仇大恨呢？

“白絮，请相信我，让我来帮助你吧，如果……”鲍佳芹的态度非常诚恳。

“不，谢谢。我知道该怎么做。”

白絮站起身来走了。这突如其来的变化并没有让她六神无主，她毕竟经历过一次致命的打击。然而，她还是觉得神情有些恍惚。在恍惚中她努力镇定着自己，使自己不说蠢话，不办蠢事。她为自己的清醒和坚强感动了。出了区妇联大门，她还哑然笑了。她想给姜平打个电话，只跟他说一句话：“你媳妇真他妈是当官的料。”

七

姜平刚一推开家门，就听到鲍佳芹在气愤填膺地讨伐：“……她作风败坏，乱搞男女关系，破坏别人的家庭……这已经触及了法律，现在又未婚怀孕，违反了基本国策……这种人必须从文艺队伍当中清除出去……她算什么女作家？要写革命文，先做革命人，她这么一个品行恶劣的人写出作品来会有什么样的社会效果？青少年会受到什么影响？现在青少年犯罪率这么高，就是让这帮诲淫诲盗的作家教唆的……”

大概是听到了姜平的开门声，鲍佳芹停止了讨伐，砰地放下电话，从卧室冲到客厅里，挡在姜平面前，双手叉腰，横眉冷对，一副你死我活、不共戴天的架势。

没想到，首先开火的却是姜平：“你在给谁打电话？”

“给人事局长。”

“你在说谁?”

“说你那个小妖精，你还听不出来吗?”

“你要干什么?”

“干什么?我没审问你，你倒审问起我来了。我问你，那孩子是不是你的?”

“什么孩子?”

“小妖精肚子里那野种，是不是你的?”

姜平心里咯噔一沉:“我不明白。”

“你他妈揣着明白装糊涂!你抵赖不了，你那个小妖精已经跟我交代了。”

“你去找白絮了?”

“我去找白絮?哼，她还没那个资格。告诉你，我把她提到妇联会去了，她得给我老老实实地交代问题。”

“你没这个权力，你这是犯法!”

“我犯哪条法了?我怎么没这个权力?我是区妇联主任，对于这种妇女当中的败类，这种伤风败俗的行为，我有权力管!怎么，你心疼了?剜了你的心肝肺叶了是不是?告诉你，这件事我管定了。我不仅要管，还要管到底，这个小妖精不处理，我誓不罢休!”

“你打算把她怎么样?”

“我要把她开除公职!我要给她判刑!我要杀了她这个小妖精!我要把她的小骚×撕碎!我要让所有的人都知道，她是个女流氓，是个大破鞋，是一条浪得满街找公狗的母狗……”

鲍佳芹挥着胳膊，跺着脚，声嘶力竭地叫嚷着，两只凸暴的眼珠子充满了血，红得吓人。

姜平气得浑身发抖，脸色铁青，两只拳头攥得嘎嘎响。当他听说白絮是被提到妇联会去的，就已经怒火中烧。这会儿，又见鲍佳芹在他面前张牙舞爪地撒村耍野，就更加忍无可忍。他真想把那紧握的拳头朝鲍佳芹那胖身子上砸去，像山沟里的庄稼汉收拾自己的老婆一样。可是，他毕竟已经不是庄稼汉了，鲍佳芹也不是小山沟里的婆娘。他竭力用理智控制着自己，忍无可忍也要一忍再忍。他哆嗦着嘴唇，无可奈何地说：“你看看你，你看看你，还像个妇联主任的样子吗？”

鲍佳芹却更加发起疯来：“我不是什么鸡巴妇联主任，我是个女人！是个被侮辱被伤害的女人！你他妈姜平是什么东西？你不就是从小山沟里爬出来的‘土包子’吗？是谁让你在天时公司有权有势有地位的？是谁让你在社会上混得体体面面的？是谁给你置的这个舒舒服服的家？我他妈栽林养虎，虎大吃人！把心都摘下来了，喂的却是一只白眼狼！你他妈吃老娘喝老娘睡老娘依靠老娘，还背着老娘跟那个小妖精狗连蛋，还把那只骚母狗的肚子弄大了，你还想让她给你生个野种怎么着？你他妈还有点儿人心没有？老娘咽不下这口气，老娘要报仇，老娘要跟你算总账，老娘跟你姓姜的拼了……”

鲍佳芹越说越怒，怒不可遏，完全失去了理智。她冲上前去，挥起两只手臂，朝姜平的脸上噼里啪啦地抽打起来。一边抽打，一边还像村妇一样扯着嗓子叫骂着：“我操你妈！我操你奶奶！我操你八辈祖宗……”

姜平像石柱一样戳在鲍佳芹面前，任鲍佳芹疾风暴雨般地摧残，打不还手，骂不还口，从愤怒到惊愕，从惊愕到麻木，渐渐地，像是完全失去了知觉……

鲍佳芹打骂完了，又爆发般地喊了一声：“姜平，你王八蛋对不起我！”然后，捂着脸哭着跑进了卧室……

姜平依然呆若木鸡地站在客厅中央……

有人敲门。

姜平一动不动。

敲门声持续不断。

姜平不予理睬。

外边响起了一个熟悉的声音：“佳芹、姜平，是我……”

姜平不能不动了，他听出这是鲍子芥的声音。

姜平打开门，只冲鲍子芥点点头，没说什么。

鲍子芥看了看姜平，也没说什么，便径直坐在了沙发上。

鲍佳芹出来了。她洗了脸，还搽了点儿粉。虽说眼睛还红肿着，却好歹可以出来见人了：“爸，您怎么来了？”

鲍子芥阴沉着脸“嗯”了一声。

鲍佳芹泡了一杯浓茶，端上来放在父亲面前的茶几上，然后就要在旁边的沙发上落座。

鲍子芥挥了挥手：“我想跟姜平单独谈谈。”

鲍佳芹疑惑地看了看父亲那张阴沉的脸，然后转身躲进卧室里。

姜平在鲍子芥对面的沙发上坐下来。

鲍子芥依然沉着脸，从公文包里取出一个沉甸甸的信封，扔在姜平面前。

一股不祥之兆像电流似的击向姜平，他浑身抽搐了一下，半天不敢伸手去抓那噩梦般的信封。

“你看看。”鲍子芥的话是冷冰冰的，很威严。这使姜平感到了坐在他面前的又是那个令人敬畏的“镇物”了。

姜平的手开始发抖了，这是一组照片。照片上映出的都是他和白絮。有的在林间散步，有的在湖里泛舟，有的在翩翩起舞，有的在咖啡馆里密会。还有两张是他们抱在一起接吻，背景看不出来，像是在房间里……

他立刻想到朱莎莎那宝石似的蓝眼睛，从朱莎莎又想到了赵钳……就在鲍佳芹将白絮“请”到区妇联办公室的时候，赵钳也把姜平召唤到自己的办公室。如果说，鲍佳芹与白絮的谈话是和风细雨的，那么，赵钳与姜平的谈话则是剑拔弩张的。最后，赵钳倚粗卖粗，完全是明目张胆地威胁了。

“你还想不想让白絮出国？”

“想。”姜平老老实实地说。

“你还想不想保住自己在天时公司的位置？”

“也想。”

“你还想不想在 W 市做人？”

“当然想。”

“这也想，那也想，你想个屁！告诉你，你要是坚持要求召开董事会，出现一切后果由你自己负责……”

姜平知道，自己已经走上了一座腹背受敌的独木桥。往前走，危险；往后退，也危险；往左右跨，更不行。他陷入了一个不是两难而是多难的境地。他就是这么矛盾重重地回到家的，没想到回家以后，便又陷入了一个更大的旋涡之中。他腰间的蛐蛐又叫了起来，他知道是白絮在找他。白絮也陷入了一个巨大的旋涡当中，他能救她吗？他们谁能救谁呢？他自己还有救吗？

“这些照片是怎么回事？”鲍子芥用两只刀子似的眼睛盯着他，十分威严地问。

当一切秘密不再成为秘密的时候，他反而轻松了：“就是这么回事，您都看到了。”

“你打算怎么办？”

“我还没有想好。”

“那么，在董事会上汇报你的考察结果，你想好了没有？”

这件事更让姜平进退维谷了。赵钳把这些照片抛出来，是先给他一个下马威，掰一块让他尝尝，意思是告诉他，更毒更狠的招儿还在后边呢！这个“土包子”经理是什么事都干得出来的。

“我问你，你这次出国，收了约翰逊的好处没有？”

姜平无法回答。

“约翰逊给了你多少钱？”

“没给，一分都没给。”

“他答应没答应给你？”

“没有。”

“好吧，你听我说，你可以对不起我，也可以对不起佳芹。但是，不许你做对不起国家、对不起人民的事！”

鲍子芥站起身来，在姜平面前沉重地踱着步，耐心地等待着姜平做出抉择。

姜平坐在沙发上，抱着头。这是他第一次感觉到，在这位老共产党员面前，自己是这样猥琐、这样渺小。

“姜平，你是个聪明人，不用我过多地给你讲什么大道理了吧？”鲍子芥又坐在了姜平面前的沙发上，语气平和了许多。

姜平抬起头来："爸，我有一个要求。"

"说吧。"

"在董事会上，我保证如实汇报考察结果。但是汇报完之后，我要跟鲍佳芹提出离婚。"

"这……这是两码事。"

"不，是一码事。"

鲍子芥看着姜平，似乎悟出了什么。

"爸，我希望您能理解。"

"至少……这是你们两个人的事，我不干涉。"

八

这是姜平第一次理直气壮、坦坦荡荡地去找白絮。

这是姜平第一次晚回家不用再编造理由去应付鲍佳芹。

事情不过是一层窗户纸，捅破了，便圆脸一抹成了长脸。既然公开了，就不必再遮遮掩掩、偷偷摸摸的了。他是当着朱莎莎的面给白絮打电话的，说明到她那里去。从这一点上说，他应该感激赵钳。

使他感到无比轻松的原因是今天的董事会。他竹筒倒豆子，如实汇报了有关那套设备的考察情况。赵钳自然气急败坏，气急败坏便加速了他的失败。

他是自己用钥匙开的门。他刚一推开门，白絮便扑入了他的怀里。

白絮穿了一件蝉翼般透明的真丝睡裙，赤裸的胴体清晰可见。从小山沟里出来的农家子弟都喜欢水，喜欢裸体。白絮只要一回到自己的家里，便把那躯体的外壳立即蜕掉。她有时穿上睡裙，有时连睡裙也不穿。特别是和姜平在一起的时候，他们总不忘小溪流里那无拘无束的童年。童年是他们的梦想，是他们的伊甸园。

"拿来吧，给我看看。"白絮把手伸到了姜平的胸前。

"什么?"姜平问。

"经济担保书呀，你不是说办好了吗?"

"是办好了，不过，又失去了。"

“什么时候?”

“就在刚才，董事会上。”

“对方又不同意了?”

“是我不要了。当然，对方也不会同意了。”

“为什么?”

“几句话跟你说不清楚，容我以后再给你解释吧。”

“那我的孩子怎么办?”

“孩子当然要生下来，而且要名正言顺地生下来。”

“怎么生?”

“我不能让孩子没有父亲。”

“你是说，让我嫁人?”

“对，嫁人。”

“我发过誓，此生此世，非你莫嫁!”

“我就是让你嫁给我!”

“你跟鲍佳芹离婚，行吗?”

“我已经下决心了，而且也跟她父亲讲好了。”

白絮惊愕地看着姜平，忽然，趴在他的胸前，呜呜地哭了起来……

九

此时此刻，姜平再爬这几层楼梯的时候，脚步依然很艰难，依然像拖着那硕大而笨重的身子。

鲍子芥亲自打电话，让他到他家里去。鲍子芥找他干什么呢?反正他们有言在先，鲍子芥不干涉他跟鲍佳芹两个人的事。离婚协议书他已经写好了，他还是希望她能协议离婚。如果她不同意，那没办法，他只好起诉离婚了。他也想跟鲍子芥谈一谈，求鲍子芥做做女儿的工作。

来开门的依然是鲍佳芹，这并不让姜平感到奇怪。鲍佳芹穿着围裙，挓挲着两只手，像是正在厨房里忙碌着。鲍佳芹见到他，没说什么，只是浅浅地笑了笑，有点儿尴尬。姜平装作没看见她那一笑，绷着脸坐在沙发上。

鲍佳芹依然像五年前那样，冲着里屋喊着：“爸，姜平来了。”

鲍子芥从屋里出来，握着笔的手摘着老花镜，他像是正在看着文件。

姜平客气地说：“爸，您忙吧，我没事。”

鲍子芥指了指沙发：“坐吧。”

不知为什么，姜平心里又打起了鼓。姜平意识到，鲍子芥要出面做工作了。做他们和好的工作。看来，绝对不干涉是不可能的，人家毕竟是父女嘛。

今天家里气氛有点儿庄严，姜平最怕在庄严的气氛中有一位庄严的领导，如果再做出一项庄严的决议，他很有可能会唯唯诺诺地遵照执行。被领导者当长了，也能形成一种惯性。不过这件事非同一般，他下定决心：你有千条妙计，我有一定之规，离婚离定了，王八吃秤砣——铁了心了。

鲍佳芹很快把酒菜摆好了，自从那个叫作红红的小保姆回去结婚以后，鲍子芥便没有再找保姆。他身体尚好，生活完全可以自理。更何况，鲍佳芹每星期还要来两次，帮助他料理一下家务。

鲍佳芹把两个男子汉让上桌，又为他们斟满酒。看得出来，鲍佳芹努力想把气氛搞得活跃一些、和谐一些。可是，这个家庭毕竟出现了巨大的裂痕，靠简单的修修补补是难以弥合的。因此，她的努力也是生硬且笨拙的。她首先端起了酒杯，冲着鲍子芥说：“爸，咱是不是该向姜平表示祝贺呀?”说着，又抬眼看了看姜平。

鲍子芥说：“我还没跟姜平说呢!”

姜平困惑地问：“什么事?”

鲍子芥一板一眼地说：“这次你表现不错，市委、市经委的领导对你的行为都非常肯定。在大是大非面前，你表现出了一个共产党员的气节。市委吴书记指示，让电视台在《共产党员》的节目里对你公开表扬……”

像许多受到表扬的年轻人一样，姜平的脸红了，结结巴巴地搜寻着表示谦虚的词汇，却总是词不达意：“不，不……这是我应该做的，没什么……”

鲍子芥仍然非常郑重地说：“在关键时刻，你挽救了天时公司。也可以说，你挽救了赵钳。我让纪检和监察部门去查了，赵钳的问题可不小哇。光这一次，约翰逊就答应给他七十万美元。

鲍佳芹气愤地说：“赵钳也太贪了！”

鲍子芥继续说：“在商品经济的大潮中，能够经受得住金钱的诱惑，不容易啊！姜平，党委很信任你，决定让你接替赵钳，担任天时公司的总经理。”

姜平的心怦怦地跳了起来，这是真的吗？总经理的位置在他看来，一直是高不可攀的。他不是不向往，他不是没有野心。他也曾设计过向总经理的位置上攀登的道路，那路很长，他就是小心谨慎、奋力拼搏，也需要十年八年的努力。没想到，一夜之间，这条漫长的路竟缩短为零。他脑子里立刻闪出了两个闪光诱人的字眼——机遇！

机遇如电光石火，稍纵即逝，只有不失时机地抓住它，牢牢地抓住它，才是成功者，才是命运的宠儿！

“姜平，怎么样，有信心没有？”鲍子芥依然以领导者的口气说。

“我怕……我不能胜任，给公司造成损失……”

“有爸给你保驾护航，你怕什么？再说，你哪点不如赵钳，你还是正宗大学经济管理系毕业的……”鲍佳芹使劲地给他鼓着劲儿。

“困难是有的。两条，相信群众，相信党……”鲍子芥关切地做着工作。

“姜平，祝贺你！”鲍佳芹越发慷慨激昂。

斟满了酒的杯子举到了姜平眼前，心潮起伏的姜平似乎连想也没想，便举起自己的杯子跟鲍佳芹碰了碰。一声清脆的叮当响声犹如一道霹雳在姜平的心里爆炸开了：这杯能碰吗？这总经理能当吗？当上这总经理之后还能跟鲍佳芹离婚吗？不离婚白絮怎么办呢？难道再跟她说一声对不起吗？

“蝉蜕于浊秽，以浮游尘埃之外。”这是司马迁老先生的话，说的是一种解脱。

姜平该怎样从越裹越厚的躯壳中解脱出来呢？

1993年3月于北苑55号院

祝你交好运

一

我不该在你最得意的时候打扰你。你是管不住自己的，有时候。

“我喝了八杯酒！”

你在电话里大喊大叫，似乎是在向全世界宣告你的伟大创举。我的耳膜被震得嗡嗡响，我总觉得你在喊：“我得了梅花奖！”

你是不喝酒的。我们进过大大小小数不清的饭馆、酒店，你每次都是要一罐可口可乐。你一边低着头咝咝地吮吸着，一边撩起长睫毛的眼帘一往情深地看着我。有多少次，我被你那长睫毛和一往情深醉倒了。而现在，一股浓烈的酒气，通过曲里拐弯的电线传过来，又从话筒里直接喷在我的脸上。

“你喝了八杯酒。醉了吗？”也许没有。灯火辉煌的宴会厅，觥筹交错，叮叮当当，眼花缭乱，身不由己。想象不出你是怎样的张狂。是穷于应付，还是勇猛出击。“那八杯酒都是跟谁喝的？评委会的头头，戏剧界的权威，政府官员？是谁把你潜藏的海量开发出来的？你新结识的朋友都有谁？有奶油小生吗？”

“你管不着！你没有权力干涉我！”

你在电话里吼叫着，撕裂了的声音里带着哭腔。我的心软了，或者说胆怯了。这不是嫉妒，这是恶毒的嘲讽和攻击。我内心潜藏的恶毒与你潜藏的酒量一样，在感情的核裂变中迸发出来了。

二

我也嫉妒。嫉妒是人类感情中固有的胎毒。我嫉妒那些走红的作家，一部作品成功了，便有人在报纸上把他一通海吹，他自己也可以在电视里装模作样。还有奖金，硬邦邦的，拿着它可以到新侨或马克西姆牛气一次。出国访问，去时政府出钱让他置行头，回来带着彩电、冰箱、组合音响。尽管几十天吃方便面，掉了七八斤肉，也值得。

但我的嫉妒是“宏观”的，没有一个具体目标。你却紧紧地咬住一个不放。她叫贺菲菲，你说：“我们在戏剧学院是同班同学，而且是相当要好的朋友。她出头露面时戴的那顶小红帽，还是我给她织的呢!”

“她凭什么得了梅花奖？还不是因为演上了《塔尼娅》。阿尔布卓夫这个戏没治了，在学校里我迷它迷得要死要活。塔尼娅经受了那么多坎坷和苦难，最后才在生活中找到了自己的位置，她可倒好，演了塔尼娅，就把那个位置占上了。你看她那神气劲儿，走路一撇一撇的。”

“导演为什么不把这个角色派给你?”

“我不会在导演怀里打滚儿。”

这话也够恶毒的。你看见贺菲菲在导演怀里打滚儿了？当然没有。

三

这出戏也发生在你我之间。还记得龙潭湖边上那一片小树林吗？我说的是那一片洋槐树。正是初夏季节，你穿着白色的连衣裙，像洋槐花一样散发着醉人的馨香。大自然萌发了我的冲动，我吻了你，用的正是基里尔对玛雅的理由。你并没有像玛雅那样责怪我，你说你一直在等待着我突破这条界线。你骂我是笨蛋，是傻瓜，一点儿也不了解女人的心思。你先是笑，羞涩的笑。笑得很甜，很动人。蓦然，你又趴在我的肩头上哭起来，一边哭着，一边捶打着我。你说你要我，要整个得到我。我被你折腾醉了，折腾疯了……

我们正是在诅咒幸运者的浅薄和抱怨社会的不公平中，互相觅到知音的。我们总习惯于叫他们是幸运者，而不愿称他们是成功者。我的作品发表出去，如同出殡时扔出的纸钱一样，轻飘飘地落在地上，或挂在树梢上，或滚进臭水沟里，连一点儿响动都没有。我不是那种钻脑袋不顾屁股的拼搏者。好东西我也想争，争不到就自动退下来。命里该八升，不能强求一斗。知足者常乐，能忍者自安。我知道我自己没出息，你却非常欣赏我的淡泊和无所作为。你说这种“超然物外”的老庄思想，正是你所追求的。你为我的行为找到了哲学依据，我觉得这个世界上只有你最理解我。

“无官一身轻，无债一身轻，无名一身轻，无利一身轻。”我说。

“对极了！人就应该充分表现自我，不该为任何身外之物所束缚。名和利都会使人异化。”你说。

“无欲则刚，无求品自高。”

“无私才无畏。如果我们两个都知名度很高，能这么明扯大摆地谈情说爱吗？瞧，那个打太极拳的老头儿正不怀好意地瞟咱们呢。”

你用两只胳膊勾住了我的脖子，肆无忌惮地吻我。你还咯咯地笑，笑得很浪。天呀！坏事了，那是我们院的齐大爷。

“他认出你了？”

“离这么近，还认不出来？”

“你害怕了？”

“他要是告诉我老婆，就全完了。”

“什么全完了？撤你的职，你是什么官？处分你，你是党员吗？败坏你的名誉，谁知道你是谁？这叫作一无所有，一无所求，一无所畏。”

四

我们是这样无条件地相爱的。谁也没有向对方提出婚姻要求，谁也没有想冲破家庭的樊笼。不知是因为没有足够的勇气，还是认为这样做是明智之举。

我的老婆可不像波丽娜那么宽宏大量，她要是知道我在外边胡作非为，不跟我白刀子进去红刀子出来，就会自己喝敌敌畏，这两手都够受的。我最怕的就是齐大爷出卖我。在小院里出来进去，我总是毕恭毕敬地跟他打招呼。他仍然像往常一样，只是从鼻子里哼一声，连眼皮都不抬。

我锐气大减，尽可能跟你少见面，见了面也不敢再到龙潭湖边小树林里浪漫去了。你骂我色大胆小，骂我浅尝辄止，骂我只差临门一脚……我只是听着，听着听着上了火，又把你拦腰搂在了怀里。我吻你，你又咯咯地笑起来，笑得不那么浪了。

有一件事我必须立即找到你。因为急，因为是正经八百的事，我理直气壮地敲开了你家的门。你丈夫正好在家。你歪在长沙发上听着音乐织毛衣，一件流行色的男式毛衣。你丈夫系着花围裙，正在厨房里炒菜。一个幸福的、和谐的、暖暖和和的小家庭。这菜香和音乐把我心中那掩埋着的感情搅动起来。撕裂心肝的疼痛，我受不了了。我后悔闯进了这不该我来的地方。

我跟你丈夫见过面，他礼节性地招呼了我，把我让到你的身边，又很知趣地退了出去。我越发觉得不自在，我出汗了，大概满脸通红。你把你的毛巾递给了我，冲我玄妙地笑了笑。这笑里既有对我的尴尬的揶揄，又有对我今天所表现出来的勇气的赞赏。你借着递毛巾的当口儿，还调皮地亲了我一下。

我还是不轻松。我正正经经地谈着我找你要谈的正经事，仿佛你丈夫就在旁边听着一样："卫生系统要在电视台搞一次智力竞赛活动，我说，活动的组织者是我的朋友，男的，他让我帮他物色节目主持人，我推荐了你。在电视里做节目主持人，是出头露面的最好机会。很多知名度很大的演员，都不会放弃这个机会的。你没见王姬吗？当一次'家庭百秒智力竞赛'节目的主持人，便成了千万崇拜者的偶像。多少家杂志都争着用她的美人头作彩色封面，现在又到美国留学去了。"

"谢谢你的好意。"你这话说出来犹如一股冷风吹散了满屋里弥漫的菜香和音乐，也吹散了我肚子里那胀得鼓鼓的热情。

"你不愿意吗？"

你那红润润、潮乎乎、肉感很强的小嘴唇撇得使五官都移了位。那鄙夷不屑的神色，好像是看到我用一分钱硬币赌从七楼往下跳一样。

“为什么呢?”

“我至于那么浅薄，那么俗不可耐，那么名欲熏心吗?”

我很难堪，也很愧疚。在名利场上，我还是没有像你那么超脱，那么淡泊，那么对诱惑具有顽强的抵抗力。

五

莫斯科餐厅。我们改变了约会地点，从城东南角直挪到城西北角。齐大爷大概不会穿越这条对角线，到动物园或天文馆来打太极拳吧。很长时间没有坐一块儿好好吃一顿了，我俩都觉得亏得慌。菜是你点的：法式猪排、铁扒大虾、意大利通心粉、奶油鸡茸汤。我没有喝白酒，你也没有喝可口可乐。一瓶味美思。入乡随俗。这里讲究喝红酒，西餐嘛。对外开放，这里也放开了。放开了吃，放开了穿，放开了谈情说爱。男女见面，握手不过瘾了，时兴起了“苏联礼儿”。虽说是初学乍练，可还有那么点儿意思。当然，也还夹杂着点儿不好意思。大学生、青年工人、“倒爷”，还有我们这样的关系暧昧者。今天的人特别多，菜点了有半个多钟头了，一盘还没有上来。你有点儿不耐烦，从我的烟盒里抽出一支烟，学着那些时髦女郎的样子，优哉游哉地吸起来，还像那么回事。

端菜的小姐像一朵随风飘动的云，轻柔柔地来了，又轻柔柔地去了。桌面上魔术般地出现了一盘法式猪排。就那么一瞥，不抄家伙吃自己的菜，瞎寻觅什么？而且几乎是我俩同时那么一瞥。是鬼使神差，还是心灵感应？那间雅座里的镜头同时摄入了我们的视网膜。我俩的心同时紧缩了一下，同时低下了头，故作镇静地吃着菜。

那是真正的宴席。旋转餐桌上的菜盘围成了莲花瓣儿，中间的萝卜花，一只引颈高歌的仙鹤。餐具是银的。大的小的，高的矮的，每个人面前都摆满了透明的玻璃杯。几个“老外”，大腹便便的高鼻子中间夹着两个袒胸露臂的金发女郎。举杯，一次又一次，宴会已经接近尾声了。

你在吃着，我在吃着。你满脸通红，我心乱如麻。端菜的“云朵”

来了又走了，我们都要了什么菜？菜齐了吗？你吃出什么味道来了？

出来了，从那间雅座里鱼贯而出。大鼻子黄头发里夹着她，那顶耀眼的小红帽——是你亲手织的。她为什么那么喜欢这顶小红帽呢？是的，她很神气，或者说神采飞扬。小红帽下那张脸，泛着桃花般的红晕，不仅仅是酒精烧的。她的黑眼睛比她身边任何一对黄眼睛都有光彩。热情，自信，踌躇满志，生机勃勃。

她走过去了，从我们身后。我俩似乎觉得可以安下心来吃饭了。不幸的是，她那顶小红帽给她自己也给我们惹来了麻烦。“塔尼娅——贺菲菲！”“贺菲菲——塔尼娅！”随着几声惊呼怪叫，她被人包围了。争着跟她握手，她不好拒绝；争着向她问这问那，她微笑着应付着。几个“老外”被挤到了一边。不管那几个“老外”是什么人，在崇拜者面前，她就是他们的皇后，真正的国王都会失去存在的价值。让她签名，还要写上一句话，格言什么的。她应接不暇，只好节节败退。

“瞧这份罪，这就是当名人的好处。”

“对她来说，世界之大，却没有一块安身之地。”

“还是我们好，到处都是悠静的乐园。”

“为我们的乐园干杯！”

肯定不是我们的碰杯声惊动了她，即使她恰恰是在这清脆的玻璃撞击声中回眸一瞥的，也不是因为这个。或许也像我们那一瞥一样，是鬼使神差，是心灵感应。她就是这样发现了你，惊喜异常地、求救般地唤着你的名字：“苑苑，是你！”她拥抱着你，紧紧地，热烈地。你立即被她的热情感染了，融化了。你们还做了一个“苏联礼儿”，你芳唇上的奶油蹭在她粉红的香腮上。

崇拜者们被这戏剧性的场面惊呆了，安静下来。她一把抓住了你的手，高高地举了起来。她激动异常地向她的崇拜者们说：“朋友们，让我把真正的塔尼娅介绍给你们吧！她叫方苑苑，是我的同班同学。三年以前，是她第一个在中国戏剧舞台上塑造了塔尼娅的形象。我演塔尼娅，是她给我开的路、打的基础。实际上，她比我演得好，好得多……”

崇拜者们的反应漠然，或者说，根本没有反应过来，怎么平地又冒出一个塔尼娅呢？还是什么“真正的塔尼娅”，见鬼去吧！谁见过？谁承认？尽管这话是从他们崇拜的偶像嘴里说出来的，他们还是疑多于信。在中国，盲目崇拜的时代已经结束了。倒是几个“老外”挤了进来，向你祝贺，跟你握手。你的眼睛亮了，闪着汪汪泪水，你的两腮也变成了粉红色。

崇拜者的队伍重新鼓噪起来。既然外国人都认可了，那一定假不了。

> 她有慢性胃溃疡……昨天这个病发作了，结果造成胃穿孔和腹膜炎。我立即赶到了……总之，需要立即给她动手术。可是我不知道为什么害怕了，决定把她送到这里的医院来。（轻声地）天刚亮，她就死在路上了。由于我下不了决心……胆怯，她才死的。（沉默）我到的时候，她对我说：“我可以活下来了。”只是在临死前，她有点儿奇怪地看了我一眼……（失声痛哭）

我不知道你为什么要表演这一段，也许是贺菲菲的主意吧？这一段确实显示出了你的表演天才。你把握得很准确，一个新的塔尼娅活在了这富丽堂皇的餐厅里。你脸上的泪珠儿在贺菲菲崇拜者的眼里打起了转转儿。于是，这群崇拜者又拥向了你……

六

“你跟沈导演是好朋友？”

“应该说是铁哥们儿！”

“不是吹牛吧？”

“你问这个干什么？”

剧院要排《女强人》，你告诉我。这是阿尔布卓夫 1983 年的新作，是《塔尼娅》的主题在新的历史时期的变奏，是伟大的阿尔布卓夫在戏剧表现形式上所作的一次大胆的创新尝试。在莫斯科、列宁格勒和苏联的其他大剧院，都是一部很轰动的戏。

“说了半天，你是不是想演这个戏?”

“当然了。我理解玛雅，我一定能把这个人物演好。”

“沈导演会把这个角色给你吗?”

“还是像上次一样，他一手掂着贺菲菲，一手掂着我。这回我可当仁不让了，轮流坐庄也轮到我了。说好了，你可得帮我使劲儿。”

“不用我使劲儿，你自己有办法。”

“我有什么办法?”

“照方抓药，在导演怀里打个滚儿呀!”

“哎呀！你坏。该打不该打？自己打!”

你的目标达到了。你演出《女强人》的成功，可以用八个字概括：场场爆满，掌声不绝。在目前这不大景气的戏剧舞台上，你创造了一个奇迹；同时，奇迹也创造了你。报纸上连篇累牍地发表评论你、介绍你的文章，电台请你去录音，电视台请你去露脸。这一切你都不拒绝。即使一个小记者为了发表一个“豆腐块”找你采访，你照样把人家待如上宾。几家杂志争着用你的美人头做彩色封面，你都一一答应。

你对谁都可以微笑了，仿佛在向一切人表明你对他们的爱。我嫉妒了。须知这微笑、这爱，原本都是属于我的，都是从我这里支付出去的。更使我不能容忍的是，你还在一家妇女杂志上发表了一篇题为“我的幸福家庭”的文章。你事后向我解释说，这是策略，人只要一出名便会有无数双眼睛盯着你，有无数条舌头议论你。你我这样做是为了保护我们之间的关系，先把所有的漏洞堵严，让他们无隙可钻。

或许你说的真有道理。

有谁能像我这样真诚地希望你成功，祝贺你成功，分享你成功的喜悦呢？然而，伴随着你的成功，你却不断地剥夺着我的特权。我到剧院去找你，你正在召开记者招待会。你惊慌失措地迎上来，把我堵在了门口，又把我推到了黑黢黢的过道里。然后，板着脸，不无责怪地说：“你怎么到这儿来了？让人家看见影响多不好?”你不允许我到剧院找你，只好给你打电话。你是在后台接的，那语气冰冷得让人打哆嗦：“以后，没有事就不要打电话了，我们剧院不少人都认识你。”打电话也不行，那就只好写信了。你接到我的信，又像做了贼被人家抓住了似的，风风火火地对我说："看你胡写些什么呀？留着这些亲热话见面再说不好吗？白纸黑字，落在人家手里就是证据。"

"你怕什么呢？"记得这曾经是你问我的话，这会儿我也不得不把它奉还给你。

"别这么说，你知道，我熬到这份儿上不容易。一旦爬上了这条崎岖小路，就要硬着头皮往上登。千万不能摔下来，不能毁了自己。你得帮助我……"

你说这些话是真诚的，这也许是你切肤痛心的体会。你是在央求我。你流泪了。你扑在我的怀里，要求我把你抱紧，再紧些。我分明感到，你的肩头在瑟瑟发抖。你是真的害怕了，到底怕什么呢？我总以为，你演了《女强人》，成功了，就会变成一个强者。没想到，你这个天不怕地不怕的贼大胆，却变得如此怯懦，如此战战兢兢，如此瞻前顾后。

我感到无限的悲哀，为你，也为我自己。

珠市西口路北有一家抻面馆，正宗陕西风味。我漫无目标地在大街上转，排遣着内心的孤独和寂寞。肚子可不管你孤独不孤独，它该饿还是饿，一点儿也不甘寂寞。我要了一碗肉丝抻面，刚要坐下来狼吞虎咽一番，一团红色的火焰便在我眼前燃烧起来。

"这么寒酸？"贺菲菲揶揄地盯着我手里的那碗抻面，似乎我捧着的是一个小丑的面具。

"顺便……打发一下肚子。"我有点儿尴尬。

"你没有到新侨去？"

"新侨与我有何干系？"

"方苑苑花八百块钱包桌，在那儿大设宴席呢！"

"她请谁？"

"反正都是些头头脑脑用得着的人。"

"她这是要干什么呢？"

"你没听说吗？又要评梅花奖了。"

我扔下那碗抻面就朝新侨饭店的方向跑去。他妈的，我怎么忘了该坐汽车呢？我在贺菲菲面前，不定怎么失态呢！她不定该怎么向她的伙伴糟蹋我呢。管她呢！

晚了。

你站在新侨饭店的高台阶上，为那些酒足饭饱、满面红光的贵宾们送行。你没有醉，一点儿醉意都没有。你脸上的倦意掩饰不住你眉宇之间的踌躇满志。你穿着一件乳白色的风衣，没有系腰带，潇潇洒洒地亮出了那大红的高领兔毛衫。你跟最后一个客人“拜拜”以后，便用手理了一下那并不散乱的头发，然后把那只手插进风衣兜儿里，神采飞扬地向一辆 TAXI 走去。那步履，那神态，跟从莫斯科餐厅雅座里走出的贺菲菲何其相似！

我就是在这会儿跨到你的面前，把你当头拦住的。你惊讶，是为我的突然到来惊讶，还是为我满脸浓烟烈火般的怒气惊讶？

“你真的在这儿请客了？”

“明知故问。”

“你真的花了八百块钱？”

“少了行吗？”

“你到底是为什么，为什么？”

“不……”你慌了，“不是我……要这么干的。”

“谁，是谁指使的你？”

“不，不知道，我也不知道……我总觉得，有一股力量……在拽着我，推着我，让我跟着它走，停不下来。我越挣扎、越抗拒，那股力量就越大……我，我累了……”

我明白了。我没有权力再谴责你了。因为我没有办法与操纵你的那股力量进行抗衡。我是爱你的，刻骨铭心地爱你。你能理解，我知道你累了，但你不能休息，你要顺着你选择的崎岖小路爬上去……

七

我是在电视里见到你的，见到了你领奖时的镜头。你怎么也戴上了一顶小红帽？是贺菲菲又把它还给了你，还是你又为自己新织了一顶？

或许，当初你就织了两顶一模一样的小红帽，一顶送给了贺菲菲，一顶留给了你自己。

就为了这顶小红帽，我今天非找到你不可。三天以前，我们在电话里吵了嘴。以后，我每天都给你打几次电话，一次都没有找到你。我知道，尽管发奖会结束了，你仍然住在那所豪华的宾馆里，电视台正在为你制作专题节目。今天找不到你，我恐怕就活不过今天了。在爱情的折磨中，人会发疯的。

晚八点。我在你们剧院的传达室里给你打电话，没有人接。

八点半。我在协和医院急诊室给你打电话，一个女人接的，说你晚上出去了还没有回来。

九点。我在东单公共电话亭里给你打电话，又是那个女人接的，说我是今晚第七个人来电话找你了。前六个是谁，她没说，可我想知道。

我在长安街上踽踽独行，脚步沉重得像踩在了粘胶上，抬脚举步都十分艰难。秋风是凉凉的，夹着雨丝，灯光昏暗而朦胧。我像走进一个神秘莫测的梦境里，那顶小红帽在我眼前飘浮着，移动着，忽明忽暗，忽上忽下，忽急忽缓。它以一种神奇的魔力诱惑着我，让我跟着它亦步亦趋地向前走去。突然，我的心底深处鼓噪起一种冲动。这巨大的无法遏制的冲动像海潮般地在我的血管里奔涌着，撞击着，要把我这堂堂而立的躯体撕成碎片，哗啦啦地坍塌倾倒。我禁不住要扬臂高喊：我也要！我也要一个奖！茅盾文学奖、普利策戏剧奖、奥斯卡金像奖、诺贝尔文学奖！什么奖都行，越大越好！啊，我的奖！我的小红帽！

仿佛经过了整整一个漫长的世纪，我终于踱到了西单电报大楼门前。还是秋风秋雨和那风雨弥漫着的灯光惊醒了我。我把硬币塞进自动电话机里。谢天谢地，有人接，还是那个女人的声音，是你的房友吧？

“请找方苑苑。”

“对不起，她正在洗澡。”

“让她光着身子来接电话！”

我冲着话筒吼叫着。你的房友大概惊呆了，呆愣之后大概又悟出了我和你之间的非同寻常的关系。你来接电话了，是光着身子还是裹着浴巾，我不想知道。你非常准确地判断出了电话是谁打给你的，拿起话筒便问："什么事?"

我该说些什么呢？我的思维凝固了，连心脏也停止了跳动。

你又问了一句，声音是柔和的："出了什么事?"

奇怪。鬼使神差，我却说了一句"京腔美国话"，而且说得非常平和，非常自然，非常真诚："I wish you good luck!"

1986年11月于武汉大学

落叶岛上的小屋

推开窗户。

一种不可名状的孤独感像早晨的浓雾从空旷的田野上、寂寞的河面上、孤零零的树梢上涌进来，把他连同这座小屋一起吞没了，包围了。他感到一阵恐慌、一阵悲凉。浓雾把他和整个世界都隔绝起来。思美呢？窗外，或者是树林外那遥远的河面上，一只南归的大雁凄厉地叫着。这是离群孤雁的哀鸣和呼唤。

思美终于来了。她那蓬乱的头发，松塌塌的睡袍，以及那两只还带着梦境的惺忪睡眼，似乎都被这雾气稀释过了，使这个活生生的实体也变得朦胧缥缈起来。

“快趁热吃吧。”

早餐，一碗速溶奶粉，调两个鸡蛋，是思美在外间里用“热得快”为他烧的。她自己吃什么呢？他没有问，连想都懒得想。孤独这个魔鬼，它在人的内心深处掀起十二级风暴，残忍地撕扯着那最脆弱、最隐蔽的角落；而又使人的思维和肢体变得麻木、懒散，不能正常地去发挥各自的机能。

“今天的雾真大。”

显然是没话找话说。雾大雾小，谁还看不出来吗？还非得说出来不可吗？思美在梳妆、洗漱、穿衣服。她脱掉睡袍，那洁白细软的身子在他眼前晃动着，散发着热烘烘的体香。多少次，他被这惊人的天生丽质震撼得喘不过气来，令他销魂失魄。而现在，他居然无动于衷。不是他的春心泯灭了，而是他正在吃早餐。娘的！骂谁呢？

“快走吧。”

“干什么去？”

“采蘑菇呀！”

“也行。”

“什么‘也行’，不是昨晚说好的吗？”

大雾轻烟般地升腾着，飘逝着。万缕霞光穿过纱雾在小树林的枝条上编织着。五彩缤纷的光斑和醒来的小鸟一起在树丛中欢快地跳动着。落叶一堆一堆铺在褐色的土地上，踩在脚下软绵绵的。地上还有苔藓，红的，黄的，深绿的，踩上去有点儿滑。

对于一个心绪烦乱或者过腻了大城市喧嚣生活的人来说，这里无疑是一个理想的世外桃源。十几年以前他就爱上了这个地方，那会儿，他“走资派”的帽子虽然还没有摘掉，却有幸加入了“五七”战士的光荣行列。到这里，一边“劳动挖修根，汗水洗私心”，一边安营扎寨，“誓让沙滩换新颜”。对了，这儿没有名字，他们叫它大沙滩。潮白河从燕山深处奔流直下，到了这一马平川的大平原上却心猿意马，横冲直撞。于是，这片大沙滩被它伸出的双臂紧紧地搂在怀里，成了一个河心岛。那也是一个秋季，高天上飞着雁群，旷野上滚着白沙，秋风萧瑟，碧水苍茫。然而，他的心里却涌动着一股“沙场秋点兵”和“骏马秋风冀北”的悲壮与豪迈。而今，沙滩变成了绿岛，当他领着思美重新来到这里的时候，心里却无端地生发出一股“无边落木萧萧下”和“梧桐更兼细雨”的凄婉和哀凉。

“这地方叫什么名字？”

一片还带着绿色的叶子飘落下来，挂在了他的霜鬓上。他把它取下来，不无感叹地说：“就叫它落叶岛吧。”

思美说这名字美，很有诗意。他却感到一片酸楚、一片悲哀。

多少个日日夜夜，他深陷在文山会海之中，或奔波在乡村野水之间，常常一两个月都顾不得回一趟家。有时候回到家，思美一边给他端来饭菜，一边向他投来渴求的目光。他却胡乱扒拉两口饭，又推门出去了。或者有时候，他下决心陪思美一夜，刚刚脱衣上床，还没来得及温存，外边又响起了敲门声。思美伤过心，流过泪，也曾经抱怨过。“何日平胡虏，良人罢远征”，她曾经给他写过这样的信。“两情若是久长时，又岂在朝朝暮暮”，他也曾用这样的话安慰过她。那管什么用？思美比他小十七岁。她还那么年轻，那么漂亮，那么充满青春的活力，她需要男人！而他却不能尽到一个做丈夫的义务和责任，他感到歉疚。“我要还你，欠你的统统还你，加倍地补偿给你！”他一边吻着思美那张泪脸，一边起誓发愿。

他盼着这一天，思美更盼着这一天，这一天终于到来了。他们几乎同时发现了，过去的想法是多么天真幼稚呀！世界上什么损失都可以弥补，唯独情债是不能偿还的。一次机会失去了，便酿成终身的憾恨。人生的旅途上固然有迂回反复或邂逅相逢，可此一时之情绝对不能替代彼一时之感的，这也许就叫作时过境迁吧。他企盼着跟思美一起度过一个安宁的、幸福的晚年，而他那颗心怎么也不让他安宁下来。思美喜欢游泳，天这么凉了，她还穿着游泳衣往河里跳。当那冰凉的河水溅起一串浪花的时候，他替她起了一身鸡皮疙瘩。她被冷水刺激得嗷嗷怪叫，拼命地折腾着。适应了，舒服了，她又哈哈大笑，像个无拘无束的孩子，像个没有任何观念束缚的原始人，像个……她向他招手，他不敢下去，怕凉，就算不怕凉，他也不敢像思美那样嗷嗷怪叫，哈哈大笑。长期以来，他习惯于洋洋洒洒地做报告，习惯于慷慨激昂地发号施令，也习惯于在上级或下级面前那种卑躬的和谦恭的微笑。可是，他早已忘记了自己在孩提时代是怎么叫怎么笑了。思美还喜欢唱歌，清晨或黄昏，她常常站在小树林里，放开喉咙引颈高歌。四十几岁的人了，还唱什么“你问我爱你有多深，我爱你有几分”。在家里她可不敢这么唱，也不敢唱这种歌。周围有街坊四邻，说不定什么时候还会有人敲门。你一个人在屋里唱歌，传出去就会是招一屋子人在家里表演，又唱歌，又跳舞，什么舞且不说了，继而就是来者都是不三不四的人，继而……一个人要是出了名，无论是当官出了名还是干事业出了名，人们最感兴趣的便是他不愿意公之于众的那一面。如果谁能在“那一面”发现任何蛛丝马迹，他就会比那名人本身还值得骄傲；而谁要是能广泛深入并且添油加醋地传播这些蛛丝马迹，他就似乎成了那个名人的姑表亲或亲娘舅，沾光不少哩。试想一下，堂堂一县之长要是当了“活王八”，嘿嘿！无异于全县每人每月多供应五斤活鲤鱼！唉，县长夫人并不是那么好当的，你得到多少，就会加倍地失去多少。

轻轻的一个吻，
已经打动我的心；
深深的一片情，
叫我思念到如今……

轻轻的一个吻。为什么吻得那么轻呢？他捧着她那惊恐而又渴求的小脸蛋儿，只是用自己那灼热的厚嘴唇轻轻地接触了一下她那鲜嫩的小嘴唇。像是吻着一朵娇嫩的喇叭花，似乎稍一用力，就会把花朵碰碎。然而，花瓣留给他的那温馨的感觉和花蕊传给他的那种醉人的芳香，却渗透了他整个身心。使他什么时候回忆起来，都激动不已，记忆如昨。

落叶岛的最南端有一个小小的码头，是用河坡石堆砌而成的。往来于东西两岸的小船，常常也在这里靠一下，他可以搭船到西岸，也可以到东岸。撑船的老艄公原先是一个有说有笑、颇有人缘的老人，如今“让贤”了，换成了一个铁脸年轻人。是他儿子吧？这小伙子真可以，一把船篙在握，犹如捧着传国玉玺，有了至高无上的权力。他想什么时候开船就什么时候开船，想载多少人就载多少人。高兴了或不高兴了，都能顺口出几条“新规定”。他的“规定”就是小船王国上威严不可侵犯的法律。一位大嫂怀抱个吃奶的孩子，他让人家交两个人的船钱。乖乖，乘汽车还三尺以下的不打票呢！坐不坐？不坐下去，我就这么办！一个探亲归队的军人苦苦地哀求着，要他早一点儿开船，怕耽误了火车。他把手一伸：“你换一张‘大团结’，我专门送你一趟。”军人无奈，只好掏出一张十元钱的票子。

他实在看不下去了，用尽量温和的语气对小艄公说：“小伙子，生意可不能这么做呀！”

小艄公把眼睛一横，不客气地说：“一边待会儿去，你算赶哪辆牛车的？”

赶哪辆牛车的？娘的！这是一句戳肺管子的话。他什么时候吃过这亏，受过这辱！他被激怒了，觉得浑身的血管都要涨破了，两个太阳穴突突直跳。他差一点儿声嘶力竭地喊出来：“我是县长！”

他毕竟没有喊，他已经不是县长了。他没有权力撤换他，也没有权力处罚他。当个县长不容易，当个老百姓也难。手里有权有烦恼，手里没权更苦。唉，人在无力改变现实的时候，总是要顺理成章地逃避现实。后退一步，海阔天空嘛。

他站在潮白河大堤上，向远方凝望着，久久地，一动不动。在那遥远的目力所及之处，浮动着一团海市蜃楼般的绿云。绿云遮掩着依稀可见的屋顶，屋顶上飘着淡淡的炊烟。那是一个叫作小米庄的小乡村。他离它那么远，它又那么飘忽不定，可是在他的内心深处，却与这个小乡村有一种撕扯不开的骨肉之情。

四十多年以前，他跟潞河中学几个向往革命的热血青年一起，就是从这里泅过潮白河，奔向冀东根据地的。小米庄一带，是所谓敌我双方的“拉锯区”。白天，日本鬼子挑着膏药旗来“清乡”；夜晚，八路军又悄悄地溜进了村。那一天拂晓，他正在村头贴标语，日本宪兵队包抄过来。他翻墙越过了一个土坯小院，一个刚刚起床准备抱柴火的姑娘被他吓傻了。外边，宪兵队敲起了门。姑娘顿时醒悟过来，一把薅住了他的胳膊，把他拉进屋里。来不及了，宪兵队破门而入。姑娘一下子把他掼在锅台下，抄起柜子上的酒瓶子泼了他满身满脸的酒，屋子里立刻酒气熏天。姑娘哭着，骂着：“你这短命鬼，整天在外边喝酒，到家就醉成一摊泥。你不过，我还过呢；你不要脸，我还要脸呢……”

三个宪兵队员捂着鼻子进来了。

“老总，您行行好，把这酒鬼带走吧，枪毙吧，我可没法跟他过了，呜呜……”

“他是你什么人?”

“他、他是俺男人。”

宪兵队走了，他脱险了。他刚刚回到八路军的队部，姑娘便夹着小包袱找来了。

“你来干什么?”

“我、我是你的人了。”

天呀！你是我的人了？凭什么？就凭泼了我一身酒，就凭在日本宪兵队面前说的那句话吗?”

他们结婚了。一对青春年少的小夫小妻，干柴遇到了烈火。不可否认，他们也有过缠绵缱绻，也有过蜜意柔情，也有过海誓山盟，她的眼泪也把他的胸脯子洇湿了一大片。

解放了。进城了。当官了。婚姻法公布了。不少干部都跟自己的乡下老婆离了婚，换上了时髦的城市小姐。他背着行李卷过了潮白河，回到小米庄，找到了她。临走的时候，他想带她一起进城。她离不开，她那年高多病的父亲怕死在“外葬”，归不了祖坟，说什么也不离开那三间土坯房。

思美还在那小树林里唱歌，大概是一边采蘑菇一边唱。那歌声断断续续，反反复复，像水波一样传过来，在他心灵的深潭里撞击着浪花。

我的情也真，
我的爱也深，
月亮代表我的心……

人世间的事情就是这么阴错阳差。干吗又冒出个陈思美呢？她那么年轻，那么漂亮，那么充满诱惑力。名牌大学毕业，分配在他身边当秘书。她的精明强干是令他满意的。他得承认，身边有这么一个可爱的姑娘，他感到心绪舒畅，精神愉悦。他自己也显得年轻，有活力了。不知从什么时候起，她已经爱上了他。她是天真的、纯洁的，还不知道生活中有许多坑坑坎坎和酸甜苦辣在等着她。她崇拜权威，崇拜力量，崇拜真正的男子汉。而他则是她心目中最理想、最完美也最现实的偶像。

那时候县政府还没有小汽车，县长下乡也只能骑辆自行车。有时在公社住下来，走村串户，检查生产，都要靠两条腿。那是一个月光如水的夜晚，她跟着他深一脚浅一脚地走在坑坑洼洼的乡间土路上。她说怕，怕什么，她没说。他拉住了她的手，拉住了以后就没有放开。她扑进了他的怀里。他紧紧地搂着她那抖成一团的身子，慌乱地嗅着她那散发着芳香的秀发。就在这时候，他轻轻地捧起她的脸蛋儿，胆怯地吻了一下。她呜呜地哭了起来，积蕴了许久的感情终于爆发了。她挥动着蒜头般的小拳头，发疯地捶打着他的胸脯。

“我爱你！我爱你！”

“我知道，知道。”

“不，你不知道。我要、要你的爱！”

“我这不是给你了吗？”

“这是偷来的、抢来的，不，我不要……”

她挣开他的双臂，哭着跑开了。他浑身瘫软得像一团泥……

他久久地伫立着。潮白河大堤上风很凉，很硬，吹动着他那一头霜发，也吹动着他那颗躁乱的心。他在企望什么呢？人就是这样，得到了便不知道珍惜，失去了才觉得可爱。思美不是挺好吗？还有比思美更忠诚、更温柔、更美丽的女人吗？在那独守孤灯的岁月里，她也没有变心。在他被批、被斗、被关进“牛棚”的困境中，她仍然坚定不移、理直气壮地做他的妻子。

他遇上好人，这是命运。他爱她，却不敢爱。一想到她，便有一种犯罪感，他背上了一个沉重的十字架。一个共产党的县长，一个历经过枪林弹雨的革命战士，一个四十多岁的男子汉，居然被一个二十多岁的黄花姑娘折磨得失了态。都说爱是甜蜜的、幸福的。其实，最深沉、最强烈的爱是苦的。没有尝到苦的滋味的人，便不懂得真正的爱。他受不了了，受不了这苦的折磨，受不了心灵的搏斗，受不了爱情与良心的厮杀。他把思美打发走了，分配她到一个远离县城的公社去当团委书记。名义上是锻炼锻炼，实际上是想斩断他与她之间的感情牵连。这是残忍的，但他必须这样做。然后他跑回家，把头扎在妻子的怀里哭了，一个男子汉的眼泪把一个女的胸脯子洇湿了一大片。他向她坦白，向她忏悔，并且求她宽恕。

她宽恕了他，却并不宽恕那个“小妖精”。思美还没有来得及走，中午，她正在机关食堂里吃饭，外边有人喊：“陈思美，有人找。”

思美端着饭碗出去了，在门口迎接她的是一个陌生的女人。凭着女人的敏感她似乎意识到了什么，呆愣住了。

“你认识我吗？”

思美怯懦地摇了摇头："不……"

"今天我让你认识认识!"

"叭叭"，左右开弓，两个大嘴巴。饭碗掉在了地上，摔得粉碎，殷红的血顺着她的嘴角流下来。一阵哄乱，谁知道怎么收的场，总会有人管闲事的。

妻子走了，她出了气，一种雪恨后的畅快夹杂着未消的余怒。临走，恶狠狠地骂了一句非常粗野的话："你再缠他，我就撕烂你的×!"

思美也走了，一声不响地走了，连个纸条也没有留下。多少年之后，每每想起这一奇耻大辱，都浑身发抖，她种下了病根。不过，她忍下了，咬碎了牙咽进肚子里，连一句抱怨的话也没有说。她不是怕那个女人，而且在她面前再也没有那种折磨人的欠债感了。她是为了他，为了他的名誉、身份和地位。她什么屈辱都得受，都受得了。

接着是一场轩然大波。县长的风流韵事，对于一大批专以探测、编造、传播别人隐私为嗜好的天才们来说，将是多么珍贵的素材；对于全县上下各个寂寞无聊的角落来说，将增添多少生活的乐趣。在这场轩然大波面前，他的头脑是清醒的。如果你不想在这个地方当县长，就必须做出唯一的选择，那就是，跟老婆离婚，跟思美结婚。索性顶风上，一步到台口，把事情做绝，把人们猜测的一切都变成现实，人们的嘴巴也就自然张不开了。

这是政治上的需要，也是他的心灵搏斗的结果。那个嘴巴，把他身上那沉重的十字架推倒了，在爱情与良心的厮杀中，他果决地站在了爱情一边。

这个小小的摆渡口越来越繁华了，铁脸小艄公的渡船总是坐得满满的。他常常挤在人群里，怎么没有人认识他呢？是真的不认识，还是装作不认识？这来来往往的人群中，肯定有小米庄的人。小米庄的老人他认识，而老人又不大出门的。他常常有意无意端详一张张年轻人的脸，希望从中找出他所熟悉的形象来，特别是，他常常怀着一种杌陧的心情打量年轻媳妇的脸，希图能发现他自己的印迹。那是他的女儿，他唯一的亲骨肉，听说她已经结婚了。当年她不认他这个爸爸，这给他心灵上留下了不可愈合的伤口。

她死了，死在了修小米庄水库的工地上。她死得那么惨，又那么平淡，甚至可以说是不值得，放炮打冻，一块冻土坷垃砸在了她的胸口上。他听说后赶去，人已经埋了。一座新坟前站着一个小女孩儿。她已经十岁了，他记得，她长得瘦小枯干，像个七八岁的孩子。头发又干又黄，两根小辫比耗子尾巴长不了多少。他要把她带走，她却用一双仇恨的眼睛看着他。

"我没有爸爸。"

"孩子，我就是你爸爸。"

"我妈没有你能活，我没有你也能活。"

这像是她妈教她的话。教她这个干什么？是让她长志气，争气要强，还是让孩子记住她对他的仇恨？

为什么要修小米庄水库呢？水利是农业的命脉嘛，不修水库干什么？活见鬼，老百姓有意见，县委班子里却没有一个人提出异议，一致通过了的。投资二百万，调动了全县十三万民工，浩浩荡荡，惊天动地，大战一冬春，报捷了。庆祝大会，电台广播，报上发消息。"旱田变水田，产量翻一番。"小米庄，以盛产小米著称。圆鼓鼓，金灿灿，油光闪亮，蒸出饭来，喷喷香，有黏性。他这一辈子，吃了小米庄多少小米，小米庄的小米使他长了多少筋骨血肉？他忘了吗？没有。水库一蓄水，地下水位上升，土地板结了，盐碱化了。小米庄不出小米了，不要说种谷子，连草都不长了……

烦。他躺在小屋里，眼睛直愣愣地看着天花板，表面很平静，心里却像揣着一团铁蒺藜，扎得他浑身抽搐，就是因为老疙瘩告诉他的情况。老疙瘩是小米庄老村长于老根的老儿子。他终于从拥挤的小船中找到了一个熟悉的面孔。老疙瘩告诉他，小米庄已经"户自为战""人自为战"了。都去跑买卖，做临时工，进城当老妈子，自谋生路。地嘛，没人种，撂荒了，白花花、光秃秃一大片，像刚下过一场雪。不撂荒怎么办？那破地种一葫芦收一瓢，瞎耽误工夫。公粮怎么办？到自由市场去买，买回来再交国家。这还叫农民吗？管他呢！猪往前拱，鸡往后刨，各有各的道。

“盐碱地可以改良，修坛田，挖沟泄碱。”他对老疙瘩说。

“土地都分给各家各户了，你挖我挖不挖。”

“种水稻嘛，水稻不怕盐碱。”

“水从哪儿来？那个破水库，把地祸害够了，自己也干了。”

惩罚。这是大自然对人的报复，是良知对愚昧的报复，是自然辩证法对官僚主义的报复。怨谁呢？老疙瘩说，就怨那个破水库，他为什么不说怨那个修水库的人呢？

你去想一想，
你去看一看，
月亮代表我的心……

添乱，思美把录音机打开了。又是那支破歌，缠缠绵绵的，谁有那心思。

“关上。”他强忍着烦躁。

“你应该听听音乐，放松一下，这对平息你的情绪有好处。”

“你给我关上！”他暴怒地下了命令。

思美睁着那双惶恐的眼睛看着他，像一只受惊的可怜的小动物。她只好把录音机关上了。一个晚上，谁也不理谁，这样挺好。铺床，睡觉，脊梁对脊梁，一个脸朝向一边。外边，秋风吹动着树枝，时不时地抽打一下屋顶。床下那潮湿的角落里，秋虫不厌其烦地唱着那单调乏味的歌。在这孤零零的小岛上，在这孤零零的小屋里，思美再不理他，他还活什么劲儿呢？他白天看了一本老年人杂志，有一篇文章说，老年人最怕孤独，他怕不怕孤独呢？也许怕。要不，在那日理百机、千机，乃至万机的官场上，他怎么没有这么多的烦恼和忧怨呢？

不，我不是被孤独折磨成这样的，或者不仅仅是。人老了，没用了，又活得没有意思，就应该死去。有一个野蛮民族，就是把丧失劳动能力的老人扔到荒郊野外的。那里的老人大概对此也并无怨言，因为他们也曾经用同样的手段对待过他们的祖辈。胡思乱想。嗯，人活在世上，无非是两条，一条是索取，一条是奉献。或者说，一条是借债，一条是还债。欠得越多，还得也就越多。把债还清了，最好再留一点儿积蓄，人才能安安生生地死去……

天真黑。月亮不知什么时候落下去了，还是没有出来？今天是农历初几？他好不容易才摸到那只小划子，解开缆绳，撑起船篙。

“你，你干什么去？”思美追了出来。

“回去睡你的觉吧，我到县委去一趟。”

“什么事这么急？”

“今天常委例会，让他们研究一下小米庄的问题。”

“你疯啦？黑天半夜的！”

“扑通。”思美跳下了水，她知道不能把他劝回去。她爬上了小划子，接过船篙。一个能干的女人。到了对岸，她把他安置在潮白河管理处的办公室里，然后给县委打电话。他任她摆布，阴沉着脸，一句话也不说。一个小时以后，司机开着小汽车来了，他却挥了挥手，让司机回去。

“我说老县长，您这不是拿我们开涮吗？您想一出是一出，我们受得了吗？”

跟了他多少年的司机居然也敢说这种话了，也敢当着他的面指责他了。官满如花谢，坟地改菜园子，拉平了。爱说什么说什么吧，反正他是不去了。只有思美没有怨言，尽管她还穿着湿漉漉的衣服。再登上小划子，回落叶岛，钻进那个小屋。睡觉，睡不着。翻来覆去，接着折腾。

思美走了。用“热得快”给他弄完早餐就走了。他洗漱完毕，吃完早餐，她还没有回来。他不安了，推门出了屋，外边静悄悄的，连一个人影也没有。他又朝小树林里走去，小树林蘑菇真多，又鲜又大，刚刚拱出土来。思美没有来采。他仄起耳朵朝树林深处倾听，没有思美的歌声。他想喊，又不好意思，这会儿还没有必要。不过他心里开始发慌了，似乎笼罩着一种不祥之兆。人老了就是这样，总觉得自己的末日就是世界的末日，什么事都愿意往坏处想，钻进牛角尖就出不来，疑心病。

他又转到摆渡口，转到潮白河大堤，脚步匆匆，浑身冒汗，心里突突直跳。思美到哪儿去了呢？难道昨天晚上她生了气，扔下他一个人走了？思美不是那寡情寡义的女人。不要相信女人的海誓山盟，女人什么事情都做得出来。怎能这样想思美呢？罪过。也许，她只身到县委去汇报，说他精神不正常，发疯了，让县委对他采取措施。她会这么做吗？或者，她掉进河里了，掉进去也淹不死她。碰到野兽了，这里没有野兽，只有蘑菇。要不，病倒在一个不为人知的角落里了。别，千万别……

傍中午的时候，他才拖着疲惫的身子朝那小屋走去，无可奈何。临近小屋门口的时候，他一下子愣住了。那不是思美吗？她怀里抱着一个花骨朵般的小女孩儿，身边还跟着一年轻媳妇。天呀！这是怎么回事呀？是做梦，是幻觉，吃了迷幻药了？人老了，眼花了，心也花了。他常常生活在梦和现实中间，分不清哪是真的，哪是假的。这是真的，思美和那个年轻媳妇在冲着他笑，那个小女孩儿在冲着他招手。那个年轻媳妇跑过来，拉住了他的胳膊，攥住了他的手。

是她吗？是浇了他一身酒，救了他一命的她吗？是夹着个小包袱，到八路军里去找他的她吗？是被一块冻土砸死在小米庄水库工地上的她吗？不是她，是那个在新坟前不认他这个爸爸的那个小女孩儿。

“爹。”

这呼唤像一阵巨大的轰鸣，他简直经受不住强烈的震撼，整个身子都要塌坍下去。

“孩子，你，你怎么来了？”

“妈让我来接您。”

妈！哪个妈？他抬头看了看思美，思美的泪水流在幸福的脸颊上。那花骨朵般的小女孩儿，紧紧地搂着她的脖子，把鲜嫩的小脸蛋贴在她那挂着泪珠的脸上。

“快叫姥爷。”

他急忙奔过去，伸出颤微微的胳膊把小女孩儿接过来，搂在了自己的怀里。

“爹，您收拾收拾，跟我回家吧。”

“回家？”

“回小米庄呀！再说，您还没有见过你的女婿呢！”

“是呀，他是谁家的？”

“他叫张岩。张大巴掌的大孙子，您不记得吗?”

怎么不记得呢？张大巴掌是小米庄的大地主，土改的时候，他亲自审过他。自己的女儿怎么跟张大巴掌的孙子结婚了呢?

“他现在当上村长了。爹，他想请您回去给他当当参谋呢!”

眼花缭乱，错综复杂。他一下子接收的信息太多了，加上已有的那些胡思乱想，脑子迟钝，一下处理不过来。

“爹，您不想回去吗?”

“啊？回去，该回去了，该回去还债了……”

他喃喃地说，像是自言自语。

“姥爷，您怎么哭了?”

“是啊，怎么哭了呢？应该高兴才是啊!”

1985 年 4 月于孤峰寨

海　　祭

一

我为什么要怂恿她写小说呢？罪孽。

终于有一天，她告诉我，她找到了一种很好的自杀的方法。那是在城外边的小河边，我们坐在柔软的沙滩上。天边的晚霞红得像血，软绵绵的，有如我们脚下的沙滩。沙滩也是红灿灿的。她说得既认真又轻松，甚至还有几分得意，仿佛是发现了一个绝妙的构思或找到了一个完美的表现形式。她说，抹脖子，上吊，摸电门，喝敌敌畏，当然都能达到自杀的目的，却给人们留下了一具僵尸。任人观看，任人解剖，任人猜测和品评。她不愿这样，既然不想活在这个世界上了，那么就悄悄地离去，一点儿痕迹都不要留下。她要到大海里去，淹没在狂涛巨浪之中。生命结束了，尸体喂了鱼虾，人与自然达到了完美的、永恒的和谐统一。

她没有见过大海，却盼望着把大海作为自己的归宿。她是怎么来到大海边的，又是怎么把自己消融在烟波浩渺之中的？三年来，这个谜一直搅得我心神不宁。

刚放暑假，我便从中国著名的“三大火炉”之一的武汉来到了气候凉爽宜人的大连海滨，参加《海燕》编辑部组织的笔会。这是一个只有五个人的小型笔会，而且是清一色的男性公民。尽管编辑部安排照顾得非常周到，大伙儿还是怎么也提不起兴致来，一天到晚，寂寞得让人心里发慌。每当落日黄昏之际，我都独自坐在白云山庄的峭岩上，面对着大海，开始了我那积郁已久的痛苦的心祭。我的神智恍惚起来，眼前出现了朦朦胧胧却又清晰可辨的幻境。她挥舞着鞭子，赶着成排的海浪从水天相接处奔涌而来，轰轰烈烈，狂呼呐喊，像困兽一样怒不可遏地撞击着海边的峭壁。大地沉重地震动着，我的心也随之沉重地震颤着。

那是你吗？丁小聪，我的好姑娘！

二

她已经死过一次，不是生命结束了，而是心死了。只因为遇上了我，她才活了过来。这话是她自己说的，我却不敢承受。

我是县委派往青崖口公社的“三夏”工作队队员，由于会写文章，便免于上第一线战天斗地，留在公社机关搞简报。她是公社的打字员，一份《“三夏”战报》，我负责编辑出版，她负责印刷发行。算起来，她那年二十二岁。说心里话，一见面我就被她吸引住了。她有一个城市女孩子苗条健美的腰身，又有一副农村姑娘质朴文静的神态，还有一种知识女性含蓄高雅的气质。无论是比“条儿”还是比“牌儿”，都是一个难得的漂亮姑娘。不知哪个幸福的小伙子，会得到她的青睐。

毋庸讳言，跟一个年轻漂亮的姑娘一起工作，总会令人心情愉悦的。遗憾的是，她却缺少姑娘们应有的热情和朝气。她每天都是低着头一声不响地干着她分内的事情，听不到她说一句多余的话，也看不见她一点儿笑模样。那俊俏的脸蛋上和水莹莹的大眼睛里，总是笼罩着一层厚厚的愁云。正是盛夏时节，天气闷热得让人喘不过气来。到了晚上，差不多满街的人都出来纳凉聊天，等待着夜深降温以后再进屋睡觉。有的干脆铺块凉席通宵睡在外边。可是她却门窗紧闭，不知道一个人在屋里憋什么。她怎么不怕热呢？

开始，我以为她也染上了漂亮姑娘的通病，用高傲在男人面前提高自己的价值。渐渐地，我却发现了她的冷漠和孤傲中隐藏着巨大的痛苦。

半夜，我突然被一阵撼天动地的霹雳声惊醒。外边，狂风暴雨，电闪雷鸣。我记起了白天晾在院子里的衣服，翻身下床，撑着把雨伞便冲了出去。借着一道通天贯地的闪电，我猛然发现大门口的合欢树下站着一个人。我心里一缩，立刻奔过去。天呀！居然是她。

“小聪，你，你怎么站在这儿?”

她不理睬我，雨水浇头盖顶地淋在她的身上，她身子靠在树干上，紧紧地闭着眼睛，神态是那样的安详自若，似乎是在舒舒服服地冲着淋浴。

“快回去，你会被淋病的!”

我把伞举在了她的头顶上，自己站在暴雨中。她似乎刚刚发现了我，猛地睁开眼睛，直起身子。还没容我再说什么，她却转身跑了。我更加惊慌起来，紧紧地追着她。她跑进自己的宿舍，砰地撞上门，一头扑在床上，呜呜地大哭起来。我贴着窗子，叫喊她，她仍然不理睬我。

她果然病了，发起了高烧。我给她请了医生，取了药，又让食堂做了病号饭，我给她端到床边。尽管我做的一切都是出于道义和同志间的“革命友谊”，但毕竟有了一个向她讨好、为她效劳的机会。她被感动了，向我吐露了她内心的苦痛：她失恋了。

那个小伙子叫岳文华，她中学时的同学，过去在青崖口中学当代课教师。他们相爱了六年，按照农村的习俗，下了定礼，过了小帖，连结婚的被褥都做好了。去年岳文华考上了大学，便毅然跟她断绝了关系。把这么好的姑娘抛弃掉的人，不是恶棍便是傻瓜。这个岳文华很可能神经出了毛病，以为上了大学就可以做当朝驸马郎了。你家坟地里长那棵蒿子了吗？我真为她感到愤然了。

“他嫌俺是‘补贴干部’……”

我明白了。所谓“补贴干部”，实际上是不挣工分的庄稼人。户口在农村，吃粮从家带，公社发工资。没有公费医疗证，没有劳保待遇，没有提级调资。什么时候哪位领导看着你不顺眼了，一句话就可以把你打发走。“补贴干部”手里战战兢兢地端着个泥饭碗，随时随处都有被打破的危险。我当过“补贴干部”，深知其卑微的身份和屈辱的地位。你再聪明，再漂亮，只要你是个农民，身价就会一落千丈。这没有办法，我只能为她叹息了。

“你还爱他吗?”

她沉重地摇了摇头。

“这不结了吗？他抛弃了你，他对不起你，你不该再留恋他了。”

“我不是留恋他，我，我是咽不下这口气，我真想跟他拼了，他害苦了我……”

“别这样，想开点儿。人活在世上，应该靠自己的努力来表现生存的价值。要我说，你不应该拼命，应该争气!”

“唉，我能争什么气?”

“你也考大学嘛。”

“我去年考过，落榜了。”

“再接着考呀!”

“不行，我数学基础太差。”

“你文学行吧?”

“我喜欢文学。”

“你喜欢文学，那太好了。你搞创作呀，写小说，将来当个女作家，他一个大学生有什么了不起。”

我鬼使神差般地动员起她写小说来了，这不是没有原因的。当时正是思想解放运动的热火头上，文坛开始活跃起来，许多文学刊物都开始恢复和创办。更主要的是，我是写小说的，并且发表了几篇作品。一个人总是要情不自禁地表现自己的优势，特别是在漂亮姑娘面前。我异常兴奋地说着，她简直听呆了，睁大了那双闪光发亮的大眼睛，像不认识似的看着我。

“您，您不是在拿我开心吧？我是当作家的材料吗?”

“怎么会呢？文学事业是神圣的，可作家并不神秘，有志者，事竟成。你可以试一试嘛，你要是愿意，我可以帮助你……”

她那颗死了的心被我说活了，可是我的大错也铸成了。

三

她果然搞起了创作。严格地说，那算不上创作，实际上是写的几篇记叙文。真人真事，又紧跟形势，叫作通讯报道更准确一点儿。让人高兴的是，她的文字还流畅，层次结构也清楚。我从中挑了两篇，帮助她修改了一下，投到《农友报》，居然还登出了两篇“豆腐块”。

她的文字变成了铅字，她的名字赫赫然出现在报纸上，这对于她来讲实在是一件至关重大的事情。她一下子振奋起来，脸上的愁云一扫而光。她爱说了，爱笑了，还时常情不自禁地唱两句流行歌曲。她的嗓子很甜润，唱出歌来有一种特别的韵味，让人听了忍不住想落泪。她原来是个热情活泼、多才多艺的姑娘！

“你应该去当演员。”

“我过去在学校参加过宣传队，表演过《大寨亚克西》。”

“怪不得呢！”

“我跟他就是在宣传队里好起来的……”

她的脸上又涌起了阴云，但很快就消失了，变得阳光灿烂。她激昂地说：“不，我不会去当演员，也没有地方要我。从今以后，我拼命读书，拼命写作拼出个样子来。冯老师，真得感激您。我真没有想到我还能搞创作，而且这么快就入了门。您说，我这叫作入门了吧？”

她显然被发表的两篇“豆腐块”冲昏了头脑，以为她已经登上了文学殿堂的阶梯，只要“大干快上”，就能当一名堂堂皇皇的女作家了。我不愿意破坏她这种激昂的情绪，不能如实地告诉她，你非但没有入门，恐怕连入门的路还没有找到。事实也的确如此，她甚至还没有把文学创作和新闻写作分清楚。当然，这并不能说明她水平低下，在我们那个小小的县城里，能把这二者分清楚的人也并不多。她的“豆腐块”发表以后，在公社机关，甚至在县委领导干部的心目中，我们俩便成了一类的人。既不叫作家，也不叫记者，统称为“笔杆子”。

我正是利用了人们这种“模糊概念”，把她拉入了文艺队伍的。实际上是把她往死亡线上推进了一步，如今后悔太晚了。

事情是这样的，县里成立文联，缺少一名工作人员，我便推荐了她。文联党组书记老齐是我的老上级，对我的话还是信得过的。文联编制名额有限，工作人员必须具有多种才干。她年轻，有能力，工作踏实，又会打字，还发表过作品，到哪儿去找这么合适的人选呢？唯一让人感到理不直气不壮的，就是她这个“补贴干部”的身份。老齐对这一条却不以为意:“这没关系,咱县有不少局都用‘补贴干部’。‘补贴干部’好用,合适就留下,不合适就打发走。”

我一听急了:“那可不行,人家到咱这儿来,就得把公社的差事辞掉。你到时候要是把她打发走,让她到哪儿去?”

老齐忙说:“咱当然不会随便把她打发走的。她要是干得好,咱就跟县里要个转正指标,把她转成正式国家干部。”

这太让人高兴了,这个优越条件我原来居然没有想到。公社每年都会有一两个转正名额,为这一两个名额,常常吵得不可开交,能把脑浆子争出来。青崖口公社就是有三十个名额,恐怕也轮不上她。而她到文联来,只要有一个名额,都会是她的。

她来了,工作很出色,让人感到很满意。文联只有三间房子,办公室就是她的宿舍。八小时工作完成后,她便把自己关在屋子里读书写作。我帮她开了一个书目,让她有计划有系统地读一些书。一开书目我才知道,她过去读的书实在少得可怜。就是“文革”中摆在书架上的那几本,连《红楼梦》都没有看过。要把这一课补上,需要时间,她等不及了。她不能按部就班地等学好了再干,她必须“急用先学”“立竿见影”。她给自己定了个指标,每周读一百万字的书,写一万字的作品。完不成任务,不吃饭,不睡觉,不回家休假。

真是个有志气的姑娘。从那以后,每个星期,我都能读到她一篇小说习作。读她的小说,远没有读她的通讯报道让人感到兴奋。她的小说写得干巴巴的,没有形象,没有色彩,没有味道。尽管我对她的每一篇作品都非常详细地进行了“分析批判”,具体地指导她该如何克服这些毛病,可是她仍然进步不大。我怀疑她没有生活,没有文学感受,或者干脆没有作为一个文学家的天分和才气。我开始恐慌起来,假如真是这样,那么她现在做的不都是“无用功”吗?为一个根本没有希望的目标奋斗,只能是残忍地糟蹋自己的生命。

当时有一种说法,认为中国有两种职业是最容易干的,一个是当官,一个是当作家。一个人如果连官和作家都当不了,还有什么用处呢?毋庸置疑,中国的官场和文坛确实混入了不少质量低劣分子。这种不怕重新打成“右派”的论调,是对这种现象极而言之的抨击。我一向是崇拜真正的政治家和真正的文学家的。尽管我说过“有志者，事竟成”的话，但作为一个文学家，或多或少还是需要具备一点儿特殊才干的。一连看了她十几篇作品，还看不出任何她从事文学事业的可能性。我心里像揣着一团铁蒺藜，扎得我寝食不安。我要不要跟她谈谈，让她改变一下奋斗方向呢？

为了慎重起见，我挑了她两篇习作，请了一位我所尊敬的老作家帮助“鉴定”一下。他看完以后，很果断地说：“劝劝她，别浪费精力了。”恰巧，那位老作家在市里有一个报告会，我给她找了一张票，让她去听一听。傍晚，她回来了，进了门，把肩上背的军绿色书包啪地往桌上一扔。这位小姑奶奶的脾气也渐长，特别是在我面前。

“讲得怎样？”

“通篇屁话！”

我一惊。她没等我发问，便从书包里掏出笔记本，啪啪啪地翻开，拿腔作调地给我念了起来：“你听听：文坛是个喧闹的窗口，文学道路是很拥挤的道路。年轻人，应该自己设计自己，对人生道路进行最佳选择，寻找出最能发挥你的才干、最能出成效的事业。不能都到这儿来凑热闹，都往这条路上挤……”

这正是我想要跟她谈的意思，她对这些话竟然是如此深恶痛绝。她气得小脸蛋儿红通通的，眼睛里噼里啪啦地爆着小火星儿。

“真没想到，一个老作家也会有这么卑劣的心理。”

“这……这怎么能算是卑劣呢？”

“如同挤公共汽车，他没有登上去之时，就高呼大喊往上挤，还要求后边的人推他一把。一旦他的脚刚登上车，就立刻叫关车门，把帮助他挤上来的那些后来人拒之门外……”

她原来是这么看问题的，我还跟她谈什么呢？

四

她真不走运。我说过，过去每年都有一批“转干”的指标。可是这两年正赶上国家经济调整，干部队伍缩编，转正名额一个都没有了。

我很为她的前途担忧，她跟我认识了三年，奋斗了三年，除了那两篇“豆腐块”以外，一个字都没有发表过。我觉得，她当女作家的希望越来越渺茫了。

老齐也很发愁。既然咱文联没有办法给人家转正，可千万别耽误人家。寻来找去，听说代课教师有转正的可能性。我央求老齐，他在教育局有不少熟人。他终于替她找了一个当代课教师的名额。

我和老齐跟她谈了。她很感激我们，也觉得这样比较有把握一点儿，便决定去当代课教师。人这一辈子，几乎随时随处都处在选择的十字路口上，稍一疏忽，便会改变整个命运，真可谓一失足而成千古恨。她那会儿要是真的去当代课教师，一年以后就可以转正了。可惜，她没有去，因为一个意想不到的原因。

岳文华大学毕业了，分配到县委宣传部工作。文联是下属宣传部领导的，按照这种隶属关系，岳文华恰巧是丁小聪的上司。这一天，岳文华到文联来检查工作。两个老同学，一对恩怨未了的旧情人见面了。尴尬了一阵之后，还是谈起话来。

“听说你在写小说，想当女作家吗?”

“怎么，瞧不起?”

“岂敢，岂敢！不过，看在老同学的分儿上，还是听我一句忠告吧，作家这碗饭可不好吃呀!”

“多不好吃，不还是有人吃上了吗？我不比别人缺鼻子少眼睛，不信别人能做到的，我就做不到。”

“你的精神固然让我佩服，不过还是要从实际出发。希望越大，失望越大，到时候你会痛苦的。”

“比这更大的痛苦我都尝到了，也挺过来了。”

“别误会，我的意思是说……”

“不用说了，请你放心，我丁小聪就是混得拄棍子讨饭，也绝不会向姓岳的伸手的!”

这话可说得太绝了。没想到，就是这么一句话，把她自己最后的生路截断了。

到现在我仍然认为，岳文华那些话未必有恶意。而丁小聪出于对他的积怨，从他的任何话里都能听出所谓的弦外之音，都能找出些充满仇恨的含义，都对她是一种强大的刺激。好处是，这种“刺激”非但不能把她击垮了，而且她还能从中获得等量的反作用力。这次谈话的结果，使她铁心从文，放弃了去当代课教师的机会。

“我不去，我认准了这个目标，就死无反顾。不蒸馒头蒸（争）口气，我非当个女作家不可，到时候看他姓岳的还有什么话说。”

别看她表面上长得很文静，很温顺，骨子里却有一股折不弯、扯不断的刚韧劲儿。她的主意已定，任你说什么都无济于事了。

“各人走各人的路，你为什么要跟他较劲儿呢?”我试图说服她。

“也不完全是为了跟他较劲儿，这条路是我自己选定的。我奋斗，拼命，受苦，主要是为了我自己。一个人，只有一次机会来到这个世界上，不能白白地混过去。最起码要把我这个名字留在这个世界上，等我死后若干年，有人无意中整理旧书，看到我的著作，还能知道这个世界上还曾有过我这么一个人……”

她说得慷慨激愤，又庄严郑重。我知道，这是她自己的人生哲学。

她这样说的，也是这样做的。她不再考虑转正问题，读书写作几乎成了她全部的生活内容。她不断地写，写完之后不给我看了，直接寄到各个编辑部。每隔三五天，都会有一个鼓鼓囊囊的大信封给她寄回来，那是她的退稿。退稿并没有使她灰心，反而激起了她更大的写作热情。仿佛她写稿就是为了寄出去再退回来似的，经受不住失败的打击，只能是懦夫、懒汉，绝当不上成功者。她对我说，似乎是在勉励我，而不是她在自勉。

我被她这种精神深深地感动了。

《农友报》文艺副刊的一个老编辑来找我约稿。这是一个弯腰驼背的小老头，样子长得挺和善，两只小眼睛总是笑眯眯的，像是有满肚子的喜兴事。我请他到饭店里吃涮羊肉，让丁小聪去作陪。我把丁小聪的处境跟他讲了，希望能引起他的同情，并要求他扶植一下这个不幸的姑娘。

驼背老编辑立刻夸下了海口：“没问题，告诉你小聪，你就从我这块阵地上打出去吧。从五十年代开始，我培养了若干农村作者，有的现在已经成了著名作家。你给我写一部中篇，我给你连载，然后发你的照片，发评论文章。看着吧，不出一年，我就让你成为一个文坛新秀!”

这一片比羊肉锅还滚烫的话，把丁小聪说得热泪盈眶。她激动得端起满满的一杯白酒，与驼背老编辑碰杯后一饮而尽。又辣又呛，她大口大口地吞着涮羊肉片——她大概忘了自己是从来不吃羊肉的了。

五

正当她在驼背老编辑的栽培下，踌躇满志，一心想在金碧辉煌的文学殿堂里占一席之地的时候，我离开了县文联，调到市作协搞专业创作去了。虽说离开了她，我还是始终为她忧虑着。不仅忧虑她能否当得上“文坛新秀”，更主要的是为她的终身大事担忧起来。

她已经二十五岁，无论如何该考虑婚姻问题了。在农村，她已经属于“老姑娘”一类了，按城市姑娘谈恋爱的年龄，怕也不小了。上山容易下山难，按她目前这个处境，她的对象是很不好选择的。如果当初我不把她搞到文联来，说不定她平复了失恋的创伤之后，会从实际出发，找一个“补贴干部”或社办企业的工人，筑一个暖乎乎的小窝儿，过起平平安安、甜甜美美的小日子。她在文联，接触的都是文人、名人，眼光自然会越发高起来，何况她又胸怀大志，不甘做平庸之辈！她不会下嫁一个农村小伙子，可是城里有才有貌有地位的男子汉，也不会找一个没有正式户口的半城半乡的姑娘。在中国的户口制度中，城乡之间的差距，绝不会亚于美洲大陆的种族界限。一个城市小伙子娶一个农村姑娘，如同白人娶一个黑人一样，不是不可能，但绝对不会平等，也不会顺理成章，更不会一帆风顺。

没有想到，关心她婚姻大事的不是我一个人，还有那个自称曾把若干农村作者扶植成著名作家的驼背老编辑。我到市作协报到之前，帮助丁小聪完成了一个中篇的构思，题目叫《山姑》，写的是几个农村女孩的命运。如果写得好，完全可以成为一部很不错的作品。三个月以后，她写信告诉我，说是稿子已经写完并寄给驼背老编辑了。

没过多久，在一次市作协召开的会议上，驼背老编辑见到我，便从书包里掏出一个鼓鼓囊囊的纸口袋，讨好地对我说：“这就是丁小聪写的那部《山姑》。”

我问他：“写得怎么样？”

他摇着脑袋说：“唉，真够呛！没想到她水平这么低。”

这是我预料之中的，不过我还是要为她争取一个好的结果：“能不能帮她修改一下？最好能发出去。发一部中篇，对改变她的处境，或许有好处……”

他不等我说完，又拍起了胸脯：“既然你说话了，这回我是两肋插刀了。实在不行，我替她重新写，无论如何也得发表。”

我又为他的侠肝义胆感动得嗓子眼发堵，恨不得马上拉他出去再吃一顿涮羊肉。

谈来谈去，我们便扯到了丁小聪的婚姻问题。叹息了一阵之后，他说：“我想求你给牵个线，你看行不行？”

“谁？”

“我那大儿子，就是年纪……大一点儿。”

“多大？”

“三十二了，属鼠的。”

“比她大七岁，按说也不算大。你儿子干什么？”

“工厂的工人，三级钳工，还是先进生产者呢！”

“什么工厂？”

“啊，啊……福利工厂。”

“什么，你儿子是残废？”

“就是……是哑巴，不过他上过聋哑学校，有文化……”

我顿时气得七窍冒火，这不是活糟践人吗？就算她一辈子转不了正，也不至于这么降价处理呀！看着驼背老编辑那张恬不知耻的脸，我真想照直揍他一拳。

他大概也看出了我的愤怒，嗫嚅地说：“你顺便跟她提提，一家女百家问。行呢，算着；不行，咱算没说。”

看他这么大年纪的分儿上，我没有向他发作，只是冷冷地说：“不行，不用问。从我这儿就不行！”

我真不知道为什么说了这么一句带把的话，让人家抓在手里了。不久，这句话经过演绎就在我们那个小县城里传出去了，说有人给丁小聪介绍对象，我横加干涉，不许她谈恋爱。他凭什么为她做主，他们俩是什么关系？

在我们那个小小的县城里，人们可以容忍护城河里有致癌物，可以容忍花八十斤粮票从火车站或别的什么地方换回一个大姑娘，也可以容忍国营百货商店的仓库被一把大火烧个精光而不追究任何人的责任，唯独不能容忍男女间的风流韵事。然而人们又对这种“是可忍，孰不可忍”的事情津津乐道，兴趣颇丰。稍有点儿桃色或半桃色的新闻，比流行性感冒传播得还要快，而且会越传越神，有梗添叶，无花结果。直到把一对“狗男女”糟蹋得身败名裂，抹脖子上吊才算出了气，过了瘾。

这股谣言一传出，丁小聪在文联便待不下去了。文联那三间小屋突然间门庭若市。有来办公事的，有来查找资料的，有来联系毫不相干的业务的，有故意找人走错门的。来宾中有情窦初开的大男小女，有风韵犹存的半老徐娘，也有春心未泯的白发老者。进来以后，两只眼睛就贼溜溜地往丁小聪身上盯。就算丁小聪真的偷人养汉生了私生子，又有什么可看的呢？

风声越来越大，据说县委、文联都收到了不少匿名信和化名信，有揭发检举的，有提供旁证的，还有严厉质问的。县委宣传部刘部长亲自过问此事，追查是谁把这么一个女人安排在文联工作的。老齐本来就是个树叶掉下来怕砸破脑袋的胆小鬼，这会儿上司发了火，他把苦胆都吓出来了。他立刻找丁小聪谈话，命令她卷铺盖滚蛋。

丁小聪一下子蒙了，万万没有想到凭空飞来灭顶之灾。

“我、我到哪儿去呢？“丁小聪连哭的本事都没有了。

老齐冷冰冰地说：“你还是回公社吧。”

“人家还要我吗？”

“那我们不管，你自己去联系吧。”

这样，丁小聪只好回青崖口公社去找出路了。需要说明一点，眼下青崖口公社书记已经换成岳文华了。他在县委宣传部表现不错。又赶上“第三梯队”组织力量，他年轻，又有一张大学毕业的文凭，于是走了红运。这可真是冤家路窄。丁小聪无可奈何，只好硬着头皮去找他了。岳文华对她蛮热情，又递茶，又让座，又问寒问暖。不过，这个可怜的姑娘忘了自己在胸怀大志时说过的一句绝话了，而岳文华并没有忘。

“你想干什么呢?”

“我原来是打字员。”

“可是现在打字员已经有人了。”

“那、那让我干什么呢?”

“你去塑料厂吧，郭春妹在那儿呢，你们过去就熟悉，互相有个照应。”

郭春妹是丁小聪前任打字员，是个脸蛋儿长得漂亮心里却没有主见的姑娘。不知怎么她的肚子被原公社书记弄大了，原公社书记调走了，她就被处理到塑料厂去了。

丁小聪听了岳文华对她的安排，浑身打了个冷战，气得嘴唇直哆嗦：“我、我没有问题，都是谣言……不信，你可以去调查!”

岳文华轻蔑地说：“我没说你有问题呀!”

“你没说我有问题，为什么分配我到塑料厂?”

“塑料厂三百多人，难道都有问题?”

“不行！反正我不去!”

“你不去我也没办法，看在咱老同学的面上，我这样安排，就够照顾你的了。”

“你要还承认咱是老同学，就把我留在公社机关，算我求你还不行吗?”

“好吧，我们再研究研究。不过，有一句话你得收回去。”

“什么话?”

“你曾经说过：我丁小聪就是混得拄棍子讨饭，也绝不会向你姓岳的伸手的!”

“叭”的一声，丁小聪把手里的茶杯摔在了地上，站起身来冲出了门，又砰的一声把门摔上，门上的玻璃都震碎了。

岳文华愕然了。

这一切我知道得太晚了。确切地说，是她死后我才知道事情的全部真相的。她临死之前，我们是见过一面的。那天晚上，她敲开了我的家门。关于我们两个人的谣言，已经传到了我妻子的耳朵里。妻子即使完全不相信有这么回事，见了她也难免尴尬。她是来取那部稿子的。就在这紧锣密鼓闹得最厉害的当口儿，驼背老编辑落井投石，把她那部已经修改了七遍的《山姑》退了回来。更恶毒的是，他不亲自退，还让我给她捎了回来。我是天底下头号大傻瓜，外边已经让人搞得人鬼皆非了，自己还蒙在鼓里。

她拿起退稿便匆匆走了，临走时只说了一句话："我的出路已经找到了，你放心吧!"

我完全不明白这句话意味着什么。

六

一个星期以后，我收到一个大信封，是挂号寄来的，信封上的字是打字机打的。拆开信封，首先掉出来一封叠成三角形的信。一种不祥之兆像恶魔一样抓住了我的灵魂，我浑身抖成了一团。

冯老师：

当您看到我这封信的时候，我早已不在人世间了。您不要为我悲伤，我死得很坦然，甚至可以说很幸福。您更不要徒劳地来找我，按照物质不灭定律，我已经以另一种有机的或无机的物质形式存在于茫茫大海之中了。随信寄去的，是八十六封退稿信。其中有三张是手写的，八十三张是铅印的。这是我失败的记录，是我唯一留在这个世界上的一点儿痕迹。其他一切，我的手稿、信件、书籍、日记统统烧掉了，跟我一起消失了。

忘记我吧，在任何时候都不要提起我，让所有的人都忘记我。我从来就没有在这个世界上存在过。

信上没有署名，也没有日期，上边的字也是用打字机打出来的。我失魂落魄地翻看着那些退稿信，退稿信上她的名字也统统用刀子刻掉了。我又翻看信封，信封上也没有下款，只是从上边的邮戳上，看出了模模糊糊的两个字——大连。

直到三年后的今天，我才到大连海滨来祭祀她。

1986 年暑假于大连

生活的温度

我站在牧牛屯的村口，焦急地等待着她。

我对她的思念已经很久很久了。在这十年坎坷不平的生活中，无论怎样的风风雨雨，都不能把她从我的心头冲刷掉。我心中那颗爱情的种子，是因为有了她，才萌动发芽、生根吐叶的。我为她失过眠、流过泪，也为她从我们各自的命运中，抽出许多彩色的线，编织出许多金色的梦……

一

那是一个月色朦胧的夜晚，我躺在床上，久久不能入睡。一阵清凉的晚风，似乎吹来了断断续续的小提琴声。我披衣下床，悄悄地溜出了学生宿舍，循声走去。

我来到云影湖畔，看到天光石旁边站着一个身材苗条秀丽的姑娘。她在聚精会神地拉着小提琴，可是拉出来的曲子却是断断续续很不连贯的，有时还要反反复复。好半天之后，忽然，她把小提琴一放，用那甜润的嗓音低唱起来：

像一团燃烧的火焰，
像一河奔流的碧波。
青春为我们鼓起风帆，
理想为我们引航掌舵。
前进，我们新一代的青年，
奔向火热的生活……

我简直被惊呆了，这个姑娘唱的，正是几天前我在墙报上发表的一首小诗。原来，她在这里正在为它谱曲。这首枯燥无味、毫无色彩的小诗，经她一唱，一下子变得激越昂扬，具有一种动人心魄的力量。我的心被震动得颤抖起来……

自此以后，我偷偷地注意上了她——康小兰。我自己也说不清楚，在她身上的什么地方潜藏着一种诱惑人的魅力。是她那双水汪汪的眼睛，还是平静得像春水一样的神色？是她那断断续续的琴声拨动了我的心弦，还是那激昂的乐曲唤起了我的心声？

我终于意识到了我对她产生了爱情。每当晚霞染红了果园树梢的时候，我便循着那清越的琴声来到云影湖畔，凝神倾听着那动人的音乐，或是远远地站在路南苑的树丛里，久久地凝视着天光石上晚霞投射出的她那清晰而柔美的身影。

有什么能比初萌的爱情更容易使人丧失理智呢？我把我的心事和她班的宣传委员赵冬讲了，我知道，他们两个人是同乡。赵冬当即鼓励我给她写一封倾吐爱情的长信，并且主动承担起了传书鸿雁的义务。

这一天下午，赵冬见康小兰没在教室，就举着我那封信高声叫嚷开了："头号新闻！头号新闻！高二二班李某某给康小兰的公开信……"说着，竟然在全班级同学面前念起了我那封信，使我出尽了丑。

康小兰的好朋友靳晴跑出去把她找了回来。她站在门外把那封信听完，才推门走了进去。教室里一下子静下来，康小兰平静地走到赵冬面前，把手伸向他。赵冬红着脸，怯怯地把那封拆开的信递给了康小兰。她看都没看一眼，就把信撕得粉碎，扔在了地上……

这件事，是靳晴后来对我讲的。我恨死了赵冬，更怕见到康小兰。我平空给她添了这么大的麻烦，她显然恨起了我，或者她从来就没对我有过好感。从此她见到我，连句招呼都不打了。

二

正午的太阳像一个炽烈燃烧的大火球，蒸烤着雨后潮湿的大地。稻田里、草地上和浓密的树丛中，都散发出一种灼人的热气，烤得人浑身躁热，蒸得人心烦意乱。

康小兰怎么还没回来呢？难道她今天根本没有出工，或者是已经绕路回村了？

头顶的太阳已经向西偏斜，又被一块灰蒙蒙的云彩遮盖住了。连树上的小鸟、水边的青蛙也停止了喧叫鼓噪，仿佛一切生命都在宁静地午休了。村外浓绿的田野，被一层暗淡而神秘的色彩笼罩起来。

忽然，我发现前边荒草铺盖的田间小路上，突兀涌起一座绿色的小丘，像是绿色海洋中浮动的小岛，在轻轻地、颠颠簸簸地向前移动着。

“小丘”移近了，移到了我的身边，我一下子愣然了。原来这是一个草筐，背筐的姑娘正是我焦急等待的康小兰。

她的整个身子都埋在小丘一样的草筐里，看她那单薄、纤弱的身子，很难相信她能够承受这么沉重的压力。她身上那件月白色的半袖衫，已经被汗水和草汁染得失去了本来的颜色。两股粗粗的麻绳，连同那衫袖一起，深深地勒进肩膀里，使她那丰满的胸脯更高地耸了起来。

我受团县委的委派，来抓青年的思想教育工作，到牧牛屯已经三天了。我一进村就找她，直到这会儿才见到她。

她见了我，把身子直了直，并没有表现出多少惊奇，甚至连草筐都没有放下，大概是想和我礼节性地寒暄两句就走吧。

在我的要求和帮助下，她才很不情愿地把草筐放在了路边，直起腰来，用那晒得黑红的胳膊抹了一下脸上的汗水。我注意到，她那平静而红润的脸庞上，已经失去了昔日青春的光泽，罩上了一层忧郁与冷漠的冰霜，那双热情的水汪汪的眼睛，也像两束将熄的烛火，跳动着微弱的、毫不动人的光芒。

她喘了一口气，漫不经心地说：“我听说你来了，干吗在这儿站着呀？”

我心里一阵揪痛，又一阵委屈，难道我在这儿焦急等待的，就是这么一张冷冰冰的面孔和这么一句硬邦邦的话吗？我压抑着一种难以忍受的刺痛，和她找着话说。

“你打这么多草干什么？”

“卖钱，盖房。”

“盖房?”

“嗯。我哥都三十多岁了，就是因为没有几间房，连个媳妇都娶不上。”

“指望打草盖房，哪行呢?”

“不指望打草指望什么? 指望生产队分钱，行吗? 指望政府贷款，有吗? 指望别人的恩赐，给吗?”

天呀! 她说的是些什么话呀? 这难道就是在潞河中学的云影湖畔谱歌吟唱的康小兰吗? 这难道就是毕业还乡后培育出小麦优种“青春三号”的康小兰吗? 这难道就是五年前在潮白河滩上，用那动人的故事，给了我力量与热情的康小兰吗? 眼前的这一切，冷漠得近乎残酷，陌生得趋向仇恨。唉! 沧海桑田，世态炎凉，多么可怕的变化呀!

不，这不是康小兰! 康小兰不应该是这个样子。

三

我第一次来到牧牛屯，是在五年以前。那时候，我以一个独生子女的过硬条件，从黑龙江建设兵团办回了困退。我整天躲在家里，一天帮妈妈做三顿饭，看几本索然无味的书，心里苦闷极了。爸爸怕我憋出病来，就让我到他下放劳动的农村来换换新鲜空气。

万万没想到，这竟然是康小兰和赵冬的家乡。我一进科技室的小院，隔着玻璃窗就见康小兰在拉二胡。赵冬扬着脖子，正用他那不算难听的男中音唱着那支歌儿：

像一团燃烧的火焰，
像一河奔流的碧波。
……

我在屋门口停住了脚步。院子里，几个调皮的孩子在冲着窗子唱着歌谣：

金箍棒，银箍棒，
姑娘拉琴小伙子唱，
一唱唱到大天亮，
原来是在搞对象……

孩子们把康小兰唱火了，放下二胡，跑出门来抓他们，一下子发现了我。

我们三个老同学相见，立刻热成了一团火。寒暄亲热了一阵子以后，康小兰迫不及待地说：“你也参加我们的科技组吧，我们正在培育‘青春三号’小麦，眼看就要成功了。”

我悲观地说：“我跟你们比不上了，我是个多余的人，吃闲饭的。”

康小兰开着玩笑说：“那么，你那团火哪儿去了？”

“早变成一堆死灰了。”

“我一定让你这团死灰重新闪耀起火光。”

我在牧牛屯住下来以后，康小兰干什么事情都叫着我。她大概是有意识地帮助我、开导我。又是一个月色朦胧的夜晚，我和她一起到潮白河边的实验田里去给“青春三号”浇水。我们坐在软绵绵的草滩上，她给我讲了一个十分动人的故事：

“我认识一个老干部，他被打成了‘叛徒’，在干校的‘牛棚’里，几乎什么刑具都对他用过了，他仍然不屈服。最后，竟然把他和一个女同志关进一间‘牢房’里。每天早上，让他们双双跪在毛主席像下请罪；晚上，又让他们双双跪在毛主席像下忏悔。在这种情况下，这个老干部动摇了，他想：我自己什么苦都可以吃，什么罪都可以受，什么侮辱都可以忍。可是，对方是个女同志，又是个知识分子，不能再让人家陪着我受这野蛮的侮辱了。这一天，他趁着上厕所的机会，把一瓶来苏水揣在怀里，带回了牢房。

“这个老干部的企图立即被那个女同志发现了。她递给他一本书，做着手势让他读下去。要知道，那时候在牢房里是一句话都不能说的。他们把窃听器安在了床头上，就是咳嗽一声也会被他们录下来的。借着从门缝透进来的灯光，老干部默默地看起了那本书。那是杰克·伦敦的小说《热爱生命》。他深深地被这本小说吸引住了，淘金工人那种顽强的生命力给了他极大的鼓舞，使他重新认识到了生命的价值，对生活充满了信心……”

康小兰讲得很动感情，那两只水汪汪的眼睛闪烁着火一样的光芒。

我也被这个故事吸引住了，好奇地问：“那个老干部是谁呀？”

康小兰狡黠地笑了笑，说：“那个老干部后来到俺村来下放劳动，帮助俺村建起了科技组……”

我心里一惊：“啊？难道是……我爸？”

康小兰深深地点了点头。

“那……那位女同志呢？”

“那位女同志是靳晴的母亲。靳晴，你还记得吧？她现在是小米庄大队科技组组长。”

我的心像火焰一样，烘烘地热起来。爸爸还有这么一段不寻常的经历，可是他从来没有和我谈过。

我在牧牛屯待了两个多月，我心里的那堆死灰确实被康小兰扇得冒起了火星儿，埋在我心底冰山下的那颗爱情的种子，又被她的热情烘得萌动起来。我爱她，强烈地爱着她。我觉得，只有和她在一起，我那颗空虚的心才感到充实，我那颓唐的精神才能振作起来，我那懒洋洋的身子才有力量。我和她一起生活，会得到幸福，会很有意义的。

我走了，她送我。我们站在潮白河大桥上，艳丽的早霞把我们的身影投射在金波粼粼的河水里。我的心也像浪花一样奔涌、跳跃，闪着金子一样的光辉。我再也忍不住了，鼓起了勇气第二次向她表白了我的爱情，不是用信，而是用发自肺腑的声音。

她低下了头，脸上露出了一种十分痛苦的表情。

我用微微发颤的声音说：“你当初撕了我的信，又不再理我，我痛苦极了。”

她低声地说，声音也是颤抖的：“难道就你一个人痛苦吗？”

我歉疚地向她表示：“是我的莽撞，给你带来了痛苦……”

“不。”她抬起头来，泪水已经溢满了她那双美丽动人的大眼睛，“当时我也喜欢你，甚至对你是很……”

我又惊又喜："那……那你为什么还那样对待我呢？"

"我、我不敢高攀，我是农民的女儿，可你是……"

"你高攀什么？是我、是我追求你呀！"

"你能追求我，就不会甩掉我吗？"

"你、你怎么那样不相信我呢？你把我看成什么人了？"

"我是从农村去的，不少农村姑娘都有这样的不幸……"

我木然了。沉默了一会儿，又满怀希望地问："那么现在呢，你总该相信我了吧？"

她沉重地摇了摇头："晚了……"

"什么？"

"你没看出来吗？我和赵冬……已经定了。"

我的脑袋嗡的一下子涨起来，只觉得天旋地转……

四

我来到牧牛屯两个多星期了，什么工作都没有开展起来。我多么希望康小兰能像过去那样，用她那火一样的热情，给我鼓励和帮助啊！

傍晚收工以后，我在潮白河滩上找到了她。她蹲在河滩上，挥动着那把月牙形的弯镰，砍着贴在地皮上的小草。我蹲在她面前，搜索着枯肠，想方设法地要说服她，打动她，鼓起她那即将熄灭的热情。我问她："小兰，你还记得，在潞河中学的云影湖畔，你谱的那一支歌儿吗？像一团燃烧的火焰，像一河奔流的碧波……"

我低声地，然而又十分动情地唱了起来。

我看到，她停住了手里的镰刀，抬起头来，脸上露出了动人的光彩。可是，这光彩却犹如电光石火，在她毫无表情的脸上稍纵即逝了。她又埋下头去，挥起了那月牙形的弯镰。在弯镰所到之处，一片片盘根错节的青草离开了地皮；她的另一只手，又把一片片砍下来的青草捡起来，抖掉沾在草根上的泥土，攒成一堆。这一连串的动作，干得是那么机械、熟练，似乎根本没有经过她的神经支配，又似乎把她的整个神经系统都牵动起来了。

她听我唱完了，沉默了一会儿，满不在乎地说："那是十分遥远的事情了，谁没有过天真烂漫的时候？我小的时候，还幻想着在将来的某一天，到火星上去旅行一遭呢！"

真让人啼笑皆非，我抬高了声音说："那是幻想，幻想和理想有区别的。你有过理想，有过自己生活的目标。现在，你生活的目标又是什么呢？"

"打草、盖房、给我哥哥娶媳妇——这就是我生活的目标。"

"什么，这难道也叫生活？"

"这不叫生活叫什么？"

"这只能叫活着。"

"生活也好，活着也好，对于我们农民来说，不都是吃饭干活、干活吃饭吗？"

我浑身上下，感到一阵刺心透骨的寒凉……

一弯银白色的月牙在潮白河的水天相连处浮动着，像一条在浪尖上飘忽不定的小船。朦朦胧胧的月光和潮湿的雾气融合在一起，给潮白河蒙上了一层淡淡的轻纱。我们坐在凉津津的河滩上，推心置腹地交谈起来。十年以前，也是这么一个月色朦胧的夜晚，在潞河中学的校园里，她用那爱的旋律，催得我心中爱情的种子破土而出；五年以前，同是这么一个月色朦胧的夜晚，她用父亲经历的那动人的故事，点燃了我心中将熄的火星；而今天，在这朦胧的月光下，她却用那被辛酸和泪水泡过的语言，诉说着她的痛苦和忧怨，倾吐着她的愤懑和不平。

她告诉我，在批林批孔的时候，他们村的风派支书如何上挂下联，批我爸爸"贼心不死，引诱青年走白专道路"，以致"砸烂"了他们的科技小组；她告诉我，赵冬如何反戈一击，猛拍那个风派支书的马屁，并以此出了名，后来又借"风"上了大学；她告诉我，赵冬上大学以后，如何攀上了一个门第高贵的女儿，并且写信通知她，毕业以后要到西藏安家落户，为了"不牵累她"，才和她断绝了关系；她还告诉我，为了给她哥哥攒钱娶媳妇，她的父亲悄悄拿了家里的两个鸡蛋换了一两酒喝，她的母亲就哭闹了一夜……

她的话，像月光下那黝黑汹涌的潮白河的浪头，猛烈地撞击着我的心，我的心向下沉去、沉去……

忽然，她抬高了声音，爆发般地说：“我回到农村，心里确实揣着一团火，想干一番轰轰烈烈的事业。可是，这团火，只有人浇水压土，没有人添柴鼓风，又怎么能长期燃烧下去呢？这些年来，我们辛辛苦苦，勒腰咬牙，不是干错了，就是无效劳动，要不，就是为他人做嫁衣裳。到现在，还是一天工分三毛钱，两手空空干一年，还是一个被人看不起的‘向阳花’‘土包子’农民！”

她猛地站起身来，深深地叹了一口气。

我的心胀得满满的，也憋得喘不过气来。

停了一会儿，她又用一种低沉而艰涩的语调对我说：“三年以前，赵冬家里盖房，我替他到城里买菜。我骑着自行车，夜里三点多钟就到了县城，排在了菜店门口。一直等了五个钟头，好容易盼着菜店开了门，售货员一看我撑开了一个大麻袋，就问我是哪儿的，我告诉了她，她把脸一绷说：‘我们这儿只卖给居民，不卖给农民。’我央求她，她连看都不看我一眼，排在后边的人却叫嚷起来：哪来的‘土包子’？捣什么乱？把我推一边去……”

听到这里，我的心里火辣辣的，好像那次受辱的不是她，而是我。

“我们穷能忍着，苦能挨着。可是，我们受人歧视，遭人白眼，被人侮辱，过着低人三等的生活，这能忍受吗？不就是因为我们是个农民，是个农民吗？！”

是的，就因为是个农民。十年以前，她忍痛拒绝了我的爱，就因为自己是个农民；五年以前，她把未来的命运与并不喜欢的赵冬结合在一起，也因为是个农民；后来，她被赵冬甩掉了，还因为是个农民。啊！农民呀农民……我的心缩成了一团。

“你让我热爱生活，可是，生活这么不公平地对待我，这么残酷地折磨我，还怎么能让我热爱它呢？生活的温度太低了，我的心已经结冰了……”

她站在我面前，丰满的胸脯剧烈地起伏着，那被风霜和岁月磨粗了的脸涨得通红，两颗晶莹的泪珠儿，顺着悲凉的脸颊淌了下来……

是的，生活对待她太不公正了，社会没有把她放在一个应有的位置上。她有一颗善良的、燃烧着炽烈火焰的心，可是，冷风、暴雨、寒冰、恶浪却不断地向她扑来，冲击着她，摧残着她，使她的火能不灭、心能不冷吗?！她是一株充满生机的好苗，在肥沃的土壤上，本来是可以长成参天大树、栋梁之材的，可是，命运却把她栽到了一块贫瘠的土地上，她在乱石与荒草之中艰难地挣扎着，得不到水分，得不到阳光，得不到赖以生存的营养，她能不枯萎吗？可是，我应该怎么办呢？我没有能力把她移植在肥沃的土地上，我也不知道在什么地方有这么一块土地，然而，我应该尽我能力之所及，给她浇一点儿水，施一点儿肥，培一点儿土，使她不至于被连根拔起、继续枯败下去。

五

这一天傍晚，一个震动人心的消息，像刮风一样，在整个牧牛屯传开了：赵冬追求的那个女朋友把他甩了，他吃了二十多片冬眠灵企图自杀，被别人及时发现，抢救过来；现在，一辆小卧车把他送到家里来了……

我听了这个消息以后，就急急忙忙地朝他家里走去，一时间，大街小巷，人们三五成群都在议论着这件事：

“赵冬这孩子，年纪轻轻的，怎么寻这种短见呀?”

“找个对象吹了就至于寻死，你现在是个大学生，还怕打光棍儿?”

“谁让他攀高枝的，攀得高，摔得焦!”

“活该！天报应，谁让他不安好心眼的？当初他怎么坑人家小兰来的?”

“……”

我走在牧牛屯的大街上，听着这乱纷纷的议论，心里酸甜苦咸，涌起了一股十分复杂的滋味。有对赵冬的同情，有为老同学感到丢脸，也有一种隐隐约约又不敢深思的解恨情绪——看我这狭小的胸怀!

我路过康小兰的家门口的时候，正碰上她端着一个柳条儿编的小篓子走了出来。

我问她：“你听说赵冬的事了吗?”

她沉重地点了点头。

我说："我想去看一看他。"

她说："我正要去找你呢，他家里生活也挺困难，你把这篓鸡蛋给他带去吧……"

我心里烘地一热，呆呆地看着康小兰，仿佛看到了在如火的烈日下，她那单薄、纤弱的身子，驮着小丘一样的草筐，在艰难地移动着；仿佛看到了她那拉过提琴的灵巧的双手，在潮白河滩上飞快地抓挠着那贴着地皮的可怜的小草；仿佛看到她的母亲，为了她父亲悄悄拿走两个鸡蛋，就哭闹了一夜；仿佛看到了她那十分短浅而又十分艰辛漫长的生活目标——打草、盖房、给我哥哥娶媳妇……

我没有伸手去接她那鸡蛋篓，不平地说："你，你何必这样对待他呢？"

她低声说："别那么想，他固然可恨，可现在到了这地步……"

我脸上一热，改口建议说："那咱们一块儿去看看他吧，毕竟是老同学嘛。"

她又沉重地摇了摇头："不，他这会儿怕见到我，我不能去刺激他，他够苦的了。"

我懂了，我完全理解了她。我捧着这篓鸡蛋，像捧着一颗真诚、善良而又破碎的心，鼻子一酸，眼泪止不住地流了下来……

六

我在牧牛屯又待了两个多月，经过了艰苦的工作，团支部的活动逐渐开展起来了，青年热情也逐渐焕发起来。我们又重建起了科技组，冷落了好几年的科技室又充满了生气。团支书说，只要生活的温度逐渐升高以后，康小兰那颗冻僵了的心一定会融化、会变暖、会复苏的。

我们等待着，用我们年轻人特有的热情去尽可能地给生活加温，希望这聚起来的热量更多更快地传到她的心里……

这一天，我和康小兰一起，到城里去给生产队卖菜，我们赶着一辆大车，拉着满满的一车菜，刚一进新城南门，就呼啦一下被一群人围起来，一只只举着钱的手伸过来，拥拥挤挤，吵吵嚷嚷，康小兰一时不知如何是好了。一个白白胖胖的中年妇女主动站出来维持秩序："排队，排队！这么乱哄哄的怎么卖呀？"

人群顿时静下来，一条长长的、整齐的队伍排在了康小兰面前。康小兰提着秤站在大车上，看着眼前的队伍。我发现，她那脸上又恢复了五年前甚至十年前的光彩，眼睛里闪出了动人的泪花。她冲着我极其自豪地笑了笑。这一笑，立刻使我心里一动，我仿佛看到了，三年以前她为赵冬家到城里排队买菜，被人推出队伍那屈辱的一幕……

康小兰热情地称着菜，我在一边收着钱。她把最鲜最嫩的菜往秤盘上放，让秤杆撅得高高的，够了分量以后，还要再添上一把。那个白白胖胖的中年妇女又出来说话了："姑娘，别这样，你们要吃亏的。"康小兰说："没关系，俺这是自产的，今天让大伙儿尝尝鲜。俺庄稼人做买卖，讲究秤高斗满分量足，决不能让顾客吃亏。"她说得那么响亮，那么激动，又那么自豪。

从城里回来的一路上，她仍然是那么兴奋，和我海阔天空地谈起来。她感慨万端地说："我从来没有想到，庄稼人还能这样受人尊重，让人瞧得起。"

我开着玩笑说："那不是因为你手里有一车菜吗？"

"是啊，这些年来，我们庄稼人让人家看不起，主要就是因为穷呀！"

"如果我们农民把日子过好了，经济地位提高以后，社会地位是不是也会改变呢？"

她没有回答，坐在车厢上，双手托腮，似乎在认真地思索着我提出来的这个问题。

车到村口了，从村子里出来几个小青年，扛着鼓鼓囊囊的几袋麦种。这是科技小组的几个年轻人，他们在潮白河边上开了一块试验田，这会儿准备到地头上去浸种。

康小兰一听，拦住他们说："这麦种不能用了。"

我奇怪地问："怎么，这不是'青春三号'吗？"

她说："全混杂了，去年这样种上了减产近两成。今年再这样种，减产就要更多了。”

科技小组的青年们看看康小兰，听了她的话，都非常信服，用一种热情期待的目光看着她。不过，她的脸上并没有表现出多少热情，仍然平静地对我说：“还是找些纯种吧。”

“眼看就要播种了，到哪里去找呢？”

“我们那个科技组垮台的时候，我把‘青春三号’的纯种给靳晴了，她那个科技组把它保留下来了。”

“靳晴？她还在小米庄？”

“她和一个生产队长结了婚，仍然当她的科技组长，干得蛮起劲儿呢！”

“那我们一起去看看她吧……”

七

我们从小米庄回来的时候，又在潮白河大桥上停住了脚步，色彩缤纷的晚霞染红了河两岸的翠柳，河水滔滔汩汩地奔流着，像一条轻轻抖动的彩练，钻入了如霞云似紫雾的柳烟里。

我告诉她，过两天，我就要回去了。

她没有说话，靠在桥栏上，扬头看着深远的天空。一队大雁，嘎嘎叫着，从我们的头顶上向南飞去。

“你明年麦收的时候来吧。”她好像经过了一番深思熟虑以后，转身对我说，“到那时，‘青春三号’就能提纯复壮了。”

“那么，我心中的那颗种子呢？”我的心真像一颗被颠簸的种子一样跳动起来，“它什么时候发芽呢？要知道，它已经在我心里埋了十年了！”

康小兰低下头，那春水般平静的脸蛋上露出了少女般的羞涩与激动。

我一下子扑上前去，紧紧地抓住了她的手。

她一头扑到了我的怀里，两颗剧烈跳动的心紧紧地贴在一起，一股迅速燃烧起来的感情占据了我们整个身心……

忽然，她像猛醒了似的，使劲把我推开，向后退着身子，喃喃地说：“不，不，这不行，这不可能……”

我慌了：“你、你，你难道还不相信我吗？”

她抬起头来，用那双水汪汪的大眼睛看着我，脸上露出了从未有过的庄严和郑重：“我相信，相信你对我的一片真情，不过，我们应该面对现实。”

我急得几乎喊叫起来：“什么现实，不就是因为你是个农民，我是个干部吗？我这算什么了不起的干部？只不过是团县委的一个干事。婚姻，是以爱情为基础的，我们应该用真诚的爱情，去填补‘傲慢’与‘偏见’的鸿沟！”

康小兰也激动起来，她红着脸说：“你还是慎重一点儿，再考虑考虑吧。你的话，从理论上讲是对的，可是生活是严酷的。恋爱和结婚究竟不是一码事。谈情说爱的时候，可以浪漫一点儿，可以想入非非，可以罩上一层梦幻般的色彩。可是结婚以后，我们就要一起实实在在地过日子了。你和我结婚，首先要盖房子，我不能劳动的时候，你还要花钱，盖得起房，养得起家吗？你的家长、亲戚、朋友、同学，看到你找了一个‘向阳花’，会不会蔑视你，讥笑你，甚至千方百计地阻拦你呢？你能忍受得了吗？你和我结婚，将来有了孩子，就是农村户口了，你的子孙后代就会变成像我这样没有身份、没有地位的农民了，你能甘心吗？将来，你看到别人在城里都有一个幸福的、温暖的、愉快的小家庭，你能不动心吗？你和我结婚就意味着你要做出巨大的牺牲，就会面临一系列无法解决的困难，我们的感情再好，再真诚，到时候也会被严酷的生活挤压干净的。你今后……永远……一辈子都不会后悔吗？”

她不容我插嘴，一口气说下去。她这些话，无疑是片面的，是偏激的，是从她过去那种悲观的情绪中生发出来的。但是，字字句句都像重锤一样敲击在我的心弦上。她一口气向我提出那么多问题，都是严正的现实向爱情提出的尖锐挑战。我将怎样回答她呢？我可以慷慨激昂地向她宣布：我愿意做出一切牺牲，我们的爱情是能够战胜一切的。然而，我不愿意这么说，也不能这么说——这不是狂热就是欺骗。如她所说，我是应该以冷静的态度，去认真思索这个严正的现实的。

夜幕降临了。河面上，柳梢上以及我们站着的桥头上，弥漫起了一层薄薄的雾气，我们两个人都被笼罩在一个朦胧的世界里……

1980年7月于中国作协文讲所

在厚厚的土层下

墙厚挡风，
土厚压苗。
——民谚

一

一封厚得出奇的情书，像汛期的潮白河河水一样，猛烈地冲击着我心中的最后一道防坝。我甚至自暴自弃地想：嫁给他算了，就凭我这么一个补贴干部，只不过是一朵不挣工分的“向阳花”，还能找什么样的人呢？

李春生是我的同学。他到公社机关比我还晚二年。但他像鱼儿有鳃，能在水里自由呼吸，游来游去，很快在孟书记身边混得贴身丫鬟似的受到重视和信任，不但入了党，还转成了国家干部，端上了摔不破、砸不烂的铁饭碗。

不过，我确实不喜欢他这个“政工干部”。他是这样自称的，以区别于那些“业务干部”“生产干部”等等。现在，虽然已不是“政治可以冲击一切”的年代，但他这样自称，也许觉得仍然要比其他干部吃香得多。

夜深了，我捏着这叠情书，迷迷糊糊地刚要睡着，就被一阵敲门声惊醒了。我披衣下床，心里怦怦地跳着。

“小莉，你知道吗？肖明，他有什么根子没有？”李春生闪身进来，劈头就问。

我被他的话问糊涂了。

“肖明调到咱们公社来当社长了，孟书记他们都感到奇怪……”

“真的？”我兴奋得叫了起来。

肖明也是我们的同学。他中学毕业后在村里劳动了几年，后来上了农业大学，毕业后分配在县农业局工作。党政分家以后，听说要来个新社长，谁想竟是他！

“你想，现在那么多老干部都要落实政策，官复原职，为了安排他们，好多部门都设了十几个副职。在这种情况下，肖明要捞到一顶公社社长的乌纱帽，没有根子行吗？”

我终于明白了李春生说的话，气愤地堵了他一句：“人家当社长，凭的是本事。”

“什么本事？他不就是个大学生吗？”

“大学生就得了呗！再说，人家上大学前，就当过好几年生产队长。”

“得了吧，别那么‘马列’了。现在的干部，有几个是凭真才实学上来的？”

“那你说凭的是什么？”

“凭的是根子！你知道他的根子是谁吗？”

“去，去，我要睡觉了，没工夫跟你磨牙。”

我把李春生轰走了。今天我为什么对他这样不客气？这是不是意味着我们之间的关系起了什么变化，或者还有别的什么？

枕边那叠厚厚的情书捏在我的手里了，慢慢地，它仿佛变成了一个非常精美的笔记本，笔记本的扉页上跳动着四行小诗：

彩蝶啊，你为什么不停地飞舞，
不知你要栖在哪棵花树，
我为你准备了甘甜的蜜露，
但愿它不会变成失望的泪珠……

这是临毕业之前，肖明送给我的礼物。不过，我没有栖到他那棵“花树”上，也没有理睬他那“甘甜的蜜露”。我不是不想，而是不敢，或者说，还不大甘心——我也曾是个狂傲的姑娘。

第三天，肖明来了。

孟书记比李春生跑得还快，一听肖明来到，迎出了大门口。在李春生抢过肖明的行李卷的时候，孟书记却紧紧地握住了他的手："哎呀！肖明同志，可把你盼来了。你再不来，我就要派八抬大轿请你去了。"

孟书记是那样诚恳、热情，以至他在说这些话的时候，那暗淡无神的眼睛里都闪出了动人的泪花。

肖明还是那个老样子，他的模样不大像个农村长大的小伙子。那白白净净的脸庞，端正清秀的五官，再加上戴着一副黑边眼镜，蛮有点儿书生气。他这会儿站在孟书记面前，显得有些腼腆，或者是被这位老前辈的热情感动了，脸上泛起了一层红晕。

孟书记见我站在一边没事干，就用命令的口气吩咐说："去，快帮助把肖社长的宿舍归置一下。"然后又转向肖明说，"咱俩住对门，有事好商量，怎么样？"

肖明忙说："不，不用了，我准备先下去转一转。"

"刚来就要下去跑，是蹲点，还是跑面？"

"我想先在面上跑一跑，熟悉一下情况，然后再到芦花湾蹲下去。"

"这是梁书记的主意吧？哈哈！我一猜就是，他总是对他亲自抓出来的那个点不放心哟！"

肖明赞同地笑了笑。

孟书记又劝着肖明说："你先住两天，缓缓气，然后让小莉带你去转一转吧。"

二

我奉命陪新任社长下去熟悉情况。老同学相见，固然有许多话要说，可是几年没见，我们之间已不是从前那种随随便便的同学关系了。话题很少谈到过去，彼此好像都回避着一些什么。

"小莉，你说芦花湾这个村算不算先进单位？"

"我也说不好。"

“你不是和梁瑞同志一起在这蹲过点儿吗？”

“那是三年前的事了。再说，人家是县委书记，我只不过是个‘碎催’而已，就像现在我和你一样。”

“我可用不起你这个‘碎催’……”

我们沿潮白河大堤走着，一边检查着芦花湾大队庄稼的长势，一边随随便便地谈着话。正在这时候，李春生来了。我陪着肖明下来以后，他总是找各种借口来追寻我们。他离我们还有百十米远，就扯着嗓子打开了招呼：“老肖，孟书记让我来看看你，有什么困难吗？”

我有意冷落他，紧走两步，和肖明拉开一段距离。而他也并不追我，却和肖明亲亲热热地聊个不停。真不知他是为我来的，还是为肖明来的，大概兼而有之吧。

忽然，我们一起停住了脚步。在前边不远的一块高粱地旁边，一个长得五大三粗的小伙子，正背向我们，用小磨刀石敲打着镰刀，有板有眼地数着一段顺口溜：

从城里来了三个大学生，
看到一块麦苗绿葱葱。
三个人你争我抢开了口，
都想在同伴面前逞聪明。
一个说：这韭菜长得这么高，
怎么还不割了送进城？
一个说：这是一片蒜苗地，
你怎么不懂装懂瞎逞能？
一个说：你们说得都不对，
这玩意儿本叫扁叶葱……

这显然在影射我们三个人，而且主要是针对肖明的。肖明那白净的脸庞一下子涨得通红，黑色眼镜里的一双近视大眼睛，立刻喷射出愤怒的光焰。

“这小子叫田小林，是个流氓。”李春生凑到肖明身边，小声地说。

“怎么个流氓?”肖明扭头问。

“他和一个叫春妞儿的姑娘胡来，春妞儿妈看见了，跑到公社告过他的状。”

肖明微不可察地笑了一下，大步朝田小林走过去：“你说的这三个大学生，大概不是学农业的吧?”肖明站在田小林面前，两只胳膊交叉抱着肩头，用一种掩饰不住的讥讽的目光看着对方。

田小林虽然有点儿胆怯了，但并没有示弱，也用一种挑衅的口气说：“对了，他们可能不是学农业的。不过，不知道学农业的大学生认识不认识麦苗。”

这个田小林，不知是顽固的偏见，还是缺乏自知之明。他大概只知道肖明是个大学生，却不知肖明也是从土坷拉里长大的。田小林的话，首先把李春生激怒了，他一步蹿上前去，冲着田小林喷起了吐沫星子：“你在跟谁讲话?这是公社的肖社长……”

“知——道。”田小林轻慢地拉着长声说。

肖明忙用胳膊把李春生拨拉到一边，仍然用那种挖苦的口气对田小林说：“那么，我问问你这个认识麦苗的非大学生，产五百斤的地块，每亩地有多少麦苗?”

我心里暗自叫了一声“好”，肖明真有办法，这个狂傲的田小林，今天非栽在他手里不可。

还没容我多想，田小林却不假思索地回答说：“根据我们芦花湾的地理情况，要产五百斤小麦，每亩基本苗要达到三十万到三十五万棵，冬前总茎数八十万左右，最高总茎数一百万上下，成穗三十五万到四十万。”

我一下子被惊呆了，不由得看了看肖明。肖明脸上那种报复对方的得意之色顿时消失了，露出了一种略显尴尬的神态。他大概还不甘心，又逼问了一句：“每生产一百斤小麦，需要多少氮磷钾?”

“需要纯氮三斤，磷一至二斤，钾二至四斤。”

肖明脸上那种尴尬之态也不见了，倒露出了一种不可掩饰的兴奋与激动，他紧接着又叮问了一句：“那你说说，县委推行的‘三种三收’的种植方法，在咱们公社为什么不见成效呢?”

田小林犹豫了一下，看了一眼肖明，愤然地说：“我认为，‘三种三收’在我们公社根本不适应。我们这个地方土地多，地力弱，一年三茬，人受不了，地经不住，既增不了产，又增不了收。纯粹是个劳民伤财的办法。县委为什么要一刀切，强行推广呢？为什么不把种田的自主权交给我们农民呢？”

天呀！这个田小林简直目空一切，狂得没边了，居然连县委也敢这么强烈地指责。李春生又气愤起来，他瞪起了眼睛，握紧了拳头，准备着向田小林扑过去。

肖明又激动地问了一句：“要是让你当队长，这田你怎么种？”

田小林也激动起来，说：“三茬变两茬，复种面积起码砍掉三分之一……”

肖明一下子扳住了田小林的肩头，使劲摇晃着，高声说：“好哇，哥们儿，你算把我震了。来，咱们好好聊聊。”

肖明拉着田小林朝河堤下走去，把我和李春生撂在了河堤上。

李春生用审视的目光看了看我，突然问：“小莉，自从肖明来了以后，你为什么不爱理我了？”

“我没有感觉到。”我堵了他一句，心里升起一股莫名的厌恶，扔下他，也朝河堤下走去。

三

李春生来电话通知我，说孟书记让我回去汇报工作，还说不让我告诉肖明。

我疑疑惑惑地来到了公社，进了孟书记的办公室。孟书记正在接电话，李春生在一旁恭候着。电话好像是县委书记梁瑞打来的，正在询问肖明的情况。孟书记用他那与人握手的习惯动作，两手握着话筒，高声说着，大声笑着。笑声和语言混杂在一起，从他那厚厚的嘴唇里喷出来，像一辆花轱辘车跑在石子公路上，噼噼啪啪地响成一串：“哈哈，好哇！不错，不错……您这个伯乐，又选出了一匹千里马，说不定还是匹万里驹呢！……他现在到芦花湾去了，那不是您的点吗？……开种麦现场会？没问题，让他准备准备吧……是呀，我们遵照县委的指示，进一步增加复种面积，全部搞‘三种三收’……”

从来没有见过孟书记这么高兴，他那肥胖的脸上好像盛不下那过多的笑容，连半秃的脑门上都堆满了褶纹。不过，我总觉得这种笑模样有点儿生硬，好像雪花膏一样，是涂抹在脸上的。

李春生悄悄地把我拉到门口，用那种甜言蜜语讨好地说：“小莉，明天我哥哥相亲，我妈说请你去……”

我冷冷地说：“你哥哥相亲，与我有什么相干？又不是我保的媒。”

李春生有点儿急了：“你、你别这么变心呀！”

我说：“我什么时候把心给过你？”

连我自己都不明白，为什么要这样抢白他。

李春生正要变脸，一见孟书记放下了电话，忙凑上前去，小声而神秘地说：“孟书记，我和小莉都摸清楚了。肖明没有根，什么根也没有。”他一边说着，一边扭过头来向我挤眼努嘴，示意我顺着他的话题说下去。看来，他是不想和我把关系搞僵，还在极力向我讨好。

我一时迷迷蒙蒙的，不知李春生在搞什么名堂。

孟书记脸上的笑容果然不知道飞到哪里去了，又像往常一样，阴沉着他那胖得发青的大脸盘子，垂着肿胀的眼皮，顺手翻起了桌子上的一份文件。这是他在听下级向他反映重要情况或打小报告时的习惯做法，边听边看，耳目并用，一声不吭。我曾经不止一次地想过，万一有一天追查到他的头上，他会像傻子一样说：“啊，啊，我什么也没有听见呀！”

李春生见我不拾他的话茬儿，又朝孟书记说：“梁书记不知听了些什么精神，也赶起了时髦，用起了知识分子。再加上肖明是农业大学毕业的，就走了红运……”

孟书记听到这儿，温和地扬了扬手，打断了李春生的话。这也是他的一个习惯动作，每当有人和他议论起领导内部问题的时候，他总是等人把话说得差不多了，就很有分寸地加以制止，既表明了他作为一个领导者的态度，又不伤害和他讲话的人。我也曾估计过，将来有人向他调查起这件事来，他大概会拍着脑门说：“噢——想起来了。他有一次是想跟我说，可是被我拦下了。”

李春生也很知趣，他不再说什么了，屋子里出现了一时让人感到窒息的沉默。孟书记把那份文件看完以后，抬起那双蒙蒙眬眬的眼睛，不知是冲我还是冲李春生问：“芦花湾的陈队长为什么撂挑子？”

李春生忙抢着说：“就是因为肖明批评他种田不讲科学，不懂得经济管理，成本太高，社员分不到钱。对这么一个大老粗……”

我忍不住打断了李春生的话，分辩说：“其实根本不是因为这回事，他就是想把自己的闺女安排出去，故意拿一手，好要条件。”

李春生使劲瞪了我一眼，把脸一垂，老大不高兴。我心里也顿时灌满了气，不想理睬他。我甚至都不明白自己，如今为什么一与他在一起，就显得这么别扭。

孟书记听了我们俩的话，脸上什么表情也没有，从桌上的烟盒里掏出一支烟，慢悠悠地在大拇指的指甲盖上戳着，半天也没往嘴里送。

李春生像是向我示威一样，又冲孟书记说起来：“芦花湾这面红旗是梁书记树起来的，咱得保旗不能砍旗。对于肖明的这些做法，您该抵制也得抵制，到时候好有话说。”

听了李春生的话，我心里像被蝎子蜇了一下，腾地站起身来。

孟书记抬头看了看我，仍然慢悠悠地在指甲盖上戳着烟。他没有按习惯扬起手来，似乎还想听我说下去。

我什么也没有说，转身走了出来。

李春生在公社大门外追上了我，拉住了我的胳膊：“小莉，你、你怎么这么任性？”

我使劲把他的手甩掉，气冲冲地走了。

四

肖社长：

君子不夺人之美，看在老同学的面上，请你不要插到我和小莉之间来，充当卑鄙的“第三者”……

我看着这几行写在一张台历纸背面的字，气得浑身发抖。真让人难以相信，李春生竟然是这么一个无赖！肖明早看出了我和他的关系，可从来都没问一句，只是在他的眼睛里，我曾感觉他那含着讥讽的眼神……这一刻，他那讥讽的眼神又忽闪在我的心里，我的心一阵紧缩……

这张纸条，是春妞儿到公社拉化肥，李春生交给她捎给肖明的。刚才，她在村头上碰上了我，让我转给肖明。更可恶的是，这么一封极其恶毒的污蔑信，连个信封也没有装。这不是有意想让人们看吗？老实巴交的春妞儿看没看这个条子呢？

这会儿，肖明正在窗外的葫芦架底下，和陈队长谈着话："……这些年来，我们拍肩膀的干部太多了。你冲着我干，我冲着你干，咱们谁冲老百姓干？老百姓又冲谁干？"

我无力地靠在床头的铺盖卷上，隔着玻璃朝外看了一眼。陈队长蹲在一个废磨盘上，嘴里叼着一根一拃长的小烟袋，耷拉着酱紫色的脸盘子，吭哧吭哧地堵着气。看来，今天如果肖明不答应把他中学刚毕业的女儿安排到公社玉石厂当工人，他是绝不会答应再当队长的。

这会儿，肖明越说越激动："前几年，我们批判当干部吃亏论，批来批去，索性一点儿亏都不吃了，占起便宜来没够。你当干部，应当把事情干好，把老百姓的生活搞上去……"

陈队长倏地站起来，又粗又壮，像一口大铁钟扣在磨盘上，说话的声音也像大铁钟一样瓮声瓮气："我怎么没有把事情干好？县委梁书记都表扬过我。你去问问公社孟书记，俺村的产量低不低？"

我一下子紧张起来，陈队长是个麻雷子脾气，这会儿已经点上了火，说爆就爆，肖明再火上浇油，非闹僵不可。我想出去缓和一下，但不知为什么身子动不起来，只是呆呆地隔着窗子看着他们。

肖明的情绪反而十分镇定，他沉默了一会儿，用一种平缓的声调说："不错，咱村的产量并不算低，可是一斤小麦的成本一毛三，这不是等于花钱买粮食吗？一个劳动日，合一块八（扒）九毛。你听准了，是一块扒去九毛……"

肖明忍不住又用那种挖苦的口气说起了话，还不无得意地笑了笑。

这一下，更把陈队长激怒了："我老大粗，不懂得什么管理，你让能干的来呀！每年我都说不干，你们非打鸭子上架不可。"

"对了，我们这种使用干部的方法确实有问题。咱们公社的干部，每年粮食一入囤就撂挑子，公社就要派下去大批的人去扶班子。于是，讨价还价，提条件，拍肩膀，什么怪事都有。以后我们的干部要由群众选举产生，选上谁就让谁干，只要他是中华人民共和国的公民就行。"

陈队长把短杆烟袋一揣，气哼哼地走了。

葫芦架下，肖明望着远处的天空，深深地叹息了一声，两条胳膊无力地垂落下来。接着，他又一屁股坐在废磨盘上，双手抱着头，十个指头插进了他那蓬乱的头发里。

我的心猛地一沉，刚才是那样激昂慷慨、正气浩然的肖明，这会儿却变成了这么一副颓唐模样。他的心里，在忍受着怎样的矛盾和痛苦呀！一个人，一个有志改变现实的年轻人，要干一番事业，是多么艰难啊！

五

春妞开着手扶拖拉机，我和田小林坐在拖拉机上，身边放着两筐雪花梨。

经过群众选举，田小林当上了生产队长。这个有心计、有知识的年轻人，上台以后，立刻变法兴规，很快打开了局面。但是，他接的毕竟是一个混乱不堪的烂摊子。庄稼收完了，地耕好了，播种机开到了地头，却发现仓库里根本没有麦种。一了解，才知道陈队长在麦收时就跟粮食所定好了协议，芦花湾今年的麦种，由粮所调拨。肖明亲自跑到粮食所，人家非但没有给他一粒种子，反倒向他这个新来的社长提出了一大堆根本无法解决的困难和要求。田小林骑着自行车，跑遍了全公社三十六个队，只求来了八斤淘汰种子。肖明这个文质彬彬的大学生，气得骂起了祖宗；田小林这个乐天派，急得起了满嘴燎浆泡。我忽然想到，我有一个同学的父亲，在邻县的种子公司当经理，肖明一听，立刻让我和田小林去跑一趟。

拖拉机爬上了潮白河大堤，在坎坷不平的堤坝上颠簸着。我紧紧地扶着拖拉机的挎斗，仿佛怕把心颠碎似的。

不知是看到了希望，还是因为有春妞儿在身边，田小林又活跃起来。我忽然想起了那天我们在大堤上遇到他的情形，于是问他："小林，你那天为什么数着顺口溜臭我们呢？"

田小林笑着说："说实在的，我们社员看到你们公社干部检查生产，像工头一样转来转去，心里就有气，总想找个办法出出气。"

"那你为什么专门讽刺大学生呢？"

"这个呀……我是想摸摸肖社长的底儿。"

"你这个嘎小子！"

我们正说着话，拖拉机却被迎面赶来的孟书记和李春生拦住了。我真奇怪，他们的消息怎么那样灵通呢？

孟书记指着拖拉机上的两车梨，严厉地责问着："谁让你们搞的这一套？现在正在整顿党的作风，你们还请客送礼走后门，拉关系？"

我从拖拉机上跳下来，急忙向他解释。他连听也不听，又把那阴沉的脸转向了田小林。

田小林用那哑了的嗓子吃力地说："现在兴的就是这一套，不搞这一套，能办事吗？"

孟书记坚决地说："我们宁可不办事，也不能搞这些歪门邪道！"

田小林尖刻地说："当然了，您不干可以，官照样当，工资照样拿。因为您种的是铁杆庄稼，旱涝保收，一年十二次分红。我们农民不干行吗？没有麦种，地种不上，明年就得喝西北风。"

田小林的话，把孟书记顶得脸色铁青，半天没有说出一句话来。

肖明不知从什么地方赶来了。孟书记一见肖明，立刻用命令的口气说："老肖，你快让他们把这两筐梨送回去！"

肖明转向了田小林，问："这梨从哪儿弄来的？"

田小林说："从雁庄果园买来的。"

"一共多少钱？"

"二十八块四毛。"

肖明把手一伸："把发票给我，这算我个人送的礼，你们快走吧。"

一种十分复杂的心情涌上了我的心头，我一步跳上了拖拉机，朝田小林看了看。田小林那黑红的脸颊上，挂着两颗晶莹的泪珠儿，我的心里禁不住一阵抖颤。可是，我却看见李春生站在旁边冷笑着，我的心像是被什么狠很地扎了一下。

六

肖明回公社开常委会去了。我很晚才从地里回来，草草地洗了洗，就脱衣上了床。这些天太累了，脑袋刚一沾枕头，就沉沉地睡过去了。

也不知过了多久，我被一阵轻轻的敲击窗棂的声音惊醒。我忽地坐起来，紧张地问：“谁?”

“小莉，你睡着了吗?”

啊！是肖明。我忙问：“有事吗?”

“嗯……不，你睡吧。”

肖明的声音是那样低沉而艰涩。我听到，他说完以后，就迈着沉重的脚步走出了院子。

我不安起来，急忙穿好衣服，开门走出去。朦胧的月光下，肖明弯着身子伏在那棵碗口粗的洋槐树上。他的一只手撑着树干，把头深深地埋在臂弯里，另一只手握紧了拳头，狠狠地朝树干上砸去，砰的一声，震得树叶哗哗地响，露珠儿溅落在我的肩头上，一片冰凉。我的心颤抖起来。

“肖明。”我轻轻地喊了他一声。

他猛地直起身来，看见了我，艰难地摇了摇头。半天，才沉重地说：“小莉，我心里很苦，想和你谈谈。”

听了他的话，我心里一阵发热，眼泪差点儿流了下来。

“田小林的队长，常委会没有批，他们还让陈队长干。”

“那怎么行？民主选举还算不算数?”我又急得喊叫起来。

“咳!”他痛苦地叹息了一声，又对我说，“你去睡吧。”说完，扔下我，迈开大步，朝村外走去。

我急忙回去，把门锁好，正想反身随他走去，不想李春生突然从黑暗里冒了出来。我先是一惊，可是，当我看见暗影里他那张怪笑着的脸，那阴森森的眼光，一种从未有过的厌恶的感情顿时溢上我的心头。我转身要走，他却一下拦住了我。

“你要干什么？”我愤然问。

“哼，半夜三更的，他怎么从你的院子里出来？”他气哼哼而又阴阳怪气地责问我。

我真想上去给他一记耳光，可是，我伸不出手来，只是狠狠地瞪了他一眼，转身跑了。“小莉——”我听到他绝望的喊声。这喊声却使我跑得更快了——我要离开他，离开他，永远……

我跑进了已经播下种的麦田里，终于看见一盏鲜红的风雨灯，灯光映出两个年轻人的身影。我轻轻地走过去。只见田小林站起身来，把一只张开的手掌伸向肖明：“你看，种子已经发芽了，为什么还不拱出土来呢？”

“土埋得太厚了，在这么厚的土层下，小苗出土不容易啊！”肖明的声调依然是那样低沉而艰涩，然而又意味深长，“小苗即使出了土，长起来也不容易。人踩、马踏，说不上还要遇上寒流。”

肖明的话，像一股冷风吹进了我的心里，我感到一阵刺透肌骨的寒凉。

肖明又说话了：“小林，明天县委要在咱这儿开现场会。”

“开什么现场会？”

“开‘三种三收’现场会。”

“咱搞的是大平播，不是‘三种三收’呀！”

“也许正是因为这一点，这个现场会非在咱这儿开不可。”

“不能改变了吗？”

“不能，这个会早就定下来了。”

“早就定下来了？为什么事先不通知我们？”

肖明没有言语。我心里猛然一动：对了，半个多月前，孟书记在接梁瑞电话的时候，不是提过这个现场会吗？我怎么把这件事忘了呢？难道孟书记也忘了吗？

“咱们快想办法吧，明天怎么办呀？”田小林急着对肖明说。

肖明把身子转过去，背向田小林。我忽然想起了肖明对我说的话，小林你还为明天着什么急呢？你哪里知道，到了明天，你头上那顶从来就没戴上的乌纱帽，又要拱手让给陈队长了……

我的眼睛模糊了。一阵仲秋的寒风迎面吹来，风雨灯那鲜红的火苗跳动起来，两个年轻人的身影也随之晃动着，像寒风中刚刚出土的两株幼苗……

1980 年 8 月于左家庄

爱情，你在哪里？

今天是马桥镇逢一排六的集日。从四面八方涌来的男男女女，充塞了经过几天冷落的街头，像一渠刚刚冲出闸门的泉水，熙熙攘攘，人头攒动，把陈列在两旁的一摊一堆的土特商品都淹没了。招徕顾主的悦耳诱人的吆喝声，被阻截的汽车急而刺耳的喇叭声，远亲近友相逢时毫无拘束的招呼声，以及三泉涌酒馆里飘出来的炸油条的香味儿，都使这整个集市充满了令人激动的气氛。

这样一个热闹的地方，只是吃的、穿的、用的各种物品交易的集市吗？不，这里也是农村男女间婚姻“交换”的场所。请看那个站在丁字街头四眼井的井台上，朝四处茫然张望的苏惠兰，就是被这种不得不进行的“交换”驱使到这儿来的。

然而，姑娘的心情却很忧郁，像不久前那连阴不雨的天气。在她的身边，有一棵孤独纤弱的小杨树，特意在这儿陪伴着她。在苍凉的秋风里，小杨树的枝条吃力地摇曳着，一片片枯萎的树叶像飞鸟一样飘下来，落在她的发梢上和肩头上。

她今天又要和人家见面，她仿佛记得，这已经是第四次了。等待她的小伙子究竟是怎样一个人，她完全不去想他，就像无心去理会落在她身上的树叶一样。一次又一次的失意，已经使她失去了希望与信心，变得颓唐和绝望了。她曾不止一次地诅咒过自己：这辈子完了，再也找不到一个称心如意的男人了。

尽管这样，今天早晨，她还是在介绍人“大白菜”的催促下，按照妈妈的嘱咐，颇为用心地打扮一番。上身穿一件湖蓝色的的确良外衣，下身穿一条茶绿色的弹力呢裤，脚上穿一双白塑料底儿的方口拉襻儿鞋。她特别用心的是，把自己那两条越来越细的垂肩小辫儿编得有些松散，还用一根烧热了的铁筷子把前额的一绺散发卷得卷曲起来，然后，像城里的姑娘那样，把一个葱绿色的发卡戴在头上。她对着镜子照了半天，一边照着，一边用健肤霜在她那显得有些苍老的脸上搽抹着，按摩着，直到脸上泛起了红晕，眼角上的皱纹有些平展了，才满意地笑了笑。这一笑，她却发现头上的发卡有点儿刺眼。她把它摘下来，在手里攥了很久，才不情愿地放在梳妆台上。

这会儿，她站在井台上，发现自己的衣着打扮并没有引起人们怎样的注意，不由自主地朝头上摸了摸，隐隐地有些后悔，不如那会儿把发卡戴上了。面前的这种热闹的场景，不知不觉中撩拨着人们的情绪。她观看着这五彩缤纷的一切，心中那已经冷了的灰烬又燃起了一点儿希望与追求的火星儿。这希望与追求是什么呢？她感到朦朦胧胧的，想不明白，也说不清楚。在人生的道路上，她骑着那匹命运的快马，一直不停歇地向前跑着，把那些光辉灿烂的目标都放过去了。剩下的，只是现在的后悔和叹息。

五年前，苏惠兰当上了生产队的农业技术员。她本来对农业技术毫无兴趣，只因为在队里干活，不多说少道，队长认为她忠实可靠，就把这个比较轻闲一点儿的差事给了她。那时候，她这个“技术员”，就连怎么样育稻种这样起码的技术都不会，可把她愁坏了。有一天，队长到家里告诉她，从麦庄公社请来个叫冯春的人，帮助她来搞育秧。

正吃饭的妈妈赶紧问：“请来的师傅，是男的，还是女的？”

队长说：“是个小伙子……”

妈妈急了：“怎么让一个大姑娘跟一个小伙子当学徒呀？不能把他们拆开吗？”

队长说：“您这是封建老脑筋，搞生产还分什么男女呀！队委会这么定了，就这么办吧。”

队长走后，妈妈饭也不吃了，郑重其事地嘱咐：“妈妈我从三十守寡，这么多年，没落下一句闲话，你可不能给我摸黑摘牌子！女人家，时时处处都得留心躲男的远一点儿……”

苏惠兰抱着十二分的警惕心，跟冯春一块儿工作起来，处处都照着妈妈的嘱咐，防备着这个男人。

冯春是一个聪明、热情，又长得十分可爱的小伙子。在他那泉水般清澈的眼睛里和那胖乎乎的脸蛋上，总洋溢着一种无穷无尽的欢乐与青春的气息。他无忧无虑，说话风趣幽默，还有一副好嗓子——柔和清亮的男中音，唱起爱情歌曲来，会把姑娘的心弦震得颤动起来。在苏惠兰看来，他简直像一股穿行在花丛草尖上的清风，彩蝶会向他扇动起美丽的翅膀，沁人的馨香会追逐他到处飘动；他又像一团炽烈燃烧的火焰，即使是一颗冰冷的心，也会被烤热的。

清早，他们披着胭脂般的晨曦，沿着凉水河大堤朝稻田里走去。冯春敞开他那清亮的喉咙，尽情地唱起来：

姑娘好像花儿一样，
小伙儿心胸多宽广。
为了开辟新天地，
唤醒了沉睡的高山，
让那河流改变了模样……

冯春那优美动人的歌声，飞落在那滚滚滔滔的河面上，仿佛溅了一层金色的浪花……

苏惠兰忽然觉得，跟前的垂柳、青草、野花，一切一切，都笼罩着一层神奇的色彩，连空气都变得像酒一样醉人。一种十分美好的感觉袭上了她的心头。

“你为什么这么爱唱歌呢?”等冯春把一支歌儿唱完，苏惠兰这么问了他一句，并且轻轻地瞟了他一眼，她的脸却先红了。

“你不爱唱歌？你不喜欢音乐吗?”冯春反问着苏惠兰。

苏惠兰迟缓地摇了摇头。

“那不好，没有歌声，没有音乐，就像天空上没有白云，河里没有流水一样，生活就会变得单调、平淡，甚至枯竭。”

“我过去就喜欢画画儿。”

“是吗？那太好啦！音乐和美术是一对孪生姐妹，都是美神的使者。她们把大自然中和生活里一切美好的东西表现出来，奉献给人们，满足人们美好的享受，使人们的心灵变得美好起来。”

冯春的这几句高谈妙论，几乎使苏惠兰听呆了。她停住了脚步，睁大了那两只闪着泪花的眼睛，凝视着眼前这个欢乐幽默又有独特见解的小伙子。

是的，她喜欢画画儿。那是在马桥中学读书的时候，她不知多少次拿着画夹，来到这美丽的凉水河畔，饱蘸彩笔，倾心描绘着这绮丽的风光，也描绘着理想的蓝图。她曾经多少次失神地幻想着，自己将来能成为一个美术工作者，用自己全部的希望和热情，去创造无限美好的精神世界。可是后来，她回到了这个简直没有什么色彩的农村，每天在队里默默无闻地干活，很少与人闲谈。收工以后，她躲在自己的小屋里，不轻易与人交往。她听不惯那些已婚的妇女凑到一块儿就直言不讳地谈论那些夫妻之间的事情，她嫌她们粗野；她也听不惯那些姑娘们到一块儿就议论什么穿衣服、搞对象、要彩礼，她嫌她们庸俗；她也看不惯那些小伙子，到一块儿就打扑克、下象棋，她嫌他们无所作为。她发誓不与粗野的人混杂，不与庸俗的人为伍，而使自己成为一个最干净、最高尚的人。

这一天晚上，苏惠兰没有吃好饭，躺在炕上之后很久也没有入睡。冯春那堆满欢乐的脸庞，总是在她眼前晃动；冯春那充满感情的歌声，总是在她耳边回旋。冯春这个可爱的年轻人，把她的生活乐趣和埋藏在内心深处的美感唤醒了。她甚至想拿起画夹，到凉水河边写生，给冯春看一看。不过，她没有去。她已经爱上了农业技术这一行。她觉得非常奇怪，为什么一下子就对本来不喜欢的东西产生了这么大的兴趣呢？难道农业技术也是一种“美育”，有一种影响人、教育人的吸引力？或许还有一种更强大的潜在力量，这是不是爱情、爱情的力量呢？想到这里，她觉得脸上一阵火辣辣地发烫，心里怦怦地跳起来，急忙用被子蒙上脸……

第二天上午，两个人又一起来到了稻田里。在明镜一般的水田中，倒映着蔚蓝的天空、洁白的云朵、泛青的树木和抽芽的青草，也倒映出这一对年轻人健美的身影。苏惠兰蹲在田埂上，看着冯春下种，看得出了神。

冯春高挽着裤脚，站在秧田里，一只胳膊挎着竹篓，一只胳膊自如地挥洒着。珍珠般的稻种在明媚的春光里飞舞着，跳动着，又像金雨一样，齐刷刷地从天而降，均匀地溅落在平展展、水汪汪的秧田里。秧田里立刻缀满了万点繁星，异彩斑斓，金光闪闪，使姑娘们看得眼花缭乱。在这万物复苏、生命伊始的季节里，年轻人心中那颗爱情的种子，也该开始萌动了吧?

“小冯师傅，你的技术真好。”苏惠兰斟酌了半天，才选出这么一句平平常常的赞词。

“不客气，承您夸奖。”冯春仍然用那种诙谐的口气说。

“我什么时候能学到你这一步呢?”苏惠兰没有笑，她仍然是十分郑重认真的样子。

“熟能生巧，巧能生花，功到自然成嘛。”

“下完种你先别走，好好带带我这个徒弟吧。”

“那你让我什么时候走呀?”

“你永远不走才好呢!”

“啊?”

小伙子听了姑娘这句话，惊愕地抬起头来，用一种激动的目光看着她，并且意味深长地、甜蜜而羞涩地笑了。

小伙子的目光和笑意，像一把稻种溅落在苏惠兰的心里，她的脸涨得通红，两个肩头都强烈地颤动一下。她在心里怪自己：怎么冒出这么一句傻话呢?

为了掩饰自己的失言与失态，她急忙站起身来，抄起戳在地上的一把铁锨，转身顺着水渠走去，装作要去提闸放水的样子。可是她的脚步是慌乱的，像是做了贼，犯了罪，在拼命地逃跑……

苏惠兰为什么对男女之间感情上的变化这样敏感，又对男女之间的接触这样的避讳呢?她明明是对冯春有好感的，为什么不去浇灌这株感情的幼芽，让它健康地发育成长起来呢?

她站在小杨树下，正在痛苦地思考着这些问题，忽然听到有人喊她。她抬头一看，大队农业技术员谷艳明背着一个洗得发白的帆布书包走了过来。谷艳明在她面前停住了脚步，眨动着那两只动人的大眼睛，正在好奇地打量着她。她的心慌起来，为了争取主动权，她抢先发问了："艳明，你干什么去？"

"我想去买件毛衣，你见到赵春林了吗？"

"没有呀，你找他干什么？"

"我让他帮我去挑毛衣。"

苏惠兰心里一动，故意叮问了一句："你们没有约好吗？"

"约好在二合居门口见面，怎么没见到他呢？"

谷艳明这种坦白的回答，简直使苏惠兰吃惊了。最近，她已经听到了不少风言风语，说谷艳明和赵春林有一种微妙的关系。可是谷艳明怎么不懂得避讳一下呢？

谷艳明走了，她钻在这乱哄哄的人流里，找她的赵春林去了。

苏惠兰看着谷艳明的背影，忽然替她担忧起来：唉！这姑娘太傻了，太单纯了。你可要警惕啊！等待你的，将是对你这种单纯的无情的惩罚。

苏惠兰一下子想起来了，她自己不也曾是这么一个单纯的姑娘吗？都到了念中学的时候，她也不曾按照妈妈的训导去做，根本不把男女之间的界限划得清清楚楚。当时，男女同学之间很少接近，更不敢单独来往，甚至两个男女同学相互说一句话，旁边也会有人起哄的。就是把两个男女同学排在一个座位上，男同学也要用粉笔从中间画一道"边界线"，并郑重声明谁也不许"侵犯"谁。开始的时候，苏惠兰对于这种"界限"并没有引起足够的重视。有一次，在课间活动的时候，同学们都出去玩了，苏惠兰铺上纸临摹一张素描画。教室里安静极了，当她快把这张画临摹完的时候，忽然听到教室门外有人叽叽喳喳地小声争吵。好像是有人要进教室，几个男同学不让进。她似乎意识到了什么，猛然抬起头来：她发现原来和她邻座的一个男同学也没有出去，正在聚精会神地做几何题呢。她一下子慌乱起来，把那张画往桌子里一塞，就朝外面跑去。教室的门被人从外边锁上了，她怎么也拉不开，教室外边哄然大笑起来。她第一次受到这么大的侮辱和嘲弄，一头趴在桌子上，呜呜地大哭起来……

姑娘的心地，本来纯洁得像一张白纸。可是随着年龄的增长，却被一点点地画上了一个清晰的黑圈儿，把她的思想、感情、语言和行动，都禁锢在这个小小的黑圈儿里，使她每时每刻都在自我警戒着，提防着，绝不能超出一分一毫。然而，在那段使人陶醉的日子里，她在与冯春接触的过程中，自己的感情却不知不觉地溜出了这个黑圈儿……

苏惠兰永远不会忘记那个想起来就会使人心颤的夜晚。

一轮金黄色的满月，从东方天边上缓缓地升起，像一只点燃的大红灯笼，挂在远方那黑黝黝的树梢上。春天的大地，松软、潮湿，飘动着一层轻纱般的薄雾。柔和的月光融在薄雾里，若明若暗，若有若无，如仙境，似梦幻，像一脉牵魂萦梦的深情……

她和冯春给新插上的稻秧浇完水朝村里走去。他俩走在田间小路上，两旁稻田里，波光闪闪，像跳跃着万条金鳞。他们撕扯着月光薄雾，踩着挂满露珠儿的草芽儿，呼吸着清甜的泥土芳香，像沐浴在圣洁的甘霖里，都感到一阵沁心透骨的清凉舒畅。

夜已经很深了，他俩却好像故意放慢了脚步。在这样一个柔静而美丽的夜晚，苏惠兰和这样一个小伙子单独在一起，朦胧地感到一种不可名状的幸福与甜蜜，却又觉得十分紧张。这在她和她的姐妹们看来，简直是一种犯罪的越轨行为。她害怕了，她怕人家看见，怕人家指责。哪怕是一点儿小小的指责，她也承受不了啊！姑娘的衣服可以穿破，绝不能让人家指破，这是她从妈妈那里继承来的严格遵循的做人准则。

她怀着一种警戒的心理，胆怯地朝四外看了看，周围静悄悄的，连天上的月亮也为他们作美，很知趣地躲到了白云后边。

忽然，冯春停住了脚步，一把抓住了她的手。

她猛然一惊，使劲甩脱了冯春的手，向后躲闪着，用一双万分惊恐的眼睛看着冯春，颤颤微微地厉声问：“你、你要干什么?”

心血来潮的冯春似乎已经失去了理智，一下子蹿上来，两只手一起抓住了她的胳膊，用哆嗦发抖的声音说：“惠兰，我、我爱你……”

这突如其来的一切，简直把她吓傻了，她没有来得及思索，拼尽全身的力气，“啊”地尖叫一声。

这一声尖叫，在深夜寂静的野外，显得是那样凄怆和恐怖，像反抗者最后的呐喊，像懦弱者绝望的呼救。冯春的手像触了电似的，立刻松开了。

苏惠兰收回自己的胳膊，双手把脸一捂，拼命地奔跑，一口气跑进了家门。当她的两只手扶在院子里那棵柿子树上的时候，一下子清醒了。哎呀！我干了一件多么愚蠢的事情呀！我为什么要惊叫呢？为什么要逃跑呢？就因为他拉了一下我的手，把我触犯了吗？不，不，什么也不为，我根本没有想到，什么也没有想到。当时不知道是一种什么力量，鬼使神差般地让我惊叫起来了。啊，冯春，你受了这样的刺激，将会怎样呢？是羞愧，是愤怒，是无地自容，还是……

想到这里，苏惠兰像失去了支撑自己的力量，浑身松散散的，两腿软绵绵的。她双手抱住了树干，将头埋在臂弯里，伤心地哭起来……

她一夜都没有合眼，第二天早晨，她怀着忏悔的心情，走到冯春住的那间小屋门前。她忽然发现，小伙子正在往自行车上拴着行李卷。她慌了，急忙退了回来，躲在一家篱笆后边。

冯春走了，他推着自行车，垂着头，迈着沉重的脚步，朝村外走去。

苏惠兰简直不知如何是好了，她想呼喊，可是嘴还没有张开，心却跳得不能自禁，连舌头都僵直了。眼看冯春就要走过去了，她只好躲进小树林里，迈动着那两只不听使唤的脚，追了一段路，用那双哭得红肿的眼睛，透过繁枝密叶的缝隙，目送他出了村口，上了公路……

现在，苏惠兰站在四眼井的井台上，回忆起了这件事情，心里还撕裂般地疼痛。五年来，她常常想起这件事，想起来，就受到良心的责备，就忍受痛苦的折磨。是谁，使她变得这样软弱又这样残酷呢？

太阳升高了，集市上的人更多了，一个推着菜车的老人碰倒了一个中年妇女的兔笼子，那个中年妇女不依不饶，和老人争吵起来。一群好心的和好奇的人立刻围了上来，吵吵嚷嚷地劝开了架。劝架声压倒了争吵声，争吵者没有辨清是非，好事者却得到了满足。

苏惠兰被吵得心烦意乱，她向后退了两步，将身子靠在那孤零零的小杨树上。她觉得非常委屈、伤心，真想躲到没人的地方去掉几滴眼泪。

从北边公社的大门里，走出来一对青年。这两个土生土长的庄稼人穿着很不合体的新衣服，显得极不自然。大概他们刚从公社领完结婚证出来，到集市上采买结婚用的东西。男的见女的落得太远了，才停下来等一会儿。等女的走近了，男的连句招呼都不打，又顾自朝前走去。看他们那个样子，完全像两个互不相识的陌生人。

苏惠兰看着这一对可怜的年轻人，心里又感慨起来。两个人都领了结婚证，为什么还那么生分呢？以前她就经常想，两个陌生的人凑在一起，组成一个家庭，一起过日子，还要生孩子，这实在是让人难以理解的事情。现在她明白了，坐落在中国农村的各式各样的新老家庭，绝大多数不都是这么生硬地组合成的吗？年轻人到了一定年龄，就会有热心的媒人登上门来，让两个人马马虎虎地看上几眼，潦潦草草地谈上几句，就硬掐鹅脖、按葫芦抠籽地逼着他们表态，只要两个人把头一点，就可以过礼、登记、结婚。多少年了，习惯成了常规，常规又成了不可侵犯的法则。而那些白发苍苍的老人，对这种恋爱方式还羡慕得要死呢！妈妈就不止一次地对苏惠兰说："眼下这些年轻人，多自由，多民主呀！俺那会儿，花轿都进了门，还不知道自己嫁的人是什么样子呢。"唉！在我们这个古老的民族里，在我们这个发展缓慢的社会中，一点儿小小的进步，将使人们能够满足多少年、多少代啊！

苏惠兰无边地遐想着，心里像压上了一块石头，沉甸甸的，憋得她喘不过气来。

"大白菜"来了，她怀里抱着一捆大葱和两棵早茬的青口大白菜。还没有走近，就高声大嗓地叫嚷起来："哎哟，惠兰，让你等急了吧？你看我这些屄事，姚家胡同的姚三婶又把我拦住了，非让我给她那个老儿子划拉个媳妇不可。谁不知道她那老儿子头几年趴女厕所，让人家打掉了一个门牙。哼，什么人都找我，我这不成了保媒拉纤的陈快腿了吗？"

苏惠兰特别讨厌"大白菜"在大庭广众之下瞎嚷嚷，她不耐烦地瞟了她一眼，没有说什么。

"大白菜"大概看出了苏惠兰不大高兴，忙把怀里的菜放在小杨树底下，直起身来掸着衣襟说："你再等一会儿，我去看看他来没来，约好了在二合居饭馆门口碰头。你替我看着点儿菜，这是姚三婶给我的。

我不要，她硬往我怀里塞。”

“大白菜”絮絮叨叨地走了，苏惠兰感到一阵恶心。真想不到，她居然让这样的女人给自己保起媒来了。三年前，她曾经恨死了这个不要脸的女人。

那是一个静谧而美丽的夜晚，清水一般的月光灌满了渠道，灌满了稻田，滋润着清醒的草叶和半睡的花蕊。她和团支部书记赵连明共同看管着水稻，一前一后地走在渠埂上，铁锨尖上的水珠儿，像流萤似的滚落在月光里，滴落在草尖上。满渠溶着月光的清水，拥抱着两个重叠在一起的身影，小心翼翼地向前移动着。

大自然用它那醇美的甘露，陶冶着年轻人的性格，融化着年轻人的情感。一向沉默寡言的赵连明，一反常态，跟这个文静孤傲、争强好胜的姑娘侃侃交谈起来。谈话也像他们脚下的清泉流水一样，欢快饱满，又源源不断。他们谈知识，谈理想，谈社会，也谈年轻人的苦恼和希望。

谈着谈着，他们又扯到了农村青年最关心的话题上来了，苏惠兰说：“你们总说姑娘们搞对象愿意往城里跑，那么你们小伙子呢，你们就安心农村吗？每次招工的时候，不都是小庙着火——慌了神吗？”

赵连明苦笑了一下，点头承认说：“反正在咱们这个地方，铁心务农的不多。咱们农村确实比城市苦一点儿穷一点儿……”

苏惠兰打断了赵连明的话说：“咱农村不光是苦一点儿穷一点儿，主要是精神生活太贫乏。整天是吃饭、干活，干活、吃饭，一天三饱一倒儿，这样的生活有什么意思，聊以度日啊！”

赵连明没有言语，他低着头，默默地向前走着，像是在认真地思考着苏惠兰提出的这些问题。

苏惠兰看了一眼赵连明，把铁锨换了一下肩，又提出了一个更实际的问题，向眼前这位团支部书记发起了牢骚：“我们团支部组织活动，除了政治学习，就是义务劳动，难道就不能搞点儿别的吗？”

赵连明也像是遇到了知音似的，叫起苦来：“搞什么别的活动呢？你也知道，我们曾经要求到农业展览馆参观，向党支部请示三年了，到现在也没有批准。”

“上次我们团小组开会，大家提议办个青年俱乐部，晚上没事可以凑到一起娱乐娱乐。”

“娱乐部、剧团、宣传队，过去不是都办过吗？哪一次坚持下来了？”

“那是因为有些青年不争气，到一块儿就搞对象。这种事顶招恨了，一传出去，就闹得满村风雨，群起而攻之。”

“年轻人到一块儿，还免得了这种事？这有什么可招恨的呢？现在社会上假道学太多，看到年轻人搞对象，简直就像凉水河开了口子，发了洪水。”

“这次我们要办俱乐部，就得规定一条，不许搞对象。谁要搞，就把谁开除……”

俱乐部果然办起来了，团支部委托苏惠兰担任了俱乐部的主任。晚上收工以后都是寂寞得百无聊赖的年轻人，有了这么一个交际和娱乐的场所，都兴奋地欢呼起来。尽管在学唱歌的时候，男女青年还是界限分明地站成两大片；夜里回去的时候，一男一女还避免搭伴走。可是这个小小的俱乐部，依然像磁石一样把青年们吸引住了。劳累了一天，洗一洗，换上一身干净的衣服，在一起唱一唱，笑一笑，玩一玩，充满了无限的乐趣和快慰。

在俱乐部成立的大会上，苏惠兰这个新上任的俱乐部主任，十分郑重地宣布了那一条特殊的规定，并且用十分刻薄的语言说：“咱们都得争点儿气，要点儿脸，别让人家戳咱们的脊梁骨。戳断了你的脊梁骨是小事，戳垮了咱们的俱乐部你可犯了罪，青年们不会饶恕你的。”

她宣布的这道“禁令”，不知怎么传到了破鞋“大白菜”的耳朵里去了。她把两片薄嘴唇一撇，说：“像她这样会说嘴的人呀，我见多了，说嘴打嘴，一定得让她自己干的丢人事儿，把自己的嘴堵上。不信你们就把眼睁大大地瞧着。”

“大白菜”的话，很快又传到了苏惠兰的耳朵里。她没有生气，只是淡淡一笑。回黄转绿，斗转星移，美好的日子已经在痛苦的折磨中流逝了，被冯春唤起来的那种对生活的热情和兴趣，也渐渐地冷却、淡漠了。她虽然还是多思多虑，想入非非，却不再那么清高孤傲，一点一点地变得面对现实了。她虽然还讨厌别的姑娘到一块儿就议论穿衣服、要彩礼和搞对象，可是等她对着镜子，看到那红润鲜嫩的脸庞渐渐地失去了光泽，眼角上一点一点地刻上了细碎的鱼尾纹的时候，她也不得不考虑自己的生活之路了。

在这种情况下，她遇上了赵连明，遇上了一个与冯春性格完全不同的小伙子，她想不动心，又怎么能管住自己的“心”呢?

收获的季节到了，金色的阳光铺展在金色的稻田里，大雁在白云下列队南飞，秋风在稻穗上轻轻流动，带着浓郁的稻香谷甜，拍打着稻田两个选种人的胸膛。

赵连明掂着两穗肥硕的稻种，忽然像是想起了什么，对苏惠兰说：“听说冯春这几年培育了好几个优良品种，《育种》杂志上还登了他写的文章呢。”

苏惠兰的脸红了，红得像天边那艳丽的晚霞。

不知赵连明是真的不知道苏惠兰与冯春那段特殊的关系，还是故意放“氢气球儿”进行试探。他见苏惠兰没有吭声，依然接着自己的话茬儿说下去：“听说，有一个育种专家被打成了反动权威，下放到他们村，冯春就拜他为师，和他在一起……”

苏惠兰走了，她没有听赵连明继续说下去，似乎是对这个“毫不相干”的人丝毫不感兴趣，装作急着寻找稻种的样子，和赵连明拉开了一段距离。

三天后的一个雾气蒙蒙的晚上，苏惠兰吃了饭，往俱乐部走去。她刚拐过胡同口，就被后边匆匆赶上来的赵连明喊住了。苏惠兰停住了脚步，问：“什么事?”

赵连明脸涨得通红，额头上和鼻梁上渗出了细密的汗珠儿。他喘着气，胆怯地看着她，没有说话。

她看着赵连明那副奇特的神态，心口也不由得随着怦怦跳起来。

一个印花的信封递到她眼前，赵连明结结巴巴地说：“给、给你……”

“谁、谁的信?”

“你、你的。”

“谁给我的?”

“你自己看、看吧……”

赵连明说着，把信塞到苏惠兰的手里，逃跑似的走了。

苏惠兰把那封信紧紧地贴在胸口上，像是攥住了小伙子那双烫人的手，又像是捧着小伙子那颗燃烧的心……

她到了俱乐部门口，赵连明正等着她开门。她头也不敢抬，掏出钥匙，走上前去。那只受潮生锈的锁怎么也拧不开。赵连明走上前来帮忙，两个人肩挨着肩，头靠着头，四只颤抖的手拉在一起乱忙着——那把锁更难开了。

就在他们打开门的一刹那，赵连明在她那胖乎乎的脸蛋儿上猛然亲了一下，她惊得向后一闪，使劲推了他一把。这一次她没有尖声怪叫，也没有逃跑，只是小声骂了一句：“你这个坏蛋!”

这一切，恰巧被从门口路过的“大白菜”看到了。

第二天晚上，等苏惠兰又到俱乐部去开门的时候，刚走过十字路口，就发现俱乐部门口吵吵嚷嚷地围着一大帮人。几个姑娘气愤地叫嚷起来：“你造谣，满嘴喷粪，烂舌头!”

接着是一个妇女粗野的声音，苏惠兰听出来了，那是“大白菜”在叫嚷：“谁造谣?我亲眼看见。你们办了不要脸的事儿，还不许人家说?什么他妈的俱乐部，纯粹是搞对象部。你们俱乐部不是有一条‘法律’，不许搞对象吗?那么，俱乐部主任和团支部书记搞了犯法不犯法?”

人群乱成了一团，吵嚷声响成了一片：

“你这是有意破坏俱乐部，拆俱乐部的台!”

“还用我拆台，你们自己就把台拆了，哼!”

“……”

苏惠兰什么也听不见了，她的脑袋嗡嗡地响着，乱成了一团麻；她的眼前黑乎乎的，闪动着万点金星。她想逃走，可是两条腿软绵绵的，像是粘在了地上，连脚步都迈不开了……

正在这时候，身边一个高声怪叫，把苏惠兰从痛苦的回忆里惊醒了：“喂!我说，那只鸡你卖了吗?你聋了，耳朵让枪震了?”

她抬起头来，循声望去，人群里挤过来一个头发蓬乱、敞襟露怀、抱着一个脏孩子的女人。她心里一动，这女人正是赵连明的媳妇。这两口子也来赶集了。

还隔着好几层人，赵连明媳妇又高声大嗓地嚷开了：“我说，那只鸡你卖多少钱呀？”

站在三泉涌门口的赵连明，看了媳妇一眼，不耐烦地说：“两块四毛五。”

那女人一听，立刻发了火，扬着脸大骂起来：“你他妈的疯啦，傻啦，还是糊涂啦？没告诉你少两块五不卖吗？卖给哪个不开眼的了？给我追回来……”

赵连明媳妇连声地叫骂着，像一个泼妇训斥着自己的儿女，把周围的许多人都招惹过来。赵连明气得涨红了脸，想解释，说不清；想发作，又拉不下脸来。

唉！老实巴交的赵连明遇上这么一个厉害娘儿们，有什么办法呢？

那是俱乐部那件事发生不久，赵连明和苏惠兰还被强大的社会舆论压得抬不起头来的时候，有一天早晨，赵连明又在胡同口把苏惠兰拦住了。苏惠兰惊慌得低着头，连看都不敢看他一眼。

赵连明却十分坦然地开口了：“惠兰，我要结婚了。”

“什么？跟谁？”苏惠兰惊讶地抬起头来。

“河北省的。”

“你、你怎么……”

“唉！凑合一个算了。”

“这……你怎能这样呢？”

“这样，才能证明咱俩的清白，也能保住俱乐部了。”

苏惠兰想起了这难忘的一幕，心里一阵发疼。赵连明啊赵连明，你为了我，为了保我们的名誉，做出了多大的牺牲啊！你呀，你呀，这样做了，我们两个都得到了什么呢？她看着眼前赵连明夫妇俩，仿佛看到了自己的未来、自己的命运，浑身一阵战栗——太可怕了！

风停了，小杨树停止了晃动，有几片发青的叶子还牢牢地挂在光洁的枝条上，像是在顽强地表现着它们对生命的渴望。

苏惠兰扶着小杨树深深地叹了一口气，像是把一切痛苦、烦恼和忧愁统统吐了出来。她突然感觉到浑身一阵轻松，眼前一阵发亮，像是发现了奇迹般地几乎要喊叫起来。从街北边走过来一个推着自行车的男人。那男人的前边，走着一个提着花包袱的中年妇女。啊！那不是冯春吗？她的心又怦怦地跳了起来。

冯春也发现了苏惠兰，局促不安地走过来，红着脸，很客气地和她打着招呼。

苏惠兰没有立刻和冯春搭讪，走上前去，把一只手下意识地放在他的车把上，傻子似的打量着冯春。她对面前这个男人感到陌生了。那泉水般清澈的眼睛没有以前明亮了，那洋溢着热情和欢乐的脸庞不像以前那样闪着青春的光泽了。眼角上、额头上，刻下了一道道深深的皱纹。这一道道的皱纹，把从前那个幽默、风趣、充满欢乐的小伙子的形象，严严实实地遮盖起来了。

冯春被看得慌乱起来，忙解释说："我姑给我介绍一个人，是大兴县青云店的，约好今天见面。"

苏惠兰脱口问道："怎么？你还没……"

冯春苦苦地笑了一下，用一种沉重的语调说："我的心早就凉透了，本想自己过一辈子算了。可是我姑死说活说，磨了我三天了。唉，见一面就见一面吧，应付应付……"

冯春的话，像一把刀子扎在苏惠兰的心口上。她觉得眼睛模糊了。

走在前边的那个中年妇女冲这边喊了起来："冯春，快走哇。"

冯春客气地和苏惠兰告别，推起自行车，急匆匆地走了。

苏惠兰望着冯春淹没在人群里的背影，感到一阵空虚和惆怅，像置身在一片空旷而荒寂的沙漠里。

一对青年男女走过来，他们挽着胳膊在人群里钻着、挤着，在一个卖大蒜的小摊儿前停住了脚步。那个姑娘留着波浪形的垂肩发，穿着一件米灰色的外衣。外衣敞开着，露出了里边的那件黑色开司米毛衣，毛衣的领口上和胸襟上，还编织着几道闪闪发光的金线。她紧挨着那个男青年站着，还把头轻轻地靠在那个男青年的肩头上。两个人旁若无人地依偎着，还坦坦荡荡地和那个卖大蒜的老头讲着价钱。

这是一对从城里来的青年人，他们大概是特意来赶集看热闹的。乡间小镇上出现了无比的新奇，人们像前几年城里人争看外国人那样围观着，不少人还鼻子轻蔑地“哼”着。

苏惠兰把这一切都看在眼里，要是在前几年，她也一定会对他们不屑一顾地撇撇嘴，甚至十分厌恶地骂一声“不要脸”。可是现在，她连一点儿指责人家的念头都没有，相反地，心里倒产生了一种莫名其妙的羡慕与嫉妒。

“大白菜”风风火火地走来了，她告诉苏惠兰，那个人已经来了，正在二合居门口等着呢。她一边弯腰抱起放在地上的青菜，一边催促着苏惠兰赶快去和人家见面。

苏惠兰忽然从心底产生一种恐怖的感觉，她看着“大白菜”，急得直搓手，慌乱得不知如何是好了。

远处，隐约传来一个叫喊声：“冯春，快把书包给我。”

苏惠兰登上井台，翘首在人群里搜寻着。在南边不远的一个水果摊儿上，冯春跟着那个中年妇女，正排队买水果呢。大概他是在姑姑的催促下，买一点儿见面礼吧。

忽然，在她的内心深处，仿佛有一个声音在疾呼着：年轻人，应该有新的爱情生活和新的道德标准了。现在，到了破罗网，奔向新生活的时候了！她心里掀起了一个滚烫的浪头，再也压抑不住自己了，一下子从井台上跳下来，穿过人群，飞快地向前跑去。一边跑，一边扬着胳膊高声呼喊：“冯春，冯春，等等我！”

“大白菜”一下子傻了眼，抱在她怀里的青口大白菜掉在了地上：这丫头疯了吗？

1979 年 9 月 10 日草于凉水河畔

幸福，你在哪里？

赵春林有一个并不幸福的家庭。

他十岁那年死了父亲，寡妇妈带着他们兄弟三个，一把泪一身汗地把他们拉扯大了。当他过了二十岁的时候，村里那些热心肠的人也像对待其他老实巴交的小伙子一样，走马灯似的登上门来给他张罗说媒。第一个姑娘见了面，嫌他家穷；第二个姑娘在外转了转，嫌他家房子小；第三个姑娘只是打听了一下，嫌他家哥们儿多。从此，说媒的不来了，赵春林心冷了，寡妇妈可急出了一块心病。

一个秋雨连绵的中午，赵家的破栅栏门被人家推开了，进来一个中年妇女和一个年轻的姑娘。两个人都背着一个大包袱，合披着一块破了窟窿的塑料布，浑身都淋透了，冻得直打哆嗦。有着菩萨心肠的春林妈忙把她们让进来，让她们换上衣服，坐到炕头上，披着被子暖身子。自己又跑到外屋，擀面炸酱，给她们做饭。

这两个操着外地口音的妇女，原来是母女俩。据她们自己讲，家乡连年打派仗，闹武斗，又遭了灾，吃不饱，背着自己织的土布，跑到这边来换粮食。春林家穷，添置不起衣服，每当给孩子补衣服的时候，春林妈都急得掉眼泪。这会儿，春林妈见到这么“两全其美”的事，就动了心，张罗着要用粮食换人家的土布。

那个中年妇女感激春林妈对她们的热情招待，非得少要些粮食；春林妈可怜这两个外地人，非要多给点儿粮食。争来争去，一个不多要，一个不少给，最后也只好公平合理地交易了。当春林妈把粮食称好往她们口袋里边倒的时候，那个姑娘说话了：让春林妈再称出一斤来，扣下她们吃的那顿炸酱面。春林妈急了：“好闺女，你别寒碜我了，就算咱们前世无缘，也不能连碗炸酱面也待不起呀！”

谁知这两家并非前世无缘，那个中年妇女临走的时候，和春林妈把话捅明了，要把自己的闺女嫁给赵春林。

春林妈乐坏了。

赵春林却为了难。这是一桩没有经过恋爱的婚姻，是没有感情的结合。两个互不了解的陌生人怎能组成一个家庭，在一起过日子呢？

春林妈生怕入了笼的鸟又飞走，好言好语地劝开了儿子：“咱们到哪儿说哪儿吧，人家先起了这个意，你还挑人家什么？嫌人家是外地人，不通咱这边的礼儿？嫌人家没念过书，没有文化？算了，结婚不就是搭帮过日子吗？谁跟谁都是一辈子。想当初，我嫁到赵家门，入了洞房，把盖头揭下来，才知道你那死鬼爹是个秃子，那不是也认命了吗？”

赵春林在炕头上一坐，任妈妈怎么说，一声都不吭。

春林妈急了，劈头盖脸地数落开了儿子：“人家张罗着嫁给咱们，就算咱老赵家有这个德行。你还破被叠起来了，你就真想打一辈子光棍儿？你打光棍儿不打紧，挡着你下边两个弟弟的道，谁也甭想说上媳妇了。我苦巴苦业地把你们拉扯大了，老赵家再从你们这儿绝了根儿，对得起你那死鬼爹吗？”

春林妈说着，竟一把鼻涕一把泪地哭了起来。

赵春林是个孝子，可怜妈妈。反复掂量妈妈说的那些话，又都在情在理。于是，他把心一横，站了起来：“妈，您别哭了，前面的坑里是水是火，俺跳了……”

就这样，姑娘过了门。春林妈为小两口在东边小院里安了家，让他们另起锅灶，过起了自己的小日子。

满村的人都说是赵春林走运，捡了个便宜媳妇。可是又有谁知道，赵春林有自己的痛苦呢？

一

眼下正是水稻扬花的季节，赵春林带领科技小组的同志们，正在培育一种优质水稻——“幸福一号”。天不亮，他就来到了实验田，直到太阳偏过了头，才在技术员谷艳明的催促下离开那里。

赵春林朝家里走着，肚子饿得咕咕直叫，他记起来了，还是昨天晚上，他啃了一块糊饼，直到现在还水米未进。他的两条腿软绵绵的，身子像散了架，眼前一阵一阵地直冒星。他想象着，回家以后，胡乱吃一点儿什么，就躺炕上歇一歇，哪怕是歇半小时也好哇。

赵家小院里，赵春林的媳妇这会儿正在手忙脚乱地做着中午饭。她也是收工以后才进家门的。吃奶的孩子趴在炕头上哇哇直哭，几只饿疯了的小鸡挤到门口，轰不开，打不散。她正在锅里贴着饼子，顾得了锅下，顾不了锅上，加上本来就手脚不利索，心里一急，一块面掉到了地上，沾满了柴火末。孙玉荣气得一脚把面踢到院子里，"姥姥奶奶"的破口大骂。门口的几只老母鸡吓得"嘎嘎"地逃跑了，扇着翅膀飞上了墙头；趴在炕上的孩子也顿时停住了哭闹，瞪着两只惊恐的眼睛看着窗口。

赵春林进了家门。

孙玉荣见到了男人，更是气不打一处来，一手扶着烧火棍，一手扶着门框，扯着嗓子发作起来："你到哪儿浪荡去了？我还以为你死了呢，你还回来干什么？你把被子卷走，搬到实验田去住，把这个家扔了算了……"

赵春林听惯了媳妇这一套，他忍着性子，没有理孙玉荣，把被鸡蹬翻的鸡食盆拿起来，就要去给鸡拌食。

孙玉荣一见，稍微缓和了一下语气，又冲赵春林嚷起来："拌鸡食你忙哪家子？人还顾不上，还顾它们。去给我抱点儿柴火，缸里还没水呢。"

赵春林放下鸡食盆，站在院子里愣了一下，他真不知是先给媳妇抱柴火，还是先去挑水。这时候，屋子里的孩子又哇哇哭起来。

"你他妈的装什么傻、充什么愣呀？听不见狗蛋在号丧吗？你耳朵聋了，让枪震了，还是让鸡毛塞上了？"

狗蛋是趴在屋炕上哭闹的孩子，这孩子刚一生下来的时候，赵春林翻了好几天字典，给孩子起了一个文雅脱俗的名字，叫"赵松竹"。可是孙玉荣嫌叫着绕嘴，没经任何协商，就改口叫起了这个多少代以来在农村流行不衰的名字。赵春林忍着气进了屋，把狗蛋抱起来，掂着哄着。

孙玉荣仍然在外屋骂骂咧咧。

赵春林心里的火气一窝一窝地往上涌，他强压着，默默地忍受着。遇上这么一个媳妇，有什么办法呢？和她对骂吗？赵春林不会，他从小是村里出了名的老蔫儿，在生人面前说句话都脸红，更不用说骂人了；向她动拳头吗？他不敢，也不忍心。那样她会跳到大街上，祖宗八代地骂得底朝天，闹得全村都鸡犬不宁，不是更丢人现眼吗？再说，她干了半天活儿，回来再弄孩子做饭，也不容易。可是，你心里再有气，也不能这么撒泼呀！

赵春林千不怨万不怨，只怨自己命苦，遇上了这么一个不懂情、不懂义、不讲理的女人。想到这一点，他就偷偷地掉眼泪。

开始的时候，赵春林也曾试图用一种温存、细腻的感情去影响妻子、熏陶妻子，使两个人能有比较接近的感情和语言。那是在他们新婚不久的一天夜里，小两口躺在一个被窝里，脸对脸地商量开了今后的生活。孙玉荣有她自己的想法，她想两个人咬紧牙，苦干两年，把这两间破土房翻盖一下。

赵春林有知识，有理想，有抱负，他初中毕业后回到村里，就担任了农业技术员，现在又担任了科技小组的组长，他把自己的全部兴趣和精力，都凝聚在农业科学试验上了。他用一种充满热情的语言，向妻子剖白起了自己的胸怀，畅谈起了自己的理想。在这柔美宁静的夜晚，在这暖暖和和的被窝里，他越谈越兴奋，甚至有点儿忘乎所以了："房子可以晚两年再盖，家里的事你多管一点儿吧，你支持支持我，我要把全部精力用在科学事业上。我想，我下定决心，奋力自强，一定能干出成就来，一定能实现自己的理想，一定能成为一个农业科学家！"

孙玉荣听到这儿，猛地欠起身来，使劲拍打着赵春林的胸脯子，兴高采烈地说："你能当科学家？太好了！那就是工人了吧？那就能挣工资了吧？"

像一瓢冷水，泼在了赵春林那燃烧着火苗的心里，赵春林浑身一阵发凉，他深深地叹了口气，痛苦万端地摇了摇头。看来，他们之间的思想感情差距太大了，简直找不到一句共同的语言。

那一天早晨，孙玉荣下地破例没有带草筐。一个外号叫“大白菜”的女人问她，孙玉荣十分骄傲地向人家宣布：“俺不指望那几根烂草发家，俺狗蛋爹要当科学家了。你知道吗？科学家就是工人，就能挣工资了……”

“大白菜”没等孙玉荣说完，就高声大嗓地嚷起来：“哟！那你不就成了工人家属吗？想不到咱这穷乡村还能出真龙天子大圣人。春林呀，你什么时候能当科学家呀？到时候你可别把我这当嫂子的忘了。你捞糨的，咱也得来点儿稀汤喝呀……”

大伙儿一块儿哄笑起来，赵春林臊得想找一条地缝钻进去，孙玉荣却仍在吹嘘着。

从此，赵春林就落下了一个“科学家”的绰号，孙玉荣也荣幸地被称为“工人家属”。都知道赵春林脸皮薄，谁也没当面叫他。他自己一想到这个绰号，脸上就发烧，身上就起鸡皮疙瘩。可是，谁要叫孙玉荣一声“工人家属”，她即使手里拿着半个饼子正往嘴里填，也会摇头晃脑地高声答应。

赵春林后悔死了。

二

傍晚，夕阳把艳丽的光辉融解在凉水河里，河水泛着清清的涟漪，静静地流动着，像抖动着一匹色调娇艳的彩绸。彩绸的尽头，和满天晚霞织成的锦缎连接在一起，相辉相映，使半边天地都绮丽明朗，辉煌耀目。河两岸的垂柳，浮动在金波与碧云中间，像一团团紫色的雾，像一堆堆绿色的烟。

柳烟里，漂出了一叶扁舟。两个年轻人，披着满天彩霞，相对而坐。小船横流而过，木桨交相起落，船舷下，绽开了两朵水花。

美丽的凉水河，流淌着柔情蜜意；小船上的两个年轻人，也暂且忘掉了各自的痛苦和忧愁，充满了一种强烈的幸福感。

“春林，你说的那个老教授什么时候来呀？”

“就最近几天，具体日期没定。”

“他对咱的‘幸福一号’，真的很感兴趣吗？”

“那当然，我上次在科协汇报，他把具体细节都问到了。艳明，咱得好好准备准备，沈老来手把手地教咱们，咱可得好好利用这个机会。”

谷艳明沉默了。她把两只胳膊肘支在膝盖上，双手捧着下巴，凝神望着天边那变幻莫测的火烧云，似乎真的认真准备起来。

赵春林看了一眼谷艳明，心里莫名其妙地跳动了一下。他看到，谷艳明那双美丽动人的眼睛轻轻地眨动着，那像河水一样清澈的眸子里，也闪耀着晚霞一样的光辉。

赵春林是一个深沉、含蓄又有点儿孤独的小伙子。他善于思索，喜欢寂寞，两条浓黑的眉毛总是微蹙着，两只略显深陷的眼睛里，总是流露出一种忧郁、沉思和心事重重的神态。他平时就沉默寡言，再加上自己婚姻的不幸，给他的心里压上了沉重的包袱，就更少和人说活了。村里人不了解他，都管他叫“老蔫儿”，其实他一点儿都不“蔫”。只是他的内心世界无处剖白，他的感情无处抒发罢了。不过，他自己都感觉到了，和谷艳明在一起，他就无法沉默了。他心里有什么话都想跟她谈，而且谈起来是那样的轻松、舒畅，充满了一种奇妙的甜蜜感。

“春林，你真该注意一下身体了，这些天累得又黑又瘦，嘴唇都起泡了。让她给你做点儿顺口的，补补身体吧。”谷艳明扭过头来，望着轻轻荡着双桨的赵春林，换了一个话题。

赵春林苦苦地笑了笑，说：“她才不这么拿我当回事呢，进门以后不吵不闹，我就烧高香念阿弥陀佛了。”

“她就是那个怪脾气，你得想开一点儿。”谷艳明用一种宽慰的口气说。赵春林从来不称呼媳妇的名字，进家说话就用“喂”，和外人说起来的时候就用“她”。谷艳明不知不觉地，也使用起了这个称呼。

小船靠岸了，他们跳下船来，把船拴好，就蹲在河边的石头上涮起脚来。

太阳已经压在了西山顶上，山脚下，河坡上和柳丛中，现出了一种淡青色，使满天的色彩对比得更加强烈而动人了。

赵春林掬起一捧河水，轻轻地呷了一口，吧唧着那干裂的嘴唇，感到沁心透腑的清凉舒畅。他把身上那件穿脏了的衬衫脱下来，揉成一团，按在水里。

谷艳明问：“你干什么？”

“顺便洗洗。”

“连肥皂都没有，怎能洗得干净？”

“好歹涮涮，去去汗味儿就行了。”

“别瞎凑合了，我拿回去给你洗吧。”

谷艳明说着，一把将赵春林的汗衫抢过来，拧着上边的水。

赵春林急着要去夺：“这、这怎么行呢？”

谷艳明站起身来：“她忙，我替她照顾你吧。”

这个细心的姑娘似乎觉察到了，自己怎么冒出这么一句话呢？她的脸一下子红起来，扭过身，连句招呼都没有打，就上了大堤，朝村里走去。

赵春林望着谷艳明那轻盈匀称的身影消失在青纱帐里，心里涌起一股苦涩的浪头，他的眼睛模糊了……

第二天早晨，一件洗得干干净净、叠得平平整整的汗衫，递到了赵春林的手里。赵春林打开一看，肩头破了的地方，还补上了一块桃形的补丁。赵春林把那件汗衫贴在胸口上，浓郁的香皂的馨香把他的心都烘得颤抖起来。他犹豫了一下，又把那件汗衫按原样叠好——他舍不得穿了。

三

今天赵春林特别兴奋。早晨起来，他把放了两天的汗衫穿在身上，更显得兴致勃勃，周身畅快。他微笑着，用一种十分委婉的声调对媳妇说：“玉荣，今天你别去干活了。”

连粗心的媳妇都感到异常了。男人怎么破天荒称呼起自己的名字来了？她奇怪地看了男人一眼，问：“不干活儿干吗去？”

“今天有客人来，你把家里归置归置，打扫得干净一点儿。”

“谁来呀？”

“一位有名的老教授，农业科学家，来帮助咱们搞水稻育种。”

“在咱家吃晌午饭吗？”

“当然。你先把东西预备好，晌午让艳明来帮你做饭。你去买点儿菜，再买两瓶酒。”

“哟！还买酒呀？那得花多少钱呀？”

“咱家不是还有钱吗？”

“那是准备给你扯褂子的钱。”

“我这件汗衫还能凑合一季，过年再买吧。”

“过年就有钱啦？今年给你买褂子，过年该给我买裤子了。”

孙玉荣说着，又冲赵春林嚷了起来。赵春林皱了皱眉，无可奈何地看了媳妇一眼，从兜儿里掏出两块钱来，递给了孙玉荣。

孙玉荣一把把钱夺过来，问：“你哪儿来的钱？”

赵春林说：“这是艳明给的钱，她管酒，咱管饭。”

孙玉荣说：“开头你干吗不把这钱拿出来？”

赵春林没有理她，他实在不屑回答她的问题。昨天晚上，当谷艳明把钱塞给他的时候，他就撑着强推了半天，说什么也不肯要她的钱。招待沈老，本来就是他不容推卸的责任。他永远不会忘记，去年他和老教授一起到市里汇报，受到了市委领导同志的表扬。老教授高兴得把他带到鸿宾楼，要了一桌子酒菜为他祝贺。现在，老教授要到自己家里来，他就是不能补上这个情，也得表一表这个心意啊！可是，他实在没有办法说服自己的媳妇，谷艳明想到了这一点，他更估计到了这一步。最后，没有办法，还是接了谷艳明的钱，留作备用。

孙玉荣从来没有为接待任何客人做过任何准备。一年到头，她的娘家兄弟从几百里外来看她，带来了一纸匣鸡蛋。结果，她给弟弟做饭的时候，就把匣子打开，从里边拿出几个鸡蛋，摊了一盘子，端到了桌子上。“大白菜”为这事嘲笑过她，说她不懂事礼。她还理直气壮地说：“来人吃来物，秃子换葫芦嘛。”这会儿，当她看到男人这么郑重地让她准备接待老教授的时候，虽然心疼就要耽误的半天工和饭菜钱，也油然升起一种荣誉感。当男人嘱咐完了，就要走出栅栏门的时候，她又追了出来，低声而神秘地问：“这个科学家来干吗？”

赵春林说：“没告诉你吗，来帮助我们育种。”

“他能把你接走吗?”

“接哪儿去呀?别胡思乱想的。告诉你,到外边千万别瞎说。”

“我瞎说什么了?哼!捂着卡巴裆过河,总加着八分小心。”

四

中午,赵春林和谷艳明一左一右地陪着沈教授,从实验田里走回来。正午的太阳毒热毒热的,蒸得人喘不过气来。热情潇洒的老教授把那件白的确凉汗衫脱下来,顶在那雪白如霜的头顶上,遮住了强烈的阳光。三个人一边走着,一边谈着,显得十分亲密而和谐。

“‘幸福一号’,嗯。这个名字太好了。”老教授像是回味着什么,若有所思地说,然后又扭过头来,问谷艳明,“怎么想到这么一个美丽的名字?”

谷艳明说:“我们随便取的。”

老教授笑着摇摇头:“不,这个象征性这么强的名字,正好反映出了你们美好的希望与追求。你们的生活,一定觉得很幸福吧?”

赵春林低沉地说:“我们也有自己的痛苦。”

“是的,每个人都有自己的痛苦。”老教授像是触动了长期埋藏在心底的一种隐痛,连声调都变得低沉而颤抖了。但是,这种感情只是像电光似的一闪而过,他马上换成了一种坚定而昂扬的声调说,“但是,在科学的道路上奋力探求,就是最大的幸福。”

两个年轻人沉默了,老教授的话像一块浓缩的蜜糖,在他们心中慢慢地融化着。

“到了。”赵春林在自己的家门口停住了脚步,伸手就去推那栅栏门。

“慢,且慢。”老教授把头顶的汗衫揭下来,往身上穿着。

“您就穿背心进去吧,那怕什么的。”谷艳明随便地说。

老教授一边穿着衣服,一边开着玩笑:“不行啊!有小兄弟媳妇在家,我这个老大伯子得规矩一点儿,这可是你们北方人的规矩呀。”

赵春林把栅栏门打开,朝院子里一看,满肚子的火气一下子冲上了头顶。院子里，仍像往日一样，柴连天，草连地，满院子鸡屎羊粪，让人下不去脚。几只老母鸡登上了窗台，啄着上面放着的韭菜和豆角。赵春林气愤地朝屋里喊了一声："喂，来人啦!"

正在屋里和面的孙玉荣听到男人的喊叫，急忙跑了出来。

已经进了门的老教授，见了孙玉荣，吓得脸都变了色，又急忙退了回去。谷艳明也一下子愣住了。

赵春林回过头来，只见跑出来的媳妇光着膀子，连一件背心都没有穿。两只鼓鼓囊囊的大乳房，随着那肥厚的胸脯子一起颤动着。光溜溜的胳膊上、手上以及挂满汗珠儿的脖子上，都花花斑斑地沾满了面。她见老教授在门口却步不前，忙高声叫着往里边让："来呀，来呀，您快到屋里坐。"

赵春林急忙跑到媳妇面前，低声而严厉地说："快去穿上褂子!"

孙玉荣高声怪叫起来："哟，大热天，穿哪家子褂子呀？不是都这样吗?"

赵春林火了："你快去!"

孙玉荣看了看火冒三丈的男人，又看了看在门外束手无策的老教授，似乎明白了什么，急忙跑进屋，把一件褂子披在后背上，又重新出来招呼客人："来呀，来呀，您快屋里坐。"

老教授满脸通红，低着头，在谷艳明的陪同下走了进来。

老教授进了屋，坐在炕上，哄逗着趴在炕上玩面球儿的小狗蛋。

赵春林忙着刷壶沏茶。

谷艳明忙去打洗脸水。

孙玉荣披着褂子，带着两手面，仍然袒胸露乳地靠在门框上，问起了老教授："您是科学家吗?"

老教授抬起头，惊愣地看着孙玉荣，不知该如何回答是好。

孙玉荣又问了一句："您一个月挣多少钱呀?"

老教授更加惊慌了。

孙玉荣又叮问了一句，换了一个文雅的说法："您的工资是多少呀?"

有些书生气的老教授被逼问得没办法，只好老老实实地说：“二、二百多元。”

孙玉荣惊叫起来：“什么？一个月就二百多块，比俺两口子一年挣的还要多……”

赵春林端着茶壶走到媳妇身边，憋着满肚子气，说：“你快去做饭吧，别瞎贫了。”

“做饭忙什么？你嫌我贫了？就不许我跟高贵的人物说几句话呀？头晌儿在菜园子里‘大白菜’还说，人家科学家架子大，不理咱这肉眼凡胎的人。你看，这老头儿不是也挺和气的吗？老科学家呀，我求您点儿事，您把俺狗蛋爹也带出去吧，行不行呀？俺狗蛋爹口冈，他拉不下脸来求您……”

老教授更加迷惑不解地问：“带哪儿去呀？”

“像您一样，出去当工人呀！一个月甭挣二百多，挣您那个零儿就行了……”

赵春林实在忍无可忍了，使劲推了媳妇一把，怒不可遏地喊了一声：“你给我滚出去！”

孙玉荣被推得一个趔趄，一屁股坐在身后的锅台上。这一下可捅了马蜂窝，孙玉荣从锅台上跳起来，张牙舞爪地扑了过来。

谷艳明一见，忙上前拉着孙玉荣。孙玉荣大哭大闹起来：“奶奶跟你拼了，我好吃好喝地服侍你，你他妈的翻脸不认人，这么欺负我……”

出现了这么一个难堪的局面，老教授急得直搓手。

谷艳明拽了一下老教授的衣角，轻声地说：“沈老，到我家去吧。”

老教授像是在危难中遇到了救星似的，冲着谷艳明感激不尽地点着头：“好，好，谢谢，谢谢……”

老教授跟着谷艳明走了，孙玉荣抱起狗蛋，骂骂咧咧地跑到大街上去了。赵春林把手里的茶壶使劲地往地上一摔，把身子扑在门框上，把自己的脑袋咚咚往门框上撞着，发疯般地呜呜哭了起来：“天哪！让我怎么见人啊……”

五

晚上，谷艳明送走了老教授以后，找了好几个地方，都没找到赵春林，她的心慌起来。她了解赵春林，他有着强烈的荣誉感和自尊心，感情丰富而且脆弱，性格深沉并且不大开朗。今天这件事，对他的刺激太大了，他能够受得住吗？他这会儿到哪儿去了呢？孙玉荣为什么也没有在家呢？会不会出什么事？

她的心猛烈地悸动了一下，不敢多想下去了。她迈着慌乱的脚步，朝村外走去，她想到实验田里去找一找。

走到“大白菜”家门口，她猛然发现，孙玉荣抱着孩子，正高声大嗓地和“大白菜”说着话：“你还说人家科学家架子大，凡人不理，根本不是那么回事……”

谷艳明一听，心里立刻腾起一股憎恶的烈火。这简直是个不通人性的女人，中午吵了那么一场大架，不定把赵春林气成什么样子。她这会儿却云消雾散了，好像什么事都没发生过一样，还有心有茬儿地和人家吹牛皮。唉！可怜的赵春林呀，你遇上了这么一个女人，太亏了，太不幸了。长时间来，谷艳明随着对赵春林的同情和爱慕，对孙玉荣产生了一种越来越不能容忍的感情，像是一种强烈的嫉妒，又像是一种固执的成见。她不愿意跟她说话，不愿和她见面，甚至连听到她的名字都是一种不可忍受的刺激。可是这会儿，她为了尽快找到赵春林，还得强挣扎着去向她打听。

谷艳明急忙走上前去，问孙玉荣：“大嫂，春林哪儿去了？”

孙玉荣正说得兴致勃勃，见有人打断了她的话，就十二个不高兴，回头一看是谷艳明，更加没好气地说：“死了！”

随着孙玉荣这蛮横粗野的回答，谷艳明浑身都剧烈地哆嗦了一下。

“大白菜”开心地说：“怎么死了？不是让老科学家接去当工人了吗？”

“当他娘的屎，他家坟地里长那棵蒿子了吗？”

谷艳明最讨厌“大白菜”，她从来不理这个不要脸的女人，就是平时走碰头也连句招呼都不打。这会儿，她听孙玉荣这么出口不逊，又见“大白菜”添油加醋，就无心向她们打听了，转过身，急匆匆地走了。

在村里，“大白菜”也最恨谷艳明，到底因为什么恨，她自己也说不清楚。这个招蜂引蝶的女人，别看她已经徐娘半老，可仍然春心不死，对一切比她漂亮、比她风流的女人，她都忌恨得要死。何况谷艳明这么一个拔了尖的姑娘，又漂亮，又有文化，到处受人尊重，她更有一种说不出来的嫉妒心理。再加上谷艳明对她那种极端轻蔑的态度，更使她把谷艳明当成了眼中钉。

“大白菜”见谷艳明走远了，忽然心里一动，对孙玉荣说：“看看，人家比你还关心春林呢。让冷眼人一看，准以为人家是真正的两口子。”

孙玉荣把怀里的孩子往上一颠，倒了一下手，冲着“大白菜”“呸”了一声，说：“你别胡说了，把这些脏话说到咱们娘儿们身上，谁也不在乎，说人家干干净净的黄花毛女，不怕嘴长疔、烂舌头吗？”

“大白菜”没再说什么，冲着孙玉荣把头一歪，诡秘地嘿嘿笑起来。

孙玉荣被“大白菜”笑得心里发了毛：“你浪笑什么？有话说，有屁放，别把塞子憋出来。”

“大白菜”见孙玉荣上了钩，收住笑说：“你没听大喇叭里唱的那支歌吗？‘阿妹给阿哥补衣裳，千针万线情意长。’”

“大白菜”说着，冲着孙玉荣眨巴着眼睛，用那种近乎淫荡的腔调，鸟声鸟气地唱起来：“阿妹给阿哥补衣裳哟，千针万线情意长哟，哎哟哟……”

孙玉荣急了，上前抓住了“大白菜”的胳膊，说：“不行，你这话里有话，你得给我说清楚。”

“大白菜”把孙玉荣的手一甩，做了一个鬼脸，溜进门去，顺手把门一掩。

孙玉荣一脚踢开门，一边骂着，一边追了进去……

六

谷艳明上了凉水河大堤，深一脚浅一脚地朝前走着。在这样的夜晚，她一个人不敢驾船过河，只好到上游二里远的地方，从铁路上绕过去。

天空中堆满了一团一团的乌云，把一轮高悬的满月严严实实地遮盖起来，只是透过那厚厚的云层，闪出了一片暗淡的月光，和大地上升腾起来的水蒸气融合在一起，更显得阴森、神秘，使人感到恐怖。要是在平时，谷艳明这个温文纤弱的姑娘，说什么也不敢到这里来。那横空飞架的铁路桥，就是在白天她从上边过，听着那滚滚奔流的河水，她也会两腿发软的。可是今天，她顾不上害怕，连一点儿胆怯的念头也没有。她不知道怎么就过了凉水河，来到实验田里。

谷艳明猛然停住了脚步，急促地喘着粗气。这会儿，她才觉得身上湿漉漉、凉津津的，汗水已经把她的衣服湿透了。

稻田旁边的田埂上，放着一盏风雨灯。风雨灯那鲜红的火苗跳动着，把周围的一团饱和着月光的雾气染红了。

赵春林坐在灯光下，身子向前倾斜着，在他的面前，放着一个打开的笔记本。这会儿，他正对着灯光，手里拿着一个放大镜，全神贯注地观察着那半开半合的稻花。他那凸起的额头上，结着几个紫红色的血块，这是他中午在门框上撞破的；他那双布满血丝的眼睛，红肿得像两个青桃子，这是他痛哭的痕迹。他那缕蓬乱的头发垂下来，搭在灯口上，被跳动的火苗儿舔烧着，卷起了几个枯黄的发圈儿……

看到这一切，谷艳明心里也像被火苗燎了一下，一阵难以忍受的疼痛。她情不自禁地喊了一声："春林，你……"她的声音哽咽了。

赵春林抬起头来，看到了眼前站着的谷艳明，强挣扎着笑了笑，说："我把上午沈老讲的再温习一遍。"

赵春林的声音嘶哑了，谷艳明再也忍不住了，两股热泪涌出了眼眶。她扭过头去，在黑暗中用胳膊迅速地抹了一下。

河边苇丛里，几声清脆的蛙鸣划破了这黑夜的沉寂，也冲破了这短暂而痛苦的沉默。

谷艳明又停了一会儿，极力使自己平静下来，才在赵春林身边蹲下来。她把背在肩上那洗得发白的帆布包打开，从里边掏出一个沉甸甸的小包儿，递给了赵春林。

赵春林轻轻地把那小包儿接过来，捧在那两只粗大的、颤抖的手掌里。然后，又放在膝头上，慢慢地解开那红底白花的手帕——一张葱花饼、两个煮熟了的咸鸡蛋。

一股诱人的香味儿像一阵烈风似的扑进赵春林的心里，又在心里搅起了滚烫滚烫的浪花，他的整个胸膛都膨胀起来，两滴热泪夺眶而出，溅落在那红皮大鸡蛋上……

满天的乌云堆集着，凝聚着，汇成了一堆堆、一团团。云隙中，露出了一线晶明透澈的蓝天，两颗金灿灿的大星星，在蓝天上欢跳着。

两个人顺着凉水河大堤，朝村里走去。一盏风雨灯在两个人中间晃动，映红了他们眼前的一片狭小的道路，又同时把两个人的身影分向两边，无情地抛向那朦朦胧胧的月色里。

两个人沉默了好一会儿，赵春林才深深地吐出了一口气，用那嘶哑的声音，万分沉痛地说："真对不起沈老，万没想到……"

谷艳明用一种极为温存的声音劝慰说："春林，你别多虑了。沈老对你的处境很是理解，非常同情你。他让我告诉你，一定要处理好家庭关系，不能因为家庭影响自己的事业。"

云团缓缓地移动着，被吞没了多时的满月一下子跳了出来，像一个刚出炼炉的金盘，辉煌灿烂，金光耀眼，把整个大地都照得亮堂堂的。荷叶上的青蛙、草丛里的蚂蚱和树上的小鸟，都被这突然降临的光明惊醒，欢呼，跳跃，高声鸣唱起来。

两个人的沉重心情也顿时觉得轻松了许多。他们熄灭了风雨灯，放慢了脚步，并肩踱在如水的月光里。

"你怎么和她结婚了呢？"谷艳明胆怯地看了一下赵春林，向他提出了一个长期压在心底的问题。

赵春林叹了一口气悲凉地说："和谁结婚不一样，反正都是这么一回事。结婚不就是搭帮过日子吗？谁跟谁都是一辈子——这是三年前我妈教我的。"

“什么?”谷艳明对赵春林的回答感到十分惊诧,“你不觉得会有幸福的家庭吗?”

“幸福的家庭?嗯,我也曾幻想过,追求过,可是……”赵春林沉重地摇了摇头,“得面对现实呀!”

“什么现实?”

“我家穷,房子少,哥们儿多,条件高的姑娘谁瞧得起我?”

“你没有想到,有的姑娘不嫌你穷,不嫌你房子少,不嫌你哥们儿多吗?”

“没有想到,恐怕也没有。”

“哼!我真恨你!”

“恨我?恨我什么?”

谷艳明停住了脚步,站在赵春林的面前,脸憋得通红,嘴唇哆嗦着,半天,才爆发般地说了一声:“恨你,恨你背上家庭的包袱太早!”

这声音颤抖得几乎听不出来,可是每一个字都像一把重锤敲在赵春林的心弦上,在他的心里引起了强大的轰鸣。他只觉得头昏脑涨,眼睛发花,浑身不能自禁。

月亮又躲进了云层里,朦胧的雾气像轻纱似的把两个人包裹起来。

两个人面对面地站着,离得是那样近,贴得是那样紧。感情的激流把禁锢的闸门冲破了,翻江倒海般地奔流起来。拥抱吧,紧紧地拥抱吧;亲吻吧,狂热地亲吻吧。当一种纯洁的爱情之火迅速燃烧起来的时候,上帝会赋予他们一种特殊的权利的。

然而,两个人谁都没有动一动,像是周身的每一根神经都凝固了,僵化了。一个真正高尚而纯洁的人,应该用自己最顽强的理智去战胜奔流的感情。

村子里,传出了一声鸡鸣,夜深了……

七

谷艳明已经三天没有见到赵春林了,他到县里开会去了,直到今天上午才听说他回来了。吃过晚饭,谷艳明把饭碗一推,就迫不及待地朝赵春林家走去。三天不见，就好像熬过了冬三月一样寒冷而漫长，她心里有许多话想和他说，有许多事情要和他讲。就是什么事情都没有，她也想和他一块儿坐一会儿。两个人待在一起，静静地沉默着，也是一种无穷的安慰和幸福。似乎这两个人的感情，都干旱得龟裂了，需要每时每刻地得到对方给予的甘露的滋润。哪怕是短暂的分离，也会像干渴一样思念啊。

自从那天晚上，她在凉水河大堤上，大胆地向赵春林表白了自己的爱情之后，这种感情就越来越强烈了。然而，当这种感情燃烧起来的时候，她又觉得十分恐慌和不安，总有一种沉重的负罪感。我这是干什么呢？一个谷艳明这样自责着，可是另一个谷艳明又马上出来辩解：我破坏的是一个不幸的家庭，这样的家庭为什么不应该破坏呢？赵春林生活在这样一个家庭里，太不幸了，太痛苦了。我同情他，怜悯他，当然，也倾心爱慕他。我们俩在一起，会十分幸福的。可是，前一个谷艳明又出来责问了：你这种幸福是哪儿来的呢？是正大光明地得来的吗？不是，是偷来的，是抢来的，是牺牲了另一个女人换来的。这太自私、太残忍、太不道德了！

谷艳明不敢想下去了，她的心都要碎了。她怪自己太多情了，为什么爱上了一个不该爱的人呢？她下决心强制自己，不能再理他了，远远地离开他吧。可是不行，赵春林有一种不可抗拒的魅力，在随时随地地诱惑她，使她不能自拔。

一阵吵骂声把她惊醒了，她已经来到了赵春林的家门口，她立即在栅栏门外停住了脚步。

屋子里，赵春林夫妇俩吵成了一锅粥。孙玉荣粗声大嗓的骂语像一阵恶风似的刮出来："姓赵的，你今儿个不给我说清楚，我跟你没完！你跟那个小骚丫头到底是什么关系？她凭什么给你补衣裳？你没有老婆吗？要不你整天不进这个家，闹了半天有小狐狸勾你的魂儿……"

谷艳明站在栅栏门外，浑身像筛糠一样地哆嗦起来，两条腿简直不能支撑自己的身子了。她气愤，她恐慌，加上一种莫大的羞辱，已经使她头晕目眩了。她想冲进去，为自己和赵春林辩解，和孙玉荣讲理；她又想赶快离开这里，躲开这个是非之地。可是不行，她的两条腿像粘在了地上，一动都不能动了。

屋子里传出一阵乒乒乓乓的乱响和孩子受惊后的哭叫，大概是赵春林暴怒地跳起来，推翻了什么。紧接着，就传出了赵春林那怒不可遏的声音：“你给我住嘴！告诉你多少次了，你说吵就吵，说骂就骂，我都不理你；你给我惹是生非，丢人现眼，我都原谅了你。这一回，你又来血口喷人，你喷我倒没关系，凭白无故地诬蔑人家清清白白的姑娘，我今天饶不了你！”

“你打，你打，我今儿个撞死在你怀里了。”

一阵噼噼啪啪、乱乱糟糟的声音，像是两个人滚成了一团。立刻，孙玉荣拼命怪叫起来：“打死人了！赵春林打死人啦……”

外屋门砰的一声打开了，孙玉荣披头散发地跑了出来，一边跑，一边破口大骂：“全村听着，赵春林钻狗洞子，找野老婆，要打死自己的媳妇……”

谷艳明下意识地一闪身，躲在了一边，顺着墙根，踉踉跄跄地朝前走去。当她看到“大白菜”从街前边跑过来，把孙玉荣拦住了的时候，她再也支持不住了，眼前一黑，身子靠着墙瘫软下去……

八

赵春林和媳妇大吵了一场，闹得满村风雨。一时间，谷艳明给赵春林补衣裳这件事，以及由此引申和生发出来的许多耸人听闻的故事，成了一件丑闻，在场头地头、街心巷尾，和每一家的炕头上传播着。不过，他们创作的这些故事，尽管人物不同，情节各异，而作品的主题却反映着一个永远一成不变的道德标准。在对赵春林这个故事的创作中，孙玉荣成了“高大完美”的“英雄”，而赵春林与谷艳明，却闹得声名狼藉、无法做人了。

今天早晨，赵春林才听说，谷艳明一家人对她这种“伤风败俗”的行为，暴怒得简直发起疯来。就在他们吵架的第二天晚上，谷艳明在家里受了一夜的审问和拷打。她被打得遍体鳞伤，在盛柴火的棚子里关了两天，最后被她哥哥押着，送到她姐姐家里去了。她姐姐家在哪儿呢？赵春林不知道，也无法去打听。只记得谷艳明曾经说过，她姐姐家是菜区，好像在铁匠营一带。

赵春林绝望了，他坐在凉水河大堤上，望着脚下滔滔滚滚的河水，望着身边正在扬花灌浆的稻田，仰天长叹起来："天呀！我究竟犯了什么罪呀？艳明啊，可怜的姑娘，我对不起你呀！"

赵春林悲凉地哀号着，两只紧握的拳头使劲捶着胸膛，像是要把已经破碎了的心再捶得更碎。紧接着，他又低下头来，双手紧紧地捧着脸颊，浑浊的泪水顺着他的指缝流下来，浇灌着地上那不知名的野花和小草。

天气阴沉起来，莽莽苍苍的天地之间，似乎失去了一切活力。树梢不动，稻穗不摇，连荷叶下的青蛙、草丛里的蚂蚱和枝条上的小鸟，都像是冬眠起来。

赵春林哭了很久很久，当夜幕开始降临的时候，他才把头抬起来。眼泪干了，嗓子哑了，心里的一切郁闷、苦痛仿佛也都喷吐出来，这会儿倒觉得轻松了许多。

现在，他好像从绝望中挣扎了出来，理智的光芒又照在了他的心头上。他望着远方那灰蒙蒙的地平线，用一种十分严谨的态度回忆着，像是在审视着自己二十几年来所走过的道路，思考着人生许许多多的奥妙。

这一切不幸，都是谁造成的呢？都怨谁呢？怨自己的母亲吗？不行。那是一个有着菩萨心肠的老人，为自己的儿女，要了一辈子强，受了一辈子苦。直到现在，连一顿饭馆都没有吃过，连一趟县城都没有去过，连一回汽车都没有坐过。怎么能怨这么一个命苦的老太太呢？

怨自己的媳妇孙玉荣吗？她狭隘、粗野、庸俗，可是这能怪她吗？这不就是因为没有文化、没受过教育造成的吗？而她又何尝不想掌握文化，不想受到教育呢？她曾经向他说过，她八岁那年，是准备到学校读书的，可正赶上吃食堂，连肚子都顾不上，还顾得上念书？她十岁那年，又要去读书，可是母亲又生下了第四个闺女，需要她在家看孩子。她十三岁那年，也想到民校扫盲班里去学习，书本刚领下来，"文化大革命"开始了，民校成了造反司令部。唉！孙玉荣也是一个不幸的人呀！

为什么把两个思想感情相差悬殊的人硬撮合在一起呢？为什么生活在二十世纪七十年代的中国农村青年，还没有用那种纯贞的感情去选择爱人的权利与自由呢？为什么有情人不能成亲眷，陌生人反而成了配偶呢？为什么一个用彩礼或其他什么拼凑起来的家庭，即使有多大的痛苦和不幸，也不允许改变，重新组合呢？这一切都是什么在作祟，在起着决定作用呢？

九

赵春林站在“幸福一号”的稻田里，秋风带着稻谷的香甜迎面扑来，金色的稻浪翻卷着，拍打着他的胸膛。“幸福一号”培育成功了，昨天农业科学院来人做了鉴定，有着明显的抗病和增产的优势，预计亩产可达到一千六百余斤。

这是他心血和汗水的结晶，是他不幸与痛苦的解脱，也是他与谷艳明纯洁友谊的象征。他恨不得张开双臂，把整个稻田都搂在怀里。

高爽明净的蓝天上，南飞的大雁排成了一个“人”字，扇动着翅膀，欢快地叫着，追逐着那莲花般的云朵。

鸿雁捎书。正好从田边路过的邮递员把他喊过去，交给他一封信。他捧着那印花的信封，信封的下款写着“内详”两个字。可是看到那流畅秀美的字迹，使他的心一下子跳动起来。他用颤抖得不能自禁的双手，费了好大的劲儿，才把那个信封拆开。

春林哥：

当你收到这封信的时候，请不要惊讶。我离开你已经两个多月了，时时在想念你，想念咱们的实验田，想念咱们的“幸福一号”。一个月前，我偶然见到了沈老，我向他诉说了咱们的不幸。他陪着我掉了半天眼泪，鼓励我千万不要对生活失去信心，一定要坚持我们的事业，还把几期《育种》杂志给了我。可是我，我还能行吗？我完了，一点儿信心都没有了……

春林哥，我告诉你一件事情，你千万不要生气。下个星期一，也就是十月一日，我就要结婚了。我的男人叫岳明，是青竹寨公社农业技术员，是他托人跑到姐姐家里，给我们牵的线。我们全家都同意，并让我马上和他结婚。他说他认识你……

仿佛凉水河一下子直立起来，整河的水都倾倒在赵春林的身上，他被这个突如其来的消息吞噬着，抽打着，颠簸着，把他折磨得喘不过气来。他简直像发了疯一般，挥动着手里的信纸，顺着凉水河大堤奔跑着，呼喊着。直到邮递员被他追得停下车来，他才猛醒过来，抱歉地朝人家挥了挥手。邮递员奇怪地看了他半天，才骑上车走了。

他对自己的失态并没有感到多大的难堪。他心里一阵巨大的绞痛，像是被一个锋利的牙齿啃嚼着。他自己也不明白，当得到这个消息后，为什么这么痛苦失常呢？嫉妒吗？他没有这个权利，也不应该。几个月来，他曾多次默默地、诚心诚意地祈祷着，愿谷艳明能找到一个称心如意的男人。可万万没想到，她这么快，这么突然，而且跟一个从来没有想到过的人结婚。

她怎么能嫁给岳明呢？是的，他认识岳明。去年春天，他到县里开水稻育种经验交流会，正好和岳明住在一个宿舍里。那一天中午，赵春林要到新华照相馆，替谷艳明去取相片，岳明主动要陪他一起去。半路上，岳明从兜儿里取出三张照片，举到赵春林面前，十分得意地说："老兄，帮咱参谋参谋，看哪个漂亮。"

赵春林没有闹清是怎么一回事，冲着照片发愣。

岳明却评论开了："你看，这个眼睛长得挺好，就是嘴太大；这个脸蛋儿胖乎乎的，就是小辫儿太细了；这个呢，是初步候选人，可我还不太满意，够四五分，缺点是神态太严肃了，缺少一种迷人的媚态……"

赵春林吃惊地打断了他的话，问："你这是干什么呀？"

岳明得意地说："你还不明白呀？过去我在村里干活的时候，死皮赖脸地追人家，没有一个姑娘瞧得起我。我刚一调到公社，大姑娘就像稻田里的小咬儿似的围上来了。这不，人家同时就给我介绍了三个，让我拣样儿挑……”

赵春林气愤地说：“你怎么能这样搞对象呢？太不尊重女同志了。”赵春林说着，丢下岳明，就朝照相馆奔去。

当赵春林把谷艳明的照片取出来的时候，岳明非要看一看。赵春林被他磨得没办法，就把照片给了他。

岳明接过来一看，惊喜万分地叫了起来：“哎呀！这姑娘可真漂亮，秤平斗满地够五分，给咱介绍介绍怎么样？”

赵春林恶心透了岳明这种人，直到散会的时候，岳明还缠着他，让他把谷艳明介绍给他。赵春林没有办法，只推说人家已经有了，拒绝了岳明。

没想到，岳明这个无赖，竟自己找上了门，终于把谷艳明弄到了手。

赵春林心里急成了一团火，他真想马上找到谷艳明，向她说明情况，让她推掉这门婚事。可是，他到哪儿去找谷艳明呢？就是找到，也已经晚了，再有两天，人家就要结婚了。

十

直到结婚的头一天，谷艳明的哥哥才把她接回来，回到了养育她成人的土地上，回到了洒过欢乐和泪水的村庄里。她多么想看一看试验田，看一看姐妹们，看一看她日夜思念的赵春林啊！多少个日日夜夜，她就等待着、盼望着这临别前的一见。可是，她一进家门，就被包围了，被软禁了，被监视与看管起来。一家人手忙脚乱地逼着她梳妆打扮，亲戚朋友乱哄哄地前来贺喜，邻居和调皮的孩子一帮又一帮地前来起哄要糖，使她简直应接不暇，根本甭想脱身。

第二天一早，接亲的就赶在了太阳前边登上了门。接亲的，送亲的，拉拉扯扯，推推搡搡，簇拥着她朝村外走去。

她完全被动了，被人家搀着、拉着，两条腿不由自主地朝前走着。当她路过科技组门口的时候，她故意放慢了脚步，她多么希望，这会儿赵春林从里边走出来呀。就是在窗口露一露头、闪一下身影也好啊！可是，科技组的院子里静悄悄的，连屋檐下的麻雀还在酣睡。当她走近赵春林家门口的时候，她谨慎而又顽强地向里边张望着，她多么希望，赵春林还在自己的院子里等着她呀。哪怕是听一听他和媳妇争吵的声音也好啊！可是，赵家的栅栏门紧闭着，院子里一点儿动静也没有。

她完全失望了。难道赵春林没有接到她的信，不知道她今天结婚吗？或是他果然生了气，立志不再理她了，他真能下那个决心吗？那岂不是太无情太负义了吗？她想着想着，伤心起来，她努力抑制着，不让自己的泪水涌出来。

她随着人群到了村口，一辆墨绿色的公共汽车刚好进站，她被人家簇拥着、礼让着上了车，在一个靠着窗口的座位上坐了下来，又扭头向外望去。突然，她像发现了奇光异彩一般，惊喜得几乎失声叫起来。在薄薄的晨曦里，一个熟悉的身影从金色的稻田里跑出来。她急忙把窗口上的玻璃推向一边，探出头来。

赵春林在汽车外边停住了脚步，手里抱着两个翠绿色的花瓶，一边喘着气一边说："差点儿赶不上，我是来给你贺喜的。"

谷艳明心里一阵发酸，说："谢谢你，可我没什么可祝贺的。"

"那，那你为什么要和他结婚呢？"赵春林说出这句话，马上后悔了。从前天到今天，他一直反复嘱咐自己，见到谷艳明，千万不能刺激她。可是，为什么一见面，就情不自禁地问出了这么一句话呢？

谷艳明的眼睛从赵春林的脸上移开，望着远方，冷冷地说："和谁结婚都一样，结婚不就是搭帮过日子吗？谁跟谁都是一辈子。这是你曾经对我说的。"

赵春林心里说不出是一种什么滋味，强挣扎着，又问一句："你不是想建立一个幸福的家庭吗？"

谷艳明仍然用刚才那样的声调说："我和你一样，不会得到什么幸福的。"

"会的，会得到幸福的！"赵春林顿时振作起来，用十分坚定的语气说。

谷艳明惊诧不解地问："会得到幸福？幸福在哪里？"

“在这儿。”赵春林把手里的花瓶举到了谷艳明眼前。

谷艳明伸出双手，把花瓶接过来。这时候，她才发现，花瓶里插着的，原来是两束颗粒饱满、金光灿灿的稻穗，谷艳明惊叫起来：“啊，‘幸福一号’！这就是咱的‘幸福一号’吗?”

赵春林使劲点了点头，说：“沈老对咱们说过，在科学的道路上奋力探求，就是最大的幸福。让我们到自己的事业里寻求幸福吧!”

谷艳明再也忍不住了，捧着那两只插着稻穗的花瓶，两行滚烫的泪水流在鲜红的脸颊上。

汽车缓缓地启动了，赵春林挥着手，望着消失在林荫路上的汽车……

1979 年 10 月 14 日于凉水河畔

图书在版编目(CIP)数据

男人气象 / 王梓夫著. －－ 北京 : 中国文史出版社, 2021.3

(中国专业作家作品典藏文库 · 王梓夫卷)

ISBN 978－7－5205－2484－1

Ⅰ. ①男… Ⅱ. ①王… Ⅲ. ①中篇小说－小说集－中国－当代②短篇小说－小说集－中国－当代 Ⅳ. ①I247.7

中国版本图书馆 CIP 数据核字(2020)第 228863 号

责任编辑: 卢祥秋

出版发行: **中国文史出版社**
社　　址: 北京市海淀区西八里庄路 69 号院　邮编: 100142
电　　话: 010－81136606　81136602　81136603 (发行部)
传　　真: 010－81136655
印　　装: 北京新华印刷有限公司
经　　销: 全国新华书店
开　　本: 720×1020　1/16
印　　张: 20.5　　字数: 298 千字
版　　次: 2021 年 3 月第 1 版
印　　次: 2021 年 3 月第 1 次印刷
定　　价: 66.00 元